怀要无所顾忌. 忽略我们……活着.

熔城

Melting City

巫哲 著

九州出版社
JIUZHOUPRESS

去世界尽头

主城清理队，你已经被锁定，任何动作都是我开枪的理由。

世界消失之前,
我们要再次见面。

目录
CONTENTS

第一章
我想去主城
001

第二章
救世主
081

第三章
非规计划实验体
151

第四章
小喇叭和小铁球
227

第五章
唤醒参宿四
317

番外
最合适的搭档
403

主要人物

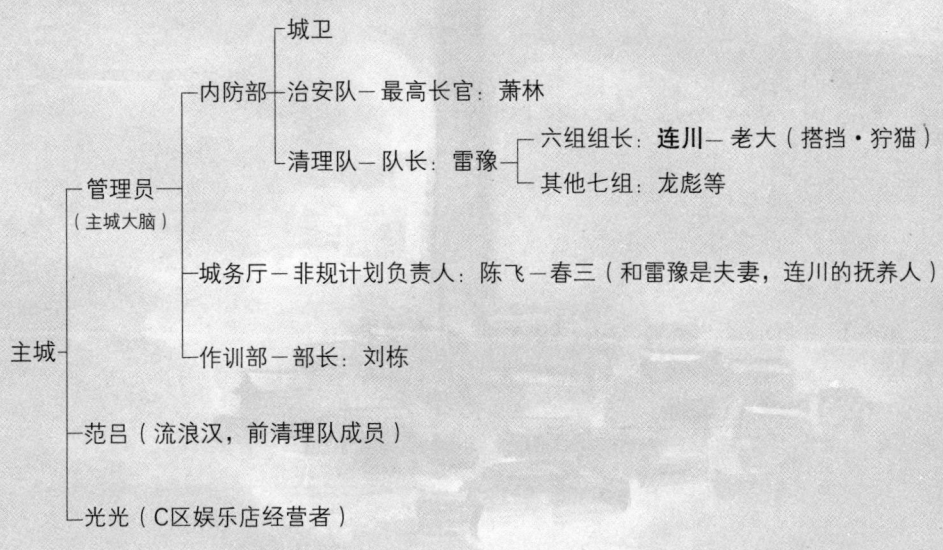

```
                    ┌─城卫
         ┌─内防部─┼─治安队─最高长官：萧林
         │        └─清理队─队长：雷豫─┬─六组组长：连川─老大（搭档·狞猫）
         │                              └─其他七组：龙彪等
─管理员─┤
 （主城大脑）
主城─┤   ├─城务厅─非规计划负责人：陈飞─春三（和雷豫是夫妻，连川的抚养人）
    │   │
    │   └─作训部─部长：刘栋
    │
    ├─范吕（流浪汉，前清理队成员）
    │
    └─光光（C区娱乐店经营者）
```

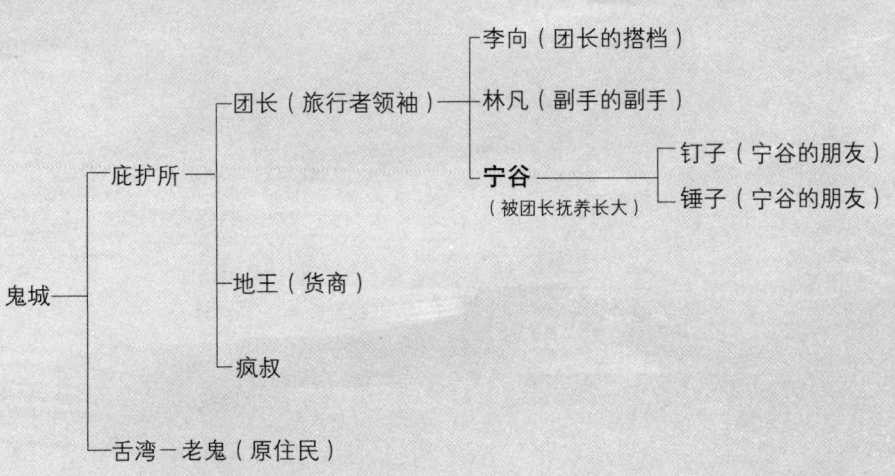

```
         ┌─团长（旅行者领袖）─┬─李向（团长的搭档）
         │                    ├─林凡（副手的副手）
         │                    └─宁谷─┬─钉子（宁谷的朋友）
  ┌─庇护所─┤                （被团长抚养长大）└─锤子（宁谷的朋友）
  │      │
鬼城─┤   ├─地王（货商）
  │      │
  │      └─疯叔
  │
  └─舌湾─老鬼（原住民）
```

· 旅行者：因发生未得到主城授权的能力突变而出逃的人，生活在常年黑雾弥漫的鬼城，聚集在一起成为旅行团。

```
黑铁荒原─┬─失途谷──九翼（蝙蝠首领）─┬─福禄（九翼的跟班）
         │                              ├─寿喜（九翼的跟班）
         │                              └─黑戒小队
         ├─齐航（某一任主城清理队队长）
         └─诗人（失途谷主人）
```

· 蝙蝠：生活在黑铁荒原的游民，热衷于对身体进行金属改造。

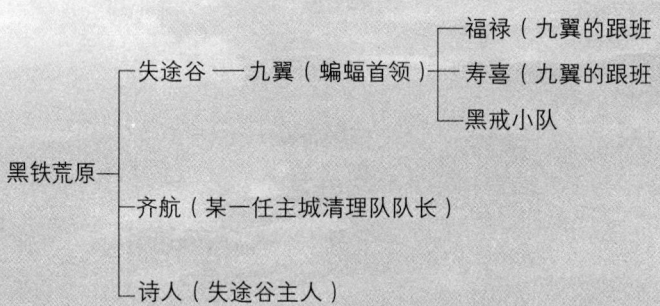

第一章

Melting City

我想去主城

1

"新的一天欢迎你。"

睡眠仓的门打开时,连川听到了熟悉的系统问候语。

他打了个呵欠。

这声音跟他记忆里第一次听到时没有任何区别,不变的女声,不变的音调,不变的语速。

连川走出睡眠仓的时候,一直在琢磨这一句问候语作为一句问候语的意义。

永远不变的清晨。

醒过来,听到声音,舱门打开,迈左脚。

真的是新的一天吗?不是前面那一天?或者是很多天之后的某一天?

不过他的思考没什么意义,每一天和每一天也未必有什么区别,每天都是今天。

唯一能够用作判断的,只有他不定时会裂开一样的头疼。

睡下时头疼了一天。

醒来没有头疼。

所以这是新的一天。

连川看了一眼手腕上的表,表面上的数字是绿色的0。

今天休息。

他从早餐盒里拿出了两个方块,一个白色的,一个棕色的,透明包装上印着字母,告诉他白色的是鸡蛋,棕色的是牛肉。

的确是新的一天,上一顿早餐是绿色和白色。

不过他没吃,看颜色就没胃口。

桌上的通话器传来了短暂的杂音。

连川拿起通话器的同时,听到了李梁的声音。

"第一中心学校。"李梁的声音里带着喘,"马上过来。"

"冗余?"连川转身打开了衣橱,但问出口的时候就知道肯定不是,只是清理冗余人口根本不需要正在休息的队员归队。

"可能是突变能力,但是无法剥离。"李梁说,"已经堵在了……"

通话器里传来队长雷豫的声音:"退开!"

接着是一阵爆裂的声响。

李梁趴在地上,耳朵被震得什么也听不见,只有不间断的嗡鸣,眼前全是烟尘,唯一能看到的只有裹在烟尘里的黑色碎片。

不知道是哪个队员的残片。

他咳嗽了几声,往四周看过去,想找到其他队员。

"学生都疏散了。"

李梁终于听见了通话器里的声音,接着又听到了队长的声音:"分散队伍,压过去,三组四组从楼后包过来,把他逼到楼外空地上!"

"不等连川到吗?"李梁起身,靠到旁边不知道从哪里飞来的一块铁板后,往前方的楼里看了看。并没有看到人影。

"四个组在这里!还差一个连川吗!"一个嘶哑的声音里带着不耐烦和怒火,"连川是救世主吗!你要是对自己和并肩作战的人都这么没信心,还干个屁!"

李梁没再出声,前面组员开始移动时,他间隔了几米,往左前方大楼的方向压了过去。

"眼睛盯好,"雷豫压低声音,"他攻击的时候会先有红光。"

红光出现的时间很短,别说现在他们并不知道目标的具体位置,就算是知道,红光那一闪也短到一般队员根本来不及反应,只要在攻击范围内,就是死。

但他还是得让包围圈收紧。旁边就是学校,还有一个医院。

在连川过来之前,必须把目标控制住。

唯一能在红光和攻击之间做出反应的只有连川,这一点每一个人都清楚,包括满腔怒火的龙彪。

"我还有两条街到。"通话器里传来连川的声音,"目标?"

雷豫盯着大楼,看不到任何动静,四周也静得吓人,所有的队员都在掩体后待命。

"是个老师,"李梁用私密频道简短介绍情况,把坐标发给了连川,"上课的时候突然开始说……关于时间,有没有开始,有没有结束……很怪的一些内容。"

那边连川没有出声。

"我们收到疑似判断的命令,过来回收。"李梁说,"他突然攻击。"

"方式?"连川问。

"爆炸。"雷豫说,"看不清轨迹,但是调装备来不及了,你必须做到一击致命。"

"明白。"连川说完没了声音。

雷豫想再确定一下他的位置时,楼里一道红光闪过。

几米远的位置顿时腾起一片烟尘,然后巨大的爆裂声响传到了他的耳朵里,紧接着一块黑色碎片从他眼前划过。

这是刚被击中的队员。

今天才第一次执行回收任务的新队员。

确切地说,是他的碎片。

他的脸。

雷豫甚至还能看到他脸上有些茫然的表情。

这次攻击过后,一个黑影从三层最右侧的窗口一闪而过。

"他要出来!"雷豫吼了一声,从掩体后伸出胳膊,装备在外骨骼上的枪在同一时间准确地击中了那个窗口。

"跟着我!"龙彪往楼前冲了过去,伏低身体,暂时藏在了一根断裂的柱子后面。

柱子没有任何掩护作用,但雷豫没有阻止。

龙彪短暂地停顿之后再次起身,飞速地冲进了楼里,三个小组成员跟在他身后也冲了进去。

"在二楼!"李梁急促的声音从通话器里传出来。

目标是怎么从三楼到二楼的,没有人看到,也没有时间再去想。龙彪和他的小组马上就会跟目标直接对上。

任务说明里，目标是个老师，二十一岁。

但眼前的目标看上去比二十一岁要小得多，更像是个少年。

尽管如此，龙彪也并没有一丝犹豫地抬起了手，胳膊上的武器发出了暗蓝色的光芒，像细小的闪电。

目标就是目标，无论年龄，无论身份；任务就是任务，必须完成。

但他看到了红光。

还有一道在红光中划过的细长黑影。

他知道自己应该没有机会再碰到自己武器上的发射装置了。

也知道自己不会死。

一声巨响从龙彪左边传来，震碎的石块裹着浓灰带着气浪扑向他，他被震得横向飞出去一米多远。

但他没有受伤，目标的攻击偏了。

那道黑影把目标撞到了几米之外，落地之前在墙上蹬了一脚，在空中转了半圈，落在了目标前方。

棕红色的皮毛，立起的黑色双耳，修长而强壮的后腿，惊人的跳跃能力……

这是连川的狞猫。

目标已经摔倒在地上，但不等任何人判断出他的攻击形式，红光再次出现。

接着消失。

这一次攻击没有能够爆发。

他的身体已经被击穿。

贯穿腹部的一个洞，边缘带着黑色的灰烬，随着他的呼吸轻轻起伏。

唯一能够在这样的速度里抢到先机进攻的人只有连川。

龙彪抹了抹脸，站了起来，看了一眼自己的组员，没有人受伤。

"目标失去攻击能力。"连川低头看着脚边这个已经不动了的人。

"回收。"通话器里响起雷豫的声音。

连川取下背着的回收器，这个像小炮筒一样的东西，熟悉得就像他身体的一部分，筒身从他掌心滑过，对准了地上的目标。

"我不想消失。"目标看着他，脸上没有受伤后的痛苦，平静得出奇。

连川没有说话，按下了回收按钮。

地上的身体立刻开始扭曲，裂开，化成小块的黑色碎片，就像之前被炸死的队员一样。

碎片旋转着，像是起了风，最后被全数吸入回收口。

任务结束，但所有的人都有些郁闷。

这种本该一个组就能轻而易举完成的普通回收任务，竟然动用了四个组，损失了三名队员，实在是有些意外。

剩下的队员正在清理现场，所有的痕迹都会被消除，无论是目标留下的，还是队员留下的。

雷豫亲自回收了死去的三名队员的残片，走到了连川面前："吃早餐了没？"

"没。"连川说。

"跟我去总部吃吧。"雷豫看了一眼手表，显示屏上几行小字一闪而过，"然后去一趟城务厅，管理员想在这周见你，没有限定具体时间，就今天吧。"

"嗯。"连川应了一声，转身往外走。

一直跟在他身边的狞猫跃上了围栏，接着又跳上了路边的屋顶，消失在一个烟囱后面。

雷豫看了看屋顶："猫吃早餐了吗？"

"这不是猫。"连川回头扫了他一眼。

"老大吃早餐了吗？"雷豫又问。

"不知道。"连川说，"吃了吧，晚上不知道去哪儿了，我快到这里的时候才碰到它的。"

"比我们自在啊。"雷豫在警戒线边缘的车旁停下，拉开了车门，又看了看其余的队员，"一组二组执行原定清理任务；三组四组以学校为中心，辐射五公里街区巡逻，发现异常先报再行动。"

连川跟着雷豫上了车，自动驾驶目的地设置的是内防大楼，清理队的总部所在地。

虽然是总部，他却已经很长时间都没有去了。清理队有自己的基地，频繁出入总部的只有队长雷豫。

"什么时候回来吃饭？"雷豫问。

"饿的时候。"连川看着窗外。

学校在主城新区——主城最繁华、最有安全感的地区，行人面带微笑，步履轻松。

但车只要再继续开，用不了多长时间，就到了另一个世界。连川的任务更多是在那里进行。

每次回到新区的安全地带，他都会觉得有些不适应。

"春姨想你了。"雷豫说。

"我也想她。"连川说，春姨是雷豫的太太春三，在连川的记忆里，是跟妈妈差不多的存在。

"听这语气，不像啊。"雷豫笑了笑。

"明天下午，"连川收回看向窗外的目光，转过头，"我回去吃饭。"

雷豫笑着拍了拍他的肩膀。

"一会儿可能需要你向陈部长说明一下这个目标的具体情况。"从清理队基地出来之后雷豫交代了一句，"你跟目标有直接接触。"

"嗯。"连川点头。

"连川。"雷豫看着他。

连川也转头看着雷豫。

"有什么你需要先向我汇报的异常吗？"雷豫说。

连川没说话，沉默地思索了一会儿之后才开口："确定没有。"

"好。"雷豫点头。

"只是最简单的攻击，"连川说，"唯一的制胜点就是速度，除此之外没有什么特别的，连攻击距离都谈不上有多远，跟……那些不一样。"

"嗯。"雷豫再次点头，"我不是信不过你。"

"我知道。"连川说。

进入内防大楼的时候雷豫停了停,往四周看了看:"猫不能进……"

"它不是猫。"连川说。

"它不能进去。"雷豫说。

"它是真不愿意进去。"连川点头。

内防大楼的繁忙一如记忆里,进进出出的人一脸严肃。不超过五米距离一个的警卫,给繁忙和严肃又披上了一层紧张。

但其实除了马上要到来的庆典日,并没有其他特别的事发生。紧张压抑是总部的常态,也是连川不喜欢过来的原因之一。

陈部长的办公室在地下,具体多少层不知道。

连川无聊的时候试过,但也只能判断出有三道拐弯。

"就是这些?"陈部长坐在办公桌后,听完了连川的汇报之后问了一句,"跟之前回收失败的……没有关联是吗?除了无法剥离。"

"凭我个人的经验是这样。"连川说。

陈部长跟雷豫对了一眼,雷豫没有出声。

"凭你个人的经验就足够了。"陈部长双手一合,看着连川微微笑了笑,"准备好见管理员了吗?"

"随时。"连川回答。

虽然管理员这个称谓听上去有些随意,就像城务厅和内防大楼一样,但主城的三位管理员,是这个巨大城市运转的核心,除去日常运转,所有重大决策都由三位管理员共同决定。

能跟管理员直接对话的人少之又少,对于连川这种只拥有普通清理队员身份的人来说,这样的机会这辈子也不可能有一次。

但这是连川第二次进入城务厅地下的最深处,去见管理员。

也许不止两次,说不定曾经有过三次、四次,谁知道呢,记忆只是一段不能证明任何内容的画面而已。

就像内防大楼一样,城务厅的地下有多深,面积有多大,没有人清楚。人们只知道,主城的所有机要部门,都藏在深深的地底,从不见光。

连川站在传送车厢里，整节车厢只有他一个人。毫无意义的车窗外面是一片漆黑，车里只有一个灯，微弱的光线溢出去，也只能照亮不到一米的空间，看到的依旧是浓浓的黑色。

车厢一直在往下走，能感觉得到是一直往右旋转着，但并不明显，这个旋转的圈很大。

随着轻微的几下震动，车停下了。连川把视线从车门上移开，只用余光观察着。

眼前的门打开时，强烈的白光猛然亮起，眼前顿时一片炫光。

上回开门的时候，他就差点儿被这个光闪瞎，万一有什么突发情况起码三秒之内只能靠听觉，太被动。

走出车厢，穿过被强光照得没有阴影的走廊，再走过自动打开的这道门，就是管理员的会客室。

连川第一次进来的时候，因为紧张还有些心跳加速、呼吸急促。

这次就不会了。

倒不是因为习惯了，而是因为……

他扫了一眼会客室里半圆形的桌子后面空着的三张椅子。

这里根本就没有人。

2

这间屋子很大，内部全是银色的金属材料，哑光的，不刺激眼睛，但是因为太单调了，有点儿刺激情绪。

桌子后面的三张椅子是这个屋子里唯三的亮点，的确是亮点，每张椅子的椅背上都有一个彩色的圆点，红绿蓝三种。

连川一直按颜色把三位管理员分别叫作小红、小绿和小蓝。

小红、小绿和小蓝没有露过面，但出过声，可惜按声音连川只能分出两个，机械男和机械女。

不过这样的分类就没什么意义了，听上去就像每天清晨的问候语。

"今天过得怎么样？"机械女声出现在头顶方向，连川默认这是管理员小红。

"还可以。"他回答。

"有点敷衍。"机械男声在右后方响起，这就没法具体确定了，小绿和小蓝的声音完全相同。

"准确说，"连川想了想，"我今天还没开始过。"

"怎么样才算是开始呢？"小红问。

"现在这样吧。"连川猛地一侧身，躲开了从身后扑来的不明物体。

这东西是什么时候靠近的，连川完全没有觉察到，耳后感觉到进攻搅起的细微气流时他才惊觉。

一道白影从他身边擦过，他没有犹豫，一掌劈在了白影的后腰上。

这是个人形生物，身上没有遮体的衣物，白得有些晃眼。

根据掌际反馈回来的力量，他能够判断出这是肉体，不过骨骼不是正常强度。

虽然不知道这里为什么会出现这样的生物,但他并没有给这东西第二次进攻的机会。

甚至没有仔细观察这东西的细节和形态,在它转身之前,连川的手直接击穿了它的身体,一如之前解决学校的那个突变体。

对方倒地之后连川才看清这并不是什么奇特的生物,只是一个男性人类,起码外表是。

更确切地说,这个人类躯壳刚从培养液里捞出来没多久,还带着特有的苍白。

"哇。"小红的声音响起。

连川没有出声,退开了一步,没再继续看地上的这个"人"。

"好厉害。"小绿和小蓝之一说,"果然是唯一能跟参宿四契合的人。"

大概是测试吧。

只是连川不明白,为什么要在这里,管理员又为什么需要测试他。参宿四除了日常维护,已经很久没有启用……

不过他依旧没开口,不表达不提问,可以想很多,但绝不轻易开口。

有时候甚至需要做到什么都不想。

没有想法,没有语言,没有表情,完美的工具人才最安全。

"为什么直接就杀?"虽然语速和语调都没有变化,但小红的语气明显带着质问。

"自保。"连川回答,"任何危及我生命的可能都是必然。"

这是刻在他脑子里的、伴随着无数疼痛与伤疤的记忆,无论经历多少次重置都会保留。

毕竟他是唯一能跟参宿四契合的人。

"咦。"小红的语气又变了。

"最近清理的时候如果碰到异常个体,我是说你的感觉上,碰到的话,务必完整回收。"连川跟雷豫一起离开城务厅的时候,雷豫在车上说了一句。

"嗯。"连川点头。意思就是活捉。

难度不小，但既然雷豫说了，就是命令。

"马上庆典日了，"雷豫说，"不能出任何问题。"

庆典日是这个巨大城市最盛大的节日，每间隔300天举行一次，为期两天。主城会打开通道，所有隐藏在黑暗里的，都会涌进安全区。

没有宵禁的两个狂欢日。

每一次都像是最后一次。

庆典日前一天，清理队各小组进入分布在主城各个要塞的待命点。

"给大家介绍一下，我们的新队员，小路。"雷豫站在门口说了一句，让出半个门的空间，一个人从他身侧挤进了屋里。

雷豫拍了拍他的肩膀："路千。"

连川的小组一共六个人，听到这个名字时都很平静地打了个招呼。连川靠在角落的一张椅子上，腿架在桌边，没有什么表情，只是抬眼往路千脸上扫了扫。

雷豫眼里有每一个人的反应，在他看来，都正常。

"你们小组的组长是连川，"他冲连川那边抬了抬下巴，"一切行动听他的。"

"明白！"路千背一挺，吼了一声。

连川吓了一跳，踩在桌上的脚滑到了地上："别喊。"

"明白！"路千挺着背继续高声回答。

"弄出去。"连川说。

一个队员笑着站了起来，拍拍路千的胳膊："走，带你出去熟悉一下附近。"

"怎么样？"雷豫问。

"以后太傻的别总给我们组。"连川说，"我们也是一样卖命的，一个拖后腿一整组都不够死。"

雷豫笑着转身走了出去。

连川把脚重新踩回桌边，盯着门外。

路千，新人。

第一天加入清理队第六小组。

但前一天他已经死在了学校操场上。

那天是他加入清理队第一小组的第三天。

"头儿，"罗盘走过来，有些不太高兴，"这人是不是有什么后台？"

"哪个后台会把关系户送到清理队来送死。"连川说。

"也是。"罗盘点点头。

学校发生的事，细节已经记不清了，唯一还能记得的只有死亡队员的名字，和之后雷豫的那句异常个体完整回收，前因后果已经一片模糊。

连川知道，参加那次任务的相关人员记忆都已经被重置，第不知道多少次。

没所谓，反正他们的一切都不属于自己。

而他永远是那个重置不完全的异类，脑子像一张出了错的硬盘，无数的坏区，无数的读写错误，无数的碎片信息。

他不知道还有没有第二个跟他一样的人，只知道自己一定不能是第一个。

一个无法完全重置的大脑。

这是一个需要他不惜一切代价去隐藏的秘密。

"D区H3路口，冗余路人。"通话器里传来声音。

"我们的。"连川站了起来，"出发。"

路千正要进屋，听到这句话顿时有些手足无措，站在门边看着全副武装从屋里一个个快速出来的清理队队员。

"你跟我的车。"连川路过他身边的时候说了一句。

"是！"路千背一挺。

连川顿了顿，转过头："再喊你就自己跑过去。"

路千挺着背紧紧抿着嘴没有再出声。

"装备都会用吗？"连川跨上了停在旁边的一辆黑色A01。

"会用。"路千跟过去，有些兴奋地听着身上外骨骼移动时发出的细微声响，盯着眼前的车，"我接受的所有训练都是为了加入清理队。"

A01是清理队的专用车型，单人或两人前后跨乘，因为不接触地面而不受地型限制，行进平稳，速度惊人，机动性强，能跨越五米高度，甚至能攀爬垂直墙面……

这些都是训练教材上的内容，路千只在训练课上开过A01的模拟机，真车还是第一次这么近距离地接触到。

"教材第三页第三个星号，"连川发动了车子，"出发时效是怎么说的？"

"怎么说的？"路千愣住了。

"主驾驶人上车三秒之内随行人如未登车视为放弃任务。"连川说，"两次放弃按自愿退出清理队处理。"

路千顾不上震惊，跳起来一跃而上，坐在了连川身后的位置上，回收器在连川头盔上敲了一下。

哐当！

他赶紧抢在自动安全扣锁死之前把回收器挪到了背后。

车猛地冲了出去，无声无息地带起一阵劲风，腰上的安全扣一下绷紧了。

"我……不记得有这一条了。"路千听着耳边呼啸的风声，有些郁闷，"我明明都能背下来的，真的，我理论考核是A类，是不是教材版本不……"

"本来就没有这条。"连川说。

路千张了张嘴没说出话来。

"但跟我车的时候要牢记这条。"连川说。

风刮得很急，宁谷站在一个断裂的钢架上，透过裂了的风镜看着在空中飞舞的碎屑。

"你有没有觉得这两天风特别急。"钉子在他身后，拿着一根铁棍，在脚下不断翻找着。

更多的碎屑随着铁棍的起落被卷到风中，黑的灰的白的，分不清到底是什么。

这是个由钢铁残躯和废弃机械组成的巨大的金属坟场，高高低低没有尽头地铺出一片丘陵，冰冷而坚硬。

上空浓浓的黑雾在狂风里越压越低却不曾淡去一丝，黑雾的外面还是黑雾，黑雾的更外面还是黑雾，光穿不透，风吹不散。

从开天辟地的那天开始就是这样。疯叔说的。

只是宁谷不明白，为什么空中永远会有那么多找不到来处的碎屑。

这些飞舞不息的碎屑让钉子坚信黑雾之外还有另一个世界。

非要这么想也不是不行，不过黑雾外面的世界只有主城。现实总是残酷的。疯叔又说了。

"有没有觉得?"钉子捡起一小块平整的金属片,巴掌大小的正方形,能映出人脸,他翻来覆去地看了几眼,塞到了自己肩上挂着的皮兜里。

"有。"宁谷紧了紧衣领,这里虽说常年大风不停,但总还是会有风大和风小的区别。

他跳下了钢架,往前走。

"去哪儿?"钉子一边继续翻找一边喊着问了一句。

"别跟着。"宁谷说,"我回来去找你。"

"你是又要去找疯叔吧?"钉子说,"传染的,少跟他聊。"

宁谷回头笑了笑。

疯叔是个脸被胡子和头发埋葬了的大叔,因为看上去不太正常而被人叫作疯子。其实接触之后就会发现,他不仅仅是看上去不太正常。

他就是不太正常。

"来,我给你预测一下。"疯叔站在他的小屋门口冲宁谷招手。

"不了。"宁谷弯腰进了他的小屋。

疯叔的小屋远离大家居住的庇护所的范围,在金属坟场的深处,不知道用什么机械的哪几部分搭的,远看像个倒扣的碗,近看像个倒扣的破碗。

不过疯叔说这个像龟壳,还给他画过。

宁谷知道,很久以前,大概久到开天辟地以前,到处都有很多植物和动物,龟就是一种动物。

但后来一切都消失了,人们对动物的记忆越来越少,还能说得出来的为数不多的那些动物,也慢慢变成了传说中的上古神兽。

现在只有主城的显贵们能拥有少量人造宠物,或者几株只能在特制容器里生长的小花。

不,还有一只狞猫。

那是野兽,真正的野兽,前无古人后无来者,整个域内域外世界里唯一的一只,凶残敏捷,来无影去无踪……

疯叔说的,当然也给他画过。

疯叔画画很难看，几根线条实在没能让宁谷看懂狞猫到底是个什么东西。只记住了它的主人叫连川。

主城杀人如麻冷血无情的鬣狗。

他没有心！疯叔说。

但是他有狞猫啊。宁谷有些羡慕。

"我给你算好了。"疯叔进了屋，把火炉上烧着的一个水壶拿下来，给他倒了一杯水，"要听听吗？"

"不了吧。"宁谷说，"我满二十二岁的时候你给我算了一卦，说我活不到二十岁。"

"你怎么知道你真的二十二岁了呢？"疯叔说，"万一你其实才十九呢？"

"那我明年就死了呗？"宁谷往椅子上一倒，看着他。

"谁知道呢。"疯叔给自己也倒了一杯水，从兜里摸出一个小布袋子，抖了点不知道什么东西到水里，"活着还是死了……我们可能早就死了呢。"

"是什么？"宁谷很有兴趣地凑了过去。

"小孩子不能喝。"疯叔抱着杯子躲开了。

"反正我明年就死了。"宁谷说，"我尝一口。"

"那你现在就可能要死了。"疯叔说。

"无所谓，可能早就死了呢。"宁谷跟着他转，"你刚说的。"

"不行不行，就这点儿了，很难找的！"疯叔抱着杯子满屋跑，"可能这辈子就只能找到这些了！"

"神经。"宁谷又倒回了椅子上，"你算一个吧。"

"我不是算命的。"疯叔说，"我告诉过你，我是个预言家。"

"那你预言一个吧。"宁谷说。

"哪方面的？"疯叔马上看着他，"你什么时候死？"

"风这么大，"宁谷看着门，裹着碎屑的风不断从门口涌进来，杯子里都落了一层看不明白的灰，"车要来了吧？"

疯叔盯着他看。

"还有多久？"宁谷又说。

疯叔又盯着他看了一会儿："这个不用算，凭我的经验，明天。"

"好。"宁谷一拍巴掌，从椅子上跳了起来，往门外走，"信你一次。"

"你是不是想去？"疯叔问。

"我又不是没去过。"宁谷说。

"不一样，以前你偷偷去，可能下了车连动都没敢动。"疯叔嘬了一口加了东西的水，"这次你想进主城。"

"那又怎么样？"宁谷偏过头。

"别去，"疯叔说，"会死。"

宁谷笑了起来，大步走了出去，举起胳膊晃了晃，迎着风提高声音："我二十岁的时候就已经死了。"

3

　　主城的道路像一个车轮，一层层往外辐射，A区是核心，是安全区，是主城的心脏；离A区越远，越危险。

　　车开到C区的时候，街景就已经有了很大的变化，是连川看惯了的混乱和破败。

　　相对安全区，这里已经是黑暗滋生的地带，就连人工日光的亮度都开始降低，四周渐渐有些飘在空中的黑雾，像是落入水中的几滴颜料。

　　D区是主城能够被称为主城的最后边缘，出了D区，穿过横跨各个路口的巨大拱门，就离开了主城的控制范围。

　　外面是黑铁荒原和废墟，被主城遗弃的区域。

　　那里虽然还有大片地方能看得出曾经作为主城一部分的痕迹，残垣断壁之下，却早就已经是"蝙蝠"们的领地。

　　"咱们小组是不是都负责II类以上事件？"路千突然在身后问。

　　连川连表情都懒得做，直接忽略了他的问题。

　　"我知道规则上是就近，但很多次重大BUG事件都是六组处理的。"路千说，"毕竟你……"

　　"酒巷西南。"连川突然沉着声音开了口，"罗盘江小敢后门包过去，其他人继续留在原定坐标。"

　　话说到一半的时候，车身已经猛地一转，往C区H1路口旁边的一条小巷拐了进去。

　　路千没有准备，强大的惯性让他条件反射地一把抓住了连川的腰带，要不是安全扣，他已经被甩出去了。

　　"C区有突发？"通话器里传来罗盘回话。

　　这里距离目标出现的地方不近，理论上系统不会出现这么大的误差。如果不是目标有工具，那就是有突发情况。

"是。"连川没有多说。

"明白。"罗盘回答得很干脆。

在不影响任务目标清理的情况下，连川拥有临时改变任务内容的权限。系统和连川冲突时，组员出于信任也会以他的判断为准。

"撒手。"连川说。

这句不是从通话器里传出来的，路千愣了愣，赶紧松开了连川的腰带。

他努力想要在第一次出任务时表现得熟练一些，但还是不得不又问了一句："突发目标在哪里？"

"注意房顶。"连川的车行驶高度开始抬升。

路千专业成绩肯定不错，但这样的风格却很难说适不适合清理队，可是死在学校的几个队员里，只有他回来了。连川一时想不明白其中的原因。

"明白。"路千回答，立刻来回紧盯着两边的房顶。虽然不光是肉眼，就连感应器也没有任何发现，但他坚信连川的判断。

因为连川是个传说。

不仅仅是内防部的传说，是整个主城的传说。

关于他的事迹路千随便就能说出五个以上，比跟人在酒馆里吹牛都轻松，各种不可能完成的任务，各种绝地逢生，各种……杀伐果决。

看不到目标，一开始感觉到的异常也已经消失，不过连川没有怀疑自己的判断，他放慢了车速。

这条巷子很长，叫酒巷的原因，是两边高低错落排列着大量的小酒馆，一共四十九家，算上倒闭的是六十一家。

虽然安全区也有酒馆，酒的品质更好，但价格太高，而且主城宵禁，想醉上一晚的人就只能来这里。

哪怕这里破旧昏暗得像是永远都不会天亮，对于很多人来说，依旧是个忘却烦恼的好地方。

"没有发现。"罗盘的声音从通话器里传出。

"守着。"连川说完从悬停的车上跳了下去，往酒巷深处走去。

路千跟在他身后也跳下了车，连川回头看了一眼，本想让他原地待命，一个新手，昨天刚死过，万一今天又死，有点儿太惨。

但他犹豫了一下，并没有开口。

路千再死一次，说不定自己就能看出来为什么他能成为那个唯一回来的人，毕竟现在出生人口申请都已经很困难，更不要提成年人口的死亡重置。

路千跟着连川走了两步，就做出了一个能完美证明自己是新手的举动。

他走向了距离他最近的那个酒馆的门，跟门口守着的全身上下捆着七八条粗细不一的黑皮带的壮汉点了点头："有没有发现什么异常？"

八条黑皮带看着他，眼神里带着不可思议，过了一会儿才回答："有。"

"什么？"路千问。

"居然有个鬣狗来跟我问路，你说异常不异常？"八条黑皮带说完笑得快喘不上气来，脸上满满的全是嘲弄。

路千明显是没有考虑会有这样的场面出现，愣住了。

连川转身走了过去。

八条黑皮带还在笑："太异常了不是么？别说今天晚上，算上昨天明天和前天，也很异……"

连川抬手在八条黑皮带咽喉上按了一下。

八条黑皮带身体僵了一秒，接着就捂着脖子痛苦地弯下了腰。

路千甚至没看清连川干了什么，只知道守卫弯下腰之后，连川走进了酒馆。

他赶紧跟上。

酒馆里人不少，发现有人进来，都转过了头，看到他俩身上的装备时，又都转开了头。

"清理队怎么跑到这里来了？"

"呸，一帮鬣狗。"

"小声点。"

"怕个屁……"

声音都很低，但也都能听得清。

连川不出声，慢慢地从人群里穿过，他能感觉到某种气息，绝对不是任务目标，仅仅是让他不安，不能让任何人发现的那种不安。

在一片吵闹声中，连川推开酒馆后门走了出去。

在后巷站了一会儿之后，不安消失了，他丢失了这个目标。

路千在连川身后，没有说话，但听得出呼吸有些重。

"你在哪儿长大？"连川问。

"绿地。"路千回答。

"难怪。"连川回头看了看他，绿地是主城最重要的几个安居地之一，那里的居民都不是普通身份，"现在是你微服出访第一课。"

路千看着他。

"所有人都讨厌清理队。"连川说。

路千没有说话，皱了皱眉。

连川不知道路千是不是第一次听到有人用"鬣狗"这个词来形容清理队员，但他肯定知道，在主城的各种上古传说里，鬣狗都是死神的代称。

只要清理队出现，就意味着又有人将要消失，无论这个人在普通人眼里是好人还是坏人。清理队永远跟死亡联系在一起。

C区的异常体消失了，连川知道自己并没有判断失误，但异常体的确消失了。

"原定坐标。"连川说。

"收到。"通话器里先后传出罗盘和江小敢的声音。

半个小组再次出发。

接下去的时间里路千没有再开口，通过护镜上的实时监视影像，连川能看到他一直左右盯着，状态很警觉。

连川觉得很好，清净多了。

D区H3路口，距离主城最后的标志也就是其中一个拱门很近，但任务目标还没有穿过拱门离开，有可能是因为庆典日期间，内防部军队的边界巡防加强了。

他们到达之后，轨迹显示目标一直在路口附近徘徊。

"不止一个。"连川说,"注意武器。"

罗盘的车从后方上来,平行停在了他右方十几米的地方,这是他们常规的队形,只要不出学校那样的意外,接下去他们的工作就是收拢包围、瞄准回收。

两步而已。

"发现目标。"江小敢说。

护镜上显示了坐标。

小组的包围圈迅速向坐标收拢。

"目标情况?"罗盘下车,问了一句,他们跟目标的距离已经很近了。

目标就在前方倒掉的巨大广告牌后头。

"两个,"江小敢回答,"看不清,形态不像正常人类。"

"系统给的目标只有一个。"罗盘说。

"扫描目标数据存档。"连川说。

路千想要跟着连川往广告牌靠近时,连川做了一个让他原地等待的手势。

路千很不情愿,但还是停下了,只是举起了手里的回收器,瞄准了广告牌的方向。

连川和罗盘一左一右继续往前。

瞄准镜里能清楚地看到广告牌上的字,虽然颜色已经脱落了很多,还是倒着的。

让主城的阳光在每个清晨叫醒你。

是个楼盘广告。

从连川第一次路过这里,广告牌就已经以这样的姿势存在了不知道多久了,像是在证明,阳光在每个清晨叫醒你,只是个正在坍塌的梦境。

主城早就已经没有足够的空间和物资容纳更多的人。

"清理队,"罗盘往前,走到了连川侧前方,对着广告牌方向,"根据城务厅第109号冗余人口标准,你们已经被系统确认,现在清理队依法对你们进行回……"

罗盘的话没有说完,广告牌后一个身影突然腾空跃起,高度和预测距离都明显优于普通人。

这是系统没有监测到的那个，这不是主城的冗余人口。

"蝙蝠。"连川发现他小腿正前方溃烂的皮肤下，外露的骨骼被一层金属包裹着，光看这种过于硬核的装备，就已经可以判定，这是黑铁荒原上的游民。

蝙蝠直跃而起，扑向了路千。

罗盘的第一击打空，蝙蝠落地时已经到了路千面前不到两米处。

"老大，上。"连川端着回收器的姿势都没有变，没有回头，没有掩护，在瞄准镜里广告牌后的任务目标探出头的瞬间按下了按钮。

目标被击中，扬起一丛黑灰色的碎片。

碎片被卷进回收器的同时，一个修长矫健的黑影从黑暗中窜出，从路千和蝙蝠之间穿过，带着寒光的爪子一挥而过。

蝙蝠倒地。

这是传说中连川神龙见首不见尾的"搭档"狞猫。

路千反应还算快，手臂立刻压低，回收器和手臂上的枪同时对准了倒地的蝙蝠。

小组的人都没有动，把击杀蝙蝠的机会留给新人。

"鬣狗！"蝙蝠从牙缝里挤出一句，"都去死！你们都该死！"

路千也许只有千分之一的犹豫，但他肯定犹豫了。

毕竟按钮轻轻一按，无论是个冗余还是个蝙蝠还是个别的什么，就会永远地消散在空气中，所有的记忆就那么散落着，慢慢汇入日光之外的黑雾里，曾经拥有的一切，无论是悲是喜，无论是你想遗忘的还是想铭记的……

一束细细的光亮划过，蝙蝠的身体仿佛被几万度高温灼过。

路千回过神来的时候，被连川击中的蝙蝠细如灰尘一样的身体碎屑，已经包裹在了他四周，他甚至能感觉到有些呛人。

刚回过神的他再次愣在了这一丛带着死亡气息的灰烬里。

"收队。"连川转身离开。

罗盘推了路千一把，把他从还没散去的灰烬里推开了。

"微服出访第二课，"连川上车，"不要让蝙蝠说话。"

路千僵立着，看着他。

"三秒。"连川说。

路千跳上了车，轻轻呼出一口气。

"那旅行者呢？"他在身后问，"通道快开了吧，他们要来了，如果碰到的话一般怎么处理？"

"你么？"连川说，"跑吧。"

"一会儿去喝两杯吗？"江小敢的声音从通话器里传出来，"下个任务之前。"

小组里的人都表示可以。

"那……"路千似乎是缓过来一些，"我能去吗？"

"能去，你过来跟我车。"罗盘说。

路千愣了愣："为什么？"

"他不喝酒。"罗盘说。

"哦。"路千下了车，跑过去上了罗盘的车。

连川掉转车头，消失在路口。

一道黑影从房顶上掠过，也跟着消失了。

"那个猫……"路千抬着头。

"那不是猫，"罗盘说，"叫老大，记住了。"

"老大。"路千点了点头。

主城的日光每一次亮起，时间都比上一次要短，都比上一次要暗。

虽然这样细微的变化，肉眼不可能觉察得出来，但如果隔上三十次，六十次，或者几百次再看，就能发现。

"怎么样？"九翼坐在一块石头……不，一块长得很像石头的铁上，并不怎么舒服，但黑铁荒原上只有这种金属，而且这里是唯一能看到主城最高塔的地方。

高塔叫光刺。

很直白，一根发着光的刺。

日光已经暗下去，他在这里坐了一整天。

他盯着失去光芒的主城里最高最亮的那根刺，仿佛这个世界所有的光都在主城。

这是他上个庆典日之后第一次来到地面上。

空气不错，但荒凉得紧。

"没能带出来。"旁边蹲着的一个人回答。

"谁问你这个了，肯定带不出来。"九翼皱了皱眉。

"那为什么还让带？"蹲着的人问，"我们也损失一个啊。"

"你是被人换了脑子吗？跟着我多久了，这都不知道？"九翼扫了他一眼，确定这是跟着自己有段时间了的小跟班福禄，"肯付代价，就带，死活不管，谁的人也不管，愿意去的不就图那点利吗，反正死了也有。"

"……哦。"福禄想了想，"知道了，你是问进主城的通道吧，都封了，刚才寿喜带着人去冲了一轮，没了两个，让城卫打成沫沫了。"

九翼叹了口气："活着没什么意思是吧，可以去护卫队报名当肉盾啊。"

"也不是，"福禄也叹气，看着远处，咬着牙，"那本来应该是我们的地盘！"

"嘘，别让旅行者听到了。"九翼竖起食指，笑了起来，声音在空旷的金属荒野里带着诡异的回响，"他们也是这么想的。"

4

风比昨天更急了,气温也低了很多,风中卷着的碎屑里开始带上了细小的冰粒。

宁谷蹲在一堵断墙边,把帽子一直拉到了鼻梁上。

这是一顶滑雪帽,疯叔以前送他的,旧了,不太顶得住风吹,平时他会在外面再扣一个大毛帽子,今天出来得急没戴。

离他不远有一小堆被碎石矮墙围起来的火堆,因为燃料特殊,在狂风里疯狂抖动却始终不灭,可以取暖,但宁谷没过去。

温暖的地方容易吸引各种诡异的生命体,危险或者不危险都有可能,他一般不愿意冒这样的险。

有人从墙后走了过来,脚步很轻,只有几声被耳边狂风割裂了的短促脆响。

"带来了吗?"宁谷问。

脚步停下了,过了一会儿地王才从墙那边翻了过来。

"你带来了吗?"地王往他身边一坐,看了他一眼,"你这是什么打扮。"

"保护我英俊的脸。"宁谷转过头,"带来了吗?"

"你这个风镜是不是破了?"地王敲了敲他被罩在帽子下的护目镜,"我有新的,要吗?"

宁谷有些不耐烦地一把掀开了帽子:"给你一句话的机会,带没带,没带我再给你两秒钟逃跑的机会,晚了你就死。"

"带了。"地王说。

"拿来。"宁谷伸手。

地王看了看他手:"宁谷,不是我信不过你,规矩不能坏,交换就是交换,一手换一手。"

宁谷也看了他一眼。

宁谷的风镜的确漏风，他的眼睛在风镜里依然被吹得有些眯缝，看地王这一眼很费劲，眼泪都被吹出来了。他满含热泪地说："滚远点。"

地王看着他。

"然后拿出来我先看一眼，"宁谷说，"是我信不过你。"

地王之所以叫地王，并不是因为他有很多地，是因为他对鬼城的熟悉。

鬼城这个称呼是主城广大人民群众给的。

这片游离于主城之外，跟主城没有任何接壤，甚至相互都无法确定对方位置的空间，只在某些谁也不知道的特定时间里，才会跟主城突然联通。

主城曾经想把这里称为卫星城，明显他们不能答应，谁是谁的卫星还不一定呢。而且对于主城的人来说，这个神出鬼没、没有边际、永远黑暗、大风不息的空间，更像是座鬼城。

好在主城的人没有顺着这个思路把生活在这里的人叫作鬼。而是沿用了他们对自己的称呼——旅行者。

地王是旅行者的元老，跟着因为无系统授权的能力突变而被追杀、从主城逃离到这里的最早的那一批旅行者混过来的。

没有人比他对这里更熟悉，想找什么稀奇古怪的东西或者弄什么紧缺的物资，他多半都能解决。

但地王是个老奸商。

很奸。

不少人吃过地王的亏，只是宁谷不肯吃这个亏。

虽然宁谷是旅行者里少有的目前还没看出有什么能力突变的稀有品种，连滋个火花的本事都没有。

但在宁谷眼里，地王跟他一样稀有。

对于不少拥有毫无意义的、类似鼻涕泡是粉红色这种能力的人来说，从小拳打粉红鼻涕泡、脚踢人体打火机的宁谷，算得上是个恶霸。

所以地王没有犹豫，退开了几步。

宁谷盯着他的手。

地王的手伸进外套内兜里，飞快地抽出了一张叠起来的纸，飞快地往他这边晃了一下，又飞快地放回了兜里。

"你带来了没？"地王问。

宁谷根本连犹豫都没有，直接就知道那张纸是假的。

宁谷想要的是一张画，真正的画，有颜色的，看得出画的是什么的，不是疯叔在墙上拿根棍子划拉几道子就说是狞猫的那种。

地王手里叠起来的纸逆着光能看到是空白的，上面连道子都没有。

而且这种难搞的东西，以地王这种奸商对他这种恶霸的了解，根本不可能放在只隔了一层的内兜里。

怎么也得从内裤里往外掏。

因为恶霸可能会抢。

"一手交……"地王话还没说完，宁谷已经跳了起来。

这是要抢。

地王反应还是很快的，转身就往黑暗里冲。

但宁谷比他快，一胳膊抡在他后脑勺上的时候，他都还没冲出第三步，接着就被抡倒在了地上。

宁谷扑了过来，膝盖往他后腰上一撞一压，他就没法动弹了，只能侧着脸大喊："你干什么！殴打老年人！还抢东西？当心我告诉团长！德高望重的人居然养出你这样的强盗！"

旅行者聚在一起就是旅行团，带头的领队就是旅行团的团长。团长算是把宁谷养大的人，宁谷叫他叔叔。

宁谷挺怕团长，但见了面才怕，现在不怕。

他一把扯下了地王的外套，从内兜里摸出了那张叠好的纸。

明知道是假的，但打开的时候他还是莫名地期待，也许是他太想要一张真正的画了，所以看到真的只是一张空白的纸时，他心里的失望连风都吹不散。

"你敢拿这东西骗我？"宁谷膝盖压着地王后腰，手掐在他脖子上，"你怕是骨头发紧了吧？"

"你也别喊冤，我要的东西你有吗！"地王吃力地喊。

宁谷盯着他看了一会儿，手摸到了靴子上。

"怎么！还要动刀啊！"地王喊。

"就你也配我拿刀？"宁谷慢慢从靴筒内侧的小暗袋里抽出了一根羽毛，

灰白渐变的颜色，非常漂亮。

"嗯？"地王拼命地往他手的方向斜眼睛。

"我有。"宁谷捏着羽毛，在他眼前晃了晃。

地王没了声音，但眼睛一下瞪大了。

"你是不是有新的风镜？"宁谷一边把羽毛小心地塞回暗袋里，一边在地王腰侧挂着的皮兜上按了按。

"羽毛换风镜？"地王问。

宁谷勃然大怒，抓着他的头发把他脑袋往地上猛磕了一下。

地王立刻眼睛一翻，晕了过去。

宁谷拉开皮兜，翻了几下，找到了一个风镜，果然是新的。

他扯下自己脸上的旧风镜挂到腰上，把新的戴上了。

旧的修一修可以给钉子，最近风大，钉子的眼睛都快被吹没了。

宁谷回到庇护所，转了一圈也没看到钉子，回到家的时候倒是看到了团长正站在他屋里。

"叔。"他打了个招呼，把自己床上堆着的东西收拾了一下，"坐。"

小时候他跟着团长住，成年以后团长给他找了这个小屋，平时他自己一个人住着。屋里没什么东西，除一个小铁柜子和一个小桌子，连床都是随便用各种旧垫子堆出来的。庇护所里所有的单人小屋差不多都这样，只有小夫妻们会把屋子收拾得更好一些。

不过宁谷的小屋比别的单身小屋要乱得多，全堆着他换来的各种有用没用……在团长眼里基本都没用的东西。

"坐不下去。"团长说，"上次不是让人给你拿了个椅子过来吗，哪儿去了？"

宁谷咳嗽了一声，没说话，在床边坐下了。

"换东西去了？"团长弯腰看着他，"那个也能换东西？"

"想换什么都能换。"宁谷说。

"哦。"团长还是看着他，"我以为你只抢东西呢！"

宁谷皱了皱眉，地王这个老奸商居然真的恶人先告状跟团长说了。

"你这几天老实些。"团长也皱起了眉，没跟他再说抢东西的事，"我明

- 029 -

天大概就要带人上车,你别再惹麻烦……"

"明天吗?"宁谷抬起头。

"嗯。"团长应了一声,"你在家里好好……"

"我想去。"宁谷说。

团长有些意外地看着他。

宁谷从小就想要去主城,庇护所里所有的孩子里大概只有他最执着,还偷偷跟着上过两回车,只是因为留在原地没乱跑,团长也就装不知道了。

宁谷知道团长不愿意让他去主城,所以宁可偷偷跟车,也从来没提过。

这还是第一次,他直接说出了"我想去"。

团长一时之间竟然不知道该怎么回答了。

"让我去吧。"宁谷说,"钉子他哥都去过那么多次了,他不是跟我差不多大吗?"

"这不是年龄多大的问题,"团长说,"是你不能去。主城看着光鲜,其实暗地里比这里危险得多。"

"因为我只是个普通人?"宁谷站了起来,"主城不也都是普通人吗?突变的能杀的都杀了,杀不掉的都赶到这里来了……"

"你闭嘴。"团长皱了皱眉。

"我不怕死,"宁谷说,"我只怕死的时候什么都没见过,什么都不知道。"

"你,"团长指了指他一屋子换来的东西,"你见过的比我多。"

"你知道我不是这个意思。"宁谷有些不爽,平时跟团长说话绝对没有这么冲。

"你是哪个意思都不能去。"团长说完转身走出了屋子。

宁谷想要跟出来再说点什么,但门顶在他鼻子前关上了。

哐。

他抓着把手试了试,打不开。

是团长干的。

得等他走远到一定距离了,门才能打开。

其实起不到什么作用,但现在这一招表达的就是,他不希望再跟宁谷聊下去了，也许是知道再聊下去宁谷会说什么。

"这么拦是拦不住的。"李向从旁边的一个灯笼后走了过来，看了宁谷的小屋一眼，"他不是几句话能说服的人，能这么多年了才跟你说想去，已经很难得了。"

"这次不能去。"团长沉着声音。

"要带货？"李向问。

团长没出声，走了几步又停下了，看着前面一个个排成了两排的红色灯笼，一直延伸到远处，在黑暗里像一座架在虚空上的桥。

灯笼都是玻璃的，红色的火光在狂风里跳跃，却能坚持很长时间不会熄灭。

庇护所用这些灯笼来标记那些黑暗中通往各处的道路，有专人来点——被宁谷戏称为人体打火机的人。

"你感觉到了吗？"李向站了一会儿，问了一句。

地在震动，这并不罕见，过不了多久，就会出现一次。

不过这震动代表着什么，并没有人知道。

曾经有一个人，猜测这震动也许会影响某些人的能力，但也只是猜测。

这个人拥有着主城那些躲在最深建筑里的人最害怕的能力，却在一次震动之后消失了，再也没有出现。

能力和拥有能力，是个不可预测的事，会不会有，会是什么，会有多强，都没有人知道，但很珍贵，是他们的一部分，像身体，像手，像脚。

任何一份能力的消失，都是团长不能接受的撕裂。

"你再跟他们确认一次。"团长继续往前走。

"确认过了。"李向说，"只有一个。"

"不是确认这个。"团长抬眼看了四周，顺着灯笼转进了小路，一直走出了庇护所的范围，才又停下，转身看着李向，"必须要有自毁装置，不能再出错。"

"明白。"李向点头。

"这地方守得不容易。"团长拉了拉衣领，"任何有可能的干扰都要去掉，跟他们说，如果保证不了，以后就不再合作了。"

李向看了他一眼，轻轻点了点头："那个还在找，不过还没有……也许自毁装置只是延迟了？"

"别有这种幻想。"团长说，"所有事都要往最坏的方向做准备。"

"最坏的。"李向皱了皱眉，声音很低，"故意的？"

"我们没有盟友。"团长看了他一眼，转身走进了黑暗里。

宁谷拿着一个冷光瓶，走在高低不平、冰冷坚硬的地上，他要去垃圾场，他要穿过垃圾场去另一头。

小时候他问过团长，鬼城有多大。

团长没有回答他。

在其他人眼里，鬼城没有边际。

或者说，也不是没有边际，而是没有人能从边际的那头回来。

鬼城从出现的那天起，就一直被狂风和浓黑的雾包裹肆虐着，黑雾就是边际，黑雾的外面还是黑雾，最浓最黑的部分，就是旅行者都不会再逾越的"边际"。

最近的"边际"就在垃圾场的另一边，小时候宁谷和钉子一起去过，坐在最高的地方，看着不断随着风向他们卷过来的黑雾。

像舌头一样。钉子说。

后来宁谷知道，那里的确就叫舌湾。

一般情况下，宁谷不会一个人到这边来，旅行者很少会单独深入垃圾场，正常生活在庇护所的旅行者甚至不会去垃圾场，更不会去远在垃圾场另一头的舌湾。

大家都知道，鬼城的原住民并不是旅行者，真正的原住民都潜伏在黑暗里。

疯叔曾经说过："知道吗，它们没有触觉，也没有视觉和听觉，但能感知一切高于寒风的温度……"

然后吞噬。

宁谷经常去舌湾，每次都待很久，比起有可能碰到原住民的危险，他更想知道舌湾里面有什么。

疯叔捧着杯子，蹲在废旧金属部件堆就的尖塔上，看着渐渐走入黑暗深处的宁谷。

还有那道在他绝对不会被发现的距离之外一闪而过的影子。

疯叔喝了一口早已经凉透了的水:"那就看看谁的命硬吧。"

5

庆典日像以往的每一次一样，盛大而混乱。

每次都期待能一睹管理员的真容但每次都睹不着并不会让人们失望，各种平时吃不到的美食，喝不到的好酒，通不了的宵，都能让人满足。

还有焰火。

光是两天里的两次日光焰火，就能让连川对安全区到底能容纳多少人、这些人平时都在哪里感到疑惑，上午甚至有一栋旧房子的墙面因为集体欢呼而裂开了巴掌宽的缝隙。

整个内防大楼里所有的部门在这个日子里都不能休息，清理队也不例外。

清理队不负责治安保障，也不负责维持秩序，他们的工作内容跟平时差不多，只负责让人消失。

唯一的区别，大概就是任务更多了。

虽然进入主城的各种通道都已经严格封闭，只允许D区以内、包括平时不被获准入安全区的人进入参加庆典。

但总还是会有BUG出现，总还是会有人有办法混进来，看看热闹，偷点生存物资，感受一下主城的日光和深夜的酒。

甚至只是为了在平坦的地面上走上几步。

这种时候，系统就像是一个话痨，隔不了多久就会报出坐标，违规人口，冗余人口，不明生物……

清理队八个组，全都撒了出去。

连川站在B区一个楼顶上，旁边停着他的车，老大在身后的阴影里蹲着。

路千今天开始不跟他的车了，一组没了搭档的李梁换到了六组，跟路千搭档。

李梁是个稳重谨慎的人，还很有耐心，带路千这种傻子很适合。

执行任务时每个人都得有自己的搭档。主城并不比外面安全多少，就算是连川，传说中的连川，也不是一个人单干，他的搭档是老大。

所有人里只有龙彪非常生气，毕竟一组除了他就属李梁最有经验，还能承受得住他的暴躁脾气。

身后传来很细很轻的声音，这是老大的爪子轻轻落在地面上的声音。

"我头疼。"连川说。

老大走过来到他身边坐下，偏过脑袋凑近闻了闻他的脸。

头疼已经很多年了，从他发现自己的记忆会被重置的那天开始，头疼就是重置不完全的副作用，而且一疼就是天崩地裂。

所以这件事，除了老大，没有任何人知道。

从小到大的训练里他受过无数伤，大腿被生生撕裂时的疼痛，都赶不上每次的头疼。

但没有任何人知道。

连川能够忍受着这样的疼痛，参加任何强度的训练，甚至在参宿四的训练中也不会有丝毫破绽。

"你不靠躯体活着，"雷豫说，"你一直只靠意志活着。"

那倒不全是。

还靠求生欲活着。

参宿四唯一的契合者总头疼，是一定需要接受检查的，全面的、细致的、解剖式的检查。

那些平时不会进行的检查一旦启动，坏掉的硬盘恐怕……

老大喉咙里发出一声很低的鸣音，转身跃起，飞快地消失在楼后。

连川往楼下看了看，人群从各处汇入，越聚越多，各种喧闹的声音把主城不容易觉察的衰败渐渐掩掉。

也许这就是城务厅坚持要保留庆典日的原因。

而脚下挤满了人的街道，空气中飘散着的酒气，是连川对庆典日永远不变的记忆。

"各小组组长，"通话器里传出了雷豫的声音，"蹲守区域内巡防。"

"巡防？"龙彪有些疑惑。

"巡防。"雷豫重复了一遍。

"六组收到。"连川没有多问，之前老大突然跑开就是已经发现了异常。

雷豫没有给出目标的准确坐标只让巡防，无非就是两个原因：系统确认不了目标位置，或者目标位置不能暴露，需要专人清理。

连川跳上了车，从楼顶冲下去的时候，听到了雷豫的声音："一组，六组，目标在你们中间。"

护镜上显示出的坐标经过了加密，只有连川和龙彪能看到。

黄色的坐标区别于平时的绿色坐标，表示并非精确位置。同时还能看到目标的保密级别是I2。

这是个脱逃的非规成体。

"处置方式？"龙彪问。

"自毁。"雷豫回答，"清理路线，确保无目击。"

城务厅有个进行了很久的项目，叫"非规计划"。

主要研究对象是非常规成体，这是城务厅公开承认的项目。非常规成体指的就是不通过申请，不计入人口，属于官方的……合法违规人口。

这项研究的内容很简单，提高人类的综合能力和素质，适应越来越恶劣的环境，对抗虎视眈眈的城外恶魔。推动研究开始的原因也很简单直观——主城不得不放弃的黑铁荒原，也曾经是乐土。

主城早晚也会被蚕食退化，变成黑铁荒原延展的一部分。

一旦那天到来，恐怕都不会给眼前这些人留一个苟延残喘的机会……

而这一天，已经到来过很多次。

只是没有人知道一切会怎样开始，又怎样结束；也没有人知道会看到什么样的场景，你还是不是你，我还是不是我，谁又会是谁。

不过这个听起来很合理也很有必要的项目，被主城最大的民间组织不断抗议，管它叫"反人类加强计划"，浅显直白，就像组织给自己起的名字一样。

顺其自然。

还有个分舵叫"说给三位管理员"。

具体说了些什么，连川不太清楚；管理员知道不知道，就更没人知道了。

总之他们认为这个世界现在的一切都违背了自然规律，他们要打破人造的一切，让世界回归本来的样子，沿着世界原本的轨迹往前，无论是生存还是灭亡。

连川对他们的想法没有什么想法，只希望他们以后要是起义了，能把人造日光保留。

日光要是没了，顺其自然们要想开个会都得摸黑拿个冷光瓶，蝙蝠和旅行者怕是都会忍不住笑起来。

主城还能让黑铁荒原和鬼城虎视眈眈的，无非也就是主城无须顺其自然。

所以连川一直想不通，顺其自然们直接离开主城就能实现的诉求，为什么喊了这么久。

黑铁荒原欢迎您，想要再远些还能去鬼城。

"沿E大道平行方向往D区巡防。"连川给组员发出了指令。

雷豫的命令他从不质疑，也从无疑问。

非规成体逃脱并不多见，但也总会有意外，清理队的人见过几次，形态跟正常人类并不完全相同，但有没有人还记得具体细节，就不好说了，因为连川记不清。

这种时候，保持沉默执行命令，是他最好的选择。

混乱的记忆早就教会他面对任何情况都能处乱不惊。

"焰火表演将在光刺公园举行，请勿拥挤，排队入场，听从工作人员安排，入场时请出示主城居民身份卡。为保障安全，您可能会被随时检查身份卡，无法验证身份的人员一律回收，珍惜生命，享受美好生活……"

主城所有的街道上都反复播放着广播，机械男音没有感情地重复着提示和警告。

连川的车从人群上方开过，一是为了速度，二是为了不引起不必要的恐慌。

和辱骂。

老大出现在连川右方的屋顶上，跟着他的车飞速前进。他看了一眼坐标，向老大打了个手势，从十字路口转向了东边，老大继续前进。

系统没有在坐标附近显示目标以及目标的状态，他无法进行预判，也不能叫组员配合，只能按老规矩，跟老大前后包抄。

虽然还有龙彪和他的搭档，但基于龙彪跟他心不合面都懒得和的关系，不能考虑进去。

雷豫说了处理方式是"自毁"，非规成体都有自毁装置，也就是说，他们的任务只是确认目标自毁完毕，并且确保在自毁前没有目击者。

这个本来难度不算太大的任务，因为"没有目击者"这个要求而变得困难，毕竟这不是一个普通的夜晚，这是庆典日没有宵禁的狂欢之夜。

到处都是人，就连平时走三个来回都碰不到一个人的破败小街，现在都能听到欢声笑语。

连川不得不找了个隐蔽的地方把车停下了，A01太显眼。

"过来。"通话器里传来了龙彪的声音。

这句话是对连川说的，意思得连川自己领会。

根据连川和他多年的合作经验，这个意思就是他已经看到了目标，而且无法独立完成任务，需要忍辱负重放下尊严被迫向他最讨厌的冒牌救世主连川请求支援。

"收到。"连川看到了护镜上龙彪的坐标，和他还有一定的距离，在没有车只能跑过去的情况下，应该是老大先到。

连川在腿侧的一个发射器上按了三下。

老大很快悄无声息地出现在了旁边的屋顶上，连川也借着外骨骼的助力几步攀了上去，给老大打了个手势。

老大往龙彪的方向飞速跑去。

连川也跟着跃起，开始在街区的上空奔跑。

从一个屋顶，跳到下一个屋顶，风在耳边吹过，带起的尖啸中能听到外骨骼运动时发出的低微声响。

他能听到很多：从街道上方跃过时，下面的叹息；从楼顶天窗跃过时，屋里的低语。

旧了的管道在嗡鸣，后巷里酒客的杯子落地，弹起的小钢珠，下水道里淌过的一杯水，楼梯上滚落的鞋……

粗重而奋力的呼吸。

这是不同寻常的呼吸声。

连川猛地停在了路口的钟楼窗口边，伏低了身体。

视野里没有非规成体，护镜也扫描不到信息，他却能听到。

这里是C区和D区的边缘，狂欢的人已经很少，但他下方的街角就有两个路人。

"他要出去。"龙彪在通话器里低声说。

"你看到他了？"连川问。

"……看到个影子。"龙彪说，"但现在又看不到了。"

"他停下了。"连川说。

"你看到了？"龙彪问，"坐标。"

"我听到了。"连川回答。

"你直接说你脑波扫到了就行。"龙彪很不爽，"内防之神。"

连川没说话，把自己的坐标发了过去。

"刚就是往那个方向去的。"龙彪说，"你的猫应该在他正南方向。"

连川还是没出声，取消坐标，从钟楼边跳下，快速穿过了路口。

"你去了吗？"龙彪问，"为什么取消坐标！"

连川沉默，再次跃起，跳到了路口对角的一个废弃电影院的门楼上。

老大不是猫。

"连川，"另一个声音从通话器里传出，是龙彪的搭档崔平，"老大是不是已经在前面了？"

"是。"连川回答。

"我们压过去可以堵在星盘街，"崔平说，"那里没有人。"

不能有目击者的命令里，包含了"看到了就消失"的意思，但一般情况下，清理队并不会因为有这样的特许而肆无忌惮，哪怕是早就已经背上了鬣狗的声名。

星盘街为什么叫星盘街已经不可考，毕竟星星也只是传说。早些年主城会在每天日光变暗的时间里给黑雾缀上星星点点的几粒光，被诟病浪费资源之后，几粒星光就再也没有亮起过。

主城里跟星有关的唯一痕迹，就只有不知所云的星盘街了。

星盘街是一片交错纵横的混乱街区，没有一条街一条巷子是横平竖直的，算是主城最有个性的街区。

也最凶险。

不知道哪里会有岔道，不知道哪里会有缺口，不知道哪个倒塌的钢梁后躲着潜入的蝙蝠，也不知道哪个废弃下水道里藏着想逃出城的BUG。

星盘街很静，之前连川耳边的各种动静只剩了风。

往深处潜入一段之后，他听到了老大短促的几声喉音。

这是在预警，老大已经发现了目标。

声音离连川很近，连川迅速跳上一栋房子的天台，几步之后从天台上一跃而起，从街道上空横跨而过，落在了对面的屋角。

老大就在斜方一架垮掉了半截的金属直梯上，头向下，尾巴向上，全身警戒。

与此同时，连川看到了伏在下方道路正中的一个白色生物。

"锁定目标。"连川在肩上按了一下，开始扫描眼前这个说不清是什么的生物。

数据很快传送到了龙彪和崔平那里，崔平的声音里带着些许疑惑："这是非规？"

连川没有回答。

这当然是个非规成体，而且看样子是个失败的非规成体，扫描出来的形态是四肢行走。

有机会就多看看，毕竟这样的东西被他们看见了，记忆还能保留多少，就不好说了。

连川的记忆残片里倒是能拼凑出一些东西来。

这个非规成体的形态，怎么看也不像是公开计划里的所谓"增强"。

这几乎已经脱离了人类的范围。

连川没有见过这样的东西，或者见过也不记得了。

看不清，观察的时候像是隔着一层雾，虽然知道这层雾就是来自目标本身，但却很难真切判断雾里的东西。

只能看出个大概。

身形很高大，细长的节状四肢，拳头大小的头部，面部一片模糊，躯干部分像是已经破损，模糊中能看到类似肋骨的突起，看上去会让人联想到……

"这东西怎么有点像K29？"龙彪的声音从通话器里传了出来，他和崔平已经伏在了旁边的楼顶边缘。

没错，就是K29。

K29为什么叫K29不得而知，有没有K30和K28也不得而知，但他们有着关于K29的记忆。

这是鬼城原住民的代称。

6

像是听到了龙彪的话,这个东西猛地抬了一下头。

几个人都没了声音。

"它没有听觉。"连川说。

"你知道?"龙彪马上压着声音呛了回来,"它转头了。"

也许是因为他们的任务并不需要动手,只在这里看着就行,龙彪话比平时多。

平时他俩要是有配合任务,龙彪基本不会出声,一切都得靠连川自行理解。反倒会营造出一种让龙彪极度不爽的、他俩相当默契的错觉。

"它能感觉到震动。"连川闭上眼睛,"有人过来了。"

对面直梯上的老大也已经给出了反应,慢慢退回了屋顶。

人还在很远的地方,但连川能听得到,或者说能感觉到震动,他甚至还能判断得出,这种轻重和步速都跟普通人不一样的脚步声,是因为身上有装备。

他皱了皱眉。

这是内防部的治安队,三人一组,负责主城内部治安,跟城卫一个内一个外。

庆典日期间,治安队和城卫都加派了人手。

如果治安队的人走过来,看到了下面这个迷茫的类K29怪物……

局面就会变得很麻烦。

理论上清理队也是内防部亲儿子,但比起城卫和治安队,清理队更像是个上不了台面的私生子,在阴暗角落里干些黑活,被大哥二哥一块儿看不上。也算是内防传统了。

"什么人?"崔平问。

"治安队。"连川看了一眼声音传来的方向，很不巧，看样子治安队是要到星盘街巡逻，"快到了。"

"这什么破任务。"龙彪很不爽。

虽然没再说后面的话，连川还是从龙彪移动的位置看出了他的意图，龙彪想把下面那个怪物驱离，避开治安队的行进路线。

这种做法并不合规，他们执行的是无接触任务，目标的数据也仅仅掌握了刚才扫描到的基础生物信息，算得上一无所知，龙彪明显是冲动了。

连川向对面打了个手势，让老大注意掩护龙彪。

他没有提醒龙彪，毕竟龙彪坚守冲动暴躁TAG不动摇，人设从未跑偏过。

而且他也知道龙彪这么做的原因。

龙彪从侧面小巷冲出去的时候，崔平也跟着从另一条岔路冲了出去，与龙彪在怪物后方形成了一个夹角。

只要连川和老大在两侧控制好，不出意外，他们很快就可以把怪物逼到星盘街深处迷宫一样密集的小道里。

这么做很冒险，但他必须跟上配合。

夫妻还能离婚，清理队的搭档一旦搭上就不会再换，命都交在了搭档手里。

所以龙彪冲出去了，他就得冲出去，关键时刻不能让龙彪一个人犯蠢，得两个人一起蠢。

现在赌的就是目标不攻击，受惊后按他们压缩的方向逃离。

然而刚从小道冲出，还没有来得及近距离看清目标的样子，他们的赌局就已经输了。

目标突然转过了头，用腿撑起了身体，绷直的腿和陡然拉长的脖子，让它的直立高度瞬间暴增。

看这个英勇的状态，恐怕不会因为受惊而逃离。

甚至还打算进攻。

目标从身体内部发出沉闷的啸声时，就连以速度称霸的连川也没有来得及做出任何反应。

不仅仅是因为这声音来得突然，也不仅仅是因为这声音很大，动静仿佛旅行者冲进主城时拉响的警报,而是从未有过哪种生物的叫声,能像眼前的目标这样,像一把钝刀直直捅进了脑子里。

起初的一瞬间,连川甚至觉得时间都停顿了,整个世界一片空白。

崔平清醒过来的时候已经跪在了地上,按身体不受控制的状态,再晚点清醒过来他可能已经对着目标磕了一个响头。

"快退!"连川的声音在他耳边响起,接着他就从地上被拉了起来。

"叫增援。"龙彪跟他们同时往后,退回了另一边的小巷里。

"不。"连川回答得很干脆。

龙彪来不及问他理由,这个灰白色裹着半透明气溶胶的东西向他冲了过来,扬起了胳膊。

不能攻击,这是绝对不能违抗的命令,他只能继续后退,想顺势把这东西引向另一条路,避开马上就会到来的治安队。

这东西虽然看上去智商不高的样子,力量和速度却都算不错,能在龙彪完全采取防御姿态的情况下,一抡胳膊就把他甩到了旁边的墙上。

胳膊的长度超出了龙彪的预判。

他没有时间为这个失误郁闷,在外骨骼的缓冲下,他的后背依然被撞得生疼。

第二次攻击在他还没有完全落地的时候就已经开始了。

他又被撞了一下肚子。

不过这次撞他的是连川的狞猫。

老大把他撞出了攻击范围。

"那边是什么人!"有人喊了一声,听这中气十足的语气就知道是什么人,"准备攻击!"

送人头的治安队还是如约赶到,虽然对眼前的东西感觉到震惊,三个人还是同时举起了手里的武器。

跟清理队不同,治安队的工作没有那么复杂,有可能威胁到主城广大人民群众生命财产安全的一切,都是他们的敌人。

举枪就是Biu-Biu-Biu。

龙彪没有出声，这种时候出不出声都没有意义了。

已经出现了目击者。

目击者要攻击自毁目标。

目击者身份敏感。

但他甚至已经没有时间再向雷豫请示下一步的行动。

老大在他身边低吼了一声。

他立刻往对面看了过去。

连川站在对街，也举起了手里的武器，瞄准了他们这边。

"他要杀谁？"龙彪压低了声音。

"这是什么？"钉子靠着床垫子，用脚尖指了指宁谷手里的东西。

"闪光弹。"宁谷一边说一边小心把这东西放进了包里。

"你跟着我哥，不会有事的。"钉子说，"团长说他能力快赶上李向了。"

"有什么用？"宁谷继续往包里放东西，"团长还说主城随便一个武器，射程和威力都能超过他的控制范围。"

"那他每次去也没死啊。"钉子说。

"我也没死啊。"宁谷说。

"你没进主城啊。"钉子继续说。

"你都不敢去啊。"宁谷看着他。

钉子笑了起来，看了看手里的护镜，这是宁谷那个旧的，修好后给了他。虽然不漏风了，但视线里总有一根黑线，看东西不太舒服。

他敲了敲护镜："你这次要是能去地下市场，帮我找个护镜吧。"

"嗯。"宁谷点了点头。

钉子没再说别的，看着他往包里一样样放东西，各种收集来的小装备：打人的、扛打的、逃命的，还有吃的。

"你还回来吗？"钉子忍不住问了一句。

宁谷手上停了停："怎么问这个？"

"随便问问。"钉子说，"我就这个感觉，你要有机会走，肯定不会回头。"

"主城对我没那么大吸引力。"宁谷有些不屑地说。

"雾外面。"钉子说。

宁谷沉默着把包扣好才抬起头看了他一眼:"老规矩,不要告诉别人我上车了,要不我什么时候回来,你就得什么时候开始逃命,晚一步我就把你厚葬到舌湾。"

车是一列从黑雾中穿行而来的火车,封闭的车头冒着蒸汽。

没有人进入过驾驶室,只知道它顺着不知道起点和终点的轨道,依着不知道什么样的规律,来来去去。

而旅行者的起点和终点,只不过是它神秘轨迹上的小小两站。

车还没来,什么时候来没人知道。

但来的时候所有人都会知道。

黑雾里那种悠远得仿佛像是远古怪兽一样的鸣笛声,从整个鬼城的上空划过,高亢而圆润,寂寞得有些空灵,声声入耳却又远在天际。

"这是鲸的叫声。"疯叔说过。

鲸是什么,宁谷不知道,疯叔也没给他画过,说起别的东西的时候倒是每次都会画上几根不知所云的线条。

所以宁谷合理推断疯叔根本不知道鲸是什么,甚至连几根混乱的线条都无法想象出来。

但疯叔坚持说这是鲸的叫声,宁谷猜测,他唯一的理由也许仅仅是觉得机器不可能发出这样的声音。

悠远的长鸣声从空中传来时,或蹲或坐在铁架堆边已经一天了的一群人都站了起来,齐齐点亮了手里的闪光瓶,同时举了起来。

这种亮成一片的光芒,只有在这样的时刻才会出现,挣扎着在黑雾里撕开一道细弱的口子。

李向跟所有人一样,往右边看了过去。

并不是因为声音从右边传来。没有人听得出这声音到底来自哪个方向,只是大家都知道,这个声音过后,车就会从右边开过来。

顺着从黑雾里延伸出来的那条陈旧的轨道。

"我们估计的时间还算准。"团长说,"你检查过了吗?"

"嗯?"李向看了他一眼,他们坐着这趟幽灵列车去主城已经数不清多少回了,团长很少问这样的话,不过李向也没有多话,只是点了点头,"检查过了,没有遗漏。"

"这次去的人挺多。"团长看了看四周,所有的人都站起来了,不过还没有人动,他们都等着团长的行动。

虽然这些人都对这列车很熟悉,但永远也不会对它放松警惕。

毕竟这车从他们去不了的地方来,往他们去不了的地方去,消失在车上的人也早就没有准数,甚至连它究竟是个金属的死物还是个生命体,在旅行者内部都没有统一的结论。

"是。"李向低声说,"我没看到宁谷,他应该还是听话的。"

"你也是看着他长大的,居然能这么相信他?"团长笑了一声,"他如果被你发现,只是因为他不怕被发现而已。他不想被找到的时候,谁找到过他?"

李向轻轻叹了口气。

"如果这次他上车了,肯定是要去主城。"团长盯着缓缓在他们面前停下的列车。

李向有些吃惊地转过头。

他们都知道宁谷以前会偷偷跟着,但因为团长的话,他从来没有离开过停车点。

团长这句话说出来,李向顿时说不清是什么滋味,感慨还是担忧,或者惶惑。

总感觉有什么事要发生了。

车悄无声息地停在了他们面前的轨道上。

车并不长,有时候是七节车厢,有时候是八节,每节车厢都一样,空无一物,也没有车窗,只有两个对开的门洞,静静地等待着。

"像不像是怪物的嘴。"钉子蹲在宁谷腿边轻声问。

"嗯,进去了不知道是被吐出来还是拉出来。"宁谷说。

吐出来就是活人,拉出来的就都死了。

宁谷摸了摸手里的一个金属小方块,地王那里偶尔也能找到真的好东西。

上面的小圆钮只要按下，就可以短暂地让他的一切生物气息都被屏蔽，拥有感知力的李向就无法发现他。

虽然现在聚集在一起的人太多，哪怕是李向那样强大的感知力，也会分不清，但他还是要做到万无一失。他想去主城看看。

从来没有过这么强烈的冲动。

团长走向车厢上的空洞，一只脚踩到了边缘处，往里探头看了看。

在他起势往车厢里进的时候，之前还安静得仿佛群雕的旅行者们瞬间发出了一阵高声呼啸，同时往车厢涌了过去。

有人直接跃进了车厢，有人攀上了车顶，有人沿着轨道一路奔跑，不断跃起蹬向车厢再往前，像是贴着车飞翔。

明知道每一次都有人会回不来，主城之旅却永远都是一场赌命的狂欢，没有人觉得那个回不来的人会是自己。

或者，根本不会去想。

他们是旅行者。

跟这列车一样，没有来处，也不知去向；有聚集地，没有家；有活下去的本能，没有面对灰飞烟灭时的恐惧。

不过是另一场旅行而已。

从第一个人碰到车开始，到车启动继续往前，中间的时间很短暂。

宁谷不能等到最后，他必须在上车的人最多的时候冲上去，避开李向。

"护镜！别忘了！"钉子在他身后低声喊，"给我带回来！"

宁谷往身后比了个OK。

护镜对于常年眯缝着眼还能在狂风里帮他找到一根羽毛的钉子来说，并不重要。

钉子只是怕他不回来了。

"连川，下面我们会就今天的任务处置提出几个问题，请你务必如实回答。"

"好。"

会议室里一共四个人，连川坐在正中的一张椅子上。

对面的长桌后坐着一排三个人，正中的是陈部长，右边是治安队的最高长官萧林，左边是内防部纪律委员会的书记员。

这种场面连川经历过很多次，一般都出现在任务被另类完成之后。

不过没记错的话，清理队队员向治安队队员开火还是第一次。

萧林的脸色铁青，从他走进会议室开始，目光就在他脸上来回剐着。

"今天的任务里你开枪击杀了三名治安队队员。"陈部长看着他，"是否属实？"

"属实。"连川回答。

"击杀原因？"陈部长继续问。

"这次任务需要确保没有目击者。"连川回答。

"为什么不用回收装置攻击？"萧林压着怒火，"要使用毁灭武器？"

连川看着他，过了一会儿才回答："确保没有目击者，也包括确保目击者再也不出现。"

"为什么不请示？"萧林追问。

"没有时间。"连川回答，"我还需要确保目标自毁。"

"确保，确保。"萧林冷笑着点头，"对方是你的同胞，是你的战友，你不觉得需要请示？"

"不需要，也没有时间。"连川重复了一遍，"任务只有两大要素，目标自毁，没有目击者。"

"所以你觉得他们只是目击者？"萧林问。

"是。"连川回答。

萧林瞪着他很长时间，吐出了两个字："冷血。"

在萧林再次开口之前，陈部长抬了抬手，阻止了他。

与此同时，像是为了配合萧林的这个评价，眼前明亮的灯光突然熄灭，四周陷入了一片黑暗。

只是一瞬间，像是眨了一下眼。

灯光再亮起时屋里的人才注意到，这样绝对的黑暗不仅仅只是会议室没有了灯光。

窗外主城明亮的日光也跟着消失了。

只是一瞬间。

7

连川已经站在了长桌前。

长桌后的三个人一同定格着,这么短的时间里,他们没有时间做出任何反应。

而连川的速度是个不是传说的传说,哪怕是见到一万次,也依旧会让人震惊——没有武器的他已经进入了防御状态。

但在这份震惊之下,陈部长和萧林还有另一种情绪:强烈的不安。

主城的光,正在一点点黯淡下去,这是个事实,无论主城的居民有没有发现,城务厅因为这件事已经开过无数的会,但所有的设备都运行正常,能量供应也正常,技术部门始终找不到原因。

最后这个现象只能被归为主城定律。

而另一个主城定律,就是瞬闪。

无法解释的闪烁,转瞬即逝,随之而来的将是异象出现。

至于是什么象,怎么个异法,就随缘了。

陈部长心里倒是有一个不能让人知道的猜测。

"继续吗?"书记员在连川回到椅子上坐下之后问了一句。

"你还有什么要说的?"萧林看着连川说。

"没有。"连川说,"我只回答问题。"

萧林平时别说对他,对雷豫的态度也好不了多少,所以今天的怒火也并不只仅仅是因为死了三个队员,甚至都可能不是原因之一。

在连川看来,事实应该是内防部最上不了台面的清理队,居然在不请示的情况下以任务为借口直接击碎了治安队队员,还是三名。天打五雷轰的事。

要不是自己有参宿四契合者光环加持,萧林估计会申请对他当场击碎,不予回收,永不重置。

"你们今天执行的任务不能接触目标对吧？"陈部长看着他，"龙彪冲出去的时候，你是否知道他的目的？"

"知道。"连川说，"他想避免任务结束之后我们坐在这里回答问题。"

"正面回答！"萧林出声。

"治安队巡逻小组正在接近。"连川看了他一眼，"为了避免不必要的牺牲，他想把目标引开。"

"你为什么没有阻止他？"陈部长继续问。

连川叹了口气："毕竟任务不是击杀治安队队员，能避免就避免。"

"可是他失败了。"陈部长说，"之后他想请求其他队员支援，你为什么阻止了？"

"保护队员。"连川说。

萧林冷笑了一声："保护队员？保护什么？"

连川往后靠到了椅背上："保护他们记忆不被重置。"

陈部长胳膊肘往桌上一撑，双手合在一起捏出了"咔"的一声响。

"你今天有点儿反常。"雷豫叼着一支烟，一边开车一边看了连川一眼，"把萧林惹毛了不奇怪，连陈部长都非常生气，也就是打不过你才没动手，能耐很大啊……记忆重置这种事，就算内部所有人心里都明白，也不能在公开场合提，你以前也不会这样，今天怎么这么不克制？"

"我以后会注意。"连川说。

"不要让萧林抓到我们的把柄。"雷豫从口袋里抽出一支黑色小棍递到他面前，"抽烟吗？"

连川摇了摇头。

烟草都是顶级特供，雷豫是能拿到特供的最末端，其他人想抽烟就只能去买从失途谷偷运出来的，而且品质都不行。

不过他今天不想碰。

雷豫没有提今天的瞬闪，有些刻意。

连川能感觉到这样的刻意之下是不安和恐惧。

瞬闪出现的概率很低，低到连川有生之年都没经历过，他倒是觉得有些兴奋。

在觉察不出变化的一天天里，无论瞬闪带来的是什么，好的坏的混乱的，抑或是毁灭，他都挺期待。

车开到清理队总部大门时，一阵巨大的嗡鸣声从光刺的方向传来，搅乱了宁静的空气，四周的一切都开始跟着这嗡鸣的频率震动着。

紧跟着是第二声。

第三声响起的时候，连川和雷豫已经跳下车冲进了清理队的楼里，所有队员都在跑向装备室，无论今天是否当值。

间隔时间相等的三声嗡鸣，是在向全主城发出警报。

旅行者来了。

连川进入装备室时，通话器里传出了轻微的一声"滴"。

这是雷豫的私密频道接通。

连川跳上装备架，站到外骨骼前，等着装备上身，确定四周没有人之后才说了一句："安全。"

"马上去总部。接到命令，"雷豫说，"紧急启动参宿四。"

连川很少吃惊，但这句话让他走下装备架的脚步顿了顿。

"任务未知，目标未知。"雷豫说。

"明白。"连川转身从装备室的后门快步走了出去，按下了腿上的发射器。

老大在他跨上A01时悄无声息地出现在了他身侧。

"没有后援，也没有人知道你的任务，只有你和老大，一定要注意安全。"雷豫说完切断了通话。

连川皱了皱眉。

宁谷靠坐在车厢的门洞旁。

这里很少会有人待，风太大，以前有人在这里被卷进来的狂风裹进了黑雾里，连一丝碎屑都没有留下。

宁谷也怕，但他每次都会坐在这里，从护镜后头盯着外面。

车厢里因为冷光瓶而亮着，但外面死黑一片，黑雾比在鬼城时要厚重得多，几乎能看出重量来。

"看不清没关系，"团长说过，"还可以听，可以摸，身体没有多余的部分，哪怕是一切都失灵了，还有意识。"

黑雾，风声，忽冷忽热的气流。

还有一段脱离轨道悬空的行驶。

是在飞吗，还是在滑行，或者是穿过了什么未知的空间？

"快到了。"锤子在后头戳了戳他的背，低声说。

宁谷把帽子一直往下拉过了鼻尖才慢慢退回到锤子身边，同行的人太多，他要隐藏好自己。

之前两次他不会这么小心，但这次不同，他不知道团长为什么不愿意让他去主城，但知道只要这次被发现，恐怕他以后连去舌湾的机会都不会再有了。

就像那些被锁在鬼城地库里的不知姓名和来历的前旅行者一样。

"下车你跟紧我。"锤子说，"第一波最危险，城卫会在老出站口堵着，鬣狗也会来，他们装备比城卫强，但是人不多，一般都在城里。"

"嗯。"宁谷点头。

下车之后进入主城的正规路线有很多，一条条连接主城的道路像车轮辐条一样从最中心的地方延伸出来。如果命大，一路狂奔，跑过大路，越过架在道路最窄处的黑暗上空的桥，再穿过大拱门，就能开始主城观光之旅。

但城卫只需要站在桥头，就能像玩射击游戏一样，把他们一个个变成焦黑的碎末。

所以旅行者们选择从重重废墟里，从黑铁荒原上，顺着蝙蝠们不断更新的偷渡路线尝试进入主城。这些路线被称为出站口。

有些路线是安全的，有些则会碰到阻击，尤其是在主城防卫森严的庆典日期间。

一切看命，任何狂欢都有代价。

寻找新出站口需要蝙蝠带路。蝙蝠一个个都是十级地王，不会助人为乐见义勇为。旅行者需要跟他们交换，一般条件是把他们安全带入主城，毕竟万一碰面了，能够对抗城卫火力的，只有旅行者的异能。

粉红鼻涕泡不算。

按说旅行者里虽然有不少粉红鼻涕泡级别、基本只能自娱自乐的能力，但强大能力也不在少数，光是李向和团长两个人，就能给他们撑出一条安全通道，宁谷不明白为什么每次还都会有人消失在通往主城的狂欢之路上。

"嗷呜——"车厢里突然传来一声嚎叫。

接着所有的车厢里都开始响起了连片的叫声，兴奋的旅行者们开始跟着嚎叫、跺脚，发出整齐的"哐哐"声。

对，就是这样。这应该就是第一个死亡原因。

在兴奋的叫声和跺脚声中，有人从宁谷身边飞速窜过，带着一声余音绕梁没绕完的啸声，跳出了车门。

车厢里的狂呼立刻升级，震耳欲聋，带着对无惧消失，尤其是无惧无脑自找型消失的强烈肯定。

锤子一把抓住了宁谷的胳膊，有些紧张地说："没到。"

"……我知道。"宁谷说。

跳出车厢的人已经不见了，但宁谷还死死盯着车门。

他以前只知道有人会在没到主城的时候就跳出车厢，大概率是因为兴奋过度血冲脑，不过他还是第一次亲见看到。

跃进黑雾的那一瞬间，那人像是要拥抱什么似的双臂一挥，这一幕的残影好半天之后都还定格在他眼前。

其实有那么一小会儿，他有些羡慕。

那些跳出去的人，那些消失在雾里的人，无论生死，无论存在还是消失，也许都已经找到了想要的答案。

真正的停靠站到来时，旅行者们伴随着高呼和尖叫，从车厢里潮水一样喷涌而出。

因为要避开李向，宁谷和锤子靠在车门边，没有跟着第一批人冲下去。

锤子有些焦急地跺着脚："哎，哎，哎……"

"走。"宁谷刚说出这个字，锤子已经一把抓着他的手把他拽出了车门。

这是宁谷第三次来到主城之外，第三次跳出车厢，第一次没有留在原地。

没有风。

没有永不停息的狂风。

没有永远在风里飞舞的碎屑。

连呼吸似乎都变得有些飘了。

他跟在锤子身边，混在大群的旅行者里，向前跑了出去。

也不知道正确的路是哪条，出站口又在哪个方向，带他们进主城的蝙蝠又在哪里，总之就是带着隐隐的激动，往前跑。

这时他总结出了为什么每次都会有人再也回不去的第二个原因。

一起跳下车的人，很快就像被风卷过的灰尘一样，像四周铺了出去，因为不能再用冷光瓶，混乱中他们分成了好几拨，各自往前，甚至还有连大体方向都不顾的。

"我们方向对吗？"宁谷忍不住问了一句。

"看。"锤子指了指前面，"很远的地方，看到有一个亮点了吗？"

的确很远，在远到他感觉一夜都跑不到的地方，有一颗细小明亮的光点。

"那是光刺。"锤子说，"听说过吧？主城的地标。"

听说过无数次。

宁谷的脚步慢了下来，盯着那个光点。

光点所在的位置，就是主城的核心区域。

安全区。

A区。

旅行者曾经生活过的地方。

疼。

像是全身上下每一寸皮肉都被撕裂，每一根骨头都被折断。

连川甚至能听到记忆里的"咔嚓"声。

快速闪过的如同幻觉一样环绕在四周的光斑，连续不间断的剧烈耳鸣。

"参宿四，"一个声音在前方响起，"唤醒。"

这是参宿四设计师的声音，或者说，这个声音是设计师思想的传达。

设计师在参宿四完工之前就已经消失。

听到这个声音，意味着连川已经不是连川。

而是参宿四。

所有的痛苦在一瞬间被连川压到了意识之外，他抬起头时声音都不带一丝颤抖："收到。"

"契合检验通过。"这声音里带着欣慰，"所有连接运行正常。"

"收到。"连川回答，视线里混乱的光斑已经淡了下去，虽然没完全消失，但不会影响到参宿四的反应。

"好久不见。"设计师说。

"最好不见。"连川说。

"安全码。"声音听起来是笑了笑。

9761，8455。

两个数字在连川脑子里闪过，其中一个是记忆重置前的伪码，他本应该不记得。

而现在他必须在不留任何思考时间的状态下马上给出唯一答案。

"8455。"

"祝你顺利。"

"参宿四安全验证通过。"这次响起的是系统的声音，"到达坐标后等候任务信息。"

"参宿四申请出发。"连川说。

参宿四的身影从内防大楼秘密地道的出口走了出来，一直在出口等待的狞猫上前，跟参宿四短暂触碰，更换了接收交流信号的方式之后跃上墙头离开。

接着参宿四也离开，往北向D区边缘出发。

"完美。"陈部长看着监视器。

有人向他走过来，脚步声在他身后停下，一个女声略带惋惜："可惜被取代是他必然的命运。"

"现在说这个话有点早。"陈部长轻轻捏着手指，"不过这次团长带过来的货比较特别，也许瞬闪跟这个有关，具体还要等取回来再看。"

"最好是这样。"女声听上去并没有什么惊喜。

"下次不要到我办公室来。"陈部长拿起杯子喝了口水，"人多眼杂。"

身后的人没有说话。

他转过头，只看到空着的椅子和小桌上一杯没有喝过的水。

主城已紧急实施宵禁，下午还挤满了人的街道已经空荡荡。

参宿四像一道银黑色的墨迹，从死寂的街道上空划过。

通话器能接收到各个频段的通话内容，方便他判断整体情况，现在能得知的是已经有旅行者从新出站口进入了D区。

没有人因为这个吃惊。主城跟黑铁荒原接壤的漫长边界上有无数通路，蝙蝠都进得来，何况是有蝙蝠带路的旅行者。

到达坐标之后，参宿四的任务出现在眼前。

回收目标容器内的生物体。

连川看着屏幕上的扫描结果，容器就在正前方的拐角，一堵倒掉了半边的墙下。

而他的眼睛……参宿四的眼睛比扫描装置更管用，能够看清被塌掉的墙和杂物遮挡住了大部分主体的目标是个行李箱。

他甚至能看出行李箱里面是一个蜷缩状态的人形生物。

扫描结果显示安全，除了这个行李箱，四周并没有其他可疑物体。

老大从连川身边走过，伏低身体。

在它准备先跳过去检查箱子时，连川一把抓住了它的尾巴。

老大猛地转回头，冲连川龇出了闪着寒光的尖牙。

"有人。"连川说出这句话时，不光老大眼神里全是吃惊，他自己也很吃惊。

这个人躲过了参宿四的视线，躲过了主城等级最高的感应器和信息扫描，甚至在他感觉到了危险时，都没判断出这个人在哪里。

8

宁谷蹲在墙后一个被扔在角落的大铁柜子旁边,这东西不知道以前是装什么的,铁锈味里带着一种难闻的焦煳味。

但他得忍着。墙的那一边,不知道什么地方,有人。

他不清楚自己是怎么知道的。一直以来他对危险的判断都很准,没有任何依据,看不到听不到也摸不到,反正他觉得那里有人,那里就有人。

团长说了,哪怕一切都失灵了,还有意识。

也许就是他的意识发现了危险,他的意识说那里有人。

所以在那个人走开之前,他不能动。

不过……尽管他看上去很镇定,稳重地靠在这个臭烘烘的破铁柜子后头,面无表情地等待下一步的时机……

团长和李向却已经不知道走到哪里去了。

锤子也不见了。

而他还不知道下一步的时机有没有来,来了又能干什么。

有些慌。

没多长时间之前,他还在黑铁荒原上跟着一群旅行者狂奔。

最前面带路的,是几个瘦小的蝙蝠,其中一个蹦得特别高的没有腿,两根只凭肉眼看不出任何技术含量的金属骨架支撑着他的身体。

这种一般都不是残疾,宁谷听说过,这是蝙蝠获得更强能力的一种身体改造——亲眼看过之后,他觉得改造得挺成功,那个金属架子腿果然跳得最高。

蹦这么高的意义暂时没看出来。

蝙蝠带他们去的新出站口很远,一路上人越跑越少,不知道都去了哪里,进入一条像是挖塌了的矿洞一样的长沟之后,就还只剩下三十四个旅行者了。

虽然没有在这条路上碰到城卫和鬣狗,但就剩下这么点人,看上去就像已经给城卫当过八回靶子的残兵败将。

　　长沟的尽头是一堵深埋地下的金属墙，满墙斑驳，但很厚。这墙抬头看也一眼看不到顶，蝙蝠肯定过不去，有金属腿也过不去——蹦不了那么高。

　　旅行者可以。

　　"画了个圈的那里！"一个蝙蝠喊，"那里最薄！"

　　团长隔着很远一挥手，金属墙仿佛是被极重的物体撞过，无声无息地凹进去了一块儿。

　　所有的人一边欢呼着一边往前冲，在团长第二次挥手过后，墙上被砸出了一个洞。

　　宁谷有一瞬间的恍惚。

　　他看到了满眼的光。

　　现在是主城入夜的时间，日光已经很暗了。

　　但跟鬼城不分晨昏永远星星点点的冷光瓶的光不同，跟远远看到的光刺也不同，宁谷不知道该怎么形容，他第一感觉只有一个，主城的光……是满的。

　　宁谷跟着队伍的尾巴跳过了墙洞，踏上了主城的土地。

　　墙那边是一栋废弃的大楼，四周堆满了被扔弃的杂物、桌椅、不知名的器具，一眼看过去，有好几样宁谷看着都觉得带回去能跟地王换些高级东西。

　　团长和李向估计已经发现了他，起码李向应该发现了。

　　因为地王给他的那个金属小方块，在下车之后没多久就出了点问题——它开始通体发出淡淡的光。按钮他不敢再按，怕这是地王给他准备的惊喜，一按就滋火花。

　　他不得不和别人拉开距离，又刻意落后了一些。

　　在主城错综复杂的各种拐角转了不知道多少圈之后，他才发现，自己不光跟团长和李向拉开了距离，跟锤子也走散了。

　　鬼城恶霸宁谷，第一次进入主城，没被城卫拦截，也没被鬣狗打废。但除了最后凭直觉找到了团长来的时候拎着的那个行李箱，他莫名其妙就变成了孤身一人，甚至没顾得上细看一下主城最边缘最破败的D区是什么样，就被人堵在了墙后头。

应该是个鬣狗。他的认知里，鬣狗比城卫恐怖一万倍。
他感觉到的说不定是杀气。

连川蹲在楼顶边缘，盯着行李箱，里面的生物信息已经扫描传输完毕，参宿四没有查看的权限。
他也并不想知道。
参宿四和连川外形不一样，从生物角度来说却是同一个人，所以虽然参宿四是主城目前公开的最高武器，也只在某些特定场合会有临时权限，跟没有没什么区别，毕竟参宿四剥离时，基于临时权限的所有记忆，都会一起上交。
连川不希望自己的秘密被发现，也不希望混乱的记忆再多一层，自然也就没什么好奇心。
老大蹲在他旁边，跟他一块儿看着下方的行李箱。漫长的静默之后，老大伸出爪子，在地上轻轻磨了一下。
等待的过程只是几分钟而已，但对于他俩做任务的时间来说，太久了。
可就算是这么久，一直能感觉到的人也始终没有出现。

"目标确认。"通话器里传来陈部长的声音。
这可以看成是一个疑问句，对连川迟迟没有行动的疑问。
"确认，目标可能对感知系统有影响。"连川回答，身体往前微微一倾。
老大跟他同时从房顶跃下。
目标影响感知系统的情况不常见，但出现了也不奇怪。
他没有把这一点和那个他找不到的人联系起来汇报，这是他一直以来的准则。除了老大，他信不过任何人，汇报这一点只是为了解释自己行动延迟。
他和老大很快从左右两个方向接近了行李箱。
墙后有轻微的动静，接着那个人的感觉很快地消失了。

跑了。
旅行者。
有武器。
启动状态的城卫武器。
一个他找不到的旅行者，拿着需要使用者生物信息才能启动的主城武器。

现在他更加确定，对感知系统有影响的并不是行李箱里的目标，而是这个跑掉的旅行者。

这是连川从未碰到过的状况。

但他判断出这个人是在逃跑之后，没有做出任何反应，老大也配合默契，甚至耳朵都没有弹一下。

保持如常，拿起行李箱，送回内防大楼，任务就算完成。

墙后的鬣狗居然不止一个！

还好跑得快！

宁谷一路狂奔，跑得比来的时候快得多，也不知道自己要去哪儿，总之就是离刚才那里越远越好。

由于旅行者到来，主城所有的区域都已经实施宵禁，路上看不到行人，但凡见到一个人，基本就能确定是城卫或者鬣狗。

在空荡荡的街上跑了一会儿，宁谷转进了小街，接着是小巷。

D区的确破败，但也能看出浓浓的生活气息，那种在没有危险来临的时候，哪怕凑合着也能放松活着的生活气息。

路的两边偶尔能看到已经关好门的商店，这里就能看出有些惨了，从窗口看进去，里面的陈设和物品，比鬼城置换点的东西强不了多少。

主城也不过如此嘛。

没有人追过来，目力所及之处也看不到可疑的人，宁谷放松了一些，只是还不敢停下，一直在跑，他的经验是跑着的时候身体发热，对任何动作的反应都会更快些。

除了掉头。

转过弯看到前面有个人的时候，他想掉头已经来不及了。

那人也看到了他。

"宁谷？"锤子震惊地压低声音。

听到这个声音，宁谷顿时一阵欣慰，加快速度往他那边跑过去："锤……"

"鬣狗？"锤子的反应速度快得惊人，没等他说完话，扭头甩开腿就开始跑。

宁谷汗毛都立起来了，鬣狗？

追上来了？自己居然不知道？

他立刻加速，飞快地冲到了锤子前面，锤子也飞快地再次超过他。

两个人沉默地你追我赶。他跟锤子的友情是在的，但这种时候就知道，牢固度还是不如他跟钉子。

大概是惊吓过度，宁谷居然轻松找到了来时的路，那个被打出了一个洞的金属高墙。

"出去！"锤子喊。

宁谷"嗖"的一下窜了出去，然后才回过了头。

从洞口能看到那栋破旧的楼，和楼下空无一人的小街。

他扶住跟跄着跳过来差点摔倒的锤子："你跑什么？"

锤子愣住了，也回过头，然后又转头看着他："你跑什么？"

"……行吧。"宁谷有些无语，坐到了地上，"我知道了。"

"我以为有人追你呢！"锤子过了一会儿才确定这是个误会，也一屁股坐了下来，"你什么毛病，不能走路吗？"

"你怕成这样是什么毛病？你不是很厉害吗？"宁谷说，"钉子还说你能保护我。"

"你死了吗？"锤子说，"没死吧？"

宁谷瞪着他，往后靠到了墙上，笑了起来。

"你去哪儿了？我以为你在我后面呢，结果一回头没看到你了。"锤子皱着眉，"急死我了。"

"我刚可能碰上鬣狗了。"宁谷低声说，"跟我隔着一面墙，就在墙那边。"

锤子摆了摆手："不可能，如果是鬣狗，你现在就是一堆黑渣子，要是在鬼城的风里，这点渣子都剩不下……其实鬣狗不是太多，小心点碰不上。"

宁谷没说话。

"我们不能在这里。"锤子站了起来，"城卫马上就会找过来了，会把这里封掉。"

"那车来的时候我们怎么走？"宁谷问。

"从桥上。"锤子说，"走的时候不会有人拦的。"

"为什么？"宁谷又问。

"不知道，一直这样。"锤子看了看四周，从洞口钻了回去，"本来就不欢迎我们，要走了难道还留吗？肯定鼓掌欢送啊。"

"去哪里？"宁谷也钻了回去。

"找个地方躲着。"锤子说，"防卫松点以后去失途谷，那里没人管，旅行者一般都会去。"

屏幕上快速播放着画面，这个速度肉眼无法辨别出内容，但系统可以识别所有可疑画面。

这是参宿四的任务记忆。

画面最后停止在一扇银色的门前，屏幕上显示出一行绿色的字。

识别完毕，通过。

"记忆不需要重置、唤醒吗？"刘栋说，"我们时间紧。"

"那还问我干什么。"雷豫皱着眉。

契合参宿四对于连川的精神压力巨大，一般情况下建议不超过两小时，理论上现在就应该剥离，但刘栋的意思是马上测试。

作训部的这帮人——以刘栋为首——根本没把参宿四当成一个人看待，哪怕知道连川一旦崩溃，就再也找不到第二个能契合参宿四的人，他们也在所不惜。

毕竟现在的一切测试，目的都是为了取代这个只有唯一一个契合者的"武器"。

不能有唯一，唯一就是无尽的受制于人。

"他是你养大的，跟儿子一样。"刘栋说，"总还是要问问的。"

"嗯，这么贴心。"雷豫点点头，"那现在立刻剥离。"

刘栋笑了起来，在面前的键盘上按了一下："测试开始，材料就位。"

"材料009就位。"通话器里传来应答声。

"唤醒。"刘栋说。

雷豫盯着屏幕，画面被分成了很多格，监控从各个方向对着单膝跪在巨大的金属笼子里的参宿四。

这个笼子他很熟悉，连川比他更熟悉。

不可预知的"材料"会从笼子某个不确定的地方出现，以不可预知的方式突袭刚被唤醒的参宿四。

唯一能预知的就是所有"材料"都具有极强的攻击性。

各种新材料的首次测试，都在这个笼子里。

参宿四……不，是连川，参宿四之所以能存在，是因为连川无人能取代的惊人的精神力量，没有连川，就没有参宿四。

连川就在这个坚固的笼子里，被各种"增强"生命体一次次攻击，一次次受伤，一次次承受极度的痛苦，却又能一次次击毁目标，让那些期待他消失的人一次次失望。

"确认。"参宿四出声，但没有做出任何防御或进攻的准备，姿势也完全没有变化。

009从角落打开的小门里慢慢走了出来，仿佛散步一样，缓缓走向背对着它的参宿四。

雷豫忍不住皱了皱眉头。

参宿四在009迈出第五步的时候突然起身，跨出两步跃起，向后翻了半圈，抓住了笼子顶部的栏杆。

009停下了。

参宿四松开栏杆，向下坠去，刺破手腕皮肤伸出来的一根银色尖刺对准了009的头顶。

刘栋拍了一下面前的桌子，雷豫转头看了他一眼。

009还没有开始攻击就已经被参宿四找到了最薄弱的地方，无论之后的战况如何，都没有意义了。

"他到底怎么做到的？"刘栋低声说。

"这一部分是参宿四的能力。"雷豫说。

"我知道。"刘栋弹了弹桌面，"他到底是怎么能跟参宿四契合的？到底怎么做到的？"

这是参宿四诞生那天开始就没有答案的疑问。

雷豫没说话。

因为不能契合就会消失,虽然这个答案无法让人信服,但雷豫知道这就是连川能够契合的唯一原因。

他不愿意消失,所以他必须契合。

"啊!"躺在地上的宁谷短促地喊了一声,整个人像是被戳了一刀似的弹了起来。

正盯着窗外的锤子被他这动静吓得差点直接跳出窗口。

"你干什么!"压着声音问话的同时锤子的手往地上一按,摔回去的宁谷被他控制在了地面上,不能动也不能说话。

"是不是做梦了?"锤子问。

宁谷眨了眨眼睛。

锤子的手离开了地面,松了口气:"你怎么会这么大反应?"

"不知道。"宁谷坐了起来,抬手在脑袋上扒拉了两下,"我很少做梦,刚才不知道怎么了。"

"一个旅行者,在主城能睡着也很厉害了。"锤子笑了笑,"你梦到什么了?"

宁谷抬起头看着他:"怪物杀怪物,一个黑色的人,身上戳着好几根金属棍子,居然还能打架,几个怪物车轮战揍他都被他反杀了。"

锤子也看着他,好半天都没有说话。

"怎么了?"宁谷提了提靴子,"吓着了?你不太经吓啊。"

"谁跟你说过参宿四吗?"锤子问。

"没。"宁谷看了他一眼,"那是什么?"

"当年把旅行者赶尽杀绝撵出主城的人。"锤子声音很低,一副怕被人听到的样子。

"哦,那我知道一点……怎么突然说这个?"宁谷问,这个话题在鬼城是个禁忌,他只是隐约知道些,团长不让他打听,如果现在是在鬼城,锤子估计也不敢提。

"戳着棍子的那个……"锤子说,"是参宿四。"

9

雷豫把车停下,转头准备叫醒连川的时候,连川睁开了眼睛,脸上完全看不出任何疲态,眼睛亮得让人怀疑他刚才是在装睡。

"要去我家吗?"雷豫问,"让春姨给你弄点儿吃的,今天不吃配给了。"

"不了。"连川打开车门下了车,"我直接睡觉。"

狞猫从后座站起,轻轻跳出了车窗,径直走进了连川住的那栋楼。

"连川。"雷豫隔着车门叫了他一声。

连川转过身,趴到车窗上:"嗯?"

这一瞬间,雷豫才隐约看出他略微有些没精神,但这副疲态很快又消失了。

"009是不是有些奇怪?"雷豫问。

连川撑着车窗的手轻轻一推,把自己推离了车门:"没有,材料能力没有重复的,每次都不一样,要说奇怪每个都奇怪,但都差不多。"

"我觉得……"雷豫话没有说完,连川已经转身往楼那边走了。

"我不觉得。"他边走边说,"快回去吧,很晚了。"

雷豫问这句话,是基于刘栋的反应——之前还没有哪个材料被毁能让他拍桌子。

不过他问出口的时候就没指望连川能回答。

连川很擅长掩饰,擅长到你甚至判断不出他从小到大有没有掩饰过什么。但能确定他从不掩饰的,是对人的不信任。

009有没有奇怪我都不会跟你谈,我信不过你。

任何人我都信不过。

这种从他懂事起就仿佛是他气质一部分的警惕,不知道从何而来。

在作训部日复一日、几乎无人生还的训练里活着长大并不是全部原因,仅仅是让这种警惕变成了外人眼里的"冷酷"和"冷血"而已。

雷豫叹了口气，掉转了车头。

有猫在，倒是不用太担心。

大概只有老大能让连川信任，毕竟老大已经不再是个人。

很想吐。

洗澡的时候就想吐，但一直也没吐出来。

走出浴室的时候，老大端坐在门口。

"不太合适吧。"连川扯了扯腰上的毛巾，"万一我忘了你在，光着就出来了呢？"

老大扭头走开了。

"你吃点东西吗？"连川走到配给供应箱前，打开看了看，系统自动发放的晚餐还在，他把盒子取了出来，看着上面的字，"有苹果、蔬菜，还有牛肉。"

老大跳上沙发躺下了。

"你吃过真正的食物吗？"连川把盒子放到桌上，"不是配给，也不是春姨做的那种，是历史资料上记录的那种，非人造食物。"

老大闭上了眼睛。

"我们以前是不是讨论过？"连川揉了揉脸，走向睡眠舱，"我先睡了，只有五个点了。"

睡眠时间从宵禁的12点到8点，睡眠舱上会显示从8开始的倒数。

主城的睡眠舱有严格管控，并不是所有的人都能进入睡眠舱，除了恢复体力、精力、各种力，还能及时发现和修复身体的一些问题。

对于连川来说，睡眠舱是很有用的东西。

当然，按规定他们是必须进入睡眠舱的职业。

只是也许没有人知道，他们的意识和身体在睡眠舱里会被分离。

睡眠舱的灯光熄灭后，顶上会有一个暗淡的黄色数字，显示着剩余睡眠时间，所有的人都会在倒数开始前睡着。

无论从几开始倒数，他们都看不到第二个数字，醒来时的数字永远都是0。

顶上的数字从5变成了4。

连川有时候想不明白，作为一个不断出错的人，也许是主城里唯一出错的人，或者是主城里出错最多的人，自己为什么会存在。

无论从几开始倒数，他都能看到第二个数字，第三个数字，一直到0。

他能感觉到自己已经离开了身体，除去不能自主行动，他能感觉到一切，但一切又都很不真切。

仅仅是感觉。

他像是融入了一片混沌的浓雾里，视野里只有那个淡黄色的数字，除此之外，他听不见，看不见，碰不到。

这样的情况并不是每次都出现，也没有什么规律可言。

只能适应。

所以他学会了用这样"不存在的时间"来思考。

假装自己做了一个梦。

那个躲在墙后的旅行者，那个被启动了的主城武器。

他和老大取回来的行李箱里装的就是009，他可以确定，虽然已经在第一时间进行了改良，他还是能判断得出来。

取回时他有过疑问，这样的一个材料，为什么需要动用参宿四，取材料甚至算不上一个保密任务，而内防部不到迫不得已，连I级任务都不会启用参宿四。

这个疑问在跟009对峙的时候，得到了解答。

009攻击很强，空气被搅动时带起的风如同无数尖刀，皮肤被划出的每一个黑色刀口都会有清晰的疼痛，这刀甚至能轻易削断他的骨头。

只是这样的能力在众多材料中算不上特殊，也并不值得专门从鬼城运过来，更不值得让参宿四亲自去取。

但参宿四跟009交手的时候，连川却体会到一种从来没有过的恐惧。

哪怕是搜索那些被重置过的残破记忆，也找不到任何相似的感受：有人在看着他。

不是监控，也不是监控后头的人，甚至不是009。

让他害怕的，并不是"有人在看我"，而是有人用视线以外的方式，感应到了他。

他最害怕也绝对不能出现的那一种。

也许能探知他所有秘密的那一种。

009是个媒介。

作训部的人肯定不知道009有这样的能力，或者只知道009有某种非同寻常的能力，但不确定是什么，否则不会让它就那么出来正面攻击，导致这个难得一见的材料直接被参宿四一招摧毁。

连川却没能松一口气。

009仅仅是个媒介而已。

他要找到媒介那边的那个人。

那个能躲过参宿四感应的旅行者。

出于安全的考虑，锤子强迫宁谷在那间破房子里待了很长时间，才和他一起小心地走到了街道上。

其实全程四周都没有出现过任何人，连流浪汉都没有。

"主城有流浪汉吗？"宁谷问。

"你当鬣狗是干什么的！"锤子说，"安全区肯定没有，听说见一个打碎一个，靠外面的区域能零星有几个吧。你想看流浪汉的话，地下市场有。"

"不想。"宁谷说，"我们怎么混进地下市场？一看我们就是旅行者吧？"

"想什么呢。"锤子说，"一看我们就是流浪汉。"

宁谷盯着他看了一会儿，又低头盯着自己看了好半天。

衣服的确是挺旧的，穿了很多年，虽然经常洗也不会太脏，但已经看不出本色。

来之前宁谷还真没想过这个问题。

主城的流浪汉规格这么高吗？

在鬼城，身上缠着破布条的才叫流浪汉。他这身衣服，怎么也是恶霸拉风装，腿上还有漂亮的小皮兜挂着呢。

没等锤子反应过来，他已经一抬腿，踢碎了旁边一个商店的门。

"干什么？"锤子吓了一跳，疯狂地转头，紧张地往周围看着。

旅行者一般不会在这种管理相对规范的地区动手，主城的安全系统跟鬼城的大喇叭广播系统可不是一种东西。

"找件衣服……"宁谷走了进去，他在外面已经看到了里头挂着几套衣服，都不是新的，这应该是个交易旧货的店。

正要伸手拿下衣服的时候，角落里传来了响动。

宁谷转头，看到了一男一女，满脸惊恐地缩成一团。

"我就拿……"宁谷话没有说完，男的突然往旁边扑了过去，伸出手不知道是想做什么。

宁谷想也没想，一脚踢在了他手腕上，接着又一脚把他踢到了墙边。

男的滚到一边之后，宁谷才看到，椅子腿旁边的地面上有一个按钮。

这应该是个呼救的装置，紧急的时候可以用脚踩，他顿时惊出一身冷汗。

"不要杀我们，不要杀我们！"女的抱着头带着哭腔。

"别喊！"锤子站在门口，压着声音低吼了一声，"再喊都死！"

宁谷没出声，拿了架子上的一件长外套，胡乱套在了自己身上，转身快步走了出去。

旅行者从不求饶，他打过的那些，有骂个不停的，有扭头就跑的，就是没有求求你别打了的，所以他还是第一次听到有人说出这样的话，有些不适应。

"跑。"锤子跟出来说了一句。

宁谷马上反应过来，拔腿就跑。

按钮就在那里，他们一离开，就会被按下去，鬣狗马上就会到。

D区A6。

李梁是距离最近的，但搭档路千是新手，还是需要在附近蹲守的连川跟老大过去支援，因为居民警报显示是两名旅行者侵入。

描述为"很凶"，虽然只抢了一件衣服。

旅行者到主城不会放空，抢夺物资、食品、酒，交换非必需品，忙碌得很。

但是两个很凶的旅行者就抢了一件衣服，挺少见。

连川还从没见过这么谦虚的旅行者。

系统无法确认旅行者目标，只能在范围内扫描，毕竟旅行者到现在这一代，身体里已经基本不会再携带主城的识别信息。

李梁和路千先去店里，现场可以收集到有限的目标信息，主要是想办法捕捉残留信息，预判出旅行者的能力。

　　"他们会去失途谷。"连川的A01拐了个弯，加速往D区最偏远的区域开了过去，老大依旧在屋顶时隐时现地跟随，"我和老大抄到前面去拦截。"

　　"好。"李梁回答。

　　失途谷是个地下市场，在主城和黑铁荒原交界的地方，是真正的交界，非常公平的一半在荒原上一半在主城，也是真正的地下市场，不仅仅指不能摆在明面上的交易，而是它真的就在地下。

　　无数的入口和出口，迷宫一样的布局，出入的人只能牢记其中一条路，走错一步就回不到原地，蝙蝠要是从主城的口子出来了，那结局就是消失。反之也一样。

　　而比这更可怕的是，还有无数不知道通向哪里，进去了就再也回不来的岔口。

　　失途谷是清理队的业务范围，但就算是任务坐标就在市场里，清理队也只是在出口设卡。

　　并不是因为主城放任失途谷，除去过于复杂和危险的地形，也因为这个地下市场保留了不知道哪一代的主城留下来的强大功能。

　　这功能无法消除也不能复制，只存在于地下市场。

　　"马上就要到失途谷了。"锤子边跑边问，"有人追我们吗？"

　　"不知道。"宁谷撒开腿跑得很欢，"你回头看啊。"

　　"你为什么不回头？"锤子问。

　　"回头影响我速度。"宁谷掏了掏腰上的小兜，拿出了一小片金属，这也是钉子强行借给他需要他亲自还回去的。他把这块光亮的金属片举起来，看了看里面映出来的景象，"好像……"

　　"嗯？"锤子偏了偏头。

　　"有个车在房顶上飞……"宁谷看到了身后远处一辆黑色的车，车上还有一个看不清的黑色人影，这样的高级装备，他几乎没有思考，就已经判断出来了。

"是鬣狗！"他压着声音。

锤子没有说话，在他一边盯着金属片里的车、一边加速想要快逃的时候，锤子却猛地停下了，甚至能听到他的鞋在地面上摩擦出来的声音，鞋底绝对磨穿了。

"怎么？"宁谷对锤子的行为不能百分百相信和跟随，这毕竟只是钉子的哥哥，不是钉子。

而且刚一进城就因为锤子一惊一乍害得他俩一通狂奔。

所以宁谷放慢了速度，却并没有停下。

但当他把视线从后面那辆越来越近的黑车上移回正前方的道路上时，脚下也是猛地一刹——比锤子强——几乎立刻就停了下来，并且迅速退回了锤子身边。

正前方的道路正中，有一个东西。

身体修长，棕黑色的光滑皮毛，眼睛死死地盯着他们，瞳孔收缩成了一条细细的黑线。

虽然从未亲眼见过真实的动物，虽然这个动物跟疯叔画的完全看不出相似之处，虽然这个动物比他想象的要大得多……

他还是瞬间就认了出来。

这是一只狞猫。

而它的主人，传说中主城杀人如麻的鬣狗，应该就在后面那辆黑色的车上。

宁谷转过头。

后面那辆车悬停在了距离他们二十米的空中。

这个距离已经能很清晰地看到车上的人。

黑色的制服，身上包裹着的银色外骨骼，胳膊和腿上泛着暗蓝色光芒的武器，已经对准了他们的枪口，以及枪口之后的那半张脸。

看不到眼睛，只能看到黑色的护镜下面抿紧的唇和仿佛刀削的下颌骨，没有任何表情，从内向外透出的冷酷让人觉得现在应该响起画外音。

"是连川，我们死定了。"

锤子说。

10

"主城清理队。"连川从瞄准镜里看着左边个子高些的那个旅行者,"你们已经被锁定,任何动作都是我开枪的理由。"

两个旅行者都没有动。

"现场没有使用能力。"通话器里传出李梁的声音,"但是扫描到旁边楼里有重力痕迹,大多旅行者都有,不确定是不是他们。"

"收到。"连川说,"已经锁定。"

正常处理旅行者的流程很简单,确认之后摧毁或者回收。

大多被他们拦截的旅行者,结局都是摧毁,哪怕能力特殊,也可以在不请示的情况下选择摧毁不回收。

毕竟主城因为旅行者的能力吃过太多亏,尤其是总会跟他们正面冲突的清理队。

但眼前这两个,连川没有立即动手。

他在距离两条街的时候就已经发现了,这两个旅行者里有一个就是之前躲在墙后的那个,身上依旧带着那个已经启动了的主城武器。

而现在扫描结果已经显示在了护镜上。

"旅行者身上有主城武器?"路千的声音很吃惊,"还是启动了的?"

"二代武器。"李梁说,"现在没有人用,但一样也是需要使用者生物信息才能启动的,回收?"

"回收。"连川说。

宁谷看了锤子一眼,锤子脸上的表情一看就挺绝望的。

跟宁谷不同,锤子来过主城很多次,对主城的了解要比宁谷深得多,尤其是对鬣狗。

而对他们这些还活着的主城常客来说，连川是鬣狗中的鬣狗，狗中狗，碰上了就几乎没有能逃得掉的。

"怎么办？"宁谷小声问。

锤子没说话。

黑色的那辆车往下降了降，连川跳下了车，手里的武器很稳，宁谷能看到一个停留在自己胸口的小光点，在连川下车时甚至都没怎么移动。

"你，"连川再次开口，"包扔过来。"

"凭什么？"宁谷看着他。

连川没有说话，只是突然压低了枪口，宁谷顿时感觉自己右大腿一阵揪心的疼痛。

这种疼痛是他打遍鬼城二十年从未体会过的，从骨头缝往外，瞬间顺着神经弥漫到全身。

而且来得太过突然。

宁谷没忍住喊了一声："啊——"

他伸手在腿上疯狂地揉着。

居然还能站着，还能动。

连川微微抬了一下头，这个旅行者让他很意外。

这一击并不致命，但带来的疼痛是常人难以忍受的强度，基本能让人丧失行动能力，活捉目标时通常只需要一枪。

"姓名。"连川看着他。

"凭什么告诉你？"这人疼得龇牙咧嘴，但很有旅行者的风格，哪怕是死了也要骂到没声音为止，"你会不会数数？数数自己算老几！"

行吧。

"包。"他又对着这人的左腿按下了按钮。

"啊——"这人这回终于没能再站着了，一条腿跪到了地上。

旁边的人想扶他，看到连川手里的武器时有些犹豫，但毕竟是个旅行者，犹豫之后还是很快地伸出手，一把抓住了他的胳膊，抬头看着连川："你们到底要什么！"

连川没理他，只是盯着已经跪到地上的那个人。

是你吗？

武器在你身上，但那种感觉没有出现。

被人窥探的恐惧感。

那人手撑着地，喘了几下："我叫宁谷。"

宁谷。

连川记下了这个名字。

这个名字并不在任何有关旅行者的记录上。

不过宁谷刚才嘴还那么硬，凭什么来凭什么去的让人数数，现在又突然这么配合报出名字……连川的视线从瞄准镜里移开，慢慢从他身上扫过。

"要什么自己找！别动我别的东西！"宁谷一扬手，把挂在腿上的小皮兜扔了过来。

取包扔包的姿势没有异常。

包扔出来的轨迹也正常，没有故意遮挡视线。

但先服了软又扔包的这件事本身并不正常。

连川迅速把视线移到了宁谷手上，看到了他勾起的手指，还有指缝中透出的细微的光。

与此同时，旁边的旅行者已经顺势弯腰，手按在了地上。

跟钉子的配合都没有这么默契过，宁谷在扔出包的时候很感慨。

连川没说要找的是什么，但现在自己身上唯一奇怪的，就是那个突然开始发光的金属小方块。

揉腿的时候他就已经把小方块拿到了手里。

扔包。

锤子能力发动。

他按下那个按钮。

无论小方块是什么，他跟锤子估计都没有回去的可能了，所以就算被打成碎片，也要拉个垫背的。

旅行者也许怕疼，但关键时刻绝对不在乎死。

关于连川的传说挺多的，虽然大家都不服，但是传说里的连川形象倒是一直很统一，冷酷、残忍、战斗力顶级。

只是大概从他手底下活着回去的人太稀少，所以还有一点从没人提起过。

他能这么快。

宁谷的手指还没在按钮上按实，连川已经到了他面前，他甚至都没看清这人是怎么过来的。

就这还说主城都是普通人？这速度是靠外骨骼能达到的？

小方块被一膝盖撞得脱手而出，落入连川手里。

接着宁谷被连川一脚踹飞。

锤子被狞猫扫进旁边的下水道里。

所有的这一切，是在包飞起的时候开始的。

包落地的时候宁谷已经确定自己死之前没法拉个垫背的了，也没办法再在传说里给连川加上一笔描述了。

回不去了。

钉子肯定会哭。

团长也会哭的，平时看着挺吓人，但宁谷见过他哭。

疯叔的预言成真了啊……

难怪团长和李向都不让他来主城。

早知道这样，那根羽毛他那天就送给地王了，让他以后照应着点钉子……

结果也还是什么都没看到，什么都不知道。

外面是什么样的？外面有什么？消失的人都去了哪里？

我从哪里来的？

我为什么没有父母？

我还什么都不知道。

最后我也还什么都不知道……

连川的瞄准镜重新对准了倒地上的旅行者。

他能感觉得出这人身上没有任何特殊能力，是什么支撑着他能扛下两枪带来的剧痛，没有人会知道了。

就像永远也不会有人知道，连川为什么能从地狱一样的训练中活着长大。

连川的指尖碰到了触发器。

宁谷突然抬起了头，目光穿过瞄准镜，直接跟他的视线对上了。
"不。"宁谷说。

随着这简单的一个字袭来的，是浓雾一样的恐惧。
难以置信的感受再次出现，占据了连川整个身体，宁谷的目光没有停歇，像一把剑击穿护镜，直直地插进了他脑海里。
就是这个人！
009只是个媒介，这一点连川的判断没有错误。
但他忽略了一点：这个人也许并不需要任何媒介。
媒介甚至可能限制了他的能力，限制了他窥探之外的能力。
而这种能力，连川隐隐觉得似曾相识。

旅行者里有人能窥探思想，搅乱时间。
连川不知道是自己的错觉还是他正在经历；不知道是时间凝固了，还是变得极其缓慢，抑或飞逝；也不知道是不是这一瞬间眼前这个人已经跟他们不在同一个空间；或者另一个旅行者的力量，像是被放大了千百倍的重力，在无法觉察的短暂时间里掠过。
这种感觉从未有过，也无法形容。

连川耳朵里最后的声音是宁谷的。
"走！"他说。
一切都没有停顿，没有加速也没有放缓，所有动作都跟惯常一样，分毫不差。但老大摔倒在地，爪子撑了两下才站了起来。
连川扣在触发器按钮上的指尖始终没能按下去。
宁谷和另一个旅行者已经消失在了他们视野里。

"连川？"通话器里传来李梁的声音。
"收到。"连川回答，看向老大。
老大从鼻子里喷出一口气，表示自己没事。
"刚才怎么了？"路千的车在旁边房顶后面出现，停在了连川身边。
连川没有说话。

他不知道这种时候要说什么，也不知道发生了什么。只知道这个宁谷对于他来说，是一个巨大的潜在危险。

　　"又瞬闪了。"李梁也到了，从车上跳了下来，皱着眉，有些紧张地走到连川身边，一边查看手臂上的仪器记录一边压低声音，"刚刚设备是不是失灵了？武器全都灭了。"
　　"是。"连川也低声回答。
　　"跟旅行者的能力有关吗？"李梁有些诧异。
　　"不知道。"连川看了一眼失途谷的方向。
　　以前仅有的几次设备失灵只出现在瞬闪的时候，这次虽然不知道原因，甚至他刚才也没有发现设备失灵，但至少意味着，系统没有记录下那个旅行者诡异的能力。
　　是宁谷？还是另一个也有？
　　"各组汇报情况。"通话器里响起雷豫的声音。
　　"六组目标逃进失途谷。"连川说，"缴获主城二代武器。"
　　"什么能力？"雷豫问。
　　"突发重力。"李梁回答，"之前完全没有爆发迹象。"
　　"知道了。"雷豫说，"收队。"

　　"收队？"路千很吃惊，指着失途谷的方向，"不追了？"
　　连川看着他没说话。
　　"我知道，你让我见了旅行者就跑。"路千说，"你呢？"
　　"也跑啊。"连川说。
　　路千愣了愣，转头看着李梁。
　　"他们估计马上要进失途谷了。"李梁说。
　　"那又怎么样？"路千又问。
　　李梁叹了口气，这种心照不宣的问题他没法回答。

　　"刚刚怎么了？"锤子一边跑一边问。
　　"我不知道。"宁谷的腿还在疼，疼得他几乎无法站立，但现在他不仅不敢停下来休整，还必须咬牙狂奔。

别人的主城之旅都是各种新奇和刺激,他的主城之旅到现在为止就是莫名其妙地跑,还差点儿没命。

"你刚才是不是叫我跑?"锤子继续问。

"好像是。"宁谷想了半天也没想明白刚才发生了什么,"反正我回过神就在跑。"

"不用跑了。"锤子放慢了速度。

"嗯?"宁谷没理会,继续狂奔。

"别跑了!"锤子有点着急地喊了一声,"停下!前面是失途谷了!"

宁谷停了下来:"我们不是要去吗?"

"是要去。"锤子在自己身上的兜里来回掏着,最后拿出了半截颜料,在自己手腕上点了几下,"你有什么进去了需要记得的事吗?比如要换什么东西、弄点什么物资之类的。"

"没有。"宁谷看着他,"我就进去看看。"

"那也做个记号,看到你就能想起来是什么意思的,然后跟着我就可以。"锤子把颜料放到他手里,看了看四周,表情非常严肃,"一定跟紧我,失途谷是个……很奇怪的地方,走吧。"

"说清楚。"宁谷站着没动。

"就是……"锤子说,"其实有些没回去的不是被城卫和鬣狗灭了,是进去失途谷就没再出来,不知道怎么的,像迷了心智一样不肯走,觉得在那里特别幸福快乐,忘了自己是来干吗的……所以以防万一要在手上做个记号,看到的时候能提醒自己。"

"这么可怕为什么大家还都要去?"宁谷皱皱眉。

"又不是百分百疯,只要有记号,一般都能醒过来。"锤子说,"再说了,那里安全,城卫和鬣狗绝对不会进去。"

"哦……里面真那么棒吗?"宁谷低头在自己手腕上点了三个小点,他不会写字,这个就是画的意思,也许他能在这个地下市场里找到一张真正的画。

"棒什么棒!你别吓我啊!"锤子猛地抬头看着他,"我们可刚从连川手底下逃出来,大难不死回去要吹牛的呢!你要是进去了不出来,我也不用回去了,团长肯定把我挂到舌湾风干!"

宁谷笑了起来,手一扬:"走!"

"最近还是没有见着他？"一个男人坐在房间角落的阴影里，指间的烟雾在空中慢慢散开。

"没有，孩子这么大了，不肯回家不是很正常么。"春三靠在桌子旁边，"我们又不是从小养大他的人。"

"雷队长也没发现有什么异常吗？"男人问。

"没有。"春三叹了口气。

"雷队长有什么异常吗？"男人弹了弹烟灰。

春三没有马上回答，盯着男人手里的烟头，过了一会儿才开口："不要再问我这样的问题，我跟雷豫可不是系统匹配的婚姻。"

"就算武器都灭了，也只是一瞬间，旅行者就那么逃走了，太少见了。"男人说。

"现场不只有他一个队员。"春三提醒。

"是的，加上猫有四个，都说只是突发重力。"男人说，"系统侦测到的也的确只有这一项，但是……我无法相信有谁能以那种状态从连川手下逃脱，哪怕连川没有装备！"

"就算李梁跟他共事时间长，会配合他，路千可是你们的人，也帮他？"春三笑笑，"那你们该反省了。"

"你知道那个启动的武器意味着什么吗？"男人顿了顿，"跑掉的那个人……如果弄不清原因，后果我们都承担不起。"

"我只能尽力，你也知道，人心最摸不透。"春三说，"你们有全域最先进的技术和设备，折腾了那么多年，不也只能知道一个人看到了什么，没法知道一个人在想什么吗？我们又有什么本事了解人心？"

"如果你真为连川好，真不希望他消失，"男人掐灭了烟头，站起身，脑袋几乎要碰到天花板，声音从上方传来，"最好努力去了解。你要知道，再顶级的武器，也只是武器，某些必要情况下，他在我们眼里，也可以什么都不是。"

第二章

Melting
City

救世主

11

失途谷的其中一个入口，在一条小巷的尽头。

锤子每次都从这里进去，走固定的路线，以防自己在市场里太过幸福美好而找不到回来的路。

小巷两边都是旧房子，住人的那种，间或有几家商店，卖的东西都跟宁谷之前抢衣服的那个店差不多。

但不得不说，房子虽然都很旧，比起鬼城人民来，住房条件还是要好了不知道多少，团长都住不上这么规整的屋子。

为了扛风，鬼城的房子都是顺着风势的奇怪形状，不少都没法让人在屋里站着。

宁谷的小屋倒是能让人在里面站直，代价是已经被吹翻了四回，每回都会损失不少宁谷收集来的小东西，有些他还能挨家挨户抢回来，有些就不知道哪儿去了。

甚至发生过从地王那里换来的东西又被那个老奸商捡回去，要重新跟他交换的悲惨事件。

小巷里没有行人，当然也不会有，旅行者到来的警报一响，所有的人就都躲回了屋里。

有些人害怕，有些人不怎么害怕。

但旅行者不受欢迎是肯定的，就像旅行者对主城的人也带着某种不爽的情绪。

宁谷能感觉到穿过小巷时两边的视线。

只是每次他转头看过去的时候，都只能看到微微晃动的窗帘和突然熄灭的灯光……还是怕的人多。

有这么可怕吗？

宁谷想了想。当然有，毕竟旅行者都是怪物，而且你俩刚抢了一件衣服还踢了店主两脚。

带着刚抢劫完的杀气呢。

"到了。"锤子指了指前方，"你跟着我，不是开玩笑，咱俩别走散。"

"知道了。"宁谷冲他摆摆手。

前方的景象有些诡异。

主城并不是所有的地方都有金属高墙，眼前这里，一眼望过去就能看到黑铁荒原。

而这条巷子，就像是被什么巨大的力量一掌斩过，在前方戛然而止。仿佛有一条线，站在这边，就是有晨昏的城市；跨过去，就是一眼看不到头的残垣断壁，还有崎岖不平毫无生机的坚硬荒原。

入口就在一座塌掉了半边的小楼里，推开门就是向下的楼梯，一片漆黑，什么也看不到，也没有任何声响。

宁谷回头往他来的时候那条巷子看了一眼。

"也快没了。"锤子说，"听他们说，这巷子以前更长，咱们现在进的这个入口，以前跟那边一样，是主城的范围，住着人的。"

"那怎么会变成这样？"宁谷问。

"主城一直在坍塌，我看啊，早晚有一天，全都会变成黑铁荒原。"锤子看了看手上的颜料标记，走下了楼梯。

宁谷也低头看了看自己手上的标记。

一幅画！我来找一幅画！我是宁谷！来找幅画！我还要回鬼城的！

跟在锤子身后往下走了一段之后，宁谷闻到了一股没有闻到过的气味。很好闻，带着一丝丝甜。还有几种别的味道，其中有一种他肯定在疯叔的屋子里闻到过。

在鬼城待着的时候，不太能闻到什么味道，风太大，捂衣服里放个屁都能马上被风吹掉，只有在屋里的时候才能闻到屁……还有那些他换回来的小物件的气息，往往给人感觉很古老，很有年头，这种一闻就觉得很好闻的，不太常有。

"这什么味道？"他问的时候看到前面是一个弯道，拐角的那边隐隐有红光透过来。

"到了。"锤子停下,深吸了一口气,仿佛是要迈入一个什么了不得的地方。

宁谷不知道这算不算是必要程序,但还是跟着也深吸了一口气。管他有没有必要,仪式感还是可以有的。

转过弯之后,宁谷看到了跟鬼城,跟荒原,跟主城,都完全不一样的一个世界。

一个在坚硬的金属世界里,不知道以什么样的方式生长漫延出来的黑色洞穴。

他们站在入口是看不到全貌的,他提前知道了这是一个地底的洞,才能判断出这是一个洞。

脚下的楼梯往下延伸,能看到一层一层的光,四面八方无数的洞口和隧道在每一层都密集地分布着,看不到底,也看不到四面的边际。

目力所见的穴壁缝隙里透出红色的光,不算亮,但足以照亮身边。

宁谷瞪着看了好一会儿,才得出了一个简单的结论。

很巨大的一个地下世界。

"是茶叶的味道。"锤子这时回答了他之前的问题,"很稀有的东西,别以为能闻到就是能搞到,你转遍失途谷也未必能找到一包。这味道是里头的人都往身上喷一种带茶叶味道的水,时髦。"

"那我再弄点这个水回去给钉子。"宁谷说。

"你有什么东西能换?"锤子问。

"需要拿什么换?"宁谷也问,过来的时候他还真没想着要换东西,只想来看看。

"起码也得是个玻璃玩意儿,花瓶什么的。"锤子说。

"我没有。"宁谷想了想,"直接抢行吗?"

锤子看了他一眼:"这种话不要放到明面上说,多尴尬啊。"

"懂了。"宁谷点点头。

入口的地方没有人,锤子带着宁谷下了一层楼梯。

还没走到楼梯底，宁谷就听到了有人说话的声音。

右边是一个巨型空洞，像一个大厅。一圈都是像商店一样的小屋，但不是所有的小屋都能进，有不少是关着门的。

这里就开始有人了。宁谷一眼望过去，看到了好几个蝙蝠，在大厅里转悠。

蝙蝠的特征很明显，据说痛觉不灵敏所以勤于对身体进行改造，改造的风格基本都跟自己的皮肉过不去。只要看到骨头长在肉外头还是金属的，就可以确定这是个蝙蝠。

当然，改造的内容不只局限于骨头外装……

除了走来走去一脸或神秘或茫然或看谁都起疑的蝙蝠之外，还有不少看不出身份的人。

按锤子的说法，这些应该有不少是被"过于幸福"困在这里的旅行者和主城流浪汉。

"也有些是自己逃进来的。"锤子说，"不过这部分很少，普通人想在鬣狗手下逃脱再跑到这里，实在是太难了。"

宁谷没说话，毕竟他深有体会。刚体会完。

虽说从鬣狗手下逃脱了，而且是从连川手下逃脱，他到现在为止也并没有什么太过兴奋的感觉。

他根本没弄明白自己是怎么逃出来的。

连川带着死亡的气息一点点逼近他的时候，他脑子里除了"我还不想消失，我还什么都没看到"，就没别的东西了。

所以，他用意念打败了连川。

这要说给任何一个旅行者听，都只会换来一通狂笑。

属于吹牛都没找着正确姿势的那种。

"我每次来，都到这里转一圈，能看到不少有意思的东西，有些能换，有些换不起，当然要是有主城的通用币也可以买。"锤子一边领着宁谷走着，一边小声给他介绍，"不搞东西的话，也可以听他们聊天，还可以打听事情，不过他们就在这里待着，也未必比我们知道得多……对了，这里有吃的喝的，用主城配给换，都是我们没吃过的。还有酒……"

锤子说到这个，先转头看了看四周："酒不能喝，让团长知道了，回去就得被吊在舌湾让舌头舔三天。"

"不能喝？"宁谷看着他，"我赌一个玻璃瓶，你第一件事就是去找酒喝，你这表现也太明显了。"

"很明显吗？"锤子挺直了腰，想想笑了，"钉子也总说我不会装。"

"你确实不如他会装。"宁谷点头。

想到钉子，他往旁边透着红光的小屋看了看，他要帮钉子带个护镜回去，身上这件衣服不知道能不能换到一个。

"看到通道了没？"锤子问。

"嗯，看到了。"宁谷看到了在这个大洞厅的四周，有好几条隧道一样的长洞。

说实话，他感觉眼睛都有些不够用。

他在鬼城出生，在鬼城长大，从来没有去过别的地方，主城规整的房子已经让他大开眼界，现在这个地下的世界更是每一眼都令他备感新奇。

"记住我们来的那个，然后顺着的右边的这三个，"锤子用手指着，"都是可以走的，我跟团长走过，尽头是另外小一些的洞，没有岔道。另外那两个不能进，我没进去过。"

"嗯。"宁谷认真地记了下来，"那别的大厅呢？我看还有很多层……"

"你想什么呢？"锤子震惊地打断了他，"就这里，别的地方不去，我每次来就到这几个地方，足够了！什么都有了！"

"……哦。"宁谷也很震惊。

锤子死死盯着他，最后用手指戳了戳他胸口："宁谷，我知道你在想什么，这里可不是鬼城，我知道你在鬼城是个恶霸，谁都怕你，你什么都不怕，但是在这里你什么都不是知道吗？你就是个第一次来主城的傻子。"

"知道了。"宁谷也盯着他，"不用说得这么难听，你才是傻子。"

"傻子，"旁边突然靠过来一个人，"第一次来？要不要跟我长长见识？"

宁谷简直不能相信自己的耳朵，他转过头，看着这个胡子都长到鼻子上去了的人。

看打扮，应该是个流浪汉，身上也没有金属骨头。

"你跟谁说话？"宁谷问。

"你啊。"流浪汉有些不耐烦地回答,"真是傻子啊,我看着你呢,还问我跟谁说……"

宁谷一脚踹在了他胸口,流浪汉飞了出去,落地的时候摔进了一间小屋。

这动静有点大,本来只有几个人在旁边走动,这一脚之后不知道从哪里冒出来了一堆看上去挺奇怪的人。

流浪汉骂骂咧咧地从小屋走出来的时候,身后还跟出来了两个人,看上去应该是蝙蝠。

有一个的脸只有一半,另一半被金属取代了,制作手艺不太精良,离着这么远还能看到金属表面被砸出来的凹坑。

还有一个是蝙蝠改装流行款,腿上有一块皮肉破烂的地方露出了金属的腿骨。

"走。"锤子说。

"什么?"宁谷偏过头,锤子在鬼城也不是什么老实人,别说怕事,主动惹事也不在话下,哪怕旅行者大多都不是普通人,碰上强能力者的时候,他也没说过走。

现在就这么几个弹簧腿,就让走?

"这底下是空的。"锤子说。

宁谷愣了愣,反应过来,锤子的能力需要实心地面,而这个地下市场是由一个个空洞和一条条隧道组成的……对于在鬼城大片实地上长大的宁谷来说,这种情况还真是意外。

也就是说,他俩现在就以两个普通的人身份站在这里,还很嚣张。

"走!"锤子拉了他袖子一把,转身快步往第二个通道走了过去。

就在他转身的时候,那个半边脸和弹簧腿突然往前冲了出来。

以宁谷多年打架与被打的经验,马上就判断出来这是冲着锤子去的,毕竟没有能力的锤子,看上去就是个瘦弱少年。

宁谷勃然大怒,倒并不是因为偷袭和挑看着弱的下手,这种事他也总干,他怒的是这人居然当着自己的面就敢公然打他朋友!

"走个屁!"他沉着声音,说话的同时对着那两个蝙蝠冲了过去。

弹簧腿的改装多少还是有点用，跑在了半边脸的前面。

但根据宁谷之前对蝙蝠浅显的瞎分析和胡乱判断，弹簧腿战斗力肯定不如半边脸。

所以他跑到一半的时候跳了起来，一脚踩在了正在迈步的弹簧腿的大腿上，再狠狠一蹬。

既然蝙蝠能跳那么高，这个腿借点儿力他应该也能弹得挺高。

没想到还真让他赌对了，这个蝙蝠的腿就像是个跳板。

在蝙蝠发出"嗷"的一声嚎叫并摔倒在地之后，宁谷猛地跃到了空中。

一脑袋撞在洞顶的时候，他才明白过来为什么这个蝙蝠只是跑，没有跳。

他都能听到自己脑袋撞出来的声音。

咚！

原来弹簧腿的弹性这么好！

好在他可能有个头很铁的潜在能力刚被激发出来，这一撞居然没把他撞晕，他在回落的过程中侧过半个身体，借助下落惯性，一拳打在了半边脸的半边脸上。

这一下的综合力量相当大，半边脸直接倒地晕了过去。

宁谷摔到地上的时候，四周的人全围了上来，不知道是不是挺长时间没什么有意思的事儿了，这些人对着他就开始群殴。

他虽然是鬼城恶霸，但鬼城真没有群殴的习惯，他顿时就被一通拳打脚踢干趴下了。抱着脑袋往旁边挤的时候他抽空看了一眼，没找着锤子在哪儿。

"揍他！揍他！"

一群不知道什么来头的人围着他喊。

他一边往人堆外头挤，一边顺手对着靠近身边的几个抡着拳头。

混乱当中有人拽了他一把。力量很大，跟他砸半边脸的力量不相上下。

他立刻就被拽出了人群，没等弄明白怎么回事，已经被拉进了一间没有红光的屋子里。

而外面高呼乱叫的人群里有人往这边指了一下，顿时嘈杂声就平息了大半，变成了嗡嗡声，嗡了一会儿就像是突然没了兴致，四下散去了。

宁谷整了整被扯乱的外套，又摸了摸自己的脸，转头往身后看过去：

"谢……"

身后却没有人。

他又转回头，还是没看到人。连续转动脑袋四次之后，他确定这个把所有透光的缝隙都堵上了的小黑屋里，没有人。

"谢了。"他坚持道完谢，快步往门口走过去。

一阵细小的风贴着他身侧卷过，一个声音在他耳边响起："你是谁？"

12

宁谷的第一反应是有旅行者在逗他，毕竟有这种只闻其声不见其人的能力的人他手指头一掰就能数出来起码三个。

但他马上又推翻了这个想法，这声音是陌生的。

如果不是他认识的旅行者，那么无论这个声音是谁，又是什么能力，又或者是什么新鲜的装置……他都应该跑。

宁谷逃跑的速度跟他打架一样，都算是普通人里最拔尖的那一类。

"嗖"的一下窜出小黑屋的时候，他感觉那个声音都还在屋里没消散。

不过就算是这么快的速度，锤子还是已经没影儿了。

宁谷站在大厅中央，往四周仔细看了看，还是没看到锤子，这个废物不知道往哪条通道跑了。

跑得这么果断，一看就对鬼城恶霸的实力过于没信心。

宁谷并没有马上顺着锤子说的可以走的那几条通道去找，他不熟悉这里的地形，不熟悉这里居民和游客的行事风格，也不确定锤子是逃走了还是出事了。

本来他想默默观察一下四周的人，这种骚乱过后，大多数人都会关注逃兵的方向，可惜很快他就发现这个经验在这里不成立。

四周的人都在走动，看似漫不经心，但他随便跟几个人对了一下视线就能看出来，所有的人都在努力不动声色地关注着他。

他干脆挨个儿把眼神都对了一遍，大家似乎还没有准备好暴露，气氛顿时就僵掉了。

李向从后面走向宁谷，还有一段距离的时候，宁谷就已经警惕地回过了头，看到他时表情一言难尽。

"跟我来。"李向走过他身边说了一句。

宁谷在这种混乱茫然的情况还能这样敏锐,挺让他欣慰的。

"锤子不见了。"宁谷跟了上来,没给自己辩解,第一句就说的是锤子。

"他没事。"李向走进了左边的一条通道。

身后宁谷停下了,李向回头看他的时候,他正看着自己手腕。

李向扫了一眼后方夹在人群里来回走动的几个手指上戴着黑色戒指的蝙蝠,又看了看宁谷的手腕,上面有几个蓝色的小圆点:"你干什么呢?跟好我。"

"你是谁?"宁谷没动,往旁边一靠,看着他。

"李向。"李向回答。

"李向是谁?"宁谷盯着他。

"李向是你小时候干了坏事不敢回家,去给你求情的人。"李向回答,"是你砸坏了人家房子帮着你一块儿去修的人。是你被团长挂在钟楼上要示众三天的时候,提前把你拎下来的人。是你打架裤子被人撕了帮你补的人……"

这种验证对方有没有迷失的方法,肯定不是锤子教他的,常来主城的旅行者不会这么傻,一看就是宁谷自创的。

倒是很警惕。

"好了好了好了。"宁谷摆着手飞快地走到了他面前,"行了别说了,补得也不怎么样,还总记着。"

"锤子教你的吗?"李向继续往前走,"手上那个标记。"

"嗯。"宁谷应了一声,"管用吗?"

"刚被你踢的人,"李向说,"十年前在自己脸上划了道口子,最后也没回鬼城。"

宁谷一下没了声音。

李向回头看了他一眼:"你太不听话了。"

"这事儿根本没人跟我好好说。"宁谷皱着眉,"我凭什么听话?"

李向没再说话,黑戒指跟了过来,他继续往前走。

"有人跟着我们。"宁谷说,"戴黑戒指的。"

李向拍了拍他的肩膀:"他们是跟着你。"

"为什么?"宁谷说,"因为我打人了?不至于吧……这看着也不像是什么有规矩的地方。"

李向把他推进了旁边的一个小屋里。然后伸手指向跟来的几个黑戒指。黑戒指马上停住了，接着转身装着屁事没有的样子走开了。

　　宁谷被李向这一把推进来还有些不爽，但看清屋里的情况之后，他立刻退到了门边，一边往外挤一边特别诚恳地说："我错了我错了我再也不敢了。"
　　除了把他再次推进去的李向，这屋里还有三个人：团长，团长的副手林凡，以及鬼城最厉害的女人琪姐姐。
　　"你错什么了？"团长问。
　　琪姐姐冲宁谷笑了笑，他马上机警地跳到了旁边的一张桌子上，又一跳抓住了插在屋顶裂缝里的一根铁棍，让自己悬空挂在了空中。
　　琪姐姐的能力很强，但他非常了解，只要不沾地面，他就不会被这个女人用看不见的手拽倒在地失去各种感官。
　　"小子，有种你别下来。"琪姐姐说。
　　"有种你一直在这儿守着我。"宁谷说，"美女。"
　　"你错什么了！"团长吼了一声。
　　琪姐姐脸上刚要展开的笑容被他这一嗓子吓了回去，还呛得咳了好几声。
　　"我不应该偷偷进主城。"宁谷迅速找回了主题。
　　"你都去哪儿了？有没有碰到什么人？"林凡问。
　　林凡永远没有笑容，连表情都不舍得有。宁谷一直觉得初代还活着的旅行者里就他最看不出年纪，可能就是因为长期面无表情没有皱纹。
　　相比团长，宁谷更害怕的是他。
　　团长像个大铁锤，抡过来有声有响，是跑是扛有得选。而林凡像一根细细的钢丝，裹在黑雾里扫过来，把你扫成两段之前你都发现不了。
　　"就在主城里走了三条街，进个破房子睡了一觉。"宁谷挂在屋顶，老实回答，"进了个店，拿了件衣服，就身上这件，然后跟锤子来这里，路上碰到了连川和他的猫。"
　　听到最后这句时，屋里几个人全都抬了抬头，一起看着他。
　　"差点儿死了！他往我腿上打了两枪！疼得我差点儿晕过去，还抢了我的包。"宁谷趁机博取同情，"要不是我们跑得快……"
　　"你比连川跑得快？"李向忍不住问了一句，"锤子也跑得比他快？"
　　"我们不能跑得比他快？"宁谷想了想，"他好像没追我们。"

"你确定说的是实话吗？"团长看着他，"回去了锤子说的要是跟你对不上，我就送你进舌湾。"

"实话。"宁谷说。

说出来了的都是实话。

但实话未必都说出来了。

宁谷在鬼城长大，一直被团长照顾得衣食无忧，但他每天四处瞎混，招猫逗狗，惹是生非，三天一小架五天一大架，非常清楚旅行者并不是什么善良可怜的逃亡者。

逃亡是逃亡没错，但能逃到鬼城那种地方，还活了下来的，就没有善良可怜的，善良可怜的当年在主城就已经灰飞烟灭了。

所以，团长留在那里的行李箱，他奇怪的梦，连川为什么能让他们逃脱，甚至被抢走的那个突然发光的小方块，这些在宁谷看来，有些只能跟团长说，有些永远不能说。

还要打得锤子不敢说。

"你就留在这里。"团长说，"哪儿也不要去了，时间到了跟我们回去。"

"我来都来了……"宁谷抓着铁棍不想让步。

"来都来了。"团长瞪着他，"出了什么事的话，就是你死都死了！"

"你让李向跟着我。"宁谷说。

"他凭什么跟着你，你算老几！"团长说。

"我跟着他吧。"李向说，"他不出去我也得在这里守着他，刚已经有人过来了。"

"你还碰到谁了？"林凡问，"说实话，到这里以后。"

"碰上一堆打我的疯子啊。"宁谷说，"李向应该看到了吧？我一出来就碰到他了。"

"从哪儿出来？"林凡追了一句。

"那个没光的小屋子。"宁谷抬头看了看头顶的缝隙，"没有这种透出来的红光……"

"诗人？"林凡说。

"嗯？"宁谷愣了愣，没听懂他说什么，看过去的时候发现他这句话是对着李向说的。

"不确定。"李向回答得很简单,"跟过来的是九翼的黑戒小队。"

林凡没有再问。

大概是因为还要逛街……还有别的正事要办,团长带着林凡和琪姐姐准备离开。

"你可以下来了。"琪姐姐看了看还悬在空中的宁谷。

"不。"宁谷说,"我就喜欢挂着。"

琪姐姐翻了他一个白眼,跟着团长出了门。

只还有李向一个人在屋里了,宁谷才松开手跳了下来,仔细看了看这个屋子。

空无一物。

"这屋子是干什么的?"他问。

"空着的,只是一个洞。"李向回答,"这样的屋子有很多,有什么特别机密的东西要交易的时候就找一个这样的洞。"

"哦……我们也出去吧。"宁谷说,"就在你熟悉的地方转转。"

"你刚碰到什么人了?"李向问。

宁谷看着他,好半天才往身后的洞壁上一靠,抱着胳膊:"你猜?"

"失途谷的主人不是蝙蝠,不是主城的人,也不是旅行者,更不是流浪汉。"李向说,"失途谷的主人是诗人。"

"诗人是什么?"宁谷问。

"一个人。"李向说。

"哦。"宁谷点点头,他还以为诗人是一群人,就跟他们似的,"那我没有碰到诗人。"

李向的表情明显是不相信,他这个谎撒得也的确不太有诚意,但李向没说什么,只是补了一句:"诗人出现的时候没有光,听过他说话的人都失去了方向。"

宁谷整个人都僵了一下。

没有光他并不在乎,但后半句就不一样了,他还要回去的。

"碰到没有?"李向又问。

"可能是碰到了。"宁谷说,"那个屋子是没有光。"

"他说什么了吗?"李向继续问。

"没有。"宁谷回答得很干脆,完全没有犹豫。

李向像是松了口气,但很快又皱了皱眉:"这就怪了。"

不知道哪里怪,但宁谷选择不相信。

李向是个温和的人,是宁谷认识的所有旅行者里唯一一个没有吼过他的人。

但宁谷对"危险"有自己的判断。他现在没法确定李向给他说的关于诗人的内容是真是假,毕竟以前没有听人提起过,所以李向这句在他看来有着明显引导作用的"这就怪了",暂时可以判定是在诈他。

"你想去哪里?"李向问。

"给钉子找个护镜。"宁谷说,"还想找找……"

"画吗?"李向问。

"嗯。"宁谷点点头。

"这里可能没有。"李向说,"我从来没见过。"

"那就找个护镜。"宁谷很利索地精简了目的。

"来。"李向走出了屋子。

穿过中心大厅的时候,四周的人有点多,宁谷的气息突然变得有些不明朗,不过还能听到脚步声。

但等他有些不放心地回过头时,却发现就这短短十几步的距离里,宁谷已经不见了。

"混账东西。"李向皱着眉轻声说。

一个护镜,居然还是镶着红边的,简直太神奇了。

在色彩单调的鬼城,这个耀眼的护镜绝对能让钉子成为众矢之的,打架第一个挨揍,躲着第一个被抓。

宁谷拿起了这个护镜,看着坐在角落里不知道是睡着了还是醒着的一个人:"这是你的吗?"

"你想要,它就是我的。"那人说。

"拿什么换?"宁谷问。

"你有什么？"那人动了动，右脚在左腿上蹭了蹭。

宁谷摸了摸兜，他现在什么也没有。本来包里还有点儿能交换的东西，现在也不知道哪儿去了，连川捡走了吧，不知道会不会上交。如果还有机会碰上，他肯定得让连川赔，都是他攒下来的宝贝。

"衣服。"宁谷抖了抖身上抢来的那件外套。

那人没说话，伸出了手。

宁谷把衣服脱下来扔了过去。

那人接过衣服抖了抖，冲他一挥手。

宁谷心满意足地把护镜挂到自己腿上，这还是他第一次在鬼城之外的地方跟人交换东西，居然有种很享受的愉悦感。

就好像突然打开了一个小小的窗口似的，虽然看出去的风景也不怎么样，但就算同样是垃圾，好歹也都是他没见过的垃圾。

离开这个小屋的时候，他前后左右看了看，没看到李向，也没看到黑戒指。

甩掉李向并不是什么难事，从小到大他甩掉的人没有一百个也有五百个。

没有五百个也有一百个。

不过李向重新找到他也不是什么难事，毕竟他只敢在锤子给他指出的几条交叉隧道和隧道尽头的那几个洞厅里转圈圈。

他得在李向找到他之前找到锤子，让锤子闭紧他的嘴。

瞎转了一会儿之后，宁谷知道了为什么锤子每次来都只需要转这么点儿地方。这几条隧道很长，还拐弯，除了尽头的洞厅，中间还有小一些的洞厅，全都是人，还有各种各样有意思的东西。

全是符号的书，木头做的碗，号称上古奇兽骨头磨出来的骰子，带小机关的沙漏……还有一些宁谷猜不出是什么的玩意儿。

有些交换的东西堆在桌上，有些放在地上，还有些挂了货主一身。

宁谷在一个黑色的铁桌前停下了。

桌面上放着很多东西，乱七八糟地堆着。按鬼城的第一条交易经验，能有这么多货还放得这么不走心的，都是厉害角色，往往心黑。

而且根据宁谷不知道在这里能不能管用的第二条鬼城交易经验，越是放在打眼位置的，越是脱不了手等傻子的滞销货。

所以他往边儿上瞄了瞄，很快看到了个暗绿色的金属球，可以一口咬到嘴里的大小，不是很光滑，上面不知道是磕的咬的还是砸的，有很多小坑。

看不出有什么用，但是除了防身打架的东西以外，宁谷就喜欢这种没屁用但有颜色的有趣小东西。

"这是什么？"宁谷问。

"传说中的密钥。"货主凑到他面前，神秘兮兮地说。

这人是个独眼，在缺了一个眼珠的眼眶里放了一朵铁制小花，用颜料涂成了黄色。

密钥是什么东西？密这密那的都是骗人的东西，宁谷根本不信。

"藏在里面。"黄花眼示意他晃一晃那个小球，"有缘人才能打开，只要能打开，你就是救世主。"

宁谷晃了晃小球，果然是空心的，晃动的时候里面有东西轻轻撞击球壁，感觉质地也是金属，说不定就是个钢珠，最不值钱的玩意儿。

"这东西我交易出去不知道多少回了，没人能打开，你估计也打不开，不过没关系，打不开可以拿回来再跟我换，就是价格得另议。"黄花眼抱着胳膊上下打量着他，"以前没见过你，第一次来吗？"

宁谷扫了他一眼没出声，只是把小球拿在手里轻轻晃着，时不时握一握。

"要不要？"黄花眼问。

"不要。"宁谷把小球扔回到桌上，"你就靠换两次吃差价吧？"

"滚。"黄花眼指了指他。

宁谷笑了笑，双手往兜里一插，晃着就走开了。没走两步就被人撞了一下肩膀，转头正想开骂，发现是锤子，脑袋上套了半个铁头罩，罩子顶上还有个尖刺一样的东西。

"这什么鬼东西？"宁谷问，"这破东西也值得你换？"

"团长找到你了？"锤子问，"这个是我刚捡的。"

"李向找到我了。"宁谷往四周看了看，"今天我们进了主城，跑了三条街，睡了个觉，抢了一件衣服，碰上连川被打了一顿，逃进失途谷，你扔下我跑了，懂了吗？"

"我没扔下你跑，我是让你跟我一起跑，你没跟上！"锤子急了。

"懂了吗？"宁谷瞪着他。

"懂了。"锤子反应还是很快的。

"找个人少的地方。"宁谷说，"等李向来找我们。"

"那……"锤子抬手刚要指，身后突然传来一阵骚动。

"就是他！"黄花眼站在桌子上，踩着桌上的一堆货，指着他们这边喊，"他拿走了密钥——"

四周所有的人都往这边看了过来。

"什么密钥？"锤子猛地转头看着他，脑袋上的头罩跟着移了半圈。

"跑。"宁谷抓着他头罩上的刺一把将头罩拽了下来，往黄花眼那边狠狠一砸，转身就跑。

"右边！"锤子压着声音在后头提醒了他一句。

右边是堆在地上的好几摊货，来不及绕过去了，宁谷直接一蹦，踩着地上乱七八糟的东西就跑了过去。

"抓住他们！"四周顿时乱成了一团，喊的、骂的、摔东西的，不知道从哪里涌出来的人在宁谷和锤子刚跑进隧道的时候就已经紧紧地追了上来。

"你别跟着我！"宁谷顺手抓起能碰到的东西往后胡乱扔着，边跑边喊，"他们只抓我！"

"屁话，我已经跟着了！"锤子在后面抱着头，"快！出去往左绕出去就是楼梯！"

"去哪儿？"宁谷喊。

"主城！还能去哪儿！"锤子吼。

虽然一片混乱，但宁谷还是能分辨出自己后背、屁股、小腿都被打中了，只是不知道被什么东西打的。后脑勺也感觉像是被气流击中，一阵发闷。

看来的确是有旅行者留在了这里，而且已经跟鬼城不是一伙的了。

如果不是离出口近，他和锤子不知道能不能在群殴里撑到李向和团长他们找过来。

跑上楼梯的时候，宁谷回手捞了一把，抄到了锤子的胳膊，然后狠拽了一下，把他扔到了自己前头。

锤子用不了能力的时候，就是个连钉子都不如的废物青年，留在后头怕是上不完楼梯就得完蛋，不如让他先出去，只要脚下是实地，锤子就又是一条好汉。

看到锤子冲出了出口时，宁谷回头一脚踹在跟得最近的那人脸上。

不得不说蝙蝠改造之后大多都很灵活，宁谷踹倒了两个，也没能阻止紧跟着窜到了出口的几个蝙蝠。

他往前猛冲了几步，踩到了主城坚硬的地面上时松了口气，接着就看到锤子弯下了腰，手往地上伸了过去。

但还没等锤子发威，身后突然传来了一阵低沉的机械鸣音，回过头时眼前一道强光从出口前划过。

随着在剧烈气浪里四下飞溅的黑色碎屑，地面上出现了一道深深的裂痕。

追到出口的人还没露头就被气浪拍了回去，裹挟其中的锋利碎屑带着细微的尖啸，被击中的人发出各种惨叫。

宁谷被气浪甩了出去，从地上爬起来的时候，才看清了这个爆裂场面的制造者。

距离他不到五米的地方，连川已经下了车。

场景非常熟悉：黑色的制服，银色的机械外骨骼，身上闪着蓝光的武器，已经对准了他们的枪口，以及枪口后冷酷的脸。而狞猫肯定已经断掉了他们的后路。

主城清理队，你们已经被锁定，任何动作都是我开枪的理由。

连川的这句台词如果是固定程序，那他们就还有大概五秒的时间。

这个念头还没转完，宁谷就发现自己对连川"杀人不眨眼"的总结认识得不够深刻。

连川一个字也没说，手里的枪就启动了，通体泛出暗蓝色的光。

13

除了跟连川直接打过交道的人，那些只从传闻里听说过连川的人，其实对他的危险都没有真正领会。

李向从出口处的攻击方式，已经知道对方是连川。

如果需要驱散，别的鬣狗可能会直接往出口开一枪，借助强光或者气雾。而连川的这一轮驱散，只用了鞋底。地面上那一道碎屑飞扬的裂痕，是他用鞋底划出来的，这一点所有装备的坚硬程度都可以做到，但对力量爆发和技巧的要求之高，不是普通鬣狗能做到的。

宁谷爬起来之后还先看了一眼连川，如果要死，就死在这一秒。

保护宁谷。

他不能出事。

背后出现巨大的推力，这是团长的能力，李向借着这推力几乎是飞了出去，在连川的武器发射的瞬间挡在了宁谷面前。

一束蓝色的光在他面前一米的位置炸成了一面闪着金光的墙。

"李向！"宁谷往李向那边跑。

但刚一迈步，一道黑影就从左边窜了过来，他只感觉自己左胳膊和肚子上一阵钻心的疼，低头看到了一条长长的黑色伤口，这是奔着把他一劈两段去的，要不是他刹得快……

他看了一眼右边，狞猫已经转过头，前半身伏低，正死死地盯着他。

李向。

连川偏了偏头，那么团长……

团长从出口跟着冲出来的时候，连川有些意外。

团长和李向会一同出现，本身不算意外，他俩一攻一防，多年的搭档了，但会同时为了宁谷出来，就有些意外。

很多旅行者不怕死，他们对生死的想法不一样，只要够刺激，死活不过是结局的一种，全都可以预见，只是不能挑选。

所以很多时候，他们并不会搏命救人，尤其是这种情况下，两个核心人物出手……

连川没有犹豫，脚一蹬地冲了出去。

团长还没有站稳就已经发动了第一波攻击，在地面上砸出了一个深坑，坚实的地面仍然能感觉到这一击的强力震动。

但连川已经不在那里了。

宁谷看清的时候，连川已经出现在可以跟李向面对面的位置，跨一步就能握手说幸会。

防御从一开始就没有间断。以宁谷的了解，鬣狗的武器破不了李向的防御。但连川毕竟不是普通鬣狗，连台词都不念完就出手，不能以普通鬣狗的标准来判断。

宁谷心跳得很快，除去紧张，还有对自己"在主城就是个废物"的深切认识。

连川突然跃起，身体向后倾，跃到空中之后一脚踢在了李向上方。什么也没有的空气里被他踢出了一脚火星。

那是李向的防御边界。

团长第二次攻击紧跟着他跃起的同时发起，空气里都能看到震动的波纹。

但连川再一次躲开了，宁谷看到他的时候，他已经出现在了斜上方，加速下落的时候没有任何人能反应过来。

李向防得了武器攻击，防不住这个人。

宁谷没想到自己第一次进主城，就能获得跟鬣狗连川脸对脸问候的机会。

连川的脸就在离宁谷两个拳头的位置。

之前每次都被枪口遮掉一半的脸，现在除了眼睛，全都看得清清楚楚。

两人的这个距离，团长过于粗放的攻击能力已经不能发动，宁谷也不可能跑得掉。

死就死吧，谁怕过呢？

谁知道会不会有另一个世界呢？

连川微微偏了一下头，在宁谷抓紧时间给自己的人生致辞的时候，他的护镜突然有了变化，黑色渐渐变淡，最后消失。

透明的护镜后面，宁谷看到了连川的眼睛。

林凡的攻击带着风，像是一把看不见的刀，直插向连川后颈。

李向也侧过了身，扑向了狞猫的方向。

连川却已经从宁谷身边擦肩而过，跃上了对面的屋顶。

宁谷重重地倒在了地上。

"宁谷！"锤子连滚带爬地蹭到了宁谷身边，手也没敢往他身上碰，只是扯起他的衣服想要检查。

"没时间了。"李向抓着宁谷胸口的衣服把他拎了起来，团长把宁谷扛到了肩上。

虽然来过主城好几次，但这次之前从来都能平安撤退没碰到过鬣狗的锤子，根本无法判断到底发生了什么。

从他们逃出失途谷摔倒在地到现在，只是短短的十几秒，一场交锋却已经结束，宁谷还受了伤不知死活。

锤子整个人都是懵的。

不仅是他，所有活着的旅行者，碰到这种场面都会是懵的，毕竟对于大多数旅行者来说，碰上这种事都会是第一次并且不会有再有第二次的绝版经历。

因为骚乱，很多旅行者从出口和附近的街道跑了过来。

而从出口跟着出来的，还有不少蝙蝠。

主城全城宵禁的时间里，蝙蝠基本不可能干出这种送死的事情来，谁都知道主城这几个连着失途谷的出口平时都有城卫，何况是旅行者进城的时间里。

团长和李向带着跟过来的旅行者开始往城外跑。

"你们干什么了！"林凡一边往四下看着，一边抓住锤子问了一句。

连川跃上房顶之后消失了，狞猫也不知道去了哪儿，但连川的车还在，人肯定就在他们附近。

"我们没干什么啊！"锤子喊。

"没干什么为什么连蝙蝠都追你们！"林凡提高了声音，瞪着他。

"是有个疯子说宁谷偷了他东西！"锤子焦急地说，"这不是屁话吗！宁谷怎么可能偷东西！他只会抢东西啊！"

"说没说偷的是什么东西？"林凡又问。

"没说。"锤子皱着眉，"就喊他偷东西了……"

连川在房顶上跟着撤退的旅行者往黑铁荒原的方向跑，通话器里有队员们相互通报位置和情况的声音。

城卫已经启动，追了过来。

只要没有对主城造成大的破坏，旅行者大规模撤退的时候，为了避免伤亡，清理队是不参与阻止的，只由城卫进行驱赶和警示，防止有旅行者脱离大部队在主城逗留。

"旅行者宁谷信息接受完毕。"通话器里传来雷豫的声音。

"收到。"连川回答。

雷豫接着切进了私人频道："有没有发现异常？"

"没有。"连川回答，"尝试攻击之后也没有异常。"

"只是失去意识？"雷豫问。

"是。"连川回答，盯着下方道路上尖叫狂呼奔跑着的、看不出是害怕还是兴奋的旅行者。李向的防御很强，对扫描结果有影响，现在他已经找不到团长和宁谷的位置了。

"后面的事你不用管了，你和老大收队。"雷豫说，"我要马上把他的生物材料送到内防部。"

"明白。"连川向老大打了个手势，又低头看了一眼固定在腿上的密封瓶，里面放着的是从宁谷腰上撕裂下来的一小片皮肤组织。

之前从宁谷手上缴获的那个武器，确定是旅行者被赶出主城之前就已经淘汰了的二代干扰型武器。但它真正的用途，是极端情况下清理队员进行自毁。

根据内置编号，这个干扰器曾经的使用者，是雷豫的前前前任队长齐航。

清理队的公开档案里有记录，齐航是在旅行者被完全驱离的那次战斗中消失的，去了哪里没有人知道，是不是活着也没有人知道。

这个武器重新出现，在内防部看来，至少能确定两点。

齐航没有自毁。

宁谷跟齐航有关系。

不过连川对这两点都不在意，他在意的是另外两点。

上面为什么这么在意齐航。

宁谷身份特殊。

他的这次任务就是取到密封瓶里的东西，并且对宁谷进行攻击测试。

很明显宁谷已经引起了关注。直接像杀掉普通旅行者那样杀掉宁谷已经不可能了。

所以他刚才只能用了别的办法。

"醒了没？"团长站在车厢尽头，宁谷躺在角落里的地上，身边围着几个人。

列车隔了一夜才回来，他们不得不在轨道边守了宁谷一夜，好在鬣狗和城卫都不出城，但宁谷也一直没有醒。

"还没有。"锤子回答，自打宁谷倒地，他的眉头就一直没有展开过。

"身上都搜过了？"林凡坐在一边问了一句。

"没东西。"琪姐姐叹了口气，"连带去的东西都没了。"

"他的那个包大概是被鬣狗拿走了。"锤子说。

"鞋子里搜过了没？"林凡继续问。

一直没出声的李向抬头看了他一眼："醒了再问吧，他又不是几岁的小孩子了，搜成这样是不是有点儿过分？"

林凡没再说话。

"回去以后把他关起来。"团长开口，"不能再离开鬼城半步。"

"关哪儿？"李向问。

"钟楼。"团长说。

宁谷从来没有体会过这样的痛苦。

紧张，惊恐，绝望，不知道会在哪一秒突然袭来的巨大疼痛，和不能动不能说也不能表现出来的忍耐。

一切都没有来由。

为什么没有人提起过连川还有这样的能力？

他只觉得四周一片混乱的声光、人影，破碎的画面像是被强行塞进了脑子里，但却什么都分辨不出来。

连川这个狗！

护镜变色的时候他就应该反应过来，这种冷血杀人狗打架打一半突然给对手展示眼睛是什么狗屁流程？

哦，他并不能被称为连川的对手，他也没跟这个冷血杀人狗打架……他是单方面被殴打了。

腰。连川没用武器，只用手，在他腰上划了个口子。

这人从他身边路过，在他脸上表情都还没做出来的时候，划破了他穿在外套里面、用三个玻璃花瓶跟地王换来的护甲。

这个护甲之前还被他的猫抓破了一道！

……不对，重点不是这个口子。

重点是什么？

列车回到鬼城，旅行者们像出发时一样，带着狂欢过后的喧嚣，没有失去伙伴的郁闷，没有受伤的痛苦，没有一场混乱过后的疲惫，像一群永远踩在电门上的电动跑马灯……

钉子迎向奔啸而来的人群，盯着每一张兴奋的脸。

看到锤子的时候，他跳了起来，往前跑过去，接着就看到了走在锤子身后的团长，还有被扛在肩上的那个人。

看不到脸，但钉子认识那双鞋，他找到的那根羽毛，一直藏在这双鞋的内侧夹层里。

"宁谷？"钉子嘴都哆嗦了，"宁谷？"

"回去。"锤子过来拽着他就走。

"是宁谷吗？"钉子挣扎着，"那是宁谷吗？"

"是……"锤子低声说。

钉子没等他话说完就嚎了起来："宁谷！宁谷！"

锤子捂住他的嘴往回拉："他没事！你再喊两句，团长把我们三个都关起来。"

"关起来？"钉子刚松了一口气，听到后半句，感觉汗毛又支起来了，"关哪儿？"

"钟楼。"锤子说。

"……怕屁！"钉子说，"一块儿关就一块儿关……"

"你有没有脑子？"锤子收紧手，捂死了他的嘴，压低声音，"都关进去了他还怎么出来！"

钉子愣了愣，一下没了声音。

钟楼在旅行者最大的三号庇护所正中间，是一个由金属焊接成的圆柱形高塔，鬼城的最高建筑，几根直插到地底深处的金属支架让它能在鬼城的狂风里百年不倒。

除了顶上的一个钟，钟楼再也没有别的设施，这个钟也只是个摆设，并不走字儿，连个指针都没有，只有一圈数字。不过别说是鬼城，就算是主城，也没有人关注过时间这个东西。

每一个人都知道一秒两秒三秒，一分钟几分钟，一小时几小时，更长的还有十年百年，但没有人清楚几点几分。

对于他们来说，时间只是可以看到开始和结束的一段变化。

或者不变。

钟楼是第一批旅行者建的，为了纪念他们离开主城那一天。

从那天起，他们失去了晨昏。

"好了。"李向检查了一下宁谷腰上的绷带，"老八处理过了，睡一觉应该就能好了。"

宁谷低头坐在窗边，能听到外面呼啸的狂风，这里是钟楼最高处，一个比他小屋更小的房间，地上铺了些被子，基本就被占满了。

"你跟锤子说的差不多，他说没看到你拿东西，你说拿了个球又放回去了。"团长说，"不知道你俩是串通好了还是真的，不过我打算相信你俩。"

"谢谢叔。"宁谷说。

"现在我们要确定一件事。"团长的声音变得有些严厉，"你不能再不经允许去主城，会有人盯着你，只要被发现，你就再也没有走出庇护所范围的权利。"

宁谷抬头看了他一眼，没有说话。

"回答我。"团长说。

宁谷看着他："经过允许可以去，对吗？"

"……是。"团长点了点头。

"会允许吗？"宁谷问。

李向偏开了头，看向窗外。

团长没有出声。

"先关着我吧。"宁谷闷着声音。

团长和李向离开之后，宁谷坐在地上发了一会儿呆才躺下。

腰上的伤不疼了，就像团长说的，睡一觉肯定就好了。

但他现在不敢睡觉，一闭上眼睛，他就又能看到之前那些混乱的画面，有小孩子，有成年人，还有看不清的样子的怪物。耳边各种声音，有斥责，有命令，还有听不出语句的怪异鸣叫。一切都像是旁观，但又全能感受到，那种比他在鬼城打的任何一次架都真实的疼痛。

他不知道到底发生了什么，跟连川对视的那一眼，为什么会有这么大的后劲？

没错，他并不是因为被连川伤那一下晕倒的，就那样的伤，他带着二十个都还能跟人打架。在连川碰到他之前，他就已经站不住了，就因为那一眼。

这趟主城，去得非常混乱，宁谷感觉自己突然被一万多个问号缠身，勾胳膊勾腿的。

诗人，耳边的低语，那个小球……但他现在最想弄清的，就是连川看他的这一眼。

如果这是连川的能力，主城不可能容得下他，他这种狗中狗，肯定是主城的严密监控对象，任何一点异常都不可能有的。

在这么公开的场合使用更不可能，当年旅行者为什么被赶尽杀绝，他们应该更清楚，就是他们干的。

所以这不是连川的能力？

……是英俊的宁谷的能力？

宁谷忍不住笑了起来，笑得腰上的伤都有些疼。

不可能，他可是鬼城恶霸，一直没有能力也就算了，好容易有了能力，居然是自虐？跟人对峙的时候一发动，嘎嘣一下自己先倒了……得算是鬼城开天辟地以来独一份，属于感化系。

"哪儿你也别去。"钉子堵着门，看着疯叔，"宁谷成天往你这里跑，你肯定不是真疯子，现在他被关起来了，你都不帮着想点办法吗？"

"关起来好。"疯叔说。

"你说什么疯话！"钉子急了，指着他，"宁谷没少给你找好东西吧！这么多年，别人都不愿意靠近你，就宁谷经常过来跟你聊天，帮你修屋子！还给你拿吃的！"

"关起来好。"疯叔又重复了一遍。

"你再说一遍！"钉子吼了起来。

"他就不该去。"疯叔说完一扬手。

钉子还没明白怎么回事，就摔进了门外的狂风里。

宁谷从地上一跃而起的时候，身上的剧痛还没有消散，他靠着墙喘了半天才缓过来。

觉果然是不能睡的，在这个劲头过去之前，睡觉就是自虐。

但这次不再是完全的一片混乱，他看到了一面破碎的金属墙，他在金属墙上看到了连川的脸。

看上去年纪要比现在小得多，但还是一眼就能认出来。

虽然疼得身体都在颤抖，眼神却跟现在的连川没有区别，同样坚定而冷漠。

宁谷缓缓坐回了地上。他总算明白了。

他看到的，他感受到的，都是连川记忆。

14

睡了一觉醒过来之后，宁谷把腰上的绷带扯掉了。伤已经好了，老八叔的能力还是很实用的，再小点儿的伤直接摁摁就能好，但烦人的是他每次都要往人伤口上吐口水，跟其他人的愈合能力以示区别，毕竟这能力在鬼城也不稀缺。

宁谷起身，想找点儿水擦擦，但这个小屋里什么都没有。

转了一圈经过窗口的时候，他发现钟楼外面的空地上站了个人，站在人体打火机点亮的小红灯笼旁边，看不清是谁。

他凑到窗边挥了挥手，那人转身顺着被一溜灯笼照亮的小路走了。

不是钉子，这会儿钉子要是过来，肯定鬼鬼祟祟不敢站在光亮里。

这人看着像林凡。

林凡在车上想要检查他的鞋，这句话他是听到了的，只是当时整个人的意识都是混乱的，还动不了。

还好李向阻止了。

因为那个所谓的"密钥"，他的确拿了，而且就藏在鞋子里，跟那根羽毛一起。

这东西他没告诉任何人，看来锤子反应很快，甚至在没有串通的情况下，还帮他隐瞒了"密钥"这个信息。

宁谷坐回墙边，从鞋子内侧小心地取出了一颗黑色的圆珠，应该是铁珠，在鞋子的金属护板上能敲出叮叮的金属音。

珠子上有很多细小的孔，看不出个所以然。

不过这东西说不定很重要，毕竟黄花眼当时一声"密钥"，就能让一帮人连真假都不判断就开始追杀他。

而且，他怀疑这东西跟自己有关。

起码是主城有什么东西跟自己有关,要不林凡不会那么直接。

包裹这圆珠的那个金属球上遍布小坑,像是被很多人砸过咬过磕过都打不开的样子,如果不是黄花眼做假,那就是的确没人打开过。

但他拿起那个球的时候,就感觉有个地方捏一下就能弹开。

所以他就悄悄捏了几下,果然就打开了,里头就这么个东西。

密钥?哪里的?干吗使的?还得找个一样的洞放进去吗?那范围未免也太大了。

蝙蝠似乎都知道这东西,不是什么秘密。

……或者是有人曾经打开了,又换了这个小圆珠进去?

不管怎么样,这个他在从来没有踏足过的地方随手拿起的一个机关,就这么打开了。

一个鬼城生鬼城长连父母是谁都不知道的普通人……

"你是谁?"

小黑屋里的声音他还记得很清楚。

我是谁?

宁谷,鬼城恶霸,团长一手养大的非鬼城领袖接班人,英俊的鬼城门面……

所以你到底是谁?

他问过团长很多次,在他小的时候:我是谁啊?我为什么没有父母?也没人知道他们是谁?

团长的回应永远都是沉默。

宁谷抛了抛手里的小圆珠子。

也许这一切的答案就在主城,也许这就是团长他们不让他去主城的原因。

所以他必须再去主城,而且……他还有一个很充分的理由。

连川为什么要让他看到那些东西。

他现在能确定的一点,就是连川肯定知道他能看到,专门露出眼睛就是为了让他看到,让他感受到。

为什么?

"目标锁定。"连川说。

车在空中向前一冲,掉转车头之后拦在了一对正在疯狂奔跑的年轻人面前。

一男一女，紧握的双手，一看就是恋人。

"主城清理队。"连川从瞄准镜里看着他们，说出那句已经重复了不知道多少次的台词，"根据主城出生人口管理规定，70135号女性未取得生育资格……"

"她有名字！"年轻男人喊了起来，声音里带着愤怒，"她不是一个编号！她叫……"

连川按下了按钮，一道银色的光击中男人的腿，他瞬间倒地，大口喘着气，疼痛让他无法再发声。

不要告诉我她的名字。

连川重新瞄准旁边的女性，她冲着枪口笑了笑。

连川在她开口说话之前按下了回收按钮。

转瞬间，街道上就只剩了躺在地上泪流满面的男人。

疼痛还没有消退，他无法行动，也出不了声，只能死死盯着转身跨上车的连川。

"鬣狗都去死！"有人替他喊了出来。

连川发动了A01。

"魔鬼！死神！刽子手！"又有声音加入。

"主城不需要你们！滚出去！"

连川车头一抬，跃上了房顶，老大看了他一眼，跟在他身边开始在一排排的屋顶上飞奔。

"来坐坐吗？"通话器里传来李梁的声音，"你现在跟我们离得挺近的。"

"不坐。"连川回答。

"不喝酒。"李梁笑笑，"我和路千在光光的那个店，现在人挺少，我们在这里休息。"

光光是李梁的朋友，是个绿地出身的女孩儿，因为个性叛逆放弃了直升内防部或者城务厅的道路，去C区开了个不起眼的娱乐店。

娱乐店很多地方都有，遍布ABCD各区，但随着区域从内而外的混乱，娱乐店的娱乐方式也从玩牌聊天小游戏升级为各种表演按摩和另类服务。

据说蝙蝠们也有娱乐店，形式上有着非常强烈的蝙蝠风格，比如全改装蝙蝠决斗，打散架了为止。

连川没看过，也没什么兴趣，他的极限在按摩脑袋。

对于常年头疼的他来说，这个的确还挺舒服。

"真的不试试脑袋以外的地方吗？"光光抱着胳膊靠在桌子旁边，一脸无奈地看着连川，"肩膀呀，胳膊呀，腿呀，都可以放松一下，你们每天跑来跑去多累啊，只捏头够吗？"

"说得好像我们每天还用头跑。"连川闭着眼睛，"就按头吧，身上有装备助力，不累。"

"是啊，头上不光没有助力，还要戴头盔，累。"李梁在旁边的一张小床上躺着，因为随时可能有任务，外骨骼都还在。

"行吧。"光光走到连川身边，开始帮他按摩脑袋，"要不要喝点儿东西？"

路千在吧台后面，趁着没有客人，正在自己调制饮料，把各种颜色的水掺在一起。

"不了。"连川说。

"可以尝尝我做的。"路千说，"感觉应该挺不错。"

"不了。"连川重复了一遍。

李梁笑了起来。

路千喝了一口自己调出来的水，皱着眉："为什么都是一样的味道？"

"原料都没进调味机呢。"光光说，"当然是一样的味道。"

调味机价格不菲，除了高等安居地的住户，能用上的都是各种娱乐店和酒馆，没有调味机加工的原料都是同样的味道。

比起系统的自动配给，经过调味机的食物和饮品口味种类要更多一些，味道也更好一些。

雷豫叫他回家去吃的就是这种，春姨的手艺很好，能把原料通过重复加工获得更好的口感和更复杂的味道。

但连川对所有的味道都没有特别的兴趣。

他有时候会想，这味道到底是调味机传递给原料再传递给舌头的，还是通过原料把某种信息直接传递给了大脑？

原料就像是一场梦，梦里没有声音，没有气味，没有口感，但你依然知道你听到了什么，闻到了什么，吃到了什么。

一切都只是大脑告诉你的。

舌头只是用来说话的。

　　光光挺喜欢清理队的人到店里来，他们都安静，话不多，也不会有多余的动作。

　　C区已经不像她小时候记忆里的那样，只是街景略显灰暗，总体还算安宁。现在的C区慢慢变得像更外层的D区，灰暗而混乱，人也变得可怕起来，谩骂和打斗每天都在上演。

　　所有的变化都来自人心，主城日益加快的衰败，让很多人开始有隐隐的担心，担心自己会成为亲历主城被黑铁荒原吞噬的那一代。

　　也挺好的，与其无声无息无可逃避的回收、死亡，不如见证一下世界如何消亡。

　　刚按完头顶，连川的通话器"滴"的响了一声。

　　光光的手还没来得及从他头上移开，他已经站了起来，走出门外的时候，通话器里的人声才传出来。

　　"一组、六组集合，去出站口检查。"雷豫的声音响起。

　　"六组收到。"连川回头看了看，李梁和路千已经跟了上来。

　　"一组收到。"龙彪回答。

　　李梁跟连川对视了一眼，他们上次接到检查出站口的命令时，是系统出错，打开了材料库的门，非规划实验材料逃脱。

　　"请确认任务内容。"通话器里龙彪又问了一句。

　　"捕捉材料VB39和VB45。"雷豫说，"VB39高危。"

　　连川跨上了车，这种组合的编号，意味着材料都已经通过了测试，是准备进入生产实验阶段的成熟个体，在管理上相当严格。

　　居然逃脱了？

　　或者是系统又出错了？

　　这种可能性实在有点儿低。

　　"为什么不让城卫去？"出发之后路千用小组频道发出疑问，"他们就在附近吧，我们还需要赶过去。"

"城卫和治安队，一个守外敌，一个清内乱。"李梁说，"其他的活儿都归我们。"

"这个其他的范围比我想象的要大得多啊。"路千叹气，"难怪我申请来清理队的时候，我的训练员建议我去查脑子。"

"也不是不可以查一下。"连川说。

"嗯？"路千隔着一条街从屋顶上转过头看了他一眼。

通话器里传来了小组几个人的笑声。

列车不来的时候，出站口就只是一片荒芜的野地。这里不曾有过任何建筑，也没有留下任何人类生活的痕迹，只有孤零零的轨道从黑雾里隐约露出一段。

身后就是主城。可如果不回头，眼前完全没有一丝生机，寂寞得像是整个世界都已经不复存在。

相比之下，还能看到残垣断壁哪怕是废墟遗址的黑铁荒原，都比这里显得温暖。

一组和六组的人都已经赶到，按习惯的搜索队形排出了一个弧形的半包围圈，准备向前压进。

"到达任务地点。"龙彪说，"开始扫描。"

护镜上的目标信息已经传过来。VB45是普通级别，女性，没有攻击性特质。而同样也是女性的VB39，信息用红色标注，说明危险程度高，有侵蚀特质。

连川皱了皱眉。非规的研究方向看来已经不是一开始宣称的那样，目的只是激发人体潜能，增加抗性，提高对恶劣环境的承受能力……

如果说之前看到的那个类K29的怪物是个意外，那么VB39这种跟009完全不同、功能已经趋于完整的实验体，很明显是为了与旅行者抗衡。

除非这是另一个项目，城务厅不知道的项目，秘密的项目。

谁搞的？为什么？

连川并不想知道，但有一点能确定。

……明天又要头疼了。

两个实验体的坐标很快显示在护镜上，距离他们不算远，但位置有些危险，已经在轨道安全段的尽头，再往前就是黑雾，进去的人从未返回。

"注意安全距离。"龙彪说。

这个安全距离指的就是黑雾。

半包围圈慢慢向前压进，很快连川就在越来越浓的黑雾里看到了两个晃动的影子，看上去是人类形态，但VB45的身形要小很多，感觉只到正常男性腰部的高度。

"瞄准。"龙彪说，"一组左，六组右。"

左边的是VB39，右边是VB45，连川对于龙彪要拿高难度的任务没有意见，他的目的只是顺利完成任务。

"锁定。"他举起了捕捉枪。

这枪的威力连川一直没有过质疑，但在目睹宁谷中了两枪都还能跑得跟风一样的奇景之后……

加上这次的目标比较特殊，在瞄准的同时，他已经判断好了目标可能逃跑的方向，以便随时改变捕捉路线。

两组人的武器是同时开火的，瞬间电光连成网状扑向两个目标。

VB45应声倒地。

VB39却在开火的同时往后跃起，躲开了攻击。

再往后几步就能退进黑雾，虽然躲过攻击的这个速度并不算快，赌对了开火时间就能避开，但这速度退进黑雾是足够了。

连川收枪的时候人已经到了VB45身边。

稀疏的头发，灰白色的眼睛，有些发黑的皮肤，如果这就是主城以后的人类，恐怕有一半以上的人会选择被黑铁荒原吞噬。

他抓住VB45的胳膊往后扔给跟过来的龙彪，逼到VB39面前。

两个动作几乎是同时完成。

所有人都知道，连川比武器快，徒手攻击才能发挥他的真实速度。

但每一次这样的接触，都赌上了自身安全。

连川冷酷如同死神的传说，很大程度上源自他对完成任务的执念。

连川的手击中VB39肩部，这一下不致命，但能瞬间制服绝大多数对手。

VB39跪到了地上。

连川的第二次击打是在背部，有连他自己也不一定能觉察出来的瞬间迟疑，他看到了VB39身上有运输标，一个打在后颈上的黑色圆标。

这是作训部的运输标。

两个目标不是从实验室逃出来的，是在运输途中逃出来的。而逃逸的地点，恰好是主城与鬼城唯一的连接点。

尽管连川努力让自己不去思考，却还是马上做出了判断：这是内防部要秘密运往鬼城的实验品。

把VB39和VB45都装入控制箱里之后，龙彪看了他一眼。

两个组的人都已经看到了那个黑标。

这意味着什么所有人都清楚，并且已经习惯。

"连川。"龙彪看着他。

"嗯。"连川应了一声。

"我真的非常讨厌你。"龙彪说。

"这句未必重置啊。"连川说，"毕竟谁都知道。"

"也是。"龙彪往箱子上踢了一脚，"再加一道电力锁，送回内防部。"

回到车旁边的时候，老大绕过来，用尾巴在他腿上轻轻扫了一下，算是对他可能又要头痛表示了潦草的安慰。

连川跨上车，发动的时候看到了装备斗里的小皮兜。这是之前从宁谷那里缴获的，没有什么值得上交的物品。

本应该扔掉的东西，连川随手放在车上之后却一直没有扔。

他看了一眼延伸向黑雾里的轨道，掉转了车头。

宁谷。

这个本来对他来说只是个暗雷的旅行者，在发现内防部跟鬼城可能有超出提供实验材料的密切关系之后，几乎已经变成了明晃晃悬在他头顶上的刀。

15

七天了,宁谷被关在钟楼顶层的小屋里,只能靠送来食物判断时间。

早中晚三顿,他都数着,已经二十一顿了,七天整。

如果不是还有人送食物过来,宁谷都开始怀疑自己是不是已经被鬼城遗忘,七天都没有任何人来看过他,甚至也没有人再出现在钟楼下面。

"啊——"他把脑袋探出窗口,在狂风里喊,"啊——钉子——钉子——李向——李向——"

风太大,钟楼顶这个高度的风更大,他这几嗓子,声音感觉连个尾音都展不全就被吹散了。

他看着眼前被狂风吹出了纹理感的浓雾。

是车又要来了吗?

这车要是活的,算得上是最有性格的车。

在宁谷有限的二十几年生命里,车来车往无数次,最长的间隔是他过了两次生日,最短的间隔只有一天,最狂热的旅行者都做不到在睡了一觉之后立刻再次启程。

如果是车又要来了,他要怎么才能从这里出去,又怎么才能在严密的各种能力监视下,离开钟楼,溜出庇护所范围,登上列车?

"啊——"他又喊了一嗓子,"李向啊——"

以他的经验,现在唯一还能来解救他的,就只有解救过他无数次的李向了。

"李向和团长去舌湾了。"身后突然传来一个声音。

宁谷吓了一跳,猛地转过身,在门上的小窗口里看到了林凡的半张脸。

"你怎么来了?"他有些警惕地问了一句。

"看看你跑没跑。"林凡说。

"他们去了多久了?"他这才反应过来林凡的话。

"几天了。"林凡的脸慢慢移到小窗口正中,看着他,"闷吗?"

"不闷。"宁谷坐回了地上。

他平时跟林凡没有多少交集,这人深居简出,窝在他的屋里一两个月不露面都很正常,现在突然单独出现在这里……如果没有主城的那些经历、林凡对各种细节的追问和想要检查他的鞋,他也没什么想法。

但现在却感觉有些不踏实。

"这几天反省了吗?"林凡问。

宁谷看了他一眼,团长和李向都不在,那林凡来检查他有没有老实待着,有没有反省,倒也说得过去。

"没有。"他如实回答。

林凡皱了皱眉:"团长留下的话是你什么时候答应未经允许不能去主城,什么时候让你出去。"

"那等吧。"宁谷往后一靠,"我可以不出去。"

林凡看着他没有说话。

宁谷绷了一会儿,也看了他一眼。门上的窗口很小,正好能容纳林凡的脸,宁谷看了半天,忍不住说了一句:"你脸是卡窗户上了吗?"

"嗯?"林凡愣了愣之后突然笑了起来。

这是宁谷第一次看到林凡的笑容,不怎么好看,隐藏着的皱纹都暴露了,但无论好不好看,都很让宁谷吃惊。

这人还会笑呢。

"你很像你爸爸。"林凡收了笑容,说了一句。

宁谷上一惊还没有吃完,跟着又吃了一大惊,顿时有种被噎着了的感觉,咽了两次口水才缓过来。

"你说什么?"他从地上跳了起来,走到了门边。

林凡没有说话,脸从窗口上移开了。

"林凡!"宁谷急了,立刻从窗口把头塞了出去,看到林凡已经转身,正在下楼梯。

他在铁门上用力踢了几脚,鞋上的金属护板跟门撞得哐哐响。

"别走!你什么意思?"他吼。

-118-

"车来的时候守卫有空档。"林凡的声音渐渐变小,"走不走得了,看你自己的了。"

"林凡!"宁谷把脑袋缩回屋里,扳着窗口使劲晃了几下门。

门当然纹丝不动,林凡的声音也消失了。

"新的一天欢迎你。"

头疼没有缓解,听到系统问候的时候,连川还在耳鸣。

今天的早餐是牛肉和鸡蛋,他吃完了也没尝出什么味儿,嘴里都是苦的。

已经一个星期了,头疼的频率已经降低了很多,差不多这两天应该就能消失。

连川换了身衣服,准备出门去买点儿日用品,再去雷豫家坐坐。

他不太习惯穿便服,也不太习惯走路,更不习惯走在人群里。

虽然这样的时候,他不会感受到仇恨的目光,不会听到恶毒的诅咒漫骂,也没有一次又一次面对绝望目光时的压力。

但他似乎更愿意是只鬣狗。

鬣狗有目标,鬣狗有恐惧,鬣狗有无论如何也要活下去的挣扎。

而拥有主城二级居民身份卡的非最普通人连川,能想出来的今天一整天最有意义的活动是买牙膏。

"要哪种口味的?"收银员拿过他的身份卡刷了一下,"这个月供应柠檬苹果青椒和胡椒四种味道。"

"苹果。"连川回答。

"还要别的吗?"收银员从身后拿过一支白色的牙膏,放进了旁边的机器,几秒钟之后,一支粉红色的牙膏从出口落进了连川手边的小斗里。

"……不用了。"连川犹豫了一下,拿起牙膏,"怎么是粉红色的?"

"苹果就是粉红色啊。"收银员说。

"苹果不是绿色吗?"连川说。

"那是青苹果。"收银员说,"想要绿色的可以选青椒。"

"不了。"连川拿了牙膏,转身离开。

买完这支粉红色的牙膏,连川就没什么需要再在街上转的事了,他看了看四周,该去雷豫家里了。

春姨一早就买好了原料,说要给他做点好吃的,还让他叫上老大。

他倒是叫了,但老大只要不出任务,就不知道在哪儿,能不能去吃饭也说不准。

去雷豫家需要横跨四条纵轴,虽说都在B区,但连川的住处是内防部提供的宿舍楼,跟雷豫家基本是对角线了,所以雷豫也只在休息的时候才会回去。

虽然不是每天见面,他们夫妻感情倒是一直很好,不愧是自由恋爱的婚姻,不如系统匹配的伴侣完美,却因为人群里的一眼心动而克服了所有的不完美。

连川往四周扫了一圈,每一个人都只看着自己脚下。他往隧道口走了过去。

主城的交通很简单,没有地面公共交通,只有几条隧道接通四个主城区,每个地下停靠站都很大,从停靠站的规模和遍布墙面地面的广告板就能看出曾经的主城有多繁华。

让主城的阳光在每个清晨叫醒你,曾经也是底气十足的一句广告。

现在的停靠站依旧很大,但使用率却不及曾经的一半,多数地方都已经黑雾弥漫,广告板也早已熄灭,墙上的几块基本都是城务厅发布的公告和禁令。

流浪汉都宁可选择逃进失途谷,而不愿意在停靠站的无人区安身。

连川站在站台上,目视前方发呆,但所有的感官都在运行,习惯性地留意着四周的每一个人。

身后那个灰色上衣的男人,他进来的时候就已经注意到了。

看上去跟主城所有的普通市民没有什么区别,但连川却还是能感觉到他眼神里的闪烁。

身份不是他在意的,他现在不是鬣狗,哪怕面前站着的是个BUG,他也不能动手,主城所有的执法人员在脱下制服之后都只允许以普通人的状态存在。

这人要干什么他也不是太在意,在主城,正常情况下暂时没有人能威胁到他的安全。

他在意的是,这样状态明显不是"合格居民"的人,已经开始出现在了B区。

灰衣人跟着他上了车,一直站在距离他一米的位置,全程没有正眼看过他,但余光一直停留在他身上。

连川下车的时候,灰衣人也跟了下来。

B区A5有两个大型安居地,上下车的人很多,连川下车之后,灰衣人挤在人群里走到了他前头。

回到地面有六道拐弯，很长的一段距离。第三个拐弯过后，灰衣人回头看了一眼，身后没有人跟着，只有脚步匆匆的乘客。

他顿了顿，手伸进外套兜里摸了一下。

还没等把兜里的东西拿出来，就感觉左边有什么东西撞了他一下，他整个人似乎有一瞬间都离开了地面。

回过神来的时候他已经被人掐着喉咙按在了旁边检修通道的墙壁上。

"别动。"连川拇指按在灰衣人的咽喉上，"别说话。"

灰衣人眼神里的茫然慢慢退掉，换成了惊慌，但绷着没敢动，也没有出声。

连川伸手从他兜里摸出了自己的身份卡，手指夹着在他眼前晃了晃，放回了自己的外套内兜里。

身份卡他买完粉红小牙膏之后放得有些随意，大概就被这人盯上跟了一路。

"别报警，"灰衣人小心而焦急地开了口，"求你……我就想买点吃……"

连川手指使了点劲，他的话被卡在了喉咙里。

"我说了，别说话。"连川说，"我走了你就可以走。"

灰衣人眨了眨眼睛。

连川松开手，转身离开了通道。

身份卡拿到了也不可能就直接拿去买东西，信息识别对不上，立刻就会被回收清理。想要用，需要去失途谷，找一个能帮你重新写入身份信息的蝙蝠。

但找到蝙蝠之前，可能迷失了，可能被打死了，也可能一直找不到对的蝙蝠饿死了，最终找到了也会因为付不起费用，被蝙蝠抢走身份卡然后打死或者饿死，毕竟身份卡能做的事很多，一张原卡价值很高。

连川不愿意听到这样的人说话，无论是任务里，还是平时的生活里。

他不想听到任何无奈和绝望的话。

那些话会把人拉入深渊，再也浮不起来。

"老大都比你到得早。"春姨递过来一杯饮料，"尝尝。"

"我去买了点儿东西才过来的。"连川接过饮料喝了一口，挺好喝的，甜味里有一点点酸，不会腻。

雷豫家没什么变化，简单而温馨。在能力范围之内，夫妻两人都很热衷于给屋子里增加各种装饰。样式和材质不同的沙发和椅子都有好几套。

老大占了一个单人的软质沙发，正在打盹儿，也不知道是真盹儿还是假盹儿，总之就是闭着眼睛不理人。

春姨去处理食物的时候，雷豫拿着烟盒坐到了连川身边："要吗？"

"不要。"连川摆了摆手。

"买什么了？"雷豫自己点了烟，看了看他。

"牙膏。"连川把兜里的粉红牙膏拿出来捏了捏，"可爱吧。"

雷豫笑了起来："你从小就不喜欢粉嫩的颜色。"

连川也笑了笑，没说话。

雷豫一提小时候，他就骨头疼，虽然小时候还有很多别的回忆，春姨带着他做游戏，带着他去看小动物，给他做吃的……但疼痛和恐惧才是所有记忆里最清晰的。

你不会笑得刻骨铭心。

痛才会。

你的开心不会刻骨铭心。

恐惧才会。

"最近状态怎么样？"雷豫抽了两口烟，沉默了一会儿之后突然问了一句。

"挺好的。"连川看着他，雷豫很少这么问，能让他问出这样的问题，多半是有什么不涉及核心机密只跟连川本身有关的消息。

老大的确是打的假盹儿，雷豫问完这句，它眼睛睁开了一只。

"那个宁谷，"雷豫说，"如果再来主城，可能会安排你去对付。"

"他还会来么？"连川皱了皱眉，"目前看起来他自保能力都差不多没有。"

"也不能这么说。"雷豫说，"他可是从你手底下逃掉了的，不光他逃掉了，跟他一起的那个也逃掉了。"

老大闭上眼睛，从鼻子里喷出一口气。

"从我这儿跑的，就得我去抓。"连川说，"是这个意思吗？"

"不是。"雷豫掐掉了只抽了两口的烟，盯着烟头半天都没再说话。

连川也没开口，等着他说下去。

"这次是一定要抓到，活的，"雷豫说，"不惜代价，无论他躲在哪里，只有你能做到。"

"无论躲在哪里，"连川笑了笑，很快冷下了脸，"也包括失途谷，对吗？"

雷豫点了点头。

老大在沙发上狠狠抓了一爪子。

"新的呢，抓坏了你帮我补吗？"春姨端了个盘子出来，看了老大一眼，把盘子放到了连川面前，"先垫垫，别的我还在做。"

"嗯。"连川应了一声。

"川，"春姨看着他，"契合实验只有你通过了。"

"你的意志力没有人能超越。"雷豫说，"如果能在外面抓住宁谷最好，他如果进了失途谷，落到九翼手里，那就是九翼的一张牌，我们不能冒险。"

连川没有说话，失途谷并不是一个多么可怕的地方，生活在那里的人在他眼里，从状态来看跟主城不相上下。

但除了蝙蝠，带着主城信息进去的人，从未出来过。他不知道为什么雷豫和春姨会劝他进去。

"你必须去。"春姨握住了他的手，有些微微地发颤，声音压得很低，"不光是为了抓到宁谷。"

连川看着她，突然明白了为什么。

一个身份或者能力特殊的旅行者，上面要求务必活捉并不奇怪，这样的任务对于清理队来说也并不稀奇。

而春姨最后的这一句，却是在提醒他。

如果有必要，他必须进去，去证明自己。

就像从前他必须证明自己能够契合参宿四，现在他必须证明自己能够扛下失途谷，他必须证明自己无可取代。

无可取代，这是他还能存在的唯一价值。

16

钉子在鬼城生活了十几二十年,还从没有什么时候把日子过得这么清晰过。

跨出屋门的时候他看了一眼刻在门边金属板上的道子,用手抠着又数了一遍,十六道。

宁谷已经被关在钟楼上十六天了,而他连接近钟楼的机会都没有,一次都没有,简直是在侮辱他和宁谷友谊的小铁堆。

今天他不能再等下去了,团长和李向去了舌湾,每隔一段时间他们就会去一次,每次大概二十天的样子,这期间他们都不会回来,所有的事都交给林凡处理。

林凡平时不太露面,如果不趁着现在去把宁谷弄出来,等团长他们回来,就真的一点机会都没有了,以团长的强硬性格,说不定会把宁谷关成一具白骨。

"去哪儿?"锤子在门口。

"去找地王。"钉子说。

"你都找他三回了。"锤子叹气,"他吃不到好处怎么可能帮忙。"

"老东西混了这么多年,总会有点儿办法。"钉子皱着眉,迎着风把护镜戴上了,这是锤子给他的,宁谷在失途谷帮他找的,"我拿东西跟他换。"

锤子一把抓住了他的胳膊:"拿什么换?"

"那个猴爪子。"钉子看着他。

"那是鹰爪。"锤子说。

"我觉得比较像猴爪。"钉子坚持。

"猴子没有爪子。"锤子说。

"你见过?"钉子不服。

"你见过?"锤子也不服。

钉子没再说话，一拉衣领就往前走。

"这东西全鬼城可就这一个，"锤子跟了上来，"换了可就没有了。"

"宁谷也就这一个啊，"钉子说，"他还比不过一个猴爪子吗？"

"行。"锤子点头，"我跟你去。"

"不用，这是我自己的事。"钉子说。

"我怕他把你东西骗走了还想不出办法。"锤子活动了一下胳膊，"他不老实我就揍他。"

今天午饭的时间应该已经过了，因为宁谷饿了，根据饿的程度，他觉得午饭至少应该是一小时前送过来的。

"喂！"他踢了踢铁门，"我一会儿就饿死了啊！"

外面静悄悄的没有声音，当然，平时也没什么声音。

但宁谷有种感觉，现在的安静，跟平时不一样。他突然有些紧张，想起了林凡之前说的话。

车要来了？

他扳着铁门晃了两下，门没有动静，他又跑到窗边仔细听了听……不过车来的时候轰鸣声巨大，不可能错过。

如果说之前他想去主城，只是因为他的首次主城之旅鸡飞狗跳一堆问号，现在他更迫切地想要去主城，是因为林凡的那句"你很像你爸爸"。

从来没有人主动跟他提起过父母，他如果问，得到的也永远都是沉默。

以林凡跟他的关系，更不可能毫无缘由地说出这样一句话来。

在这样的情况下，林凡的话绝对是个暗示。

甚至可能是个陷阱。

对，可能是个陷阱。

宁谷信不过林凡，他对所有没有原因主动示好的人都保持着警惕，这是鬼城的基本生存法则。

但哪怕这是个陷阱，他也要去主城。

旅行者的生活并不安逸，艰难的生存条件，黑雾里藏着的原住民，争夺物资的打斗，甚至起因只是过于无聊的一场争斗，都会让他们死去。

也许不知道哪一天，他就会消失。

他只想在这一天到来之前，活得不是那么懵懂。

我是谁。

我在哪里。

我是这个世界里怎样的存在。

列车的鸣笛声从黑雾里传来，划过鬼城上空。

宁谷几乎是在听到的同时就跳了起来。他扑向铁门，狠狠地摇晃了几下之后，门打开了。

虽说如果门打不开，他肯定会把脑袋伸到窗口外面破口大骂，对林凡进行惨无人道的诅咒和口头殴打……但现在门真的打开了，他却在原地愣了两秒。

林凡说的居然是真话。

但他来不及判断林凡这样做的用意到底是什么。列车从鸣笛到离开，时间并不算长，他需要从钟楼一路狂奔过去，按他计了好几天的划，他还需要顺路找到地王，拿一件重要的东西。

风刮得很急，还好这段路是顺风跑，宁谷跑得几乎要飞。

庇护所的旅行者少了很多，大家都已经走了，虽然车来得没有规律，但有经验的旅行者多少都能凭直觉判断个大概，有人能提前一两天去等着。

人少还是有好处的，人少仇家就少，虽然就像林凡说的，守卫真的有空档，他出来没有人拦着他，但他在鬼城结下的梁子不少，三号庇护所这边他平时轻易不会过来，毕竟几个庇护所之间的群体斗殴回回都有他……

"大屁股！"宁谷看到了前面一个蹲在灯笼旁边砸东西的人，一边跑过他身边一边喊了一嗓子，"帮我一把！"

不愧是鬼城门面，三号所也还是有朋友的。

"来了！"大屁股也喊了一声，跳起来一个旋风腿对着他的方向踢了一脚。

宁谷顿时感觉到了巨大的推力，借着劲用力一跳，在空中飞出去了十多米，刚一落地，第二波推力又跟上，他再次起跳，直接跃过了好几间矮房。

"说不说！"钉子往地王屁股上踢了一脚，"到底怎么把他弄出来！你说送人进去换，送谁进去！怎么换！说！"

锤子按在地上的手松了松，地王趁机爬了起来："你说你有爪子，我得先看过，我已经给了你一个方案，现在我需要看看你的货……"

地王的话没能说完，趁机往钉子身边靠近想看看他手里是不是真有爪子的企图也没能完成。

屋子挺结实的一道铁门在一声巨响中被踹开了。

一个穿着黑色大衣的人冲了进来，没等屋里的人反应过来，这人已经把地王按到地上并且骑到了他身上。

"宁谷？"钉子发出了震惊的破音吼叫。

这套熟练的把人放倒在地并且骑上去抢拳头就砸的招数是宁谷的代表招，他从小到大体验过不知道多少次。

宁谷一手掐着地王的脖子，回过头看了钉子一眼："你们怎么在这儿……哟，挺合适。"

"嗯？"钉子愣了愣才反应过来，摸了一下脸上的护镜，"就是这个红边……"

"我给你三秒钟，"宁谷手指戳在地王眼皮上，"给我一张卡。"

"什么卡？"屋里除了他之外的三个人同时问了一句。

"身份卡，能写数据上去的那种空白卡。"宁谷继续戳着地王眼皮，"我知道你有，给我。"

"你要这个干吗？"地王吃惊地瞪着他。

"给我！"宁谷没有时间多解释，也没时间跟地王慢慢周旋，甚至没时间找到一件什么东西强行交换。

"羽毛。"地王吃惊过后恢复了商人本色，而且还是老奸商本色。

羽毛这种绝迹了的动物身上曾经与之血肉相连的物品，跟主城身份卡的价值完全不对等。身份卡虽然也不好弄，但毕竟也是主城人手一张的东西，那些活不下去了的人，不想活了的人，被迫不能活了的人，迷失了再也用不上的人，最终他们的身份卡总会有那么一小部分流入失途谷，成为紧俏却并不会断货的交易品。

地王手上有身份卡，去了主城不打算回来的人，会从他这里换，至于最终能不能从蝙蝠那里改了数据用上，那就另说了。

"给我！"宁谷一拳打在了地王脑门儿上，"我给你根脚毛！"

随着这一声吼，屋外的狂风猛地一下灌进了屋里，掀翻了一张桌子，各种乱七八糟的碎片和小玩意儿被卷起，一片混乱。

"给他吧。"钉子突然开了口。

这句话连地王都被震着了，半张着嘴没顾得上喊疼。

"你放什么屁！"宁谷转头吼了他一句。

"来不及了。"钉子说，"我还能找到！"

宁谷还是死死掐着地王的脖子，头却没有转回去，一直瞪着钉子。

"给他。"钉子说。

"给他吧。"锤子在旁边也补了一句，"今天不走，以后就真走不了了。"

宁谷咬着牙，手指从靴子内侧的暗袋里慢慢把那根羽毛抽了出来，放到了地王手上。

地王紧紧捏着这根羽毛，小心地放进了自己贴身的内衣兜里。

"卡！"钉子扑到地王身边，冲着他吼了一嗓子，脖子都憋红了。

地王挣扎着屈起一条腿，扯开裤腿，再拉开了贴着小腿绑着的一个小袋子，手指从袋子里捏出了卡的一角，看着宁谷："你们疯了。"

宁谷拿着卡，看了钉子一眼，冲出了门。

钉子跳起来追着跟在他身后。

宁谷怎么从钟楼出来的，又打算要做什么，他都没有说，但钉子已经明白了。

从他认识宁谷的那天开始，就知道会有这么一天，表面上打遍鬼城有敌手无敌手反正就是为了解闷儿的混世霸王，骨子里永远有着让人不安的好奇，有着听完就会让人心生绝望的无数疑问。

他从小就知道，宁谷总有一天会头也不回地离开鬼城。

也许只有从小一起长大的他才会知道，这是宁谷唯一从未提起过但却最坚定的想法。

"真的还能找到吗？"宁谷一边跑一边喊着问了一句。

"能！"钉子扯着嗓子回答。

"留好！"宁谷喊。

"你回来拿啊！"钉子喊。

"我回来拿！"宁谷回过头看了他一眼。

"别回头，回头影响速度！"钉子冲他挥了一下胳膊。

"别跟着我了。"宁谷喊，"别让团长知道你知道我去主城的事儿！"

"听不懂！"钉子没有停下，边跑边喊。

"别跟着了。"宁谷又喊，"不知道的以为你是我老婆呢！这么依依不舍的。"

"滚！"钉子停下了，骂了一句。

"羽毛给我留着啊——"宁谷喊。

"嗯。"钉子应了一声，抬手抹了一把眼泪。

再抬头的时候，宁谷已经消失在了一片泪水模糊的狂风和黑雾里。

团长站在舌湾的中心地带，沉默地看着庇护所的方向。

四周的风带着黑雾不断旋转着渐渐升高，仿佛一个狭长的桶，带着喘不上气的压抑。

黑雾里灰白色的影子时隐时现，细碎的声音不时传来，像是光脚踩碎了落叶，也像是有人折断了骨头。

这声音在狂风里几乎听不见，倒是铁链在地上拖动的声音要清晰得多。

在身后铁链声慢慢靠近的时候，他偏了偏头："这是你唯一的机会。"

"我不需要这个机会。"身后的浓雾里有人吃力地喘息着回答，"坍塌和毁灭，是无法逆转的，一旦开始，就是不可逆的了，回不了头了。"

"我不需要回头，"团长说，"我只需要往前走。"

浓雾里的人笑了起来，一边咳嗽着一边笑个不停，声音沙哑得仿佛带着破洞："你以为主城那些人，会找不到齐航吗？你以为一个齐航……不，一个齐航的碎片，就能改变什么吗……"

团长没有说话，走进了前方的浓雾里。

身后瞬间传来一阵破碎的嘈杂声，像是喋喋不休的呓语，混杂着金属的撞击声，但混乱很快平息，除了狂风，再也听不到别的声音。

"就位。"连川蹲在一栋塌掉了一半的楼顶上，盯着前方。

距离他不到五十米，就是这次蝙蝠为旅行者挑选的可能进入主城的通道之一，距离失途谷最近的那一个。

宁谷会不会来，会从哪里进来，没有人知道。

旅行者和主城的关系永远相互制衡，每次他们都能预判出几个通道，但旅行者也永远都有他们发现不了的另一个通道。

连川选择了先在失途谷附近蹲守，雷豫私下问过他为什么。

"是要尽量避免进入失途谷吗？"

"我活着才能证明我无可取代。"

清理队八个组都已经撒了出去，宁谷的信息也已经全部传达到每个队员的眼前，只要他出现，连川会马上得到坐标。

剩下的事，就是听起来很简单的任务内容，捕捉旅行者宁谷。

在他手底下中了两枪逃脱了两次的旅行者宁谷。

通话器短暂响起一声滴音，蹲坐在对面楼顶的老大立刻伏低了身体，做出了攻击准备。

连川微微抬了抬头，没有借助装备瞄准观察。在需要速度的时候，除了外骨骼，所有装备都会拖后腿。

一抹细细的金属反光在远处的黑雾里一闪而过。连川手撑住了楼顶的边缘。那是某个不小心的蝙蝠。

这个通道赌对了一半，蝙蝠会带旅行者从废墟下的一个废弃的下水管道进入主城，幸运的旅行者可以直接躲进失途谷。

第一个身影出现在了黑雾的边缘，没有立即往前，警惕地四下观察之后，才突然冲了出来。

而与此同时，他的前方猛地卷起狂风，扬起了地上的砂石杂物，视野里顿时变得一片混乱。

十几个黑影在这样的掩护下从管道口涌了出来，不断地利用能力掀起地面，扫下破碎的屋顶，还撑起了防御。

这个旅行者的防御能力明显不如李向，但依旧对仪器扫描有干扰。这种时候，连川能依靠的只有自己二十多年随身携带的肉眼。

"失途谷CH2号出口观察到旅行者。"连川通报。

"D区B2观察到旅行者。"罗盘的反馈也从通话器里传来。

八个组，只有这两个蹲守坐标有旅行者出现，其余所有的全都空了。

"按计划分头增援。"龙彪说。

一个快速以失途谷出口奔跑的模糊黑影吸引了连川的注意，虽说进入失途谷是第一选择，但以旅行者放肆嚣张无所顾忌以找死为刺激的统一风格，这个直奔着躲避主题而去的人就显得格外别致。

一秒钟之后连川就确定了这个人就是宁谷。

"发现目标。"连川说话的同时从楼顶一跃而下，落地的瞬间脚在地上一蹬，往前冲了出去，"开始拦截捕捉。"

宁谷看清有人逆向冲过来的时候，距离失途谷的入口还有十多米，这是他在车上连打带骂揍了三个人才得到的信息。

他对主城唯一稍有了解的部分就是失途谷，对他来说，这是唯一相对安全的地方。

没想到连入口长什么样都还没看清，就碰上了鬣狗。

而这个速度，这个无视防御能力，能在所有人都没有反应过来的情况下直接出现在两米距离之内的鬣狗，只能是连川。

宁谷感觉跟他一起狂奔的旅行者甚至都没有人看到连川，他就已经被连川一把抓住了胳膊，接着就被扔进了本以为永远也到不了的失途谷入口。

这个入口跟之前锤子带他进过的入口不同，没有台阶，是一条往下的斜道，摔进来之后他连站起来的机会都没有，连川已经跟了进来，对着他就是一脚，他很利索地一路滚到了斜道的尽头，撞在了洞壁上才停下。

连川是怎么过来的他还是没看清，只看到了连川身上的武器在黑暗中划出的两道蓝色光晕。

接着衣领一紧，他就被拎了起来，按在了墙上，咽喉上压着的是连川的拇指。

"动一下你就死。"连川说。

17

"失去目标宁谷,确定已经进入失途谷。"龙彪站在屋顶,看着一边跟城卫对抗一边已经四下跑得差不多了的旅行者。

停顿了一下之后,他又说了一句:"六组连川通讯中断,推测也已经进入失途谷。"

"任务结束。"雷豫的声音传来,"收队待命。"

龙彪看了一眼对面,他过来的时候,狞猫一直蹲坐在楼顶看着下面。现在他抬眼看过去,已经没有了狞猫的影子。

"狞猫不见了。"龙彪接通了雷豫的私人频道,"需要汇报吗?"

"不用。"雷豫说,"它只是连川的搭档,早就不是清理队员了,不需要汇报。"

"明白。"龙彪说完却没有退出频道。

"说。"雷豫出声。

"连川有个人任务吧?必须对目标捕捉成功之类的。"龙彪说,"虽然我对连川的能力被吹捧一直持保留意见,但不妨碍我认为这种任务不人道。"

"收队。"雷豫说。

这次任务是不涉密任务,虽然龙彪提到了并没有向其他队员明示的连川的个人任务,但因为任务本身没有问题,也无所谓。

只是龙彪的话让雷豫有些不好受,龙彪对连川一直不服,从认识的第一天起就各种不合,但无论是龙彪还是连川,在任务中依然会全力保护队友。

他们的队长却做不到。

雷豫叹了口气,走进内防部大楼。

连川的行动过程已经反馈上去,他其实可以不用再过来,但既然城务厅内防部人人都觉得他护犊子,他也就不掩饰自己的确是想过来打听一下进展了。

监控室只有刘栋一个人,雷豫松了口气,他不希望有陈部长在场,虽然这位部长是城务厅跟内防部直接联系最频繁的人,也毕竟是个外人。

打听进展,尤其是跟连川有关的,最好还是不要当着外人的面。

"就知道你会来。"刘栋双手一握,笑着看了看他。
"怎么样?"雷豫问,"有什么反馈吗?"
"没有。"刘栋皱了皱眉,"宁谷和连川进入失途谷的时候旅行者的能力干扰太强,没有捕捉到清晰的画面。"
"能确定两个都进去了?"雷豫问。
"你很不愿意他进去吗?"刘栋看着他。
"情感上当然不愿意。"雷豫回答。
"那他是愿意进去还是不愿意呢?"刘栋托着下巴,看着眼前屏幕上反复播放的那一段混乱模糊的画面,"他可是连川,那样的速度,能被一个能力不明的旅行者弄进失途谷?"
"你是想说他故意进去?"雷豫抱着胳膊,"那何必把蹲守地点选在失途谷?随便找个地方,等宁谷进去了,他自然'不得不进'。"
刘栋缓缓点了点头,但很快又追了一句:"你问过他吗?为什么要在失途谷。"
"问过。"雷豫说,"证明自己无可取代的前提是他还活着。"

我活着才能证明我无可取代。

宁谷对于主城来说无论意味着什么,对连川来说,都是巨大的威胁,直接捉了送上去,他可能就再也无法掌握主动。

他唯一的办法,是在所有人都觉得他不愿意进入失途谷的时候主动进入。

在这个哪怕是拥有最强装备的内防部也从未主动踏足过的地方,面对可能的迷失、消失、死亡,他可能有最后一丝掌握自己命运的希望。

"听懂了吗?"连川看着宁谷。
宁谷眨了眨眼睛。
连川松开了按在他咽喉上的手指。
宁谷的能力也许还没有完全激发,并不是每一次接近都会有感觉,这一次他跟宁谷对视也没有任何变化。

但无论是攻击还是防御,他还从未听说过旅行者有被动能力。

入口传来了人说话的声音,有旅行者跑了进来。

"走。"连川推了宁谷一把。

宁谷犹豫了一下,没有出声呼救,一是没面子,二是不想让同伴送死。三是……他想知道连川为什么要让他看到、感受到那些久远记忆里的残酷。

他隐隐觉得,这些东西,是他在连川手里能活命的关键。

甚至是他能要挟连川的把柄。

至于连川为什么会把把柄送上门来,他还没想明白,旅行者如风来如风去,脑子也是刮到哪儿算哪儿,反正现在还没死,有空再琢磨。

宁谷顺着通道继续往前走的时候,听到了身后传来轻微的机械声,他转过头,发现连川正把自己身上的外骨骼和装备卸下来。

他顿时急了,压着声音:"你真以为自己是清理队一哥啊!是不是太狂妄了?跑人家地盘上来了,还下装备?你知不知道里面那些……"

连川把武器往旁边地上一扔,抬手指了他一下。

宁谷立刻捂住自己咽喉,转身往前走。

刚走了两步,就觉得衣领和肩膀一紧,接着胳膊就被拉向了身后,等回过神的时候,他身上的那件长外套已经穿在了连川身上。

"你要不要脸啊?"宁谷非常震惊地低头看着自己,确定就在这一秒钟时间里,他的外套被鬣狗抢走了,而堂堂鬼城恶霸,都没来得及挣扎。

简直怒火熊熊燃烧。

"走。"连川看着宁谷,发出了简短的指令。

宁谷感觉自己长这么大也就在团长面前能这么忍着了,他闷头往前走,一边走一边把自己身上这件短外套的下摆又撕开了一道口子。

长外套上也有一道,不管有用没用,他还是按锤子告诉他的,做了标记。

身后进来的旅行者一路呼啸着跑过他身边,有一个还撑着他肩膀跳了一下,兴奋得很。

宁谷跟着加快了脚步,很快看到了失途谷的红光。

他停下了，转回头看着连川："我要说话了啊。"

连川没出声。

宁谷也没出声，看着连川的脸愣了愣。

连川之前下装备抢衣服应该是怕被人认出来他鬣狗的身份，所以这会儿他脸上过于高级、一看就是鬣狗专用的护镜也摘掉了，露出了整张脸。

宁谷之前倒是分段看过他的脸，不过没什么概念，现在合起来看着，就直观多了，跟传说还是很吻合的，面无表情中透着冷酷。

但年纪看上去比他想象中的要小。

"不说就走。"连川开口。

"我这是第二次来失途谷，"宁谷说，"你别指望我给你带路，我不认识路。"

"走。"连川说。

"我没说完呢。"宁谷看着他。

连川没出声也没动。

"有人找麻烦你得帮我处理。"宁谷说，"我不知道你为什么让我看你以前那些东西，但是如果你不帮我，我不管你这么做的原因是什么，我都不会配合。"

连川脸上依旧没有表情，连眼神都没变。

"成交？"宁谷问。

"成交。"连川回答。

宁谷点点头，转身走进了失途谷。

失途谷有多少层，九翼没有数过——蝙蝠从来不在乎这些。

他只需要知道，在这个仿佛没有尽头的、巨大的漏斗型地下世界里，一般人都到不了的这一层，是他的老巢，就可以了。

九翼蹲在一片暗红的光晕里，四周空无一人。

这是他独处的时间。

旅行者又来了，这帮聒噪的黑雾冒险家。

他脚下的这坨形状不规则的金属墩，能感觉到来自上层迷宫一般洞窟里的各种震动。排列在金属墩四周一圈的四十九个金属圆筒，能收集到各种声响。

说话声，叫喊声，笑声，哭号声，惨叫声，咒骂声……

都听不清，这些都是他猜的。

但他能从这些声音里听出来，今天的失途谷是什么样子，安全还是危险，平静还是喧嚣，无聊还是……有趣。

有趣了。

九翼抬手一挥，食指上插着的一根改装金属尖刺发出了鸣音。

几个手下从身后的洞窟里跑了出来，挤到了他身边，脸上映着红光，一眼过去充满了因为过度无聊而造成的精神饱满。

"有鬣狗进来了。"九翼说。

"什么？"福禄很吃惊，"鬣狗敢进失途谷？"

"是啊，我也奇怪，"九翼捏了捏下巴，"鬣狗都敢进失途谷了……上次有鬣狗进来，是什么时候的事了？"

"还没有我的时候。"福禄说。

"也没有我。"寿喜说。

"也没有我……"

"也没有……"

几个蝙蝠跟着一块儿出声，九翼摆了摆手："都闭嘴。"

"我们要怎么做？"福禄没有闭嘴。

"带人去主城那些出口探探，"九翼说，"看是不是外面有什么事……黑戒小队。"

"在。"远处红光暗淡的黑色里有人应了一声。

"去看看是哪只鬣狗这么大胆子。"九翼说。

"要动手吗？"黑戒队长问。

"你以为鬣狗那么好抓？"九翼声音带着对弱智的愤懑，"鬣狗那么好抓我们还用躲在这里？"

"但这里是失途谷啊。"寿喜说，"鬣狗进来就迷失了。"

"我不关心他迷不迷失。"九翼抬头看向上方，一层层映着红光的迷宫洞窟让人有种喝醉了酒的迷幻，"鬣狗不会没有缘由进入失途谷，无论他有没有迷失，去查清楚他为什么进来，他想要的东西，归我了。"

18

　　失途谷的这个入口，跟宁谷之前走过的那个很不一样，进来就是一个洞厅，只有一个隧道通向别的地方。
　　这个洞厅很小，没有上次看到的热闹景象，四周没有交易用的小屋，也没有带着东西到处逛的货主和堆了满地的各种物品，只有几个穿着破旧衣服的人，散落着坐在一圈角落里。
　　听到有人进来，这些人也没什么反应，低着头，不知道是死是活。
　　不过相对上回的入口，这次只有一条隧道，没有了走错路的危险，总不可能这个入口就一条隧道，通往再也回不来的黑暗。
　　……万一真是呢？
　　宁谷犹豫了一下，回头看了一眼身后的连川："你走前面。"
　　"你跟着。"连川没有多余的话，往隧道那边走了过去，"跑不掉的。"
　　"那你就太自信了。"宁谷说，"我都跑掉好几回了。"
　　连川没理他，走进了隧道。

　　宁谷没有马上跟上，站在隧道口看着连川的背影，确定他没有"迷失"之后，才跟了进去。
　　其实他也根本不知道迷失了是什么样。
　　不过连川走得很稳，看上去跟之前的状态没有区别，说鬣狗和城卫不敢进失途谷，进了就完蛋，看来不怎么准确。
　　这条隧道很长，笔直地往前延伸着，宁谷感觉走得都烦了，终于听到了前面传来了嘈杂的人声。
　　"有人了。"他说。
　　连川回手抓住了他的胳膊，把他往前一拽，推了过去。
　　"你别老动手动脚的！"宁谷非常不爽，狠狠地甩了两下胳膊。

面对连川这种做任何动作都让人没有反应时间的速度，他都后悔提出来要连川跟着自己充当保镖。

跑了得了！

丢不起这个人！

前面嘈杂的声音在他们走近到能听清之后，让宁谷瞬间感觉有些不舒服。

隧道的这头也是一个洞厅，比之前的大得多，跟前一次来的时候看到的那个交易厅差不多，但这里的功能明显不一样了。

巨大的洞厅里挤满了人，各种样式都有，就连蝙蝠都能看到好几种之前没见过的改装流行款，还有成群的人挤成一团，已经分不清是流浪汉还是旅行者了。

虽然款式不同，但所有的人情绪都一样，他们全部面冲中间，发出兴奋的吼叫。

洞厅的中间，有一个一人多高的大台子，上面有两个⋯⋯

宁谷无法再给这东西起出名字来，但他知道，这是两个蝙蝠，但跟普通的蝙蝠又不太一样。

跟部分身体改造的那些蝙蝠比起来，这两个应该算是重组。

全身上下都是破溃，所有的破溃之间，都是金属架子。

两个金属架子正在摩拳擦掌。

四周的人挥着胳膊呼喊着助威，不少人手里还拿着东西，有卡片，有物品⋯⋯

这是他们要下的赌注。

金属架子对于四周的混乱完全没有反应，只盯着对方。

用一个铁笼把自己挂在洞厅顶上的"裁判"拿着一根铁棒，往洞顶上哐哐当当地敲了几下，刺耳的金属撞击声带起了一阵狂呼乱叫，台子上的金属架子同时跳了起来，在空中撞向对方。

这就是传闻中的蝙蝠娱乐店里的"表演"。

连川扫了一眼，看不下去，正想随便从哪个隧道过去找个人少的地方时，突然发现宁谷不见了。

他皱了皱眉。

居然让他跑了？

连川有些不敢相信，他还从来没有过这样的经历，目标在自己眼皮子底下跑掉了。

他轻轻捏了捏自己眉心，是在不知不觉中，已经被失途谷的什么东西影响了吗？

宁谷看到了前面有两个旅行者，手里拎着袋子，应该是准备去交易。

他追了上去："去交易往哪边走？"

一个旅行者回过头："宁谷？你不是被团长关在钟楼上了吗！"

这人来主城的时候没跟宁谷在一个车厢，宁谷一路上已经快被同样的问题淹没了。

"放出来了。"他用了统一的回答，"快说。"

"前面，左边的那个通道。"这个旅行者有些不放心，"你没跟着人吗？自己去？"

"怕屁。"宁谷撒腿就往那个通道跑了过去。

怕还是怕的，不过他不怕走错路，旅行者在这种时候不会坑自己人，他怕的是连川追上来，毕竟这人跟个幻影似的，永远能在你想不到的时间里到达你想不到的地方。

刚跑到通道口，宁谷就看到了里面有两个人。

是蝙蝠，而且是他上回遇到过的人，李向说的九翼的黑戒小队。

这是什么运气！

没有一丝犹豫，宁谷转身撒开腿就往回跑。

果然那两个人立刻追了上来，而且速度非常快。

宁谷回到通往斗蝙蝠的那个隧道时，后面的脚步声已经有种贴在后脑勺上了的感觉。

他正想从兜里掏个闪光弹，一抬眼看到了站在隧道中间的连川。

"快！"他也顾不上丢不丢得起这个人了，"我后……"

话还没说全，连川已经从他身边一掠而过，宁谷震惊中回过头的时候，两个黑戒已经倒在了地上。

"死了？"宁谷问。

连川没说话，一步一步走到了他面前，这回速度倒是很正常，但说出来的话让宁谷觉得后背发凉。

"你再跑，"连川看着他，"就去陪他们躺着。"

"谁干的！"九翼从金属墩子上一跃而起，在空中疯狂地挥舞着胳膊，金属尖刺从十个指尖伸出，闪着寒光，划出一道道带着啸声的银色光带。

落地的时候，他一拳砸在脚边的地上，右手的五根尖刺都扎入了地面。

"是谁？"九翼慢慢站了起来，看着回来报信的寿喜。

"没有看到，黑戒让我告诉你，两个兄弟是一击毙命。"寿喜皱着眉，"对方没用武器，直接击穿了心脏。"

九翼猛地转过头："一击？"

"是这么说的。"寿喜点头。

九翼沉默了几秒钟，突然笑了起来，笑声从低到高，从沙哑到尖锐，透着掩饰不住的兴奋和疯狂。

"十有八九就是他了。"九翼边笑边绕着圈走着，"没想到啊没想到，主城最强的鬣狗，进了失途谷。"

"连川？"寿喜吃惊地问。

"徒手一击致命倒是不少见，据我所知，雷豫、龙彪、李梁，都可以，但是同时两个，"九翼兴奋地掐着下巴，突然又提高了声音怒吼，"还是我的黑戒！"

吼完瞬间又换上了笑容："那就只有连川了。"

寿喜跟着也发出了忍不住的笑声："连川！"

"去，"九翼冲他摆了摆手，"告诉黑戒，还有你们其他的兄弟，不管连川为什么来的，先把他捉了。"

"怎么捉？"寿喜问。

"拿命捉！"九翼吼，又抬起头看着上方，"别怕，只要诗人醒了，他就会受影响，捉他不难……不想看看最强鬣狗改装出来的最强蝙蝠吗？"

"想——"寿喜颠着步子原地蹦着，声音都颠颤了。

"那就去！"九翼吼。

宁谷快步向前走着，旅行者同伴给他指的方向是对的，穿过最后一个通道的时候，他看到了熟悉的场景，眼前这个洞厅，就是上次锤子带他来过的那个。

他都没有来得及细逛，就被黄花眼一声吼，逼出了失途谷……

黄花眼！

一想到这个人，宁谷赶紧低了低头，闪向旁边的一个通道，连川跟过来的时候，他解释了一句："我在这里有仇家。"

连川没说话。

宁谷平时话也不算多，但旅行者里就没有连川这种风格的人，大家都热热闹闹，打架热闹，骂人热闹，逃跑热闹，连死都热闹。

现在面对这样的连川，他实在不太适应。看了连川一眼之后，他也没再找话说，扭头往前走，准备带连川去那天李向带他去过的那个小洞屋。

别的空屋他不敢进，谁知道有没有什么埋伏。

"在这里先缓一缓。"宁谷进了屋，屋里没有人，还是老样子，空无一物，他往洞壁上一靠，看着连川，"现在咱俩得和平相处，要立好规矩……"

连川站在他面前，沉默地看着他。

宁谷发现这人平时大概是除了出任务不干别的，所以看谁都跟看他任务目标似的，完全没有遮掩，说盯你就盯死你。

他把衣领扯起来遮住了自己半张脸："先交换一下，来这里的目的。"

"抓你。"连川回答。

"行吧。"宁谷顿了顿，"我是来……"

"不关我事。"连川说。

宁谷发誓自己只要能活过今天，就算死也要把自己的能力逼出来，然后爆揍连川一顿。

"随便吧。"宁谷往洞壁上用力一靠，然后出溜着坐到了地上。

连川站着没有动。

两个人沉默地一坐一站了好几分钟，宁谷有些扛不住了：这什么毛病，不如出去找黄花眼打一架。

正要起身的时候，连川突然晃了晃。

这个晃动有些不对劲，不是要动要走的那种晃动，而像是……站不稳。
他抬起头看向连川，却猛地注意到这个小洞窟里的红光正慢慢暗淡下去。

"快出去！"宁谷立刻反应过来。
不管诗人是不是李向编出来骗他的，但光消失的地方绝对有问题。
他"噌"的一下从地上跳起来冲了出去。
站定之后发现，以连川的速度，却没有先他一步到达。
他回头看了一眼，连川居然还站在原地。
"出来！"宁谷有些着急，压着声音，"连川！"
屋里的连川偏过头看了他一眼，突然向后倒了下去，接着就以完全没有挣扎的状态重重地摔倒在了地上。
宁谷愣在了门外。

19

　　隧道不是太长，两边都还有喧闹的声音传来，有人在对骂，有人在争执，有人在交易，还有人在愉快地笑。

　　宁谷就这么站在已经没有了一丝红光的小屋门口，盯着倒地不动的连川。

　　他并不是个不仗义的人，虽然连川跟他基本还属于杀与只能被杀的惨痛关系，但他那些莫名其妙的梦和幻觉让他确定自己能从连川这里得到重要信息，就冲这一点他就还是应该仗义相救。

　　现在的问题就三个：连川死了没，死了当然就不用管了；如何判断是否安全以及怎么救，是把人拖出来，还是进去往脸上甩两巴掌……这一招在鬼城是个基本的救人操作。

　　"连川。"宁谷在门外又喊了一声。

　　连川一动不动地躺在那里，没有任何反应。

　　感觉就算没死，这状态再下去就该死透了。

　　僵了几秒钟之后，他往旁边的洞壁上狠踢了一脚："哎！"

　　然后宁谷冲进了屋里，一把抓住了连川的衣领，正要把他往外拖，就感觉手指传来一阵尖锐的刺痛。

　　瞬间传遍半个身体的疼痛不亚于被连川当街打的那两枪。

　　宁谷疼得差点儿脸冲地摔下去。

　　这应该是鬣狗的制服上有什么装置。

　　他咬牙挺了两秒，简直怒火中烧，跳起来对着连川就是一脚踢了过去："死吧鬣狗！"

　　自己衣服碰一下都不行，抢别人的衣服倒是利索！

　　小屋最里面的黑暗中突然像是有人走出来，带起了一阵细微的风。

接着就是一声近在耳后的叹息。

宁谷不知道自己是怎么做到的，一把抓住了连川的手腕，几乎是把连川抡出了小屋，他甚至能看到连川的头在门边撞了一下。

宁谷冲出屋的时候有些内疚。

……如果连川死了，可能是被自己抡死的。

不过内疚的时间很短，那个叹息在他耳后带起的鸡皮疙瘩还没有消退，他迅速转回头，屋里漆黑一片，没有了动静。

出于愤怒和不爽，宁谷还是走回了门口。

"烦不烦？"他冲着空无一物的黑暗，"要不我给你个机会？"

黑暗里没有回应。

"不敢是吧，"宁谷点点头，"那我话放这儿了，你最好一直不敢，真惹毛我了，我碎成渣也会让你这个破地下市场永无宁日。"

一片空白。

连川恢复意识的时候并没有动，只知道自己的机能是正常的，状态是安全的，在弄清情况之前，他需要维持现状。

这是一间小屋，跟之前那间差不多大小，但是屋里并不是空的，有东西，从他左前方那个人的动静里能听出来。

连川能从他衣服摩擦时某些特有的声响判断出来，这个人是宁谷。

宁谷的动作能听得出来挺放松的，应该没有危险。

但就在连川想要睁开眼睛的时候，另一个人的脚步声传了过来，听轻重是一个从外面进来的女人。

"还没醒？"一个女人的声音问，应该跟春三差不多年纪。

"你要着急你可以现在去摸。"宁谷回答。

摸什么？

"那多没意思，"女人说，"趁人家睡着了占便宜。"

"他醒了你再摸就不是占便宜了吗？"宁谷说。

"对啊。"女人很肯定地回答。

什么乱七八糟的！

虽然觉得没有生命危险，但宁谷和这个女人的对话让连川非常不安，他睁开了眼睛。

这是一间交易小屋，连川躺的这个位置在小屋最里侧，门外和靠近门边的位置堆着不少乱七八糟的东西，散发着奇怪的气息。

陈旧的、古老的气息。

宁谷坐在他旁边的一张椅子上，一条腿屈着踩在椅子上，另一条腿伸得老长，脚尖还很悠闲地左右晃着。

宁谷看着他，眉毛一挑："醒了。"

这句话不是对连川说的，不等连川回答，一个裹得连脸都看不清了的人突然出现在了宁谷身后："我看看。"

是那个女人。

连川没出声，想要坐起来，动了一下却发现自己手脚居然都被铁链捆住了，铁链的另一头深深地种在坚硬的地面上。

这倒是困不住他，但如果强行用劲，可能会引起不必要的混乱。

"让她摸一下。"宁谷愉快地晃了晃脚尖。

"什么？"连川愣了。

"她让我们躲在这里。"宁谷胳膊往扶手上一架，头一偏手指撑着额角，说得非常轻松自然，"你让她摸一下脸就可以。"

连川没出声。

他不是不想出声，他是根本不知道该说什么了。

他活了二十多年，什么危险的、困难的、两难的、三难的场面都见过，什么样凶险的目标都解决过，还第一次碰到这种事。

这种根本没有任何危险，但却莫名其妙得让他给不出反应的事。

"长得真好看呀。"女人走到了连川面前。

然后伸出了手，就要摸到他的脸上时，连川往后偏了一下头，她摸了个空。

"好看。"女人又摸了过去。

连川再次避开了。

"怎么回事啊！"女人很不高兴，转头看宁谷，"说好了的！他要不让我摸，我马上就出去找福禄他们！"

"我说了你摸不到的。"宁谷笑了起来。

"怎么办！"女人说。

"你摸他。"连川说。

"她就想摸鬣狗,旅行者天天能见着,不稀罕。"宁谷眯缝了一下眼睛,还是很愉快的表情。

连川的脸色瞬间冷了下去。

宁谷站了起来,张开胳膊伸了个懒腰,走到连川身边,弯下腰,一直凑到了他眼前,低声说:"蝙蝠在找鬣狗,你已经暴露了。"

"她根本出不了这个门。"连川声音很冷。

"你是不是除了杀人不会别的?"宁谷问。

"是。"连川回答。

宁谷愣了愣,这个回答真是太真诚了,他一时回不过神。

过了一会儿他才"啧"了一声,转头看着那个女人:"我帮你摸。"

"那算什么?"女人很不高兴。

"再加一根鬣狗头发。"宁谷说,"失途谷还没谁能搞到这东西吧?"

"拿来。"女人马上伸手,手上破溃的皮肤下是金属指节,上面还镶着闪着细细光芒的碎玻璃。

"这总行了吧?"宁谷转头又看着连川。

连川现在不想跟宁谷起争执,他还需要知道宁谷的能力到底怎么触发,到底是被动还是能主动,而那天他到底从自己的记忆里看到了什么,感受到了多少。

他选择了忍耐。

"别躲啊,"宁谷的手伸了过来,低声说,"我知道你动作快。"

连川没动。

宁谷在他头上轻轻拨了两下,揪走了一根头发,然后往他脸上摸了过去。

宁谷的指尖触到连川皮肤的瞬间,捆在连川手脚上的铁链突然"哐"的一声同时断开了。

"别过来啊!动手我就喊!"站在旁边的女人吓得往后退了好几步,"我一喊马上整个失途谷都知道你们在这里!"

"他杀你等不到你出声。"宁谷偏头看了她一眼,"站过来。"

女人犹豫了一下,走了回来。

宁谷抬着的手落下，在连川脸上摸了一把，然后转身把手伸到了女人面前。

女人在他手上拍了一巴掌，又捏走了那根头发，小心地放进了一个瓶子里："我找身衣服给他换上，他这制服太明显了。"

"嗯。"宁谷应了一声。

女人在旁边乱七八糟的东西里翻找的时候，连川坐了起来。

宁谷坐回椅子上，看了他一会儿："刚是你弄的吗？"

连川看了他一眼没出声。

"行，那就不是。"宁谷指了指自己，"是我。"

连川还是没说话。

"我很厉害嘛。"宁谷用手指在自己脸上戳了一下。

没有任何事情发生。

他又戳了两下。

女人把几件衣服扔了过来："就这些吧。"

"有吃的吗？"宁谷问，继续在自己脸上又戳了几下。

无事发生。

很失望。

连川拿过衣服看了看，非常有蝙蝠特色的衣服，在各种毫无必要的地方缀着金属片。

这种地方，要求独立更衣室不太可能，他也没在这件事上浪费时间，直接起身，脱掉了身上的制服。

里面是贴身的一套内衣，女人盯着他的眼神里有明显的失望，但很快又一伸手："把这个制服给我，算是酬劳。"

连川一扬手把制服扔到了她手上。

女人连声音都没来得及发出来，就倒在了地上。

"别太贪了。"宁谷看着她叹了口气。

连川换上那套蝙蝠装的时候，宁谷看到了他胳膊上露出来的两道长长的黑色伤口，看角度，应该是从肩胛骨的位置一直延伸出来，到了肘部。

"刚才你受伤了?"宁谷忍不住皱了皱眉,"不应该啊。"

"旧伤。"连川简短地回答,穿好了外套。

"旧伤?多旧?"宁谷问。

连旅行者都不会有旧伤,隔夜没好的伤都算是重伤了,堂堂主城清理队最强鬣狗,身上居然带着没好的伤?

连川转过身看着他,沉默了一会儿才口:"我有些伤好不了。"

随着这句话,宁谷突然一阵眩晕,眼前飞速闪过的画面让他有些喘不上气,最后一个黑影扑面而来的时候他都不知道这是幻觉还是真实,只觉得肚子上像是被什么锋利的东西划过,钻心的疼痛让他捂着肚子靠到了旁边的墙上。

等宁谷缓过劲来的时候,连川已经把衣服换好了,制服也收好装进了一个袋子里。

"看到什么了?"连川问。

宁谷看着他,没说话。

"是那儿吗?"连川往他肚子上看了一眼。

"想知道是吧?"宁谷慢慢站直了,胳膊一抱,"我看到什么了,感觉到什么了,想知道是吧?"

连川脸上没有任何表情。

"你是来抓我的,这个应该是你的任务。"宁谷捏了捏自己的下巴,看了一眼还倒在地上一动不动的女人,声音很低,"但是你没有抓我,你只是跟着我。"

连川依旧一动不动面无表情。

宁谷承认面对连川这种无论什么面对什么状况似乎都能波澜不惊的变态,他一点底都没有,所有的推测都没法根据连川的反应做出调整,只能吭吭吭自己说下去。

"现在又问我这些,"宁谷笑了笑,凑到连川耳边,"你,有不能让别人知道的秘密,而你不确定我知道什么,对吧?"

连川没躲开,只是也侧了侧头,在他耳边低声说:"我现在确定,一,你不光能看到,还能感受到;二,你死了就解决了。"

"你不敢杀我，你的任务肯定是活捉我。"宁谷声音带着得意。

"我受过的那些伤，"连川说，"足够让你死十回了。"

宁谷没了声音，过了一会儿才慢慢退回墙边，又看了他半天才开口："我有很重要的事要做，你帮我办完了，我告诉你。"

连川看着他。

"成交？"宁谷问。

"成交。"连川说。

从小屋里走出来的时候，宁谷感觉自己还算是比较能融入失途谷的环境的，所以他必须尽快找到能帮他处理身份卡的蝙蝠，然后离开。

毕竟现在失途谷里旅行者很多，等车一走，这里估计就是另一番景象了，他很难再躲过不知道为什么一直盯着他的蝙蝠们。

特别是……他回头看了一眼身后的连川，这人就算换上了蝙蝠的衣服，也依旧遮不住身上的主城气质，就算现在同时跑过去一百个蝙蝠，他也能一眼从蝙蝠堆里把连川找出来。

"刚那个女人……"连川在他身后开了口。

"为什么要让她摸你是吧，因为我说摸我也行她不干。"宁谷不耐烦地打断了他的话，"为什么要这么顺着她不直接杀了灭口呢，因为这里不是咱俩的地盘，我还有事要做，最好不惹麻烦。而且最重要的是，我发现我没法完全指望你，你晕过去那个速度比你打我的时候还快呢。"

"走。"连川说。

"我本来想再跟她打听一下去哪里能找到写数据的蝙蝠，"宁谷继续往前走，"结果也没问成。"

"什么数据。"连川问。

"主城身份卡。"宁谷拍了拍自己腿上的兜，"我要去主城。"

"你用不上。"连川说。

"凭什么用不上？"宁谷回头。

"你要么就死在这儿，要么就死在实验室，"连川说，"没有第三条路。"

宁谷瞪着他："连川我问你。"

连川沉默地看着他。

"你是机器人吗？"宁谷皱着眉，上下打量着他，"你说这种话的时候不难受吗？我好歹也救了你，你给我安排死法的时候不难受吗？"

连川仿佛入定了似的依旧没有反应。

"我偏不死。"宁谷说。

第三章

Melting City

非规计划实验体

20

　　主城的日光已经很暗了，再过一阵，街上的灯会亮起，主城的夜晚就该开始了。

　　雷豫坐在自己办公室的屏幕前，一动不动也有几个小时了。

　　窗外是清理队总部的院子，比起内防部大半都深埋地下的那些办公室，这里舒服得多。

　　不过今天他不怎么太愿意往窗外看。

　　老大蹲坐在连川的A01上已经几个小时了，他在办公室里坐了多久，老大就在车上坐了多久。

　　每一个走过它身边的人都会低下头，匆匆走过。

　　连川进了失途谷。

　　这件事清理队所有的队员都已经知道了，并且记忆留存。

　　陈部长半小时之前有过提议，如果连川没有回来，是否应该考虑重置队员记忆，这个提议被城务和内防同时否决了。

　　要从记忆里抹掉连川太困难了，连川以非常人所能及的强大精神力和凌驾于内防全员之上的武力值，将自己深植于每一个人的记忆里，强行重置可能会引起严重的BUG。

　　有时候雷豫会想，连川是不是就在以这样的方式，对抗着主城给他安排的命运，就算有一天他被取代了，消失了，他也会是主城永远抹不掉的传说。

　　老大在等连川回来。

　　每一个队员都在等连川回来。

　　但除了老大，可能每一个人心里都已经有了某种绝望和悲观的答案。

　　失途谷是蝙蝠的天堂，旅行者的避难所，流亡者的梦乡，但却是所有带着主城武装信息的人，绝不敢涉足一步的不归之地。

再也等不到连川回来了。

这是队员们的答案。

雷豫起身，打开办公室的门走了出去。

他知道这时在城务厅和内防部的地底深处，还会有人在讨论另一个问题。

有可能会损失宁谷。

如果连川无法带回宁谷，下一步该怎么办。

走过老大身边的时候，雷豫停了一下，看着它："去我家吃点东西吗？"

老大抖了抖耳朵偏开了头，肢体语言里的不耐烦很明显，像是要把他的声音从耳朵里抖出去。

"我有消息会马上通知你。"雷豫把一个通话器放在了车头上，还有一个发射器，"这个你也拿着，等……连川回来了你们还要用的。"

这是连川用来跟它联系用的发射器，跟连川的装备和外骨骼一起在失途谷的那个出口找到的。

老大转回头，从车头上叼过发射器，放在了车座上，用后腿踩住了。

雷豫不知道自己要不要回家，回家后面对春三的时候，能不能忍得住不要去问那些自己接触不到也不应该试图去接触的东西。

春三在城务厅工作，明面上负责教育系统的运转，暗里的工作是需要保密的，她是非规划核心的技术人员。

但雷豫和她都心知肚明，他知道，她知道他知道，这么多年以来，倒也默契地相互没有谈论过这些。

雷豫只想着清理队，在扛得住的压力之下努力保全每一个队员，虽然经常因为力不从心而看上去有些冷酷无情。

春三想的是主城的未来。

"今天没什么心情。"春三坐在桌子前，手在额角轻轻揉着，"吃配给吧？"

"都行。"雷豫脱下外套，过去站到她身后，在她头上轻轻捏着，"还是没有消息？"

"没有消息。"春三说，"我刚到家，主城四区的扫描全部都全时工作了，除了入口的装备，完全找不到他的痕迹，只能说他一直没有出来过。"

"宁谷跟齐航什么关系？"雷豫没有试探，直接问了，他和春三之间不需要迂回。

"这个不能说。"春三回答。

雷豫没有再问，之前他还可以推测宁谷和齐航未必真的有关系，能启动同一个武器还可以解释为宁谷自身的原因。

但现在春三的话，相当于已经告诉了他这两个人是有关系的。

虽然他需要知道这两个人是什么样的关系才能进一步判断连川的安危，但他不能再直接问下去了。

"齐航在哪里？"他问了另一个问题。

"不要总问我这些回答不了的。"春三笑了笑，拿起桌上盘子里的一块白色方块，回手递给他，"这个能堵你嘴吗？"

雷豫也笑了笑。

沉默了一会儿，春三轻轻叹了口气："其实我们早就知道会有这么一天的，川跟别人不一样，他存在就是为了毁灭。"

"他的确是个不一样的孩子。"雷豫说。

"还记得他小时候吗，问题特别多，"春三往后仰了仰，头靠在雷豫肚子上，"别的小朋友都不会像他那样，想那么多。他问我，那些被摧毁了的人都去了哪里，我都不知道该怎么回答……"

"那时他太小了，怎么说都怕他听不懂。"雷豫心里动了动。

"我记得他又缠着你问了好久呢。"春三笑了笑，眼角有细细的闪光。

他们会化成灰烬，消散在空中。

那他们是消失了还是会继续存在呢？

不知道啊，但身体的确是消失了，不存在了。

思想呢？精神力呢？他们记得的那些人啊、事啊，也不存在了吗？

你怎么都不问些小孩子的问题呢……这些啊，也许会永远都在吧，在某个地方。

失途谷这种迷宫，对于初次进入的人是非常不友好的。

……对第二次进入的人也不怎么友好。

宁谷带着连川从他唯一知道的那个交易大厅里穿过，小心地避开黄花眼，随便挑了一条有旅行者走进去的隧道，跟着走了进去。

但另一边依旧是同样的布局，再穿过两次大洞厅之后，连川停下了。

"去哪儿？"他问。

"我不知道，"宁谷转过身，从连川的问题里他听出了质疑，这就很让人不爽了，虽然这个质疑非常合理，他还是一抬下巴，"你要知道路就上前头带路去。"

"你在往里走。"连川说。

"是吗？"宁谷看了看四周，他挺不喜欢连川的，但也不是一个杠头，在这种情况下他愿意向讨厌的连川虚心请教，"这个'里'是指什么？"

"失途谷深处。"连川说。

"你怎么知道的？"宁谷真心发问，他是真没感觉出来四周有什么能判断方向的东西。

连川没有回答，往装着他随身物品的那个袋子里摸了摸，然后手指一弹，一个小圆片从他指间飞出，落在了旁边一个交易小屋门口的台子上。

趴在台子边儿上睡觉的货主抬起头，飞一样拿起小圆片的时候眼睛都还没全睁开。

"本子，笔。"连川说。

货主没说话，利索地从台子下面拉出一个箱子打开了，从里面拿出了一个本子，还有两支黑色的铅笔。

"有别的颜色吗？"宁谷在旁边问。

货主把一个小盒子扔到了台子上："红的黄的。"

"不要黑的。"宁谷说。

货主把黑笔放回盒子里，拿了一红一黄两支笔扔给了他。

离开交易小屋之后，连川拿着本子，一直走到了一个人少的小洞厅的角落里，才蹲了下去，把本子放在了地上。

"你刚是用什么跟他换的纸和笔？"宁谷有些好奇。

鬣狗就是不一样，随手就可以摸出能在失途谷交易的东西，还不会因为价格谈不拢打起来。

"通用币。"连川说。

"哦。"宁谷想起来锤子说过，如果有主城的通用币，也可以买。

"笔给我一支。"连川伸手。

宁谷看了看手里的笔，把红色的给他了。

看着连川翻开本子的时候，他突然有些尴尬，赶紧也蹲下，伸手遮在了本子上方："等等。"

连川看着他。

"你要写什么？"宁谷问。

"不写，"连川说，"画。"

"……哦。"宁谷松了口气，把手拿开了。

连川低头翻了翻本子，这是个用过的旧本子，上面写满了乱七八糟的东西，粗略看上去是个上课走神的孩子用过的本子，连川找到一页空白的，从右下角开始画。

宁谷本来还等着他那句"是不是不识字"，只要连川敢问，他就敢骂。

但连川没有问，这人似乎把思维和语言当成一种不能浪费的资源，多一个字都不轻易出口。

他从右下角画了一条通道，接着是一个圆形，接着又是几个通道，但只画了一小截，只有一条画完整了。

宁谷看得有些出神，虽然这也不是什么真正的画，但不得不说连川画的东西哪怕是圆圈，都比疯叔画的要圆。

可惜笔虽然是红色的，但芯还是黑的，不是彩色的图案。

连川画完一堆的圈圈和通道之后，又在中间划了长长的一条线，上面是一个个的箭头，然后把本子扔到了他面前："这是我们走到这里的路线，经过的所有地方。"

"啊。"宁谷拿起本子，有些吃惊，每个经过的洞厅有几条通道，还有几个交易小屋，连川全都画了出来，"你怎么记下来的？"

"用脑子记下来的。"连川说。

宁谷没想到他还能这么说话，"啧"了两声，又盯着他看了一眼："难怪了，我没那玩意儿。"

"你是要继续往深处走吗？"连川问。

"往深处走。"宁谷看着本子，"上次我来的时候，看到了一层一层的洞，一直往下，不知道有多少层，有多深，不过上次我没有看到能下去的地方，估计是再往里有什么楼梯或者通道。"

"有必要吗。"连川问。

"什么有必要吗，写数据吗？"宁谷说，"当然没必要啊，这一层肯定就能找到。"

连川没说话。

"你不好奇吗？"宁谷问，"你刚为什么晕倒了？"

为什么晕倒了？

不知道。

但晕倒的前一秒，连川却是有感觉的。

他无法形容这种感觉，就像他第一次感觉到被宁谷窥探了思想一样无法形容。

他甚至不能确定自己现在的看到的听到的感受到的一切，是否还是真实的，是否已经被什么力量扭曲了。

他只能从这些感觉里得出一个也许不太准确的推断。

失途谷里那个不知道什么时候留下的强大功能，那个限制了主城武装进入失途谷的强大功能，是某种精神力。

或者说，是某个人，某个被摧毁了的，消失了的……

而宁谷面对这个力量时，却跟什么都没发生一样毫无反应。

"那是个酒馆吗？"宁谷突然指着前面，"我听说这里能喝酒。"

连川已经看到了前面那个交易小屋外面挂着的一块酒牌，于是他很肯定地回答："不是。"

"不是？"宁谷有些怀疑，"我都闻到了，那个牌子上面写着的是不是酒？"

"不是。"连川回答。

"那你告诉我那是什么字。"宁谷说。

"水。"连川说。

"你看我像个傻子吗？"宁谷指着自己的脸，凑到他面前。

"你不是没脑子么。"连川说。

"……对，我差点儿忘了。"宁谷点点头，原地转了一圈，感觉自己的怒火憋得都快从鼻孔喷出来了。

宁谷正想着进那个小屋去看看的时候，有几个人从里面走了出来。

他一眼就看到了走在最前面的琪姐姐，赶紧手一遮脸转身推着连川就走："快走，琪姐姐认……"

"宁谷！"琪姐姐已经看到了他，压着声音震惊地喊了一声。

宁谷装没听见，也不管连川了，埋头就往前冲。

"站住！"琪姐姐还是压着声音，"你怎么在这里！"

宁谷紧张地往四周看了看，想找个能让自己离开地面的东西，琪姐姐的能力比锤子的要强，不必非得实心地面……

但两秒钟之后，他发现自己还没事。

回过头，他吃惊地发现身后的人都没在原地了。

琪姐姐已经被连川一手按着咽喉卡在了旁边的墙上，几个旅行者正围在他们四周，都没敢动。

"你干什么！"宁谷冲了过去，抓住了连川的手，"放开！"

连川看了他一眼，又看着琪姐姐，压着她咽喉的手指松开了："你要带他走是吗。"

"我带他走干吗！我闲啊！"琪姐姐咳了两声。

"最好。"连川说。

琪姐姐顾不上别的，扭头瞪着宁谷："你怎么会跟鬣狗在一起？他是不是威胁你了！"

"没，我有自己的事要做，他现在是我保镖。"宁谷有些无奈，连川还真是怎么都能被人认出来是鬣狗。

他又抓着连川的手腕拉了一下，但发现连川的胳膊仿佛锁死了的机器，纹丝不动。

说不定真是个机器人，宁谷想起了之前失途谷外面被连川一脚蹬出了深深裂痕的地面。

"保镖？"琪姐姐有些震惊，"鬣狗给你当保镖？"

"他有把柄在我手上。"宁谷看了连川一眼,"松手吧,你要破坏交易吗?"

连川松了手。

琪姐姐揉了揉自己的脖子,盯着连川看,又转头看着宁谷:"有谁知道你来了?"

说完又转回头盯着连川。

"谁也不知道。"宁谷说,"你最好也不知道。"

"放你的屁!跑出鬼城除了主城你还能去哪儿!"琪姐姐说,"你有什么事要做?"

"不能说。"宁谷说。

"那挑个能说的。"琪姐姐趴到他肩膀上,在他耳朵旁边很小声地问,"这人是不是连川?"

"不是,"宁谷马上说,他不能让团长知道他跟连川在一起,"他叫……小喇叭。"

琪姐姐和旁边几个旅行者都愣住了,就连一直波澜不惊的连川也转过了头,面无表情的脸上都被惊出了表情。

琪姐姐爆发出了狂笑,一边拍着他的肩一边笑得直不起腰来:"小谷,你是不是以为主城的人都跟我们似的,随便起个名字能知道叫的是谁就行?"

"你叫什么?"宁谷转过头看着连川。

连川知道宁谷是不想让团长知道他跟谁在一起,如果知道了,怕是下趟再有车,整个鬼城的旅行者都会挤进失途谷找人。

所以……虽然这个名字让他觉得莫名其妙,他还是平静地回答:"小喇叭。"

"听到没?"宁谷看着琪姐姐。

琪姐姐笑得站不住,冲他摆了摆手:"我才不管那么多闲事,团长也没说让我盯着你……"

"那我走了。"宁谷说完转头就走,走了两步又停下来,指着那个酒牌,"那里是不是有酒?"

"哎哟!"琪姐姐一听,眼睛瞪大了,转身就跑。

几个旅行者跟在她后面转眼就没了影子。

"这就是个酒馆。"宁谷很得意,"团长不让旅行者喝酒,你看她吓成那样,肯定喝了。"

连川没说话。

"我就尝一口。"宁谷往小屋走了过去,"来吧,小喇叭。"

21

　　失途谷的酒馆和主城的酒馆，在内容上没有太大区别，吃的，喝的，甚至比主城配给加工出来的食物还要多一个种类：蝙蝠特供。

　　连川看了一下，大概是用主城淘汰的加工设备和失途谷技术部门自主研发的原料生产工艺进行制作。

　　总之从视觉上看一言难尽，让人也没有再从味觉上进行确认的兴趣了。

　　而失途谷酒馆的氛围，要比主城的强烈得多，D区的那些通宵酒馆，也比不上这里十分之一的……混乱。

　　暗红的光里充斥着酒精的味道，或站或坐甚至躺在地上的人，有的在哭，有的一直说个不停，有的在争吵，更多的是在笑。

　　不知道笑的是什么，但都笑得真心实意，笑得气都喘不上来，笑得咳嗽……

　　连川不太适应这种集体疯了一样的场面，从门口走到吧台前一共十几步的距离，四五个人抱了他的腿，还踩到了不知道谁的手，引来一阵声音都喊得拉丝了的咒骂。

　　宁谷倒是挺适应，东张西望，脸上写满了新奇。

　　"酒！"宁谷往吧台上一拍。

　　吧台是金属的，连川虽然没有进过失途谷，也没有近距离接触过蝙蝠，但他知道这种黑铁荒原最源源不断永不枯竭的资源，做出的东西一般都是实心的，粗暴切割之后保持着粗放的外形，没有专属的功能，放了东西就是桌子，躺了人就是床。

　　不过这个吧台却不太一样，宁谷一巴掌下去，吧台发出了"嘭"的一声，尾音还挺绵长，混在杂乱的人声和叮当的碰撞声里细细地回荡着。

　　空心的金属台子，这就很高级了，这家酒馆的老板应该是个高等级蝙蝠。

　　连川有些不安，低下了头，把身上这件外套的帽子拉过来戴上了，帽子挺大，遮掉了他半张脸。

"几杯？"一个半边身体都嵌着暗红色金属片的女蝙蝠招待往吧台上一撑，问了一句。

"一杯，"宁谷说，"有饮料吗？"

"有，甜的还是咸的？"女招待眼神一直很飘忽，也不知道在看哪里。

"甜的，"宁谷说，"两杯吧，我也尝尝。"

"等着。"她还是一脸飘忽，转身走开了。

酒馆门口一阵混乱，连川微微侧过脸，看到一个金属架子从门口晃晃悠悠地走了进来。

"壮壮——"酒馆里有人喊了一声。

所有人都跟着喊了起来，酒杯撞击的声音响成一片，很快空气中就全是浓郁的酒味了。

这应该是之前在台子上打架的金属架子之一，看这状态，是赢了。

但是……

金属架子回应着大家的呼喊，抬起胳膊晃了几下，头还没完全仰起来，就丁零当啷地倒在了地上。

没被打散在台子上，但最后在欢呼中死在了酒馆地上。

四周的人一哄而上，连川迅速往后退开，不知道这些人要干什么。

第一个冲到的人，一把抓住了金属架子的胳膊，狠狠一拽，扯下了他一截金属手臂；接着第二个冲到的人，拧下了他的小腿。

接着就看不清了，半个酒馆的蝙蝠都挤了上去，把地上的壮壮拆解完毕，流亡者和旅行者在一边继续欢呼尖叫着。

"神经病啊。"宁谷在旁边看得非常震惊，嘴半天都合不上，"谁说我们旅行者是疯子的，这疯劲我们可比不上。"

"你们的酒和饮料。"女招待的声音传来。

三个黑铁杯子一字排开放在了吧台上，也分不清哪杯是酒哪杯是饮料，都被黑铁杯壁染成了黑色。

宁谷伸手拿了一杯准备尝尝，女招待的金属手指"啪"的一下打在了他手上:"想白喝?"

宁谷在鬼城横着走惯了,一下还真没想起来要付钱。或者交换?
"三个通用币。"女招待说。
"给她。"宁谷冲着连川一抬下巴。
"没有了。"连川说。
宁谷愣了愣:"真的假的啊?"
"真的。"连川平时身上很少带通用币,要买什么有身份卡就够了,通用币多半是买一些不希望被系统录入的东西时才会用到,像他这种除了出任务也就买个牙膏才会出门的人,之前摸出来的那个通用币还是上次任务李梁打赌输给他的。
"没有。"宁谷转头告诉女招待。
连川对他理直气壮的语气非常钦佩。

"能换吗?"宁谷又问。
"只收通用币。"女招待有些不耐烦,"你第一次来吗,你们旅行者每次过来,备着的通用币就是为了买酒,你居然没有?那还敢进来就要三杯?"
"能换吗?"宁谷继续问。
"你有什么能力?"女招待托着下巴,"我看看有没有什么用得上的地方。"
"没有。"宁谷回答。
女招待手一甩,一句话没说,就把三个杯子放回了托盘里,端起来转身就走。
连川正想转身出去的时候,一个戴着礼帽的男人拦住了女招待,从她手里拿走了托盘:"我来。"
女招待翻了宁谷一个白眼,走开了。

"跟我来。"礼帽端着托盘示意他俩跟着往里走。
"凭什么?"宁谷熟练地问。
"凭全失途谷的黑戒都在找连川。"礼帽偏过头说了一句。
宁谷猛地转过头看着连川,连川连头都没抬一下,还是之前的姿势。
"你真是个麻烦,我就不该让你跟着我。"宁谷皱着眉低声说。

- 163 -

"那你跑。"连川说。

宁谷瞪着他。这种憋屈不知道哪天才能憋到头，今天只要是没死，豁出去了也要把自己的能力逼出来然后揍……

"跟他走。"连川说。

"太不谨慎了吧？"宁谷压着声音，"你脑子不带拐弯的吗？他既然知道黑戒都在找你，你还跟他走，他要是抓住了你去领赏呢？"

"那你说不定可以分一半了。"连川说。

"行。"宁谷冲他竖了竖拇指，转身跟在礼帽身后往里走了。

礼帽身上没有任何改装，看不出身份，不知道是保守派蝙蝠，还是主城流亡者，或者前任旅行者。

不过现在连川对于跟失途谷里的人进一步接触并不抗拒，之前那个让他晕倒的强大精神力，回忆里雷豫曾经跟他说过的话，让他有了某种模糊而不安的判断。

强大得超出自己承受范围的精神力量。

宁谷毫发无伤。

宁谷能启动主城二代武器。

武器是齐航的。

齐航消失了。

主城对齐航格外关注。

对宁谷也格外关注。

这一堆的关联绕回到前面，就是答案。

但让他不安的是，他现在不能确定，这个答案是他自己的判断，还是失途谷某种力量给他的判断。

连川和宁谷跟在礼帽身后，穿过混乱的酒馆，从一个关着的小门进入了酒馆的里间。

让人意外的是，里间比外间大出了两倍不止，更让人吃惊的是，里间并不是一个完整密闭的洞，而是半个。

仿佛在绝壁上被一刀劈出的巨大阳台。

外面能看到的景象也让他对失途谷的规模第一次有了直观的感受。

往上看，能看到失途谷的穹顶，那是主城和黑铁荒原的地面；而往下看，是一个向地底深处不断延伸的洞穴，如同一口深井。

四周的绝壁上，这样的"阳台"有无数个，从上到下泛着或明或暗缓慢变化着的红光，像是呼吸一般。

"这跟我上次进来的时候看到的不一样啊。"宁谷说，"我上次进来的那个入口，看到的一层层的洞是上大下小的。"

"那是九翼的老巢。"礼帽说，"这样的竖洞有四个。"

"那这里是谁的老巢？"宁谷问，没等礼帽回答，他又追了一句，"怎么下去？"

"有矿车。"礼帽说。

"矿车在哪儿？"宁谷又问。

礼帽看了他一眼："没有旅行者想去深处。"

"我不是一般的旅行者。"宁谷说。

我是鬼城门面。

礼帽没说话，又转头看向了连川。

"把我们带到这里来干什么？"宁谷想起了重点，声音立刻沉了下去。

"喝酒。"礼帽弯下腰，把托盘放在了地上，然后慢慢坐了下去。

连川看他的动作，估计出这个人年纪不小，如果是在主城，差不多已经在正常的自动回收系统里排队了。

礼帽摘下了帽子，虽然前额缺乏打理的头发遮掉了他的眼睛，但还是能看出来，果然是个五六十岁的男人，脸上已经有了皱纹。

"你是蝙蝠？"宁谷盯着他。

"他不是。"连川说。

"嗯？"宁谷转头看着连川。

"他是主城作训部的人，"连川慢慢走到他身边，看着他耳垂后的一个黑色标记，"曾经是。"

礼帽笑了笑。

"你是齐航的队友。"连川得出了结论。

"你们不是进了失途谷就会迷失吗？怎么你也没事，连川也没事？"宁谷有些好奇地在礼帽对面也蹲下了，拿过地上的杯子，喝了一口。

是酒。

"呸。"他把酒吐到了地上。

怪味，非常难喝。

"我是付出了代价的。"礼帽又笑了笑。

"什么代价？"宁谷又拿起第二个杯子，喝了一口，甜水，这就好喝多了。

他把另一杯甜水拿了起来，递给连川。

连川没接，他有些不耐烦地抬起头，想骂人的时候发现连川正盯着礼帽，他顺着连川的视线看过去。

礼帽掀起了自己前额的头发，眼睛的位置，是两个凹陷下去的空洞。

"都要挖掉眼睛吗？"宁谷有些震惊，很快又看了连川一眼。

"那倒不一定，"礼帽用头发把眼睛遮好，"要看诗人想要什么。"

宁谷站了起来，慢慢退到连川身边："我觉得有点不对……"

话还没有说完，连川已经一把抓住了他的胳膊，往进来的那个门冲了过去。

但墙上的那个门洞，已经消失了。

连川猛地停下，宁谷被巨大的惯性带着，撞在了凹凸不平的洞壁上，一阵眩晕。

扯平了……

门是什么时候有了变化没人知道，但连川居然没有发现。

他转过身，看着礼帽。

礼帽的速度很快，在他转身的同时已经向着外面的竖洞猛地跃了出去。

随着竖洞下方传来一阵刺耳的高频尖叫声，一个巨大的黑影升了上来，一掠而过接住了正往下坠的礼帽。

狗头，薄如纸的双翼。

"这是什么东西？"宁谷吃惊地在身后问。

"蝙蝠。"连川说。

活着的，巨大的蝙蝠。

宁谷捡起地上的一个杯子，对着蝙蝠的头狠狠砸了过去。

这一下非常有准头，正正地砸在了蝙蝠脑袋正中间，蝙蝠受了惊吓，猛地一晃。

"别费劲了，"礼帽抓着蝙蝠的耳朵，"我等一个有价值的交易等了这么多年，不可能让你们走。"

"交易什么？"连川问。

"主城的未来！"礼帽提高了声音，"你永远也不会懂！"

连川没有说话。

"不过我真的没想到能见到你。"礼帽的声音里有些兴奋地比画着，"我离开主城的时候，你还是个小婴儿……转眼二十多年了，可惜啊……"

"可惜个屁。"宁谷说。

"可惜我没法亲眼看到你的样子了，"礼帽叹气，"主城万里活一的参宿四百分百契合者……"

这句话让宁谷猛地一愣，转头瞪着连川。

参宿四？

礼帽愉快地笑着，往下飞快地消失在了竖洞的下方。

连川站在洞口边缘，向四周看了看。

绝壁上的每一个洞口距离都很远，想要从这边出去把握不太大，就算他借助速度有可能冲到对面下一层的某一个洞口，也没法拎上宁谷。

"你就是参宿四？"宁谷看着他，声音有些哑。

"嗯。"连川应了一声。

"参宿四战斗的时候，是不是会从身上戳出棍子来……"宁谷问。

连川转过了头。"那是骨骼。"他说。

"那我是不是可以这么认为，"宁谷盯着他，"蝙蝠都是参宿四？你看，他们的骨头也总往外走……"

连川打断了他的话："两回事。"

宁谷没说话，皱着眉若有所思。

连川开始检查四周的洞壁时，他才又开口说了一句："我梦到过参宿四。"

连川摸在洞壁上的手停了下来。

22

　　连川把这半个洞里所有的地方都检查过了，没有找到能出去或者有可能被破坏掉的地方。

　　他坐到了地上，拿起之前宁谷给他的那杯东西喝了一口。

　　"你是不是太平静了？"宁谷在他面前蹲下，"我们被困在这里了知道吗？老瞎子可能要把我们拿来跟诗人做交易。"

　　"正好。"连川说。

　　"怎么正好？"宁谷看着他。

　　"省得我们去找诗人了。"连川说。

　　"你找诗人干什么？"宁谷也坐下了，伸手想拿个杯子来喝，发现另一杯甜水已经被自己砸掉了，于是顺手就把连川刚放下的那一杯拿起来喝了一口。

　　"我以为这杯是我的。"连川说。

　　"不好意思，就是你的。"宁谷说。

　　连川拿起了另一杯。

　　"那杯也是我的，"宁谷说，"而且我负责任地提醒你，特别难喝。"

　　连川失去了喝东西的兴趣，往后靠了靠，看着宁谷："我问你。"

　　"问。"宁谷一抬下巴。

　　"我晕倒的时候，你有没有什么感觉？"连川问。

　　"没有。"宁谷说，"我也不瞒你，这个诗人，我碰见过两次了，李向说，他出来的时候没有光，听到他说话的人就疯了。"

　　"你听到他说话了。"连川说。

　　"嗯，问我是谁。"宁谷点头。

　　换了之前，他不会跟连川这么老实地交代，跟鬣狗交换信息……哦不，不是交换，是向鬣狗无条件提供信息，旅行者绝对不可能这么干。

但眼下这种情况，摆明了跟诗人有关，而他单独面对诗人估计是死路一条，加上连川就还有希望，毕竟按礼帽的说法，连川是从一万个死人里挑出来的。

"你是谁……"连川低声重复了一遍。

宁谷马上回答："我是鬼城……"

"你带来的那个武器是谁给你的？"连川打断了他的话。

"被你抢走的那个吗？"宁谷看着他，"地王，鬼城的老货商了，什么都能搞到，听说他还见过参宿四……那不对吧……"

"参宿四有过几个。"连川说，"强行契合，出错死亡的概率很高。"

"现在就你一个了，只有你能契合。"宁谷感觉后背有些发凉，"别的都死了呗？"

"嗯。"连川应了一声。

宁谷发现连川说话的时候，基本不会有多余的动作，除了偶尔转一下头抬一下眼，很少别的肢体语言，根本没法从别的方面判断他说话的真假和他的情绪。

"那个自毁武器是齐航的。"连川说，"资料库里有他的资料，公开信息里没有什么特别的地方，只知道他失踪了……"

"自毁？"宁谷愣了，"按一下他就会死？"

"你能启动，你也可能会死。"连川说。

"你是不是有点后悔，那天别踢我就好了。"宁谷说，"让我按了说不定就没这么多麻烦了。"

连川看了他一眼："是。"

"那说吧，到底什么麻烦。"宁谷往地上一躺，伸了个懒腰，"你要是给我说清楚了，我也好知道怎么帮你。"

帮你。

这个词让连川有些不适，尽管他能判断出来，对宁谷这种虽然谨慎但大体上还是乱七八糟粗放型性格的人来说，这句话就是普通的一句实话。

但是这个词，在连川的记忆里，只有痛苦。

我来帮你。

我们是来帮你的，只要你能……

你要知道，只有这一个办法能帮你。

"你能看到我的思想，我的记忆。"连川说。

"我还能感受到呢，你的痛苦，你的……痛苦，你的……"宁谷排比句使用失败，叹了口气，"痛苦，你好歹也是主城最牛的鬣狗，居然比鬼城最没人管的底层旅行者渣渣都惨，就没有不疼的记忆。"

"我的记忆不完整。"连川对他的总结没有什么反应，连一句话题都没跑，"所以我要知道你能看到多少，感受到多少。"

"帮你找回记忆？"宁谷坐了起来，发现连川还是之前的姿势，一点都没变，这种定力怕是别的鬣狗也很难有。

"帮我保守秘密。"连川说。

宁谷愣住了。

连川也没再说话。

一起沉默了不知道多长时间，宁谷感觉屁股被地面硌得有点疼了，才挪了一下换了个平一些的地方，问了一句："什么秘密？"

"我还不确定你知不知道。"连川说。

"……行吧，那我要不保守这个秘密呢？"宁谷说，"你可以杀了我，但你接到的任务是要活捉我，我要是死了，恐怕你会跟你的秘密暴露了差不多下场。"

连川没说话。

"对吧？"宁谷得意地挑了一下眉毛。

"对。"连川说。

"所以你怎么办？"宁谷更得意了，这种两难的局面，他很期待连川的表情。

"所以我要有第二条路。"连川说。

"哪儿呢？"宁谷往他面前凑了凑，盯着他的脸。

"跟诗人见个面。"连川在这一点上倒是没有隐瞒，"也许能找到自保的方法。"

"怎么见？等那个老瞎子把诗人找来吗？如果真有什么交易，怕是你都没有开口的机会吧，我劝你慎重。"宁谷该仔细的地方还是很仔细的，哪怕是这第二条路会让自己失去制约连川的砝码，但连川能活着就还有希望，他也还是得为自己能活过眼下而努力。

什么都不知道，怎么能死呢。

"你。"连川终于动了动，转头看着他，"你能把他叫来。"

"我？"宁谷指着自己，"怎么叫？"

"不知道。"连川的回答非常有建设性，"你自己悟吧。"

23

　　警报声在FD-1实验室里突然响起,这是非规计划的几个实验室之一,大量的监测设备,监测着原料、实验体,以及主城所有异常的数据。
　　这个柔和得如同食品加工仪工作完毕时的提示音的警报,在春三的记忆里从未响过。
　　这是失途谷精神力监测系统发出的警报,当扫描到的数值超过正常十倍时,才会响起。
　　而这个十倍,就是诗人完全醒来时的数值。

　　实验室里听过这个警报的人几乎没有,在它响起的时候,所有人都愣了一下。
　　"打开监测器,我要看数据反馈。"春三最先反应过来,扑到了旁边的屏幕前。
　　屏幕上瞬间出现了大量信息,夹杂着看上去混乱的各种数字和图形。
　　春三并没有全都看,她只盯着屏幕,在这些闪烁着的陌生的信息里寻找着她需要看到的内容。
　　她希望不要出现,但出现了又必须马上找出来的……
　　Cc1q。
　　当她在繁杂的数据里一眼看到这个字段的时候,感觉一阵呼吸不畅。
　　"全部复制,设定保密级别,"春三下达指令,"I级A,送管理员。"
　　"明白。"操作员回答。

　　春三快步走进实验室最里的小房间,这是她的休息室,也兼做保密联系室。
　　墙上的通话器是单频道的,拿起来直接会接通到陈部长的办公室。
　　除了几次严重的实验体出错,这个通话器在绝大多数时间里都没有存在感,春三拿起来的时候发现自己手心有些出汗。

-172-

"监测室汇报。"春三说。

"我是陈飞。"陈部长的声音传了出来。

"监测到失途谷能量异常，精神力超十倍。"春三说。

陈部长没有出声。

"诗人醒了。"春三说。

"标记有没有找到？"陈部长问。

"Cc1q。"春三说，"确认标记。"

陈部长沉默了一会儿才轻声说："果然跟我们预想的一样。"

Cc1q，这是齐航的精神力标记。

"我需要下一步指令。"春三说。

"内防部和作训部有没有汇报？"陈部长问。

"还没有，只报告了管理员。"春三说，"需要现在通知吗？"

"不用，等管理员通知。"陈部长说，"连川那边有消息吗？"

"这个不应该问我吧。"春三皱了皱眉，现在连川的处境比她预计的要更艰难，这让她对逼着连川不得不进入失途谷的所有人都强烈不满，"你和内防那帮人难道不比我更清楚？"

"宁谷的生物信息的确很特别，但并没有检测出碎片。"陈部长说，"所以齐航也许不会马上注意到他，诗人需要的只是连川的精神力，如果……"

"如果连川放弃自己，拼一把可能可以保全你们最想要的这个原料。"春三说，"对吧？"

"我也不愿意这么想。"陈部长说，"我看着连川长大的，从他第一天进清理队，我就一直被内防和作训部盯着，但凡有一点可能，我也不……"

春三冷笑一声："但是现在你也跟他们一样，准备牺牲掉连川，保住宁谷这个珍稀原料，去掉参宿四这个让主城处处受制的'唯一'，得到一个可以无限注入的'无数'……"

"春三！"陈部长提高了声音，"控制你的情绪！你应该庆幸这是我们的私下通话。"

"但是这一切的前提都是连川。"春三放缓了语气，"你觉得连川可能这么做吗？"

"不可能吗？"陈部长说。

"你别忘了，他活了二十六年，每一天，每一秒，我们都在用痛苦让他记得，"春三一字一句地轻声说，"任何威胁他生命的可能，都是要被清除的必然。"

陈部长没了声音。

"他是无论如何都要活下去的。"春三说，"不然你以为他为什么能是唯一的契合者？"

这些人只看到了连川和参宿四的每一次完美任务，机器一样永远不会出错，永远判断准确执行果断，永远没有违抗，却渐渐已经不记得……

活着，才是烧透了他一生的烙印。

金色的细细光芒像被撒出来的细沙，在空中不断汇集又散开，又再汇集。

宁谷看着在铁黑和暗红背景前飘忽旋转的金色，有些炫目，又有些诡异……不过颜色真好看啊。

宁谷看得有些入迷。

唯一不太爽的，是连川一直挡在他前面。

他知道连川是要保他的命，以他自己的实力，要是为了面子挺身而出站到连川前头去，可能会造成尴尬阵亡的局面。

那就不太好了。

这种危机时刻，还是老实按连川要求的，靠墙站好，静观其变。

没过太长时间，金色的光芒放慢了移动速度，开始在洞口前方的巨大空间里缓缓地显现出了形状。

有些模糊，但还是能看出来，这是一张人脸。

"诗人？"宁谷小声问，这种见面方式还真是他没想到的，他觉得诗人就算是个幻影，初次见面好歹也应该找个壳吧，蝙蝠那么多改装材料。

"不是。"连川声音有些沉。

"什么？"宁谷愣了一下，盯着那张人脸，还是低声音问，"你认识？"

"这是齐航。"连川说。

空中的金色人脸露出了笑容。

没有看到嘴动，但有声音传来："都是我。"

就像之前的那句话一样，这声音依旧判断不出方向。

虽然这个答案让人有些摸不清意义，但既然"都是"，那么之前又是吹气又是悄悄话的无聊事，起码有一半是这个脸干的。

宁谷立刻就对这个精分的金粉脸充满了不爽。

"装神弄鬼有瘾是吧！"他有些不屑，"你那个老瞎子跟班儿呢？没跟你一起来啊？不是要拿我们做交易吗？"

"不是你。"金粉脸又笑了笑，往洞口这边慢慢靠近，能看到"他"的眼睛看向了连川。

"不要再往前。"连川开口。

"警告吗？"金粉脸问。

声音依旧没有确切的来源，但让宁谷吃惊得都顾不上金粉脸公然忽视鬼城门面的屈辱了——这是连川的声音。

"临终告知。"连川这四个字说得就像他面对任务目标时那句"主城清理队"一样冷酷平静，对金粉脸能用他的声音说话没有给出任何反应。

要说宁谷有什么地方是真心服气连川，那就是他这种能活活把对手气死的波澜不惊，管你是放屁还是炸雷，眼皮都不带颤一下的。

"有意思。"金粉脸的声音变回了之前的，"看来你是不会轻易相信我的话了。"

"我只信自己。"连川说。

"我只信自己。"金粉脸又用他的声音重复了一次这句话，"你知道你自己是谁吗？"

"是谁都无所谓。"连川回答。

"是谁你说了也不算啊，你说点算数的。"宁谷有些不耐烦，他从小在鬼城混大，旅行者从来都是半言不合就动手，沉默是金也动手，要不是还需要吃东西，再过个一百年嘴都能退化掉。

"说点算数的。"金粉脸又重复了一遍宁谷的话，"好。"

宁谷全身的肌肉立马都绷紧了，随时准备动手。

"雷豫告诉过你，你父母是谁吗？"金粉脸问。

虽然宁谷也对同样的问题有疑惑，但现在轮不上他回答，金粉脸问的是连川。

没想到连川也是不知道父母是谁的倒霉蛋。

"没有。"连川回答。

"你有没有想过，"金粉脸说，"你其实根本就没有父母？"

"我对父母没有兴趣。"连川声音始终平稳，略微的低沉里能清楚地感受到他的杀气。

"没有父母的是什么？"金粉脸问。

"非规划前驱实验体。"连川说。

"你说什么？"宁谷感觉自己整个后背都一阵发凉。

主城的非规划是公开的，所有人都知道，但据说这么多年也从来没有出现过成功实验体，他和钉子还用这个事嘲笑过主城没用，不如拿管理员来试试。

连川是非规划实验体？

不，不对……前驱？

"前驱实验体是什么？"他问。

"非规划的基础。"金粉脸居然很有耐心地给他解释了一句，"有了这个实验体，非规划才正式开始运行。"

"哦。"宁谷不知道应该说什么，只是一直盯着连川的侧脸，居然不是个真正的人，难怪厉害成这样，难怪主城会有非规划，这样的人组成的军团谁不想要？

"你怎么知道的？"金粉脸歪了歪头，"除了核心，没有人知道，他们不可能告诉你，雷豫和春三如果泄密是会被回收永不重置的。"

"刚知道。"连川看着金粉脸，"你告诉我的。"

金粉脸露出了惊讶的表情。

"你只能模仿我的声音。"连川扫了宁谷一眼，"如果你能模仿他说话，早模仿了。"

"没错，那么能得瑟，不可能不学我，没学那就是学不了。"宁谷顺着帮衬了一句。

他已经思考不过来了，脑子里一片混乱，唯一清晰的想法就是连川不愧是主城最强鬣狗，域内域外人人闻风丧胆的参宿四。

　　居然能在突然得知这种消息时没有任何情绪表现。

　　一个人变成了金粉还跟另一个金粉人混成了一个，而自己辛苦活了二十几年遭了那么多罪，最后居然只是一个实验体。

　　"你消失比我早几十年，比非规也早得多，失途谷有监测，你没有再接触我的可能。能捕捉我的信息，"连川说，"唯一的可能就是，我作为前驱实验体，信息早就在系统里了。"

　　"聪明啊！"金粉脸感叹着又微微往前靠近了一些，已经距离洞口不到五米的距离，而围绕在边缘还在不断飞舞的金色光点有一些飞进了洞口，像被强光照亮的灰尘，有些落在地上，有些悬在空中，"如果我们能合作……"

　　连川没有说话，突然跃起。

　　右边的洞壁上突然炸裂般飞溅起无数铁石碎片的时候，宁谷还在感叹连川居然能说这么多话……然后才看清连川已经在洞壁上踢出了一道深深的裂痕。

　　锋利的碎片飞向洞口外，带着高速的尖啸声穿过金色的人脸，落向下方。

　　临终警告。

　　连川还真的说到做到……

　　宁谷抬手挡掉往他这边飞过来的两块小碎片时，看到一粒细细的金色被气流带着卷到了自己眼前。

　　光芒很柔和，像是一片黑暗中看到的遥远的一面窗，也像是漫长走廊尽头开着的那扇门。

　　宁谷往前迈出第一步的时候，连川就已经发现了。

　　这个旅行者真是个巨大的麻烦……

　　如果能力在这个时候突然激发，这个精分混合体立刻就会发现，而他对混合体没有任何了解，根本没有能对战的把握。

　　唯一的办法就是抢先一步。

　　他冲到宁谷身边，一把抓住了宁谷的后衣领，拎着宁谷冲出了洞口。

　　两个人像是弹射一般冲进了竖洞，冲进了前方空洞里的金色光团中。

无数金色的小光粒飞速地从身边掠过，飞舞着，撞击着。

很多人影，在强光中晃动。

宁谷从小到大还没有见过这么强的光，他几乎无法睁开眼睛。

疼痛。

这种熟悉的曾经折磨了他一夜的疼痛再次袭来。

他一条腿跪在地上，后背像是撕裂般的钝痛不断向全身袭去，他挣扎着站起来，能听到自己粗重而吃力的呼吸声。

强光中的人影慢慢汇成了一个，向他走过来。

他努力地睁开眼睛，迎着强烈白光。

人影手里拿着一根黑色的长棍，向他扬了起来。

要活着。

不能死。

无论如何都要活着。

他奋力跃起，脑子里像是有一道开关，在起身的瞬间，疼痛被压在了所有记忆的最深处。

蹬地，跃起，侧身，俯冲，借惯性出拳……

这一拳狠狠砸向了模糊的那个人影，却没有实感。

人影像是被风击碎，向四周散开。

剧烈的疼痛再次被释放，他几乎无法呼吸。

金色的光团在身后像被一拳击散，瞬间失去了形状，像是庆典日最后一天的金色焰火。

连川之前的估计没有错，拎着宁谷果然不太可能跳进对面斜下方的那个洞口。

但突然炸散的光团让他明白，宁谷对自己来说，可以不是一个麻烦。

他做出了活了二十多年第一次违背自己本能意志的决定，狠狠地一抬手，把宁谷扔了出去。

宁谷重重地摔进对面洞口的时候，连川的轨迹因为这个动作的反向阻力而在空中短暂停顿。

接着就向着竖洞深处坠去。

24

疼。

头疼。

头疼屁股疼腰疼胳膊疼腿也疼……

宁谷知道这份疼痛属于英俊的鬼城门面，虽然之前的疼痛同样真实，但在他经历三次之后，已经能够清楚地感觉到，伴随着绝望和挣扎的那一份疼痛，才是连川的。

不过他还不清楚自己为什么会这么疼。

通过对以往受伤的经验总结，宁谷得出结论，无论是晕倒还是睡着还是别的什么闭眼的状态下，醒过来以后都先不要睁眼。

如果有人正在等着揍你质问你拷打你，睁眼的时候就可以开始了。

得先确定一下四周的情况，尤其是在失途谷这种充满了莫名其妙的诡异事情的地方，又是在一场说不清是打了还是没打的对峙之后。

"别装了。"一个声音在耳边响起。

这个声音实在是出乎宁谷意料，距离太近了，脸上都能感觉到这人说话时扑过来的呼吸。

"我知道……"

宁谷对着声音的方向一胳膊抡了过去，然后才一跃而起睁开了眼睛。

啪！

凭手感能判断出，自己一巴掌甩在了一张脸上，脆响。

回过头往之前声音传来的方向看过去的时候，他看到了一个戴着狗头蝙蝠面具的人，正站在距离自己两米远的地方捂着脸。

宁谷顾不上别的，先迅速往四周看了一圈，发现自己已经不在之前的竖井里了，而是在他上次来失途谷时看到的那个上大下小的椎形竖井的最下方。

抬头看过去时，一层层向上延伸的洞窟透出红光，气势还挺磅礴。

连川呢？

刚才的那个竖洞呢？

眼前这个……这两个……眼前这三个……

狗头蝙蝠的旁边不知道什么时候悄无声息地出现了七八个人，看得出来都是蝙蝠。

这群蝙蝠都是哪来的？

宁谷猛地想起老瞎子的话。

这是九翼的老巢。

九翼是蝙蝠的老大，也就是刚被自己抽了一嘴巴的狗头蝙蝠。

可以，不愧是鬼城恶霸，在九翼的老巢里抽了九翼一嘴巴。

"我就说应该把他捆起来。"九翼身边的一个瘦小的蝙蝠说，"捆起来吧？"

"去拿绳子。"九翼说。

好几个蝙蝠跑开了。

九翼慢慢走到了宁谷面前，视线上下打量着他。

宁谷也不客气，上下点头地打量着他。

不过九翼跟宁谷想象中的并不一样，除了遮掉半脸的面具，他身上看不出任何改装的痕迹。

"连川呢？"九翼伸出了食指，指向宁谷的脸，还有半臂距离的时候，指尖寒光闪了一下，一根金属尖刺伸了出来，戳在了宁谷脸上。

哦，还是有改装的，果然蝙蝠老大的改装要精致得多。

"连川是谁？"宁谷抬手一弹，"叮"的一声把九翼的指刺从自己脸边弹开了。

"别装傻，"九翼说，"旅行者不知道连川是谁？"

"我六个月前刚出生，"宁谷说，"第一次来主城，连川是什么大人物我要知道他是谁？"

九翼顿了顿，盯着他看了好半天才转头跟旁边的蝙蝠说了一句："检查一

- 180 -

下他脑子是不是磕坏了。"

"你居然不知道旅行者速生？"宁谷"啧"了一声，"看你样子是个老大，这都不知道，怎么当上老大的？"

九翼把头又转了回来，瞪着他。

宁谷没理他，抓紧时间东张西望，观察地形，寻找逃跑的路线。

"速生！"九翼突然吼了一声。

带着回响的怒吼把宁谷惊得后背都不疼了。

"速生是断肢再生！唯一一个速生十年前就死了！"九翼又吼，"没听说过六个月婴儿速生成大男人的！"

"没听说就对了。"宁谷挑起嘴角，"我骗你的。"

"打他。"一个蝙蝠说。

"捆起来再打。"九翼说。

跟蝙蝠打架，宁谷还是很有信心的，无非也就是跳得高一些，金属配件扛揍一些，还有些配件像是通了电，碰到就刺痛。

但蝙蝠打架跟旅行者不同，完全不考虑单挑，上来就是八个同时扑。

宁谷刚踹了中间那个一脚，身上就已经被砸了十几下。

他在跑还是不跑之间犹豫了一秒，又挨了好几下之后转身跳上了旁边的一个大铁墩子，踹翻了两个蝙蝠，腿上被一圈蝙蝠砸得差点打不了弯，还有一个蝙蝠跳到了他的上方。

他迅速从墩子上跳了下去，但背上还是被什么东西戳了一下。

而且这一下戳伤了他。

宁谷怒火中烧。

堂堂鬼城……算了还堂什么堂堂，离开了鬼城就被打，一直被打，就没有扬眉吐气的时候！

现在几个破蝙蝠还要把他捆起来打！

鬼城现在都不知道还能不能回得去了，他唯一的救命稻草连川还不知去向，现在又窝囊地在蝙蝠老巢里被一群蝙蝠崽子围着打，他们老大还扬扬得意地在旁边跟看戏似的……

这种让他想起了之前台子上对打的金属架子的场面，非常……憋屈。

堂堂！旅行者！

这是他从小到大哪怕是被挂在钟楼上示众，也没有体会过的委屈。

怒火中烧！烧！

"你们，"宁谷猛地转过头，盯着追过来的几个蝙蝠，感觉怒火烧得自己眼睛都有些发热，"玩屎去吧。"

随着他最后一个字，所有人都感觉到了震动。

这震动像是来自体内，没有声响，但空气仿佛都凝固了。

有漾起的波纹。

只是一瞬间。

九翼老巢的红光全灭。

洞壁间再次发出红光时，除了九翼，所有小蝙蝠都倒在了地上，痛苦地抱着脑袋哼哼着。

宁谷不知道发生了什么事，只觉得后背被戳伤的地方还在疼。

"厉害，"九翼抬起手，一下下拍着巴掌，"厉害，难怪主城要让连川来抓你。"

"连川呢。"宁谷也不再跟他兜圈子，九翼看上去神里神经，但不是那种兜几个圈子就能缓和下来谈条件的人。

"不知道。"九翼看着正慢慢爬起来的手下，"不过我可以帮你。"

宁谷没说话，只是看着他。

"我可以帮你找到连川，这里无论是人还是东西，如果蝙蝠说找不到，就没人能找到，"九翼走到铁台子上坐下，指刺伸出来，在台子上一下下敲着，"我还能送你平安出去。"

"条件。"宁谷问。

"连川归我。"九翼说，"以后你要灭了主城的时候，给蝙蝠留一半。"

宁谷这次沉默，倒不是因为要从气势上压制，是九翼这句话让他实在不知道要说点什么才能忍住不问他是不是有什么脑部隐疾。

"你是不是觉得我疯了？"九翼问。

"还行。"宁谷说。

"主城明里暗里那么多失败的实验体,销毁的,丢弃的,数都数不清。"九翼托着腮,指刺又在面具上一下下敲着,"都是为了什么?扔进迷雾岭的那些又是为什么?"

"迷雾岭是什么?"宁谷问。

"迷失隧道。"九翼看着他,"你不会真的才半岁吧?这都不知道?"

"不知道学名而已。"宁谷说。

"我刚说的那些你是不是都听不懂?"九翼问。

的确是听不懂,但现在他对除了连川以外的实验体都没什么兴趣。

"你为什么没事?"宁谷盯着九翼的面具,刚无论发生了什么,九翼没受到影响是确定的事实。

"我么?"九翼一直敲着面具的指刺停下了,轻轻晃了两下,"我没有脑子啊。"

台词居然被抄了。

这是宁谷的第一反应。

"我没有脑子——"九翼张开胳膊,扬起脸愉快地喊着,"主城拿我没办法——诗人也拿我没办法!齐航也拿我没办法!"

宁谷震惊地看着他,第一次见到有人因为没脑子而狂喜。

"不过,"九翼收回胳膊,继续托着腮,冲他笑了笑,"我也没法离开失途谷,一年上去喘个气而已。"

"空的吗?"宁谷指了指他的头。

"满满当当!"九翼说,"全死了而已。"

宁谷沉默。

"怎么样,我的条件?"九翼回到正题。

跟九翼谈事儿果然不如跟连川谈事有效率,连川就不会跑题。

"连川归我。"宁谷说,"灭了主城⋯⋯"

这句话他说得实在没有底气:"之后,地盘分你一半。"

"他要杀你。"九翼看着他,"他抓你就是要把你交给主城,你不会不知道吧?他们需要特别的原料,你这种的,要不他们的那些实验体永远都只是行尸走肉，你应该把连川交给我，我帮你杀了他。"

"原料？"宁谷想了想，"怎么用？"

"你这样的吗？"九翼站了起来，走到他面前，指刺在他身上来回戳着，"捆起来，脑袋上戳上线，源源不断，源源不断，给那些空壳……"

"别碰我。"宁谷听得有些后背发毛，也不知道是真是假，一巴掌拍开了九翼的手。

"要不你问问连川。"九翼退开了，"不过他肯定不记得。"

"他是前驱实验体。"宁谷说。

"啊，对，你们跟诗人见过面了。"九翼点了点头，"诗人想要连川……"

宁谷刚要开口，九翼猛地一拍腿："那我们就要快，晚了就被诗人抢先了！"

"带我去找他。"宁谷说。

"条件。"九翼说，"我们还没有谈妥交易。"

"连川我的。"宁谷重复，"主城分你一半。"

"连川我的。"九翼说。

"我自己找。"宁谷说，"主城没你的份了。"

九翼盯着他，好半天才问："为什么？你非要救他？"

"他救了我。"宁谷说。

"是我！"九翼吼了一嗓子，"是我救了你！"

"你在哪儿救的我？"宁谷问。

"我的人在吟诵竖洞一个废窟里找到你的。"九翼说。

"我为什么会在那里。"宁谷问，"我记得最后连川拉着我跳进竖洞了。"

"我怎么知道！"九翼吼。

"所以他救的我。"宁谷说，"不是你。他因为救我失踪了。"

九翼笑了起来，笑了好一会儿，突然一扬手，手指一弹，指刺发出了一声嗡鸣。

四周的洞壁上出现了几个黑影。

"去找连川。"九翼说，"吟诵竖洞洞底，要快，趁诗人没醒。"

黑戒小队去找连川，效率比宁谷去要高得多，他们熟悉地形，通行无阻。

但宁谷还是坚持也要去找。

他不想跟九翼待在一起，怕被无脑怪传染。

也因为着急。

找到连川的时候，他必须在场，他信不过喜怒无常的九翼，这个人跟主城有很深的纠缠，毕竟失途谷也曾经是主城的领地。

还因为九翼的那些话。

主城失败的那些实验体，那一万个，或者更多，或者还有别的，有一部分是扔进了失途谷。

他怀疑没脑子还能活着的九翼说不定就是个实验体。

这些话甚至让他想到了鬼城那个秘密的地库，没有人能进去，很多人根本不知道地库里有什么。

地库里的那些"前旅行者"……

自从知道连川是实验体之后，他觉得谁是实验体都不奇怪了。

那么活生生的一个人，大多数时候都仿佛没有情绪，但自己却知道他曾经的那些感受，虽然都是痛苦。

痛苦才是最真实的。

团长说过："痛了你才会记得。"

连川居然是个实验体。

连川为什么要救自己，宁谷并不确定。

他只知道自己有能制约连川的那张牌，但连川之所以能赌这么大……是因为知道自己也能救他。

既然这样，他就得救连川。

救了连川他才能弄清楚很多事。

像是一直跟主城对抗，跟主城为敌，会掠夺，会被杀的旅行者……到底是什么样的存在。

还有待他像父亲一样，有慈爱、有严厉、有奖、有惩、让他害怕也让他充满安全感的团长……

他的父母……

"你不要以为你真的是救世主了。"一个小蝙蝠在宁谷身后边走边说。

这个叫福禄的蝙蝠，是九翼派来盯着他的，宁谷回头看了一眼，就这个小身板，自己一拳就能把他打穿。

"那你是。"宁谷说。

"我当然也不是。"福禄说，"我就是提醒你，那个密钥，有几百颗。"

"什么？"宁谷愣了愣。

"你从花眼那里偷走了密钥吧？"福禄说，"那东西虽然大家都想要，但失途谷里有几百颗，传说找全了才能有用，几百颗里又有几百颗在迷雾岭里，谁也拿不到。"

"你会数数吗？"宁谷忍不住问。

"就是告诉你，你拿了也没用。"福禄说，"别以为拿了一颗就能跟九翼叫板。"

宁谷很感动。

福禄绕了一大圈，就是为了维护他老大。

没有旅行者光顾的失途谷，看上去有些寂寞，很多地方都很安静，经过的几个交易厅里，都看不到货主，只有一堆乱七八糟堆着的货。

黑戒小队已经分头去了吟诵竖洞，只有一个黑戒在前面给宁谷带路，宁谷没有厉害的改装，不能在洞壁上上蹿下跳，得坐矿车下去。

路很复杂。没有连川在，宁谷在三个拐弯之后就已经不知道身处何处了。

只知道一直在往下走。

最后他们在一个被红光铺满的窄小洞窟前停下了，带路的黑戒转过头："车停之前不要说话，惊醒诗人谁也活不成。"

"走。"宁谷说。

矿车像个铁碗，三个人站进去就满了，宁谷靠着碗边，车动的时候他看到了下面有一条轨道。

轨道在巨大的井洞崖壁上一圈圈地向下盘旋，像是要坠进深渊。

矿车的速度还挺快，宁谷没有从这么高的地方向下坠的经历，顿时有些紧张，抓紧了碗边。

吟诵竖洞的最下方，已经没有红光了，是一片黑暗。

矿车停下的时候，宁谷感觉到了刺骨的冷。

虽然这里没有风，但这种冷比起鬼城的寒冷要更有穿透性，宁谷打了个寒战。

竖洞底部并不是平的，两人多高的尖锥林立，看上去像是酷刑之地。

几个黑戒从尖锥上灵活地攀爬跳跃，来到他们面前。

其中一个打了个手势。

手势过于简单，完全没有保密性，宁谷一眼就能看出来，这个手往脖子上一划、头一歪的动作，是找到连川了。

而且是个死了的连川。

宁谷说不上来自己是什么心情，他并没有多难过，一个一直想要杀他、捉他、打过他无数次，对他也并不友好的鬣狗，死了就死了。

没有连川，那些秘密也未必解不开。

没有连川，他还可以跟九翼谈条件保护自己。

但是……

他从心里有些发冷，心情跟着这里的气温一起往下坠去。

毕竟按他的理解，连川的死，是为了让他活下来。

四周只有几个人细微的脚步声，尖锥林里似乎也没别的东西，也感受不到诗人或者齐航的任何痕迹。

他们穿过尖锥林，面前出现了一小片平地，平地再往前，是一个巨大的洞口。

洞里是宁谷熟悉的黑雾，还有暗得几乎能被黑雾遮掉的红光。

他往洞里看过去的时候，身体一下子绷紧了。

连川悬在空中。

几抹透出隐隐的金色光芒的黑雾，正绕着他不停地旋转。

没等宁谷弄清这是什么东西，一抹黑雾从连川的胸口穿了过去。

25

　　宁谷无法判断连川现在的状态，是真死了，还是又晕了，还是正在憋什么大招。

　　不过宁谷知道，连川这个实验体，似乎是最合乎非规计划要求的那一类，各种身体素质超强，速度、力量、耐受力都让人吃惊，而且精神力超强，感官超强……但没有能力。

　　所以现在应该排除憋大招的可能。

　　死了……也是不太可能的。

　　连川那么果断冷酷的一个鬣狗，救人是有可能的，只要利大于弊。但舍命救人这种纯赔本的买卖……怕是不太可能。

　　那就是又晕了。

　　得趁没死赶紧救！

　　宁谷看了一眼福禄和身边的黑戒，不知道他们面对这种情况有什么打算。

　　黑戒说了，不能说话，怕吵醒了诗人。

　　现在已经下了车，这黑雾里的金色光芒跟之前诗人出现的那种很像，就算诗人没醒，这会儿也是半醒。

　　"过去抢？"他低声问。

　　福禄把手指竖到嘴边。

　　"就看着？"宁谷指着那边，用口型吼。

　　一个黑戒跳起，攀到了最近的一个尖锥上，另外几个很有默契地跟着都跃上了尖锥。

　　宁谷抬起头才注意到，九翼的黑戒小队其实并不小，叫中队大队也都可以。此时尖锥和四周洞壁上，已经悄无声息地攀上了很多黑戒，像是某种不属于人类的生物，慢慢向悬着连川的那个洞口靠近。

福禄示意宁谷跟着他,从黑戒队伍的下方跟过去。

一片死寂里,宁谷站到了洞口旁边。
几个黑戒从洞口上方倒挂了下来,向福禄打了个手势。
福禄用肩膀撞了宁谷一下,冲里面一抬下巴。
宁谷大致猜出了他的意思,这是让他过去把连川弄下来。
那这些黑戒是来干什么的?带个路?观摩旅行者解救清理队鬣狗?
而且他要怎么把连川弄下来?
他也没有弹簧腿……

福禄和黑戒都看着他,这让宁谷面子上有些挂不住。
不过等这帮废物想出招来连川估计都死透了,他决定试一下,使用自己比九翼还要喜怒无常的能力。
来吧!
他盯着围绕在连川身体四周的那些裹着金光的黑雾。
死死盯着。
瞪。
"玩屎去吧。"宁谷恶狠狠地从牙缝里挤出了四个字。

顶上的一群蝙蝠同时转过了头,福禄也震惊地扭脸看着宁谷。
那边的黑雾没有变化,依旧绕着连川,而且又有一束穿过了连川的身体。
连川要被戳死了。
虽然不爽,但宁谷还是立刻放弃了使用能力的企图,往上看了一眼。
倒挂在洞口上方的两个蝙蝠冲他招了一下手,宁谷突然反应过来,他们是想把自己扔过去。
早说啊!
哪里来的自信旅行者能跟一帮蝙蝠有这个程度的默契!
宁谷顾不上多想,旁边的福禄有金属小腿,不知道带不带弹簧,反正只要稍微借点儿力他就能上去……
他伸手压着福禄的肩膀猛地跳了起来,在福禄腿打弯的同时蹬了一脚,跳向了空中。

福禄的小腿"咯吱"一下应声折成了直角。

福禄的腿居然不是弹簧……

在宁谷跃到最高点的时候,两个黑戒一左一右抓住了他的手,同时发力,把他往洞里扔了过去。

宁谷张开了胳膊,飞行的过程中他想了很多,有脑子的烦恼就在这里了,一思考就很耽误时间。

飞行时间太短,他根本没想出来应该怎么救连川。

在飞到连川面前时,他用了最不需要脑子的方法。

一把抱住了连川。

他想借着自己的重量把连川从空中拉到地面。

但一点儿也不意外的,并没有成功。

宁谷抱着连川,一起悬在了空中。

不过他马上试了一下,连川有呼吸,的确是没死。

在宁谷抱住连川的时候,身后几十个黑戒同时现身,像一团被风吹乱了的破布片,瞬间全部涌进了洞里。

接着黑雾里闪出了一片银色轨迹。

是指刺。

看来黑戒的确是九翼的亲卫队,改装都是同款。

洞里的黑雾似乎是觉察到有人偷袭,起了变化,开始不断地聚集再分裂,包裹着金色光芒在洞里不断扫过。

绕在连川身边的一抹黑雾第三次想要穿过连川身体时,一个黑戒从身后一掠而过,胳膊一扬,指刺从中间划散了黑雾。

"连川!"宁谷使不上劲,一边喊着连川的名字,一边用腿夹着他,用手上上下下摸了一遍,没摸到任何把连川固定在空中的装置。

"连川!连狗!"宁谷抱紧他,用力往下坠了一把,连川的身体跟着他晃了晃,并没有掉下去。

"你醒醒!"宁谷一巴掌甩在了连川脸上,又用力往下坠了坠。

感觉连川的裤子都快被自己蹭下去了,也没成功。

看来诗人现在还没有醒，没有看到金色大脸，但黑戒跟这些黑金雾打起来，也占不到多大便宜，打散了的黑雾会马上重新聚集。

宁谷一咬牙，用手指把连川闭着的眼睛扒拉开了，瞪着他："喂！狗！"

余光里有黑雾绕了个弯从侧面飞向了他的斜后方，而旁边的黑戒没有发现，宁谷在要不要松手躲开这个问题上，犹豫了一根头发丝那么丁点儿的时间。

黑雾从他后背穿了过去。

四周所有的声音突然都消失了。

黑雾也慢慢散去。

似乎连洞窟也跟着一同散去。

取而代之的是一片空荡荡的白色。

感觉不到光，但往哪里看却又都晃眼。

宁谷拧着眉，抬手遮了一下眼睛，发现不知道什么时候，自己已经站在了地上，而连川已经不见了。

"人呢！"他喊了一声。

声音干瘪得像是被刀削过，除了音节本身之外的所有共鸣和尾音都像是被空气吸走了。

这是连川的记忆。

宁谷已经能在这种状态下马上分辨出来，毕竟已经是个熟手了。

他往四周看了一圈，身后一片白色中，有一个巨大的沉默地旋转着的水柱。

宁谷长这么大，还没见过这么多水，更没见过脱离容器还能独立成坨的水。

而这个水里，还有个人。

是连川。

这个答案根本不用想。

"连川！"宁谷走过去干瘪地喊了一声，想要伸手到水柱里把他拉出来。

手刚一探进水里，立刻感觉到了一片刺痛，就像是二百个黑戒的指刺同时戳在了手上，再砸了八千多锤。

宁谷猛缩回手的同时，听到了有人说话的声音。

"LC13组四枚实验体灌注失败。"

"反应一样吗？"

"一样。"

宁谷迅速原地转了一圈，但没有看到人。

"前驱体精神力还能再降吗？"

"不能，疼痛值已经到达临界点。"

这是连川记忆里的声音，宁谷反应过来，因为他闭着眼睛，所以宁谷也看不到人。

"还有材料吗？"

"最后两组，今天已经做了两组，非规那边今天也要做，需要上报数据。"

"留一组非规，再做一组，这些处理掉。"

"失途谷拒绝再接收。"

"由不得他们。"

"LC14组，材料准备。"

这句话传到耳朵里的时候，宁谷感觉到了巨大的真实的恐惧，就像是面对清晰可知却又无可逃离的痛苦。

他转头看向水柱里的连川。

无论现在是现实，是记忆，还是幻觉……宁谷咬着牙，迅速把手伸进了水柱里。疼痛顿时从手臂直袭心脏，没有一瞬准备的机会，他就感觉到自己的心脏因为疼痛猛地一缩。

在宁谷马上就要受不了的时候，他的指尖碰到了连川的手腕。

正想抓过去，连川的手突然往上，抓住了他的手。

宁谷立即握紧，狠狠地往外拽了一把。

连川从水柱中被拉出来时，带着巨大的推力，两个人都被推得腾空飞了起来。

眼前一片白色。

让人分不清上下左右，甚至有一小会儿宁谷都不知道自己是头朝上还是头朝下。

只知道自己一直紧紧地抓着连川的手。

怕连川再被水柱嘬回去是一个原因，另一个原因是他实在不想再跟着连川承受一次那样的痛苦。

自己是倒了什么霉，会跟连川这种生来就是为了遭罪的人有这样的关联……

慢慢能看清四周的时候，眼前的白色开始褪去，看惯了的黑色开始呈现，接着是暗红的光。

分不清方向的感觉也消失了，宁谷总算找回了自己实实在在的感觉。

他正被人拖着，大头冲下地往竖洞的深处飞去。

看形状，这里已经是九翼的老巢。

紧接着他发现自己的手里还握着东西，捏了一下，是只手。

但这只手硬得仿佛金属。

他赶紧往手上看了一眼，发现拉着他的手跟着一块儿往下飞的，居然是福禄！

"你抓着我干吗！"宁谷吼，"松开！"

"你把我腿踩断了！"福禄非常生气，"我不抓着你怎么逃出来！我跳出来啊？"

宁谷看到了福禄折成了直角的小腿，没好意思再把他的手甩开。

但下一秒他就反应过来："连川呢！我有没有把他拉出来！我……"

"这里。"旁边传来了连川的声音。

宁谷转过头，看到了被黑戒用一根绳子捆着腰，跟他一样大头冲下飞驰着的连川。

"知道了。"宁谷松了口气，闭上了眼睛。

再次回到九翼老巢，并且被捆在一根铁桩子上，对于宁谷来说，已经没有了之前那种愤怒和不爽的情绪。

无论如何，今天没有那帮黑戒，凭他自己是不太可能把连川救出来的，还有可能搭上自己。

连川被捆在他对面的桩子上，看上去脸色正常，表情也正常，什么也看不出来的那种。

"人弄出来了，谈谈条件吧。"九翼站在他面前，眼神挺亮，"说好的，连川归我……"

"不要放屁。"宁谷不耐烦地打断了他。

"我没有放屁。"九翼说。

"怎么，屁是用脑子放的吗？"宁谷问，"没脑子放不出屁？"

"我可是损失了四个黑戒。"九翼看着他。

"连川是我的。"宁谷说，"你说话要是这么不算数，那一半主城我也不会给你了。"

连川对这两个人仿佛梦话一般的对话没有太在意，他不停地想要回忆起之前的事，但脑子里一片空白，什么都没有。

把宁谷扔进对面的洞口之后，他的记忆只有直坠谷底时看到的一片尖锥，接下去的记忆就直接跳到了刚才，宁谷抓着他的手被黑戒扯开。

"你没想过吗？"九翼转身走到了连川面前，偏着头跟宁谷继续说着，"我们合作，我拥有最强改造的鬣狗蝙蝠，而你……"

连川站了起来，捆在身上的绳子噼里啪啦地断了一地，他把九翼扒拉到一边："你改他。"

九翼对于自己精心打造的、捆死过无数人的精铁蝠绳在连川面前连一根皮带都不如的境遇感到非常震惊。

他回头看着宁谷。

宁谷就没有他这么震惊，看到连川轻松起身之后，他也轻松地腿往地上一蹬，准备起来。

绳子一下在他身上勒出了深深的痕迹，他又坐了回去。

"你以为你是谁啊？"九翼看着他。

"连川！"宁谷没理他，转头看着连川，"你就这么对你救命恩人？"

连川走到他身边抓着绳子扯了一下，绳子"啪"的一下断成了好几截。

"杀了他们！"九翼双臂一扬。

宁谷还没把衣服扯平整，连川已经抓着他胳膊往前冲了出去，接着借助惯性猛地一跳，跃到了上一层，躲过两个黑戒的夹击之后，连川把宁谷扔进了一个洞口里。

"啊。"宁谷摔在地上，有点儿疼，平时这种疼对于他来说根本都是可以忽略的，但现在，这个疼痛让他迅速回忆起了之前的感受。

"起来。"连川也跳进了洞口里，洞口另一边是一条小隧道，他往隧道口走过去的时候，在宁谷腿上踢了一脚，"黑戒速度很快。"

宁谷只得迅速爬了起来，跟在他身后穿过了隧道。

隧道的这边依旧是迷宫一样，也许是因为靠近九翼老巢，几乎看不到什么人。穿过三条隧道和两个洞厅之后，宁谷问了一句："去哪儿啊？"

"不知道。"连川回答。

"你不知道？"宁谷愣了愣，"你不是还能画地图吗？"

"走过了才知道。"连川说。

"你也不怕走进迷雾岭里回不来了。"宁谷说。

"已经回来了。"连川说。

宁谷愣了愣，反应过来："把你挂起来的那个洞，就是迷雾岭？是其中一个入口？"

连川看了看四周，走进了一个小洞窟里。

"是不是？"宁谷跟着走了进去。

这个洞窟小到最多挤三个人，而且还都得蹲着，站都站不直。

连川坐到了地上，靠着墙："你刚刚看到什么了？"

"在你脑子里吗？"宁谷也坐下了，压低声音，"你没感觉吗？"

"一片空白。"连川说，"你要把细节都告诉我。"

宁谷盯着他看了半天，笑了起来："你还没谢我呢。"

连川看着他，没说话也没表情。

"你真没意思。"宁谷笑了一会儿就笑不动了，往后一靠，"我看到的也是一片白，有个大水柱子，你里水柱里头睡觉。"

"是实验室。"连川说。

"嗯，然后有人说话，但是我看不到人。"宁谷说。

"说什么了？"连川问。

"你还没谢我。"宁谷坚持。

"谢谢。"连川说。

"你也太现实了吧。"宁谷叹了口气，"不过我告诉你这些，也是有条件的，你得告诉我，我听到的这些是什么意思。"

"好。"连川应了一声。

"应该是在做实验，一个人说什么什么组四个都灌注失败，"宁谷皱着眉边回忆边说，"另一个说反应是不是都一样，回答说是，然后又让继续做下一组。但是我听他那个意思，他们用的是非规计划的原料，但是又说要留一组给非规……"

"嗯。"连川应着。

"然后说把失败的这些扔到失途谷。"宁谷看着他，"失途谷不让扔，但是好像没什么用。"

"明白了。"连川说。

宁谷继续看着他，等了好半天连川也没说话。

"哎！"宁谷用手在他眼前晃了晃，"我还没明白呢。"

"非规之外有别的计划，原料来源是鬼城，这个计划是保密的。"连川说，"有些我记不清，我只有残缺的记忆……"

"你等等！"宁谷凑到他面前，"原料来源是哪里？"

"鬼城。"连川看着他，"原住民和旅行者。"

宁谷半张着嘴，好一会儿才慢慢退开，指着他："你最好说实话，你救过我，我也救了你，算是过命的交情，你拿这种事来挑拨，非常……"

"送原料过来的，一般是团长，或者李向。"连川说。

"你放屁！"宁谷吼了一声，眼睛都有些发红，"我警告你！再胡扯我就把你扛回那个洞送给诗人！"

26

　　钉子在疯叔的小破屋门口坐着。这是第四天了，脸被风吹得都麻了。
　　疯叔一直不在屋里，不知道去哪儿了。
　　钉子怀疑他是不是自己出去瞎转，被黑雾里游荡的那些原住民给吃了。
　　有脚步声从屋后绕过来，钉子先是一阵惊喜，接着很快又失望了，这脚步声太熟悉了，是他哥的。
　　"吃东西。"锤子扔过来一盒淡黄色的小方块，这是他去主城的时候弄回来的，比鬼城的东西好吃。
　　"不饿。"钉子说。
　　"团长找你呢。"锤子在他旁边坐下。
　　"我又不知道宁谷的事，找我干什么？"钉子说，"而且之前他不是已经找你问过宁谷在主城的事了吗？"
　　"不知道。"锤子在他头上扒拉了两下，"也不是太急，你有空就去找他，说不定是他有宁谷的什么消息呢。"
　　钉子没等他这句话说完，就已经跳了起来，裹着风就往庇护所那边跑了回去。

　　"你俩从小一起东游西荡的，"李向坐在桌子旁边，看着钉子，"有时候几天都不见回来，都去哪儿了？"
　　"几个庇护所我们都转，"钉子说，"有时候就在别人那里睡了，还经常去垃圾场找东西……你们不都知道吗？"
　　"那有我们不知道的吗？"李向问。
　　钉子愣了愣："不知道的？"
　　"不知道的。"李向看着他。
　　"不知道的……"钉子犹豫了一下，"舌湾？"

"到了舌湾哪里？"李向继续问。

"舌头尖那里啊。"钉子一脸茫然，"不过也不经常去，宁谷说那边容易碰上原住民，死了都没人知道。"

"你以后也不要去，他胆子大，你也跟着他瞎跑。"李向叹气。

"他也不是胆子大。"钉子趴到桌上，鼻子突然有点儿酸，"他就是好奇，什么都想知道。"

"比如呢？"一直抱着胳膊站在一边的团长问了一句。

"黑雾外面是什么啊，鬼城有多大啊，他……"钉子顿了顿，这些都是宁谷从小到大的疑惑，"他父母是谁啊，除了主城和鬼城，还有哪里有陆地啊……挺多的。"

团长也叹了口气。

"是不是还没有他的消息？"钉子小心地问。

"车没来。"李向说，"没有人去主城，也就打听不到消息。"

"哦。"钉子抹了抹眼泪。

钉子回到疯叔小屋门外的时候，锤子还坐在那里等他。

"问你什么了？"锤子看着他。

"也没问什么重要的。"钉子的眼睛还有点发红，他扯开护镜，又抹了抹眼泪，"但是有点奇怪。"

"怎么？"锤子有些吃惊，"你怎么还哭了？"

"就是想哭啊。"钉子说，又压低了声音，"再说了，我不哭，他们怎么能信我的话。"

"你又演戏了？"锤子也压低了声音。

"舌湾里头，"钉子用几乎一出口就能被风吹散的声音说，"肯定有东西。"

锤子一脸吃惊地看着他。

"李向问我有没有什么我们去过他不知道的地方。"钉子低声说，"如果我不说去过舌湾，他们肯定不信，我就说了舌湾，结果他们问我，舌湾哪里。"

"问得是有点怪，你们去了，也肯定不敢进。"锤子想了想，"宁谷进去了？"

"我们一起去的时候是没进，"钉子揉了揉鼻子，"宁谷说不定进去过，他什么都想知道……"

"不要跟人说这个，说出去我们说不定全都完蛋。"锤子叹了口气，"就是我怎么感觉……宁谷……"

"这个也不许说！"钉子喊。

"不说不说。"锤子站了起来，"我回去了，你还在这里等吗？"

"等！"钉子咬了咬嘴唇，"老子等疯叔回来，问不到东西也要打他一顿。"

"好吧。"锤子把吃的放到他手上，转身走了。

疯叔跟一团烂棉被一样的身影在黑雾里忽隐忽现的时候，钉子已经感觉屁股都坐麻了，肚子也饿得受不了了。

他跳起来冲了过去，离得老远就跳了起来，一脚飞腿。

这是宁谷教他的。宁谷教过他很多打架的招，毕竟没有能力的旅行者，在鬼城想不被欺负就得打架厉害。

不过离着还有一米远的时候，疯叔扬了一下手，他就被扔回了原地。

"老东西，"钉子爬起来指着他，"你肯定有秘密，从来没听宁谷说过你有能力。"

"我有预言能力。"疯叔猛一下凑到他面前，"我预言，你肚子饿了。"

钉子刚想骂人，肚子叫了一声，如同怒吼，狂风里都能听到。

"回去吃饭吧。"疯叔说着进了屋。

"你知道的肯定比我多。"钉子在疯叔关门的时候用力挤到了门缝里卡着，"宁谷去了主城到底会不会有危险？为什么团长他们一直不让他去？"

疯叔推了一下门，钉子脸都被夹变形了，但还是坚持卡着门缝："你也说过他不该去，为什么？"

"保护好自己，"疯叔说，"等他回来。"

"你要是不说，你都等不到他回来了你信吗！"钉子吼他，"我明天带个雷过来把你炸了！"

"不要去舌湾。"疯叔又说。

钉子看着他。

"我知道你想去。"疯叔说，"不要去。"

"偏要去！"钉子说。

"不怕再也见不到你好朋友了吗？"疯叔按住他的脸，把他推出了门外。

钉子是个执着而且讲义气的人，跟宁谷一样，所以他俩才能这么多年都混在一起。这会儿被关在门外了也没见他放弃，能听到他绕着屋子骂骂咧咧一直转圈。

疯叔叹了口气，没再理会，低头迅速把桌上已经整理出来的一些零碎都装进一个布袋，放进了背包里。

宁谷这一走，怕是鬼城的平静很快就要被打破了。

虽然知道这是早晚的事，疯叔还是有些可惜这多年鬼城美滋滋的生活，混乱而有活力，没头没脑却也生机勃勃。

他不知道如果鬼城陷入混乱，自己还能去哪儿，但也还是做好了准备。

"黑雾外面有什么啊？有人吗？有怪物吗？"

宁谷像个雕塑一样坐在洞里，已经很长时间了，连川还没有见过他能安静待着超过五分钟，除了睡觉。

之前就能看出来，宁谷和团长的关系跟一般的旅行者不一样，能让团长他们几个人同时出手相救的人，起码是很亲近的关系。

可是这么亲近的关系，宁谷却似乎对鬼城和主城的接触一无所知。

而且这个事实让宁谷相当受打击，吼完他之后，就再也没有说过话。

不过连川现在也同样在发愣。

团长和李向给主城秘密运送原料，这件事在城务厅和内防部都不算是机密，非规的原料如果只靠各种冗余、非法出生和BUG回收，是很难供应得上的，申请正常出生人口也不可能，管控非常严格，城务厅不许出现这种"反人道"的行为。

所以一部分原料来自鬼城，连川是清楚的。

但宁谷今天告诉他的那一段记忆，应该是已经被重置，他并不记得。

被重置的原因，就是他一直以来有所怀疑的那一部分。

非规计划之外，的确还有别的实验在进行。

那些需要清理队去善后的逃脱实验体，那些诡异的、让人怀疑非规已经超出原本目的的实验体,那些需要反向运回鬼城的实验体……内防部知情,城务厅却不一定知情,毕竟干脏活的都是清理队。

"我要回鬼城。"宁谷突然转过头看着他,说了一句。
"现在回不去。"连川说。
"车来了我要回去。"宁谷说,"你不要抓我,让我回去。"
连川看着他,宁谷声音有些沉,跟他待在一起这段时间,还是第一次没有在他声音里听到得意扬扬和怒火中烧。
"我知道你有任务,"宁谷说,"但是不把我交上去,对你来说肯定更好,否则他们把我放到水柱里,做出一万个这样的我……也不知道到底能干什么用,反正你和参宿四,可能都得完蛋。"
"这种时候了,"连川说,"还威胁我?"

"交易,"宁谷伸出了手,"你放我走,你要我怎么帮你都可以。"
"你想过如果我没有完成这个任务的后果吗?"连川问。
"想过。"宁谷还是伸着手,"不过用不着我想,你把我扔进失途谷的时候就已经想过后果了,现在你也已经知道,把我抓回去对你意味着什么,按你原来的计划,现在应该有两条路:一,我帮你;二,我不帮你,你杀了我。无论哪种,你都完成不了任务。"
连川看着他的手,过了一会儿才开口:"你也不是真的没脑子啊。"
"说什么屁话,真的没脑子的那是九翼。"宁谷皱着眉,"我要回去,你帮我,我保证跟最近的车回来找你。"
"为什么非要回去?"连川问。
"我不信你刚才说的那些话。"宁谷说,"我要亲自弄明白。"
"真不信吗?"连川又问。
"不信。"宁谷盯着他。
连川抬起手,在他手上轻轻拍了一下。
"成交。"宁谷说。

"给你个建议。"连川说。
"什么建议?"宁谷问。

"不要直接问。"连川说,"我怕你回不来了。"

宁谷没说话,盯着他。

连川也没再说话。

"我就要直接问。"宁谷说。

连川看了他一眼,转开了头。

"我不信!你听懂了吗!不信!"宁谷突然提高了声音,"你根本不了解团长!我不信他会干这种事!你要说他送原住民过来我都信了,旅行者?我不信。"

连川抬手按在了他咽喉上:"不要喊,怕九翼找不到我们吗?"

"我就要喊!"宁谷声音有些发颤,带着愤怒。

连川的手指往下按了按。

宁谷没了声音。

他再松开手指的时候,宁谷往后靠回了洞壁上,看上去很沮丧,声音也低了下去:"我一直不知道父母是谁,团长对于我来说,就像爸爸一样。"

连川没有出声。

"他特别严格,特别凶。"宁谷说,"我挺怕他的。"

"你不会懂的。"宁谷又说。

27

　　林凡站在钟楼顶上,把戴着手套的左手举在空中,一动不动地站了很久。
　　再把手收回来的时候,手套上已经布满了黑灰色的细渣。
　　他把手套摘下来,放到了一个袋子里,回到钟楼的房间之后,关好了门窗,才又打开了袋子,把手套拿了出来,放到鼻子下面仔细闻了闻。
　　很淡的气息,不要说在狂风中,就算是在密闭的空间里,一般人也不太容易能注意到。
　　这是灰烬的气息。

　　团长的脚步声从楼梯上传来,林凡抖了抖手套,把它放回了自己兜里。
　　"有时间吗?"团长站在门外问了一句。
　　"有。"林凡走到门边,"什么事?"
　　"我要去地库。"团长说,"你跟我一块儿去吧。"
　　林凡站着没有动。
　　"只在周围看看。"团长说,"最近轮巡的旅行者好几次发现有异常,分不清是原住民还是之前那个实验体。"
　　"李向呢?"林凡问。
　　"你才是我副手。"团长说完转身走下楼梯。

　　林凡沉默地跟在团长身后,一直往前走,穿过几个庇护所,顺着微亮的一串小灯笼,一直走到路的尽头,再走进金属坟场,在各种形状诡异的废物的暗影中穿行。
　　越往外走,风越急。
　　耳边除了风声和杂物不时在风中撞击发出的声响,开始会听到一些细细的、仿佛游离于这个世界之外的声音。

像混乱的梦呓，又像是恍惚中的笑，间或几声又带着锐器划过地面时的轻轻刮擦……

舌湾的风比别的地方都猛，但却依旧吹不透这一片遮天蔽日的黑。

"你很久没到这边来了吧？"顺着黑暗的边缘往前走的时候，团长问了一句。

"很久了。"林凡说。

"这段时间还是多过来看看。"团长说，"车不一定什么时候能来，在找到宁谷之前不能出事。"

"找到宁谷之后呢？"林凡问。

团长转头看了他一眼。

"你答应过要保宁谷平安。"林凡说。

团长盯着他："让他再去主城的是你，你现在跟我说这个？"

"未必是我让他去的。"林凡说，"不过早去总比晚去好，我还是坚持我最初的意见，不要隐瞒，要给他自己选择的机会。"

"那他就会选择去找死！"团长瞪着他。

右边的黑暗里突然传出一声破碎的喉音，不太像嗓子发出来的，更像是身体里的某个空腔的振动。

团长做了个小心的手势。

两个人都不再说话，也没动，仔细辨别着声音传来的方向。

接着同时出手，团长的攻击震得黑雾在风中混乱地旋转着，林凡紧跟着俯身猛地一挥手，盯准了黑雾中的目标，击中了一团东西，甚至没有让那东西发出任何声音。

等四周一切声响都平息之后，团长走了过去。

地上一个灰白色的类人型生物已经在短短的几十秒时间内开始腐烂，皮肤慢慢脱离骨架，变成黑色的碎片，很快被风吹散。

接着骨架也开始一点点消散。

几分钟之后，地面上已经看不出任何痕迹。

"已经被污染了。"林凡蹲下看了看，"这已经不是原住民了，已经有了自毁基因。"

团长没有说话，只是往黑雾深处看了一眼。

"不能再让主城送东西过来了。"林凡说。

"不需要了。"团长说。

林凡转头看着他。

"做好你自己的事，"团长转身往回走，"不要整天就缩在屋里，出来看看这世界，一步一步正往哪里走。"

"无论往哪里走都是必然。"林凡站起来。

"没有这个必然。"团长说，"所有的必然都是自己争取的。"

"你饿吗？"宁谷问。

"饿。"连川回答。

"那你是怎么能一直就这么坐着不动的？"宁谷看着他。

"动了更饿。"连川说。

"不是，"宁谷有些无语，"出去找吃的啊！"

"抢吗？还是偷？"连川问。

"管他呢！"宁谷站了起来，弓着腰，"起码换个洞吧？这个洞站都站不直！"

换个洞也没什么意义，进去了连川还是坐着跟个拔了电的机器人似的，宁谷又走出了第二个洞。

"我要吃东西。"他站在洞口宣布。

"你好了吗？"连川问。

宁谷的情绪一直很低落，在他宣称肚子饿之前。

"好不好也得吃东西。"宁谷说，"我在鬼城的时候，被挂在钟楼上好几天，也照样一顿不漏地吃东西。"

"怎么吃？"连川问。

"钉子找人帮我扔上来。"宁谷随便挑了一条路往前走，反正现在也无所谓了，失途谷主人都见过了，连团长都可能要变成密谋者了，"旅行者可不像主城的人那么没用。"

"上次跟你一起的那个人吗？"连川问。

"那是锤子，是钉子的哥哥。"宁谷说，"我跟他关系也好，但是没有钉子那么好，我这次跑出来，钉子还哭了……"

说到一半的时候宁谷停了下来，没再继续说下去。

沉默地走了一会儿，他偏过头看了连川一眼："你哭过吗？"

"没有。"连川回答。

"那么……疼……"宁谷说，"你那么小的时候，也没哭过吗？"

"没有。"连川顿了顿，"示弱会死。"

宁谷停下脚步，看着他："我知道了。"

连川继续往前走。

"那个人说，精神力还能不能降？另一个人说不能，疼痛值到临界点了。"宁谷追上去，"他们用疼痛降低你的精神力，对吧？太强了那些实验体受不了。"

连川不出声。

"但是又不能一直加强疼痛。"宁谷说，"因为你不肯示弱，超过临界点，你说不定就会爆发。"

"嗯。"连川终于应了一声。

"什么是临界点？"宁谷问。

连川感觉有些不可思议："你不是已经说出来了吗？"

"哦。"宁谷有些迷糊，"哦？"

对话没能再继续进行下去。往前走了一段之后，开始有人出现，有蝙蝠，有流浪汉，都在看上去漫无目的地四处游荡。

走过一个小型的交易厅时，连川正想看看有没有吃的可以交换，宁谷碰了碰他胳膊停下了。

"那个是画吗？"宁谷指着地上一堆东西。

连川看过去，一堆乱七八糟的破烂下面压着一张纸，上面有些彩色的道子。

"那是……"连川还没说完，宁谷已经弯腰把东西都扒拉开，拿起了那张纸。

只是用彩笔随便画的几条道子。

宁谷有些失望地把纸扔了回去。

"你想要什么画？"连川问。

"真正的画，"宁谷说，"有颜色的，能看出是个什么东西的……不是乱七八糟的条条……"

"失途谷不会有的。"连川说。

"为什么？"宁谷皱着眉。

"那是主城特权，像植物和动物一样。"连川说。

"不要脸。"宁谷有些愤然，"一张画，也需要特权。"

"因为没有人会画了。"连川说。

宁谷很失望，一失望就更饿了。

"那边，"连川突然看向一条隧道，"有个酒馆。"

"你要喝酒吗？"宁谷看到了一个很大的酒牌，"我不想喝，太难喝了，甜的水还行。"

"酒馆有吃的。"连川往那边走了过去。

"你有通用币吗？"宁谷问，"你不是说你没有了吗？你居然骗我？"

"没有。"连川说。

"抢？"宁谷立刻来了兴致，一直低迷的情绪终于有了一些回升。

连川没有回答，径直走进了酒馆。

虽然连川没有说要怎么抢，但宁谷对抢东西还是比较有心得的，只要连川的速度能配合上，他们在失途谷抢东西可以所向无敌。

"有吃的吗？"连川站在吧台前。

这个酒馆没有之前碰到诗人的那个高级，服务员的打扮看上去跟普通蝙蝠没什么区别，脸上的金属片都有些锈了。

"要配给还是失途谷特供？"服务员问。

"配给，两份。"连川说。

"十个通用币。"服务员看着他俩。

"没有。"连川说。

宁谷站在后头简直想把连川扔出酒馆，东西还没拿出来，就先跟人说了买不起，这还怎么抢？

下一秒他俩就得被人赶出去！

这什么鬣狗！脑子都不如九翼那个实心的。

"去告诉九翼我们在这里，"连川说，"他会给你赏金。"

服务员盯着他俩看了十秒，转身从后面拿出了两份配给，扔到了他们面前，然后冲他们身后打了个手势。

酒馆里不知道从什么地方冒出来一堆蝙蝠，把酒馆门一关，围在了他们身后。

"行吧。"宁谷点了点头，"你这种抢法比较气派，先把人都叫来了再抢。"

"吃。"连川拿了一份配给打开了。

食物熟悉的形态并没有给他带来什么感动，反倒是想起那些熟悉的日日夜夜让他一阵绝望。

"还挺好吃的。"宁谷咬了一块在嘴里，"走吧，一会儿九翼真的来了，他们熟悉路，黑戒速度还快，打起来麻烦。"

"等九翼来。"连川说。

"别了吧，"宁谷说，"做人不能太过分，九翼欺负一次就差不多了。"

"你要出去，得让他带路，他知道从哪个出口出去安全。"连川说。

李梁的瞄准镜里有一闪而过的橙色光芒，那是巡逻队的武器。

"巡逻队怎么在这里？"他发送了自己的坐标。

清理队接到雷豫的命令，在主城几个失途谷出口和黑铁荒原通道处都安排了人，在非任务时间里轮值蹲守，如果连川出现，要在第一时间发现。

但现在巡逻队的人也出现在了出口附近。

"各点通报一下情况。"龙彪的声音传出来，"巡逻队这个时间不会在D区。"

几个组很快有了反馈，不仅巡逻队，城卫也都出现在了他们蹲守点的附近。

"什么意思？"罗盘问，"这是要抢人吗？"

大家都清楚，连川如果是一个人出来，就意味着他任务失败，而从未失败过的连川，在这样的任务中失败，后果谁也无法想象。

清理队虽然一直不受待见，甚至内部也不见得相互都服气，但维护队友是他们从加入清理队那天起就牢记的训诫，这也是他们能拿下各种危险任务目标的原因。

他们需要第一时间见到连川，如果连川任务失败，他们想在有可能的情况下尽量保住队友。

"过分了吧！"江小敢说，"连川是清理队的人，无论什么任务，难道不是应该先向清理队汇报，再做处理吗？"

"猫在哪里？"龙彪问，"连川跟猫还有一套通讯装置，备用的。"

"你怎么知道的？"李梁问。

"有什么不知道的。"龙彪不爽，"他很高深吗？小伎俩而已。"

"找找老大。"李梁说，"让老大第一时间通知连川外面有城卫和巡逻队。"

28

"还真当失途谷是随便来随便走的地方了？真当自己旅行呢？要不要给你配个导游？"九翼坐在他的铁墩子上，"以为我们蝙蝠很闲？"

"主城你不要了？"宁谷问。

"我看你也不打算分我，旅行者和鬣狗都不讲信用。"九翼看着自己的食指，一下下晃着，银光在指刺上跳跃。如果忽略他没有脑子的事实，看上去还是很有气势的。

"你找个安全的口子送我们出去。"宁谷说，"我说话还是算数的。"

九翼没说话，似乎在思考。

过了很长时间，他才说了一句："说实话，我都不知道我要半个主城干什么，我都上不去。"

"可以把半个主城都变成失途谷。"寿喜在旁边说，"不用上去。"

"有道理。"九翼的指刺在狗头面具上轻轻敲着。

"成交？"宁谷问。

"成交。"九翼说完又看着连川补充了一句，"我是信旅行者，不是信鬣狗。"

"随便。"连川说。

九翼从铁墩子上跳了下来，冲他们勾了勾手指："跟我来，我告诉你们一条绝对安全的路。"

宁谷看了连川一眼，连川没说话，跟上了九翼。

"出去能到哪里？"宁谷问。

"当然是黑铁荒原。"九翼说，"难道你还想直接进主城吗？"

"行。"宁谷点头。

九翼把他们带进了一条隧道，七拐八弯地走了半天，最后停在了一个洞窟面前:"我不带你们过去,你们自己看清了去,我不想去那边。"

"为什么。"连川问。

"那边有个坟。"九翼说,"埋着我不想见的人。"

"谁。"连川又问。

"凭什么告诉你?"九翼瞪着他。

"嗯。"连川应了一声。

"他什么意思?"九翼看着宁谷。

"我怎么知道!"宁谷说,"不告诉就不告诉吧,先说路。"

"这里头。"九翼走进了洞窟。

这个洞窟的入口并不大,看上去很像一个普通交易小屋的洞口大小,但进去了才发现,这是一个巨大的洞厅,并没有别的洞口能出入。

不过连川能感觉到微小的空气流动——这里面起码还有一个隐藏的洞口。

有了之前那个洞口突然消失的经验,连川走进洞窟之后一直留意着身后的动静。

"这是……什么?"宁谷完全没有警惕,只是瞪着洞窟中间一个巨大的用黑色厚布盖着的东西。

"你们很幸运,能看到这东西的,整个失途谷也不超过……"九翼想了想,"也不超过……"

大概是开始在心里数数,这句话他半天也没再续下去。

"打开。"连川说。

"不超过一百个人。"九翼说。

宁谷并不相信,他估计连川也不信,不过从他脸上看不出什么来。

甚至在九翼过去扯着黑布的一角把布拽开,宁谷嘴半张着、吃惊地看着眼前的东西时,连川也还是面无表情。

这是一个无法说清形状的东西,有三人高,主体是四个直立的柱形,柱形之间从上到下,是无数相互贯通的弯曲的圆形管道,管道的粗细不一,中间没有规矩地分布着一个个膨起的小空洞,形状大小都不同。

整个东西通体都发着淡淡的蓝光,跟失途谷这个黑铁世界显得格格不入。

一看就不是九翼的东西。

"这是什么?"宁谷又问了一遍。

"失途谷的地图。"连川说。

"地图?"宁谷愣了愣。

"没错,地图。"九翼围着这个巨大的东西转了一圈,满脸陶醉,"立体的地图,像不像个蚁巢?"

"蚁巢是什么?"宁谷问。

"不知道。"九翼回答得很干脆。

"那你说像!"宁谷莫名其妙。

"做这个东西的人说像。"九翼张开了胳膊,"像个巨大的蚁巢。"

果然不是九翼做的。

"不对啊,你那里不是上大下小的吗?"宁谷指着四个虽然不规整,但还是能看出来上下差不多大小的竖洞。

"这个,"九翼指着其中一个,"做这个地图的时候,我的洞还没有塌,塌了之后才变成现在这样的。"

"为什么会塌?"宁谷忍不住摸了摸旁边的洞壁,"都是黑铁。"

"傻子。"九翼笑了起来,笑声带着尖锐的金属音,"主城都在塌,失途谷当然也在塌,连鬼城都躲不过,哪里不塌?整个世界都会塌掉……"

"从哪里出去?"连川打断了九翼慷慨的演说。

九翼伸出食指,指刺弹出,又继续伸长了一截,然后指着靠近中心一些的一个空洞轻轻一敲:"我们在这里。"

敲击发出了细细的一声"叮",在洞窟里回荡着,轻盈绵长。

连川看了一眼,绕着这个地图慢慢转着圈。

"你们顺着这个隧道走。"九翼的指刺顺着管道一路指过去,"到这里,三岔路走左边,千万别走错,另两条都是通向迷雾岭的……"

宁谷瞪眼看着这个立体地图,因为是立体的,很多隧道和洞窟的位置都相互重叠,他眼睛盯着九翼的指刺尖,都好几次看不清九翼指的是哪里。

"这条别往下走,往下就去吟诵竖洞了。诗人醒了齐航不一定会醒,但是齐航醒了诗人一定会醒。"九翼说,"为了我半个主城,你们离吟诵竖洞远一些。"

"这个隧……"宁谷想要再确定一下。

"继续。"连川说。

行吧,看来连川能记下来。

想到之前连川能把他们走过的路都画出来,宁谷感觉他应该没问题,而且以连川的性格,如果没听懂,是不会允许九翼滔滔不绝的。

宁谷顿时放下心来。

人一放松,脑子就转得慢了,不光九翼后头说的那些路他都没记住,九翼前面说的他也全忘光了。

"走。"连川最后在地图面前转了一圈,经过宁谷身边的时候说了一声。

"记住了?"宁谷问。

"记不住也没办法。"九翼说,"交易里不包括保证你们一定能找对路出去。"

"路上不会有人再拦我们了吧。"宁谷说,"像是上次那个老瞎子。"

"瞎子?"九翼歪头想了想,"哦,你说大炯,只要不到吟诵竖洞的范围,就不会碰到他。"

九翼在地图上比画了一个圈:"他只在这里。"

"大炯?"宁谷没听明白,连川说老瞎子是主城作训部的人,按理说应该有个不这蝙蝠的名字才对。

"炯炯有神。"九翼用手在眼睛前面比了个闪闪发光的手势,"谁管他叫什么。"

"他为什么不能离开吟诵竖洞?"连川问。

九翼冷了下了脸:"这个也不在交易里。问这么多,凭什么回答你?"

"知道了。"连川说。

"知道什么了?"九翼追问。

"他靠诗人的精神力活着。"连川转身走出了洞口。

连川应该是说对了。九翼在身后骂了几句,如果不是要把他的地图盖好,可能还会追出来骂。

宁谷跟在连川身后,走了半条隧道后才压低声音问了一句:"真的吗?"

"猜的。"连川说。

"猜对了吗？"宁谷问。

连川没答话。

"你记住路线了吗？"宁谷想起了此行重点。

"嗯。"连川回头看了他一眼，"出口离主城很远。"

"城卫到不了对吧。"宁谷想要确认。

"城卫不知道这个出口。"连川说。

宁谷愣了愣："意思是如果知道这个出口，他们就会去？城卫不是只在D区外围布防吗？黑铁荒原已经不是主城的地盘了啊。"

"我本来应该在一天之内出去。"连川说，"现在什么都有可能发生。"

宁谷皱了皱眉，难怪连川要找九翼，只有九翼才清楚哪个出口主城不知道。

这么说来，九翼为了这半个主城也是豁出去了，居然把这样的秘密告诉了鬣狗……

是什么让九翼认为可以赌一把他能毁灭主城？

大概是有了九翼的命令，他们一路往出口去的时候，除了普通蝙蝠，没有碰到九翼的亲卫队，也没有跟班。

宁谷跟在连川身后，之前看到地图带起来的些许兴奋的情绪，现在已经慢慢回落。不知道为什么，想到能再进入主城，他有些说不上来的滋味。

出来的时候他没想过什么时候能回去，现在一面焦急地想要回去，一面又开始抗拒。

他害怕。

害怕不知道。

也害怕知道。

失途谷很大，虽然已经看过地图，但宁谷依旧没有一个明确的概念。

主城有多大，失途谷有多大，黑铁荒原有多大……

鬼城呢？

他有点累了，他从没有这么无聊地走过，不停地走，不停地走，这么长时间……不知道为什么，连川也没有拉着他往前飞着走。

一开始身边还有各种各样的人，没有车来的时候热闹，但能看的东西也很多：墙角哼哼唧唧不知道说着什么的人，交易洞厅里因为一小片玻璃打起来的人，还有隔着几条隧道都能听到的斗蝙蝠……

混乱而黑暗，像鬼城，又完全不一样。

毕竟无论是九翼还是诗人，跟团长都是不一样的。

团长……

不知道现在走到了哪里，离出口还有多远。四周已经渐渐没有了声音，没有人，没有货，没有笑骂，什么都没有了。

只有他和连川的脚步声。

而且连川的脚步声很轻，走得挺快的，但不专门去听，就完全听不到。

大概是鬣狗的鞋子比他的高级，没声音，还不累。

"我累了。"宁谷停了下来，"我不走了。"

连川也停下了，回过头。

"还有多远？"宁谷问。

"二十个这么远。"连川说。

"确定？"宁谷愣了。

"可能更远些。"连川说。

宁谷没说话，直接原地坐下了，靠着隧道洞壁坐了两秒，整个人往旁边一偏，躺了下去。

"去前面歇。"连川转身继续往前走，"有个小洞厅。"

"起不来了。"宁谷整个人都提不起劲来。

对于旅行者来说，这样闷头赶路简直是酷刑，他都有种随便找个出口跑出去活就活死就死的冲动。

连川又走了回来，站到宁谷身边，低头看着他。

宁谷被他看得有些发毛："干什么？"

连川没回答，弯腰向他的脚伸出手的时候，没给宁谷任何缩回腿躲开的机会。

宁谷被连川拎着脚踝直接冲出了隧道，回过神的时候已经躺在了隧道那头洞厅的地上，甚至还保持着之前躺地的姿势。

"在这里歇。"连川说。

"你！"宁谷指着他，"你要再这样不打招呼就动手，不要怪我对你不客气。"

"不用客气。"连川坐下了。

宁谷简直想捶两下自己胸口，把堵着的那口气砸出去。

他翻了个身背对着连川，不想骂了，他实在是累。

"饿吗？"连川却突然开了口。

太神奇了。

宁谷本来不想理他，但连川会主动问他饿不饿，他实在忍不住，回过头看着连川："饿。"

连川从外套的口袋里拿出了一盒配给，扔到了他面前。

"哪儿来的？"宁谷从地上一跃而起，抓过盒子看了看，绿白黄三色的小方块，看上去可口极了。

"酒馆。"连川说，"拿的。"

"偷的。"宁谷看着他。

"不吃给我。"连川说。

"吃，吃吃吃！"宁谷赶紧打开了盒子，拿了一块黄色的放到嘴里，"这是什么味道？鬼城做不出这么多味道，我还没吃过这种的。"

"香蕉。"连川说。

"挺好吃的，要说你们主城的人还有什么让人觉得挺好的，大概就是吃的了。"宁谷说，"比我们吃得好。"

连川想说也不是人人都能吃得上，这种配给不知道蝙蝠是通过什么途径弄来的，当然，作训部会往失途谷扔实验体，配给也不是不能送来的东西。

但他没说出这一句，宁谷突然端着盒子蹲到了他面前。

"你拿一块吧。"宁谷说，"按说你的东西，应该你吃两块，但是我实在太饿了，感觉你胃口没我好……"

"我不吃。"连川说。

"不用客气，我也没跟你客气，我吃两块，你吃一块。"宁谷说，"毕竟是你的东西，在我们鬼城……"

"不吃。"连川说。

"不吃拉倒。"宁谷收回了盒子，到旁边坐下，一口气把两块配给都塞进了嘴里。

然后转过脸，对着他一通嚼。

也许是吃了东西，感觉宁谷的情绪有所回升。

他很舒服地往地上一躺，拍着肚子："连川，你说刚那个立体地图，是谁做的？"

"不知道。"连川看着他。

"那九翼说不想见的人，那个坟，"宁谷想了想，"会不会就是做地图的人？"

"有可能。"连川说。

"那人会是主城的人吗？"宁谷偏过头看着他，"我觉得那东西看着就不像失途谷的东西。"

"嗯。"连川往后仰了仰头，靠着洞壁，"那个光……"

"对！"宁谷一扬胳膊指着他，"你不说我都没想起来，那个蓝色的光，是不是跟你们鬣狗队……清理队的武器是一样的？"

"嗯。"连川应了一声。

"但那个人应该不是齐航，九翼对齐航的态度不怎么好。"宁谷皱了皱眉，"也不是那个大炯，那人没死呢……你说，主城除了流浪汉，到底还有多少人进了失途谷？"

"我一直以为你不想事。"连川说。

"怎么会，我最喜欢想事。"宁谷笑了笑，枕着胳膊，看着洞顶，"你知道吗，鬼城风特别大，每天，每时每刻，都在刮风……我特别喜欢在风里想事，想了什么，风一吹，就散了，谁也不知道。"

连川侧过脸，思考对于他来说不是一件愉快的事，他必须少想，想得越多，质疑就越多，质疑是最危险的，质疑会动摇一切信念。

"但是风从哪里来的啊？吹到哪里去了呢？"宁谷问。

"我不知道。"连川如实回答。

"他们都说世界会毁灭，已经毁灭好多次了，黑铁荒原在坍塌，主城在坍塌，鬼城说不定也在坍塌，为什么？"宁谷轻声说，"塌来塌去，那我们是什么？我们为什么在这里？我们要干什么？"

　　所有人都习惯于眼前的生活，我们来，我们去，我们这样活是因为我们这样活，世界是这样是因为世界是这样……

　　可是为什么？

　　"连川，我问你。"宁谷说。
　　"问。"连川看他。
　　"如果有一天世界毁灭了，塌了，"宁谷说，"你最想做的事是什么？"
　　"看着。"

29

这是第七个大洞厅，空无一人，连曾经有人存在的痕迹都找不到，连川看了一眼，转进了右边第一条隧道。

这条隧道很长，一直往上慢慢延伸，是去出口的路上最长的一条直的隧道。

失途谷是个有些奇特的地方。

明明是往出口走，却越走越像是走向深渊。

不再有人，不再有声音，空气的流动都变得缓慢，偶尔会有一种连自己也不存在了的错觉。

连川对这种状态很警惕，封闭的、安静的、无休止的、重复的，都会让人在无意识的状态里慢慢疲惫，注意力渐渐涣散。

他回头看了宁谷一眼，宁谷的视线停留在他右前方，并没有跟他对上。

等了一秒钟之后，宁谷的视线依旧没有收回来，他立刻抬起了手。

在准备往宁谷脸上拍过去的时候，宁谷突然脚步一停，猛地向后退了好几步，指着他："你干吗？"

"以为你……"连川没有说完，转头继续往前走了。

"以为我要迷失了吧？"宁谷笑了起来，"我就是在感觉。"

"嗯。"连川应了一声。

"不问问我感觉什么吗？"宁谷问。

"饿了吗？"连川问。

"……不是。"宁谷叹气，"我没有那么容易饿，我是在感觉这条路，是不是方向错了，不是跟拐弯之前的路是反向的吗？"

"这条路在上面。"连川说，"往上走的。"

"哦。"宁谷走了几步，"难怪我觉得走得这么累呢。"

连川停下了，看着他。

"不是要休息的意思。"宁谷说。

"你可以在前面休息一下。"连川说。

"我没说要休息！"宁谷加快脚步，冲到了他前头。

虽然说了不需要休息，但在走完这条漫长的直隧道之后，连川还是在一个双层的洞厅里停下了。

"你在这里休息。"他说。

"我说了不需要休息。"宁谷说完突然感觉不对，"我在这里休息？你呢？"

"我去上面看看。"连川说。

"我也去。"宁谷马上说。

连川没出声，抬头往上看了看。

"去上面看什么？"宁谷又问。

"那个坟。"连川说。

"我也去。"宁谷又重复了一次。

连川没再说什么，抬头看了一会儿。

"怎么了？"宁谷也跟着抬头。

这个洞像一个胖了的"8"字，他们在下面，上面还有一圈小洞窟，但看不出哪里有坟。

其实坟这个说法本来就挺奇怪的，除了主城，黑铁荒原和鬼城都没有坟这种东西。鬼城的金属坟场也不会真的埋人，而主城，更不会有什么地方来埋葬，听说到岁数的人排着号去销毁……

"坟在哪儿？"宁谷问。

"不知道。"连川说着抬手在空中划了几道，"不过这一部分空洞特别大，隧道也没有交汇，有很大一个什么都没有的空间。"

"我没看懂。"宁谷说，"之前那个立体的地图，我根本都没看清。"

"不知道九翼是不是有个弟弟。"连川说。

宁谷愣了一下笑了，笑完又很吃惊地看着他："连川？"

连川看他。

"是你吗？小喇叭？"宁谷用手在他眼前晃了晃，"你还会开玩笑啊？"

"跟好我，万一有什么情况，太远了我照顾不到你。"连川跃起，攀到了洞壁上，两下爬到了上面那一层。

爬这个对于宁谷来说算是小菜，虽然到上层有一段是跟地面平行的，需要靠手的力量攀着缝隙，不过他从小在金属坟场和垃圾场各种爬，这段他直接使劲一跳，就到了上层的边缘，往上一撑就上去了。

这种情况下，自己跟最强鬣狗也没有什么差距嘛，甚至更快。

上层一圈的小洞窟都是空的，没有人，也没有任何东西。

他跟着连川走进一个小洞，然后穿了过去，又走了几个隧道加小洞厅之后，连川停下了："这外面，都是空的了。"

"你说，这边都没人了，是一直没有人，还是后来才没人的？"宁谷东张西望地看着四周，"如果是后来才没人的，为什么？人呢？是跟主城一样吗？但这里也没有塌啊……"

连川从来没有面对过这么多为什么，他的为什么早就已经停在了记忆深处，放在系统不会重置，却也不会再轻易被自己想起的地方。

为什么？

他想要快点把宁谷送出去，宁谷的思考让他不安。

但他也并不会阻止宁谷开口，宁谷的所有为什么，都是他脑子里被压下去的转瞬之间。

这个洞厅只有两个口，四周对称着有几个洞，从外面看洞里面都不大。

失途谷里能看到内部的只有竖洞四周的那些半洞，别的地方，隧道里，洞厅里，一个个小洞窟里，都没有能看到岩壁另一边是什么的"窗口"。

而地图上，这个洞厅四周有巨大的空间，没有隧道经过，九翼的指刺在划过这里的时候，有一个轻微的跳跃，可能他自己都没有觉察到。

但连川能肯定这外面有什么东西。

"我们要找什么？"宁谷问。

"找个开口，"连川说，"能看到外面的。"

"好。"宁谷转身就准备分头行动。

连川一把抓住了他的胳膊。

宁谷盯着他看了一眼，点了点头："知道了，跟紧你，要不我死了没人救。"

"死了肯定没人救。"连川说，"没死才有人救。"

宁谷顿了顿："知道了。"

对称排列在四周的小洞窟一共六个，相对失途谷别的地方显得格外整齐，一点都没有失途谷本来的那种粗放原始的气质。

前四个洞都平平无奇。

连川走进第五个洞的时候，站在洞窟中间，没有马上出来，抬头看着上方，似乎定格了。

"有什么？"宁谷马上跟了过去，但他并没有马上抬头看。

万一连川是突然看到什么迷失了，他不能也跟着往上扑。

所以他先看着连川的脸："哎，连川？"

"是这个。"连川还是看着上面。

"你还好吗？"宁谷控制着自己强烈的好奇，坚持又问了一句。

连川收回了视线，看了他一眼："没事，就是这里了，九翼说的坟。"

"我看看。"宁谷都没等他话说完，迅速地仰头往上看了过去。

洞顶居然有一个不大的开口，也就一米见方吧，但因为洞也不高，从这里看出去，能清楚地看到外面很大一部分了。

虽然都是黑的，连从缝隙里透出来的红光都没有。

但空中有一片柔和的亮光。

"那是个……"宁谷吃惊地张着嘴，找了很久才找到了一个陌生的词，"棺材吗？"

"是。"连川也再次仰起了头。

那是个很大的透明的棺材，悬在空中，发出淡淡的柔和的白色光芒，不算明亮，也不晃眼。

而棺材里面，并没有那个九翼"不想见的人"。

没有人，没有任何东西。

但却有别的。

蓝色，不是清理队武器的那种蓝色。

很淡，淡得仿佛一阵轻轻的风、一抹亮一些的光，都会让这蓝色消失。

宁谷从来没有见过这样的蓝色，蓝得很遥远，蓝得空荡荡，蓝得像是呼吸都透亮，还有白色的一团团的雾，轻盈地缀在这柔软的蓝色上，缓缓飘动。

两个人不知道看了多长时间，连川闭上眼睛，低下头。

脖子酸了，他捏了捏自己的脖子后面。

转头看宁谷的时候，他还半张着嘴，仰着头。

"宁谷。"连川叫了他一声。

宁谷没有动。

连川伸手想拉他一把的时候，宁谷眼角滑出了一滴泪。

"宁谷！"连川突然感觉不安，托着他后脑勺用力往前一推。

宁谷往前跟跄了两步才停下来。

转过头的时候脸上还带着些许迷茫，眼角的泪痕也还在。

"你没事吧？"连川看着他。

宁谷先是愣了愣，然后靠到旁边洞壁上，过了一会儿才摇了摇头："没事。"

"你哭了。"连川说。

"是吗？"宁谷赶紧抬手在眼睛上摸了摸。

连川看着他，感觉应该是没事。

"我大概是……"宁谷抹了抹脸，转头看着他，"真好看啊，是不是？"

"嗯。"连川应了一声。

"那是什么？"宁谷问。

"我不知道。"连川说。

"那是黑雾外面的东西吗？"宁谷问，"我从来没有见过这样的东西，听都没有听说过。"

连川转过身慢慢走出了洞窟："走吧。"

一路宁谷都没有再说话。

他沉默地跟在连川身后，连川几次回头，他都只是低头往前走。

连川第不知道几次回头的时候，宁谷抬起了头："你是怕我死了还是怕我迷失了？"

"我怕你再哭。"连川说。

"自己没哭过还不让别人哭了？"宁谷说，"我就感动了一下，总不能一直哭吧，小孩子都没有哭这么久的啊。"

"嗯。"连川转头继续走。

他不知道鬼城是不是有很多小孩子，但主城不太容易见到孩子，最近一次见到孩子，还是上次去中心学校处理BUG的时候。

但也只是远远扫到一眼，十几个孩子。

小孩子会不会哭这么久，他真的不清楚。

"总有一天，"宁谷在他身后说，"我要去看看。"

"去哪儿？"连川问。

"黑雾外面。"宁谷说，"没有雾，没有风，有光，有很多颜色，一定会有这样的地方，就在黑雾外面。"

"嗯。"连川应了一声。

"你想去吗？"宁谷问。

连川没有说话。

在最后一个洞厅停下的时候，一直不吭声不知道在想什么的宁谷一下坐到了地上，顺势又躺下了。

还拉长声音喊了一声："啊——"

"怎么？"连川被他喊得有些紧张。

"累死了。"宁谷摊开胳膊，"又累又饿。"

"快到了。"连川说。

"是吗？"宁谷看着他，"你不是说要走很久吗？"

"已经走了很久。"连川说。

"啊……"宁谷叹气，"难怪我这么累。"

连川掏了掏外套口袋，拿出了一个小盒子，扔到了宁谷肚子上。

宁谷摸起盒子看了一眼，震惊地一下坐了起来："配给？"

"嗯。"连川点了点头。

"你到底偷了多少盒啊？"宁谷一边震惊地问，一边震惊地打开了盒子，拿起一块就震惊地塞进了嘴里，"是不是还有？"

"拿的。"连川说。

"行行行，拿的。"宁谷点头，"拿了多少盒？"

"两盒。"连川说。

"给，"宁谷坐着蹭到他旁边，把盒子递了过来，"吃一块，不，你吃两块吧，你一直没吃东西。"

"我回了主城就有东西吃。"连川说，"你没有。"

宁谷看着他："这有什么好炫耀的？了不起啊？"

"有机会你去问问九翼。"连川说。

"……什么？"宁谷愣了愣。

"他是不是有个弟弟。"连川说。

宁谷把三块配给都吃了，并没有再让连川吃，连川在身体机能这方面给他的感觉尤其像个机器人，难怪会是非规计划的前驱体。

虽然三块配给对于宁谷来说也就是个意思，但吃完还是感觉整个人都恢复了不少，能量肯定比鬼城自制的那些食物要强，味道也好不少。

想到鬼城，他又忍不住皱了皱眉。

团长回来找不到他，肯定会大发雷霆，钉子会不会遭殃？

他会不会被再次挂到钟楼上面？

不，应该不会了吧，如果他带着对团长的质疑回到鬼城……

"这个你拿着。"连川递了个卡片过来，"我的身份卡。"

"什么？"宁谷看着他。

"到出口以后，我先出去。"连川说，"无论发生什么，你都不要出来。你自己算好时间，等一天再出来。"

"为什么？"宁谷愣住了，"我们不一起出去吗？"

"安全起见。"连川继续说，"你自己去找出站口，记住车没有来之前你不要出现，主城不会再轻易相信我。"

"相信你什么？"宁谷说。

"说你被诗人带走了。"连川说。

"但是……"宁谷拧着眉，他怎么想都觉得这个事连川太冒险，有点有去无回的架势，他指了连川的脑袋，"他们会不会……"

"我有办法。"连川说。

"什么办……"宁谷话没说完，被连川打断了。

"车不知道什么时候来。"他说，"如果时间太久，老大会去找你，把你带进主城，你拿我的身份卡……"

"会被发现吧？"宁谷担心。

"我只要不挂失，就不会有人查。"连川说，"我平时用不上身份卡。"

"……哦。"宁谷捏着连川的身份卡，犹豫了很久，小心地放到了自己鞋子内侧的小袋子里。

连川没再说话，往后靠在了洞壁上，闭上了眼睛。

宁谷愣了很长时间。

"你为什么这样？"他还是忍不住又问了一句，"如果你想要我帮你，跟我一起逃了就行，然后可以慢慢试。你那个记忆是怎么回事？当然，如果团长的事你骗我，你就完……"

"不够。"连川闭着眼睛。

"什么不够？"宁谷问。

"你是不是有很多为什么。"连川说。

"嗯。"宁谷想了想，"是很多，不过以前都不会问，问了也没有答案。"

"我这一生，"连川低声说，"就是个为什么。"

第四章

Melting City

小喇叭和小铁球

30

老大站在失途谷深入主城内部最多的那个出口对面的楼顶上。

出口四周除了零星跑过的D区落魄人口，再没有别的行人，看上去寂寞而破败。

不过此时从这里经过的行人，如果感知灵敏，应该能体会到强烈的安全感。

六个城卫守在附近废弃的楼里，站在窗口旁边，在瞄准镜后盯着周边的一切异常。

一只狞猫大模大样地站在楼顶上，这个异常早就被瞄准镜后的人看到了。

不过它是无所谓的，狞猫不受任何限制，狞猫是唯一一个经过管理员亲自签字批准重置的……动物。

虽然它仅凭自愿以连川和参宿四的搭档这个名义存在，但不隶属于任何机构，不听命于任何人。

很多人会觉得这样的存在没有意义，它甚至不记录在主城的名册上，如果有一天它消失，主城系统里也不会有它的任何记录。

狞猫只是一个从未存在过的动物。

但"自愿"两个字，对于它来说，重于一切权力和利益。

而对于连川来说，应该是一个也许曾经想过却肯定已经放弃了期待的词。

老大的爪子在楼顶边缘蹭了蹭，身体微微向后一收，跳了下去，悄无声息却又引人注目地落在了街道正中。接着它从出口前跑过，转过一个拐角，跑向了下一个出口。

所有失途谷出口都有清理队的人，但巡逻队和城卫也都以隐蔽的方式蹲守着。

大家心知肚明，一旦连川单独出来，他可能连解释的机会都没有，而此时能够跟他第一时间取得联系的，只有老大。

老大出现在哪里，哪里就有可能是连川的目的地。

所以老大出现在了每一个出口。

跑一跑，跳一跳，伸个懒腰，磨磨爪子，还挠了两次痒痒。

"狞猫到底要干什么？"萧林看着屏幕上系统传回的信息，狞猫的足迹踏遍失途谷全部出口，仿佛在给系统画地图。

而且连续两天，走的路线还都不一样，系统计算可知，一次是用时最长的走法，一次是用时最短的走法。

"迷惑我们。"刘栋说。

"有没有异常？除了狞猫。"萧林用通话器问了一句。

巡逻队的队长给出回应："没有异常，但是……清理队十分钟前收小了埋伏圈。"

"连川要出来？"萧林问。

"不像。"那边回答，"像是要抢在我们前头。"

萧林切断了通讯，转头看向身后："清理队这种行为，雷队长知道吗？"

春三叼着烟坐在沙发里，不急不慢地说："雷队长已经避嫌请假，武器和通讯装备都交回内防部，人一直在睡眠仓里，所有情况只上报给代理队长。"

一旁站着的刘栋冷笑了一声："代理队长刘栋目前连一条反馈也没有收到。"

"跟上面汇报，取消雷豫的请假申请。"萧林说。

"避嫌请假附带三天冷却期。"刘栋说，"现在取消不了。"

"清理队是要集体抗命吗？"萧林看向春三，声音里带着明显的怒火，"雷队长调教得真是不错啊。"

"过奖，尽最大可能保护队友是清理队纪律第一条。"春三弹了弹烟灰，"看萧长官这么羡慕，治安队和巡逻队的队员大概是没有这种要求，毕竟平时也碰不到需要把命交在队友手里的局面。"

"你什么意思？"萧林转过了身。

"我的意思是，请萧长官分清公私。"春三掐灭烟头，声音也冷了下去，

"虽然雷豫是我丈夫，但我只是一个技术员，我在这里仅仅是为你们提供与连川相关的信息支持。"

"休息一会儿吧。"刘栋在萧林开口之前拦了一句，"自从旅行者驱逐战之后，三方就没有再合作过，有点矛盾也正常。"

"我也提醒您一句，"春三起身，"这是两方合作。"

没等两人再说话，她转身走出了房间。

"就是这里了。"连川停下了脚步，"前面是出口。"

宁谷往前看了看，这条隧道的尽头只能看到黑色，判断是出口的唯一方式，就是那边已经没有了失途谷洞壁缝隙里的暗红色光芒。

哦，还有流动的空气从脸上扫过。

"你现在出去吗？"宁谷问，"主城现在是什么时间？"

"什么时间都差不多。"连川看了他一眼，"千万不要跟出来，听到什么都不要出来。"

宁谷皱了皱眉："你不是说这个出口主城不知道吗？说得怎么好像出去就要死一样……"

"就是让你谨慎。"连川边说边开始脱衣服。

"换回你的鬣狗服？"宁谷鄙视地看着他，"嫌弃到这种程度吗，蝙蝠找来的衣服也是新的。"

连川没说话，从包里把制服拿了出来很快穿好，之后在腿侧按了一下，衣服上闪出了几点蓝光。

"知道了，"宁谷点了点头，"你这衣服能帮忙。"

"我说的话记住了吗？"连川问。

"记住了。"宁谷挥挥手，"走吧走吧，我又不是九翼。"

连川没再说别的，转头往出口走过去。

宁谷看着他的背影，突然感觉有点孤单。

他不知道车什么时候会来，也无法预估连川出去之后会发生什么样的事，接下去他要在这个陌生的世界里，独自面对一切未知。

他张了张嘴，想要跟连川道个别，或者说句小心之类的，但话还没有出口，连川已经突然加速，几个蓝色的光点划出长长的轨迹，消失在了黑暗里。

宁谷叹了口气，现在不赶路了，也没车来，按连川的指示，他得在这里待上一天，确定外面安全了才能出去。

时间一下多得让人有些茫然。

这里跟鬼城不同，在鬼城，他可以一整天都在垃圾场和金属坟场东游西荡，爬到高处吹吹风，甚至冒险去舌湾，想些永远没答案的东西。

在这个陌生而危险的地方，他除了警惕四周安静等待，再没有别的事能做。

为了打发无聊，他坐到了地上，拿过连川扔下的衣服，胡乱卷了起来，准备出去的时候带上。谁知道在这里还要待多久呢。

卷了两下，宁谷发现衣服里有硬的东西，又飞快地把衣服抖开了。衣服的两个兜里都有东西。

按理说连川基本没有私人物品，这衣服里除了放过两盒偷来的配给……

他摸到了右边口袋里的一个盒子。

配给？

震惊之中宁谷抽出手，看到了手里装着配给的一个小盒子。

"搞什么鬼？"他赶紧又掏了一下另一个口袋，同样的小盒子。

两盒配给，都没有打开过。

连川这个狗！居然偷了四盒！

脚下的地面跟平时的感觉很不一样。

主城的地面平整，每一寸都带着人工痕迹，而黑铁荒原却是一片原始的荒芜，脚下是坚硬的黑铁，有尖锐锋利的刀刃铺地，也有拔地而起的盾墙当道。

哪怕这里曾经是主城的一部分，有着人工日光，有着无数居民，现在却像是被原始吞噬，除了接近主城的地方还能看到残垣断壁，黑铁荒原的腹地早已经抹掉了所有文明的痕迹。

没有光，连川只能靠遥远的主城已经进入黄昏的暗淡日光辨认自己行进的方向。

比他想象中要好一些的，是这个出口的确是主城没有发现的出口，九翼没有骗人。

这至少给了他选择的机会——选择从哪个方位进入主城。

他需要从距离城务厅最近的地方进入。

左侧前方有响动。

没有了护镜，连川无法在黑暗里扫描到目标信息，只能第一时间从腰侧拿出了备用刀。

腿侧的接收器响了两声，短促的鸣音让他猛地松了口气。

"老大？"他停了下来。

一个黑影跃出，他听到了老大低沉的喉音。

"你怎么过来的？"连川往四周看了看，他以为老大就算要过来，也不能走到这么深，甩掉巡逻队和城卫的监视并不容易。

他拽过老大的爪子，不用看就已经摸到了肉垫上的破损，几道被锋利黑铁划开的口子。

老大是一路飞速跑来的，正常走不至于伤这么深。

老大抽回爪子，鼻子在连川手上轻轻碰了碰。

"我没事。"连川看着远处的光，"我要去城务厅。"

老大走到了他腿边，他摸到了老大身上挂着的一个通话器。

这是清理队的通话器，他之前一直用的那个，还有护镜。

连川把护镜和通话器戴上，这两个东西在这里跟主城系统还无法联通，但护镜可以提供基础的目视和扫描功能。

老大带来的这两件装备有着明显的含义。

清理队的人会在主城接应他。

"我自己过去，你避开风头。"连川在老大肩上按了按，"如果车这几天没有来，你要去接宁谷。"

老大鼻子里喷出了一口气。

"他很重要。"连川说，"无论如何，他不能落在主城手里，他活着我就不会死。"

老大用头顶了他小腿一下，表示知道了。

"我过去了。"连川说，"老大。"

老大的爪子抬起，在他鞋上踩了踩。

他也握拳，在老大的爪子上压了两下。

连川身上没有武器，也没有了外骨骼。

再次碰到人的时候，他面对的可能就是连说话机会都没有的战斗。

除了记忆里那些充满了痛苦的残酷训练，他还从未在实验室以外的地方这样战斗过。

没有火力，没有辅助，只有自己。

前驱实验体。

为了不连累清理队，不连累雷豫和春三，他必须在最短的时间里到达城务厅，用他最后的办法，争取到说话的机会。

"老大在哪里？"李梁在通话器里问。

"没有消息，今天没有看到它。"江小敢说，"会不会已经找到人了？"

"它带了通话器。"龙彪说，"不要占用清理队私密频道就可以。"

"刘长官会不会找雷队长麻烦？我们一直都假装听不到他的命令。"路千说。

"雷豫也不是好惹的。"龙彪说，"再说了，清理队每天干的都是什么脏活，谁能替得了他？"

李梁正要说话，通话器里传来了滴滴两声。

"私密频道接通！"他喊了一声，在隐蔽着的破房子里一跃而起，踢开了旁边挡着A01的门板，跨了上去。

"我从D区A1口进城。"连川的声音传了出来，"我要去城务厅。"

"几个人。"龙彪问。

"一个。"连川回答。

"路线上传给你。"罗盘说，"我们马上过去。"

"要快。"李梁说，"抢在他们前头。"

"不要过来。"连川说。

"你算个屁！"龙彪说，"这种时候要什么主城最强的威风！"

清理队的几十辆A01突然从蹲守地同时轰鸣着冲上街道，完全不顾忌居民围观，是主城从未有过的场面。

城卫和巡逻队都没有反应过来。

A01是主城最好的机动设备，只有清理队人手一辆，毕竟干的活最见不得人，需要最快的速度和最强的机动能力。

"跟上他们！"萧林站在屏幕前看着闪着蓝色光芒的几辆A01从画面上呼啸着一闪而过，冲着通话器里一声怒吼，"他们要去哪里！"

"无法判断！"通话器里巡逻队队长语气同样愤怒，但是又带着几分无奈，"A01的速度……"

"追！他们肯定同一个方向！"刘栋说，"提前阻止，加强主城外围扫描，连川肯定马上就要进城。"

"代理队长，你在命令巡逻队和城卫？"萧林看着他，"你现在是不是应该先下令让清理队那帮疯狗停下？"

"要不你来代理这个队长？"刘栋说。

"怎么回事？"门被推开，陈部长急匆匆地走了进来，"鬣狗满大街跑，居民全出来看了！"

"您还真坐得住，现在才过来。"刘栋说。

"扫描到连川信息。"一个技术员喊了一声，"已经冲破D区A1路口，城卫死亡两名，没拦住。"

"没拦住？A1四个组的城卫，没拦住一个没有装备的连川？"萧林看向陈部长。

"那可是连川。"陈部长摸摸下巴，"拦住了才是不可思议。"

"您还挺高兴？"萧林指着屏幕，"他这是要带着那帮鬣狗直冲城务厅，您现在可就在城务厅呢！"

"春三，"陈部长说，"你能拦得住他吗？"

在后面沙发上靠着、一直没有出声的春三站了起来："我说过，他不想死，只要他认为生命受到威胁，就谁也拦不住，他必须掌握主动，这就是必然的结果。"

"试试吧。"陈部长说，"我去跟内防部通个气，这种状态，搞不好两败俱伤，宁谷还不知道在哪里，连川一旦鱼死网破，大家都一场空。"

这几天清理队已经把巡逻队和城卫的蹲守位置摸得差不多了，虽然现在对方已经知道了清理队的目的和路线，人数也大大超过他们，但清理队已经抢到了先机。

跟连川汇合的时候，清理队在人数上不会太吃亏。

没有了雷豫和连川的清理队，在龙彪和李梁的指挥下向城务厅A1路线包了过去。

没有人质疑这次行动，没有人提到"后果"。

但他们也知道，龙彪和李梁把整个清理队都拉进了这次行动，就是想要所有人齐心合力，避免"后果"。

心照不宣的记忆重置，在面对如此庞杂的信息和如此众多的参与者时，是无法完美实施的。

连川穿过一栋三层居民楼的天台，一跃而下。

前方道路的尽头，出现了几辆熟悉的A01，而他冲过去的时候，右边岔路闪出了一片橙色的光芒。

他猛地在空中旋转了半圈，避开了第一次攻击，第二发攻击擦着他的大腿掠过，身后的一堵围墙轰然倒塌。

第一辆冲到连川身边的A01是李梁的，他身后紧跟着龙彪的车。

"上来！"李梁喊。

连川正要上车，一束橙色的光扫了过来，龙彪迅速开启了护盾，却没能完全挡掉攻击。

正在掉转车头的李梁被扫中了右肩，连人带车翻倒在了地上。

巡逻队的人使用的不是常规治安武器，而是致命武器，李梁的整个右肩都呈现出了黑色的碎片化。

龙彪怒吼一声，举起了手里的武器。

但没等他瞄准，连川已经像一道看不清的影子，冲进了岔路。

再从瞄准镜里找到连川时，他已经一刀扫过两个巡逻队队员的胸口，刀尖没入了队长的脖子。

这一刀不致命，但以连川的速度，在任何人开枪之前都随时可以致命。

"动你就死。"连川一手握着刀，一手取下了巡逻队长的通话器，"萧林。"

"在。"通话器里传来萧林的声音，"你要敢动我的人，今天你就没法活着离开那里。"

"已经动了。"连川说，"接下去还有谁拦我，都死。"

31

　　宁谷躺在隧道中间已经很长时间了，他没有连川本事大，现在过了多久他也弄不清，又没有一日三餐做参考，只能大概估计有十几个小时了。
　　因为他已经非常饿了，起码两顿没吃的那种饿。
　　他摸出一盒配给，打开拿了一块出来。
　　这时候他才算是明白了连川的苦心，要是一开始就知道有四盒配给，可能没走到出口就已经被他吃光了。
　　当然，也很有可能是连川根本就忘了自己偷了四盒。
　　不过这种计划着吃东西的方式，对于宁谷来说，还是很有帮助的，起码能撑到出去。
　　只是外面能去哪里找吃的，还不太清楚。
　　主城防卫森严，尤其是现在他们只找到了连川一个人。
　　他出去之后，不光要找吃的，还要躲避各种主城武装，自己的能力又飘忽得很，至今不知道激发条件和方式，更不知道有什么用……
　　"玩屎去吧"用了两次，一次有用，一次没用。
　　不敢再用第三次，剑拔弩张之时如此侮辱对手，万一还没起作用，简直是加速死亡进程……
　　管他呢，想这么多也没用，出去了再说。

　　吃完一盒配给，宁谷躺回地上，慢慢蹭着往出口方向靠近。能看到外面的黑雾时，他停下了，又慢慢蹭回了隧道中间。
　　极度无聊中他蹭了大概有十几个来回，感觉衣服都磨破了，才停了下来。
　　困了。
　　他闭上了眼睛。
　　不知道连川现在怎么样了。

还活着吗……

被抓住了吗……

不对，他就是出去被抓的。

那现在他达到目的了吗？

抓住以后会遭罪吗，有饭吃吗……

"连川要见陈部长。"萧林皱着眉，"城务厅外层防御已经部署，不过我建议还是不要去。"

"我得去。"陈部长整了整衣服，"事情总要解决。"

"我们这次行动的目的就是要弄清连川在失途谷做了什么。"萧林说，"他能全身而出，肯定有原因，无论是精神力强大还是别的，他必须在第一时间接受记忆清查，您有异议吗？"

"理论上是这样。"陈部长回答，"但眼下强制手段不是最佳选择。"

萧林没有说话，这个理由无法说服他。

主城一直想改变受制于参宿四唯一性的局面，彻底清除连川作为无法复制的最强个体的失控隐患。

找到替代品，毁灭连川，宁谷是最大的希望。

连川接到哪怕进入失途谷也要把宁谷带回来的任务时，就已经清楚了这层关系，所以他不会轻易把宁谷交给主城，更不会把宁谷留给诗人。

他不仅要证明自己无可取代，还要清除一切威胁到自己的障碍。

这几天巡逻队和城卫的部署，也就是为了第一时间控制连川，取得第一手信息。

现在连川突然一个人出现，明显是已经跟宁谷达成了某种共识，也有一定可能性是他已经除掉了宁谷。所以找到宁谷的最直接手段就是对连川强制清查记忆，甚至直接将连川摧毁以绝后患。

连川要自保，最好的办法就是远离主城，不接受清查。

但目前得知的情况是，他在已经脱离了主城控制的情况下拼死回来了。

为什么？

而陈部长始终置危险于不顾，坚持要先跟连川面谈……

只是一句强制手段不是最佳选择，很难让萧林接受。

"为什么？"萧林说，"我需要一个理由。"

"在确定连川能被取代之前，他就是唯一。"陈部长说完转身向门口走去。

刘栋一言不发，跟在陈部长身后。

萧林看着两人的背影："我现在有理由怀疑。"

刘栋脚步顿了顿，但陈部长依旧向前没有停留。

"城务厅和作训部，"萧林说，"对内防部有所隐瞒。"

"萧长官，"刘栋转过头，"各司其职，不要凭空想臆断。"

连川的刀尖还插在巡逻队队长的脖子上，黑色的刀口清晰可见，队长为了避免刀尖移动带来的伤害，走得很小心。

连川从未细看过伤口，控制、击杀、摧毁、回收，他完成过各种程度的任务，却从未细看过伤口是如何慢慢扩大，人又是如何在瞬间化为碎屑。

他刻意回避一切会影响他判断的细节，保持清醒。

巡逻队跟清理队素来没有交集，他甚至不知道这位队长的名字。

现在是他面对控制对象时间最长的一次，从C区A1路口，到A区A1路口。

街上的行人已经被清空，人们睁着眼睛躲在窗帘和门缝后。所有路口都闪着橙色和红色的光，城卫和巡逻队的增援已经赶到，除了庆典日，平时主城酒馆的灯都闪不出这样耀眼的光芒。

蓝色的光在所有建筑的上方，A01悬浮在空中，清理队员一路跟着。本来就是主城不可见光的特殊队伍，有了之前李梁受伤的经历，他们的武器已经全部打开，任何击杀都会让他们集体开火。

连川知道陈部长会同意见他，大概能猜测两点。

除了非规计划合作之外，跟鬼城有着另一项合作的，是城务厅、内防部、作训部三方中的一方或两方，如果三方都知情，他可能不会有机会到达这里。毕竟没有装备也没有任何辅助，全体城卫和巡逻队出动，就算有清理队，也会是一场恶战。

而这个秘密实验的合作，陈部长如果没有参与，就是已经在怀疑，需要抢在对方之前先跟他谈。

不过连川另有计划，他不愿意再一次次被这些人牵着鼻子走了，他这一生就是努力地证明自己合格，证明自己的存在有主城需要的价值，而当最终需要他用生命去证明的时候，也就是他走出的最后一步。

任何威胁我生命的可能，都是要被清除的必然。

现在身后的每一寸，都是死亡。

你们刻在我身上的安全法则，我会执行到底。

左方二楼的房间有橙色光芒一闪，这不是跟着他的移动而变换角度的闪光，是武器进入最后一档，待击发时发出的光。

连川没有犹豫，抓着巡逻队队长的衣领往后一拽，从右后方抬膝，踢在了队长右臂上，固定在手臂上的武器跟着一同被他踢起，在空中划了半圈指向了左侧。

队长还没有来得及做出任何反应，连川的手已经握在了他手上，按下了武器的击发按钮。

橙色的光束射向二楼窗口，发出一声巨响。

现场一阵骚动，清理队在两侧空中的队伍迅速向连川四周收拢，所有的武器都举了起来。

队长的通话器里传来萧林的声音："没有命令不要动手！"

连川松开了队长的手。

陈部长站在城务厅门口，偏过头看了一眼旁边的萧林："让你的人不要再轻举妄动，没有人比连川快，不要白白浪费资源。"

"知道了。"萧林沉着声音。

连川出现在了城务厅门口的小广场上，没有选择旁边的小路，他走在了正中间的大道上，对着城务厅正大门。

"启动吗？"身后的技术员问。

"启动。"陈部长慢慢走到门外，看着在巡逻队队长身后一步步走过来的连川。

连川推开了巡逻队队长，把刀收回了腿侧。

他现在跟陈部长的距离，已经可以在任何武器击发之前一击致命，没有人

- 240 -

会再冒险攻击他。

他迈步上了台阶。

陈部长平静地看着他。

脚落到第三级台阶上时，连川突然感觉到了从脚下传来的剧痛，这种能迅速蔓延全身的、熟悉的、醒着的时候都犹如噩梦的疼痛，带来的是能把连川拉进深渊的记忆，那些刻在他骨头里的每一次训练时的恐惧和绝望随着这疼痛瞬间袭来。

他踉跄了一下，一条腿跪到了台阶上，手撑着地，冷汗大颗大颗地滴在了地面上。

春三站在远离大门的位置，只能隐约看到连川的身影猛地一顿。

训练装置被放在了大门外并且启动完毕，一旦连川踏上，当初永无尽头地训练带来的巨大的痛苦就会重新袭来。

陈部长认为无论连川要见他的原因是什么，都需要让连川清楚地找回自己的定位，无论他在失途谷经历了什么，有了什么样的改变。

现在这个敢冲进城务厅，敢要挟主城的连川，需要在这份痛苦里找回自己作为"参宿四唯一契合者"的身份认知。

"啊——"宁谷抱着头，在地上团成了一团。

全身上下像是被撕碎了一样的剧烈疼痛让他连呼吸都开始困难，甚至狠狠撞在洞壁上时都已经没有了感觉。

就是疼。

哪里都疼。

这种痛苦实在太熟悉，哪怕是在疼得意识都有些模糊的时候，他还是能马上判断出，这痛苦属于连川。

但这一次，他什么也看不到，什么也听不到。

他不在睡梦里，也没有跟连川有任何接触。

连川你怎么了？

宁谷用头顶着地，黑铁地面上凹凸的尖角划破了他的额角，他却没有任何感觉，疼，恐惧，绝望……

连川你在哪里？你怎么了？

"连川——"宁谷吼了一声，声音里带着愤怒的沙哑。

你这个倒霉的狗……

连川猛地抬起头的时候，陈部长有些意外。

虽然看不到他护镜后的眼睛，但连川整个人散发着的愤怒却是陈部长从未见过的。连川从还没有学会愤怒的时候，就已经在训练里靠着绝望和忍耐活着……

连川以他看不清的速度脱离训练装置的范围到达他面前时，他还在意外的感觉里没有回过神。

连川的手指压在了他咽喉上："陈部长。"

"你回来了。"陈部长吃力地说。

"我要见管理员。"连川说。

"什么？"陈部长吃惊地看着他，声音都惊顺畅了。

"就现在。"连川说。

宁谷躺在地上，自己什么时候从失途谷那个出口出来的，他不知道；有没有到能出来的时间，他也不知道。

反正现在他就躺在黑铁荒原上，巨大的痛苦消失之后，他就已经在这里躺着了，看着漫天的黑雾。

后背被硌得实在受不了了，他才慢慢站了起来。

除了那个出口，四周什么都没有，一片漆黑，他站在原地，向远处看了很久，终于看到了隐隐的一小片白光。

那应该就是主城的方向。

他扯了扯衣服，活动了一下胳膊腿，往那边走了过去。

虽然鬼城一旦走出了庇护所的范围也是同样的黑暗，还有终年不息的狂风，风里还有不知道什么时候会出现的原住民，但跟安静得仿佛凝固在黑暗中的黑铁荒原相比，还是鬼城更让人觉得安全。

现在无论是衣服的摩擦声，还是鞋上的金属护板踢到凸起的地面发出的碰撞声，都会让他一阵紧张。

又得走。

不知道要走多久。

上次来主城是没完没了地跑，这次来是没完没了地走。

自己盼着来主城盼了那么多年，最后就是这待遇。

不知道走了多长时间，反正肚子已经饿得有些发疼，饿得宁谷想把衣服脱下来吃掉，主城的光倒是看得很清楚了，但依旧在很远的地方。

宁谷停了下来，失途谷的出口在主城附近有不少，说不定还有人在那里蹲守着。

他正考虑从哪个方向过去比较安全的时候，身后有了响动。

不是他的衣服，不是他的鞋。

甚至不是脚步声。

是……喉咙里发出的低沉吼声……

像是鬼城黑雾里偶尔能听到的那种。

他猛地转过头，握紧了拳，却在黑暗里看到了一双圆眼睛，在远处主城的光芒里映射出了亮光。

这不是人的眼睛。

"狞猫？"宁谷愣了愣，"你是连川的狞猫！"

圆眼睛慢慢靠近，他终于隐约看到了棕黑色的皮毛和眼睛上方的两个带着穗儿的尖耳朵。

"你是来找我的吗？"宁谷警觉地退了一步，"我可没害他啊，他回主城了！你知道吧？"

狞猫坐了下来，看着他。

不是第一次见到时的那种压低身体的进攻姿势。

宁谷松了口气，小心地往它那边凑了凑，蹲在了它面前："哎，你是没主人了在流浪吗？"

狞猫看着他。

"连川说，他回去以后会让他老大过来接我。"宁谷盯着狞猫上下看，他从来没看到过动物，更别说这么近的距离，都能看到狞猫脸上有胡子，"要不你跟我一起，等他老大过来了，再把你带回去。"

狞猫从鼻子里喷出了一口气。

宁谷很好奇地往前又凑了凑："你还会叹气啊？"

狞猫冲他龇牙。

"哎，别！"宁谷赶紧退了好几步，皱着眉，"这可怎么办，他老大也不知道什么时候能来，也不知道到底能不能来，我现在……"

宁谷说到一半停了下来，盯着狞猫看了很长时间，最后忍不住发出了震惊的疑问："你不会就是老大吧？"

32

　　虽然不知道连川的下落，也不知道刚才的痛苦是连川曾经的记忆还是新鲜的经历，但是看到老大的时候，宁谷还是稍微松缓下来一些。

　　毕竟这是连川每天一起称霸主城，杀人如麻，见猫如见狗的搭档。

　　"我是宁谷，你应该知道吧。"宁谷坐在了地上，又用手撑着地龇牙咧嘴地挪了半天，才给屁股找着了一块稍微不那么硌的地方。

　　"你知道在哪里能找到吃的吗？"宁谷按了按肚子，"我快饿死了，连川偷了四盒配给，都让我吃了，但是现在又饿了……"

　　老大看着他，因为太黑了，看不清眼神，但能看得出老大微微转了一下头。

　　"没想到吧？"宁谷有些得意地笑了起来，"你们清理队一哥，让对手闻风丧胆的鬣狗连川，在失途谷偷了四盒配给！"

　　老大没理他，连头都扭开了。

　　"我要是知道他把另外两盒也留给我了，前面那两盒我肯定不都吃光。"宁谷叹了口气，"显得我不太够意思。"

　　老大动了动，往宁谷这边走了过来。

　　宁谷很警惕地盯着它，生怕老大会因为他让连川饿肚子了咬他。

　　尽管平时在鬼城称王称霸能横着走绝对不直着走，但环境不同，他还是很能面对现实能屈能伸的。

　　不过老大并没有咬他，只是侧过身在他面前停下了。

　　宁谷看到它背上有一个小皮兜。

　　他有些不敢相信自己的眼睛。

　　这是他第一次碰到连川的时候，被连川抢走的那个小皮兜！

　　"是连川让你给我的吗？"宁谷从老大背上拿起小皮兜。

他的手指碰到了老大的毛。

看上去非常毛茸茸的毛，摸着居然有点发硬，但同时又挺光滑顺手，非常好摸。

他还从来没有摸到过这样质感的东西，顶多也就摸几下自己的头发。

他以极慢的速度缓缓收回手，悄悄地又用手指在老大背上摸了两下。

还没等他手指离开，老大已经一爪子甩在了他胳膊上。

"小气。"宁谷一边打开小皮兜，一边把自己的腿伸到了老大面前，"还你，随便摸。"

老大起身，走开了。

宁谷打开自己的小皮兜，发现自己上次带来的各种小玩意都还在，并且还多了两小盒配给。

没有连川在失途谷偷的那种大，但是闻起来更香一些。

"是给我的吗？"宁谷打开了盒子，"你吃了吗？要不要一起……"

说到一半，他发现老大似乎没在旁边了，一点动静都听不到。

他顿时有些紧张，一边把配给飞快地塞进嘴里，一边赶紧站了起来，往四周使劲看着。

"老大？"吃完一盒配给之后他压着声音喊了一声。

狞猫没有回应他，也没有出现。

宁谷一边把另一盒往嘴里塞着，一边把皮兜拿起来挂回了腿上，试着往旁边走了几步，含糊不清地继续压低声音："老大？"

这回总算有了动静，老大慢悠悠地从黑雾里走了回来，走到他面前之后转过身，回头看了他一眼。

"跟着你？"宁谷问。

老大转回头，往前走了出去。宁谷快步跟上。

狞猫走路没有声音，他必须跟紧，这老大比连川还拽，肯定不会回头等他。

老大走的方向跟他之前想走的不太一样，虽然都是往主城那边走，但角度稍微偏了一些。

按平时，宁谷肯定会怀疑，不过现在他却没吭声。

这是连川的狞猫，还是信得过的，而且就算问了，这猫肯定也跟连川似的，根本不理人，毕竟也不会说话。

但走了一阵，宁谷还是没忍住问了一句："连川现在什么情况啊？你知道吗？他安全吗？"

果然如他所料，狞猫连头都没回。

他也知道自己问了一个对方无法回答的问题，只是期待狞猫能给他个反应，可惜狞猫不愧是连川的搭档，跟连川的性格一模一样。

宁谷在心里给它起了个名字。

你就叫大喇叭吧。

吃了东西又跟老大接上头了的宁谷，精神恢复得很快，观察力也明显回升，没多久他就看出来老大肩膀位置两边的皮毛反光高度不一样。

"你前面两个脚……手……前脚……是不是受伤了？"宁谷问。

狞猫当然不会理他。

他也没想着能得到回应，只是又补了一句："我不赶时间，你想停就停，走不动了我可以背你……"

狞猫回过了头，龇出白牙，冲他低低地吼了一声。

一点也不可爱。

宁谷没再出声，沉默地跟在狞猫身后，走得比自己一个人的时候还要无聊。

不过有一点还是有优势的，狞猫认识路，而且是安全的近路。

肚子又快走饿了的时候，黑雾里已经能看到主城的光，脚下的地面也隐隐能看清了。

宁谷低下头，看到地面上有不少锋利的切面和尖角，自己的鞋如果不是有很厚的鞋底，侧面还有护板，现在脚肯定戳没了。

难怪蝙蝠要改装，不改装在这种地方生活真是寸步难行。

所以他能确定，狞猫的爪子踩在这样的地面上，这么长时间，绝对伤得不轻。

挺内疚的。

他在鬼城拳打脚踢这么多年，除了打人，还从来没坑过人，更别说坑猫了。

但内疚的情绪维持了大概也就几秒钟，因为宁谷一抬眼，看到了狞猫准备要带他进主城的路。

一堵顶端高耸着，一直延伸进了黑雾里的金属高墙。

宁谷知道主城四周很多地方都有高墙护体，但就算有些破口会有人把守，也不至于挑个最高的地方进入吧……

他还没来得及开口问，狞猫已经悄无声息地跃到了墙面上，接着三下两下就消失在了上方的黑雾里。

"老大？"宁谷震惊了。

连川是不是没告诉狞猫自己只是一个旅行者，不是蝙蝠！

黑雾里传来了狞猫很低的一声喉音。

大概是在催他。

不知道为什么狞猫会认为他能上墙，要能这么轻松，旅行者进主城还用让蝙蝠带路吗……

但他还是搓了搓手，就算上去了再摔下来，也比半天不敢上要有面子。

他现在不是代表自己。

他还代表了广大的鬼城旅行者。

多年打架的经验，让他刚才下意识记住了狞猫上墙的时候最先蹬的四个着力点，这几个地方肯定有东西能借力。

他吸了口气，助力跑了几步，猛地跃起。

脚在墙上蹬了一下，借着惯性向上，手往第二个点拍了过去，指尖碰到了一个手掌大小的不规则圆洞，他迅速用手指一勾，左脚往第一个点踩过去，果然也是一个圆洞。

这就好办了，这时候要的就是速度，慢了肯定掉下去。

虽然他并不知道四个点之后还有多高多远，第五个能借力的地方又在哪里，但无所谓，先干了再说，摔下去顶多疼一下，也不见得能摔死。

左脚踩着第一个洞一蹬，宁谷整个人继续向上，右脚踩到第二个洞的时候又一蹬一跃，手很快摸到了第四个洞，脚依旧是在第三个圆洞一蹬，向上跃起的时候看到了一个突出的方块，用手攀了一下，身体晃出去的时候看到了另一

- 248 -

个方块,用脚勾住了。

对于从小在金属坟场和垃圾场摸爬滚打的宁谷来说,这一段能看到借力点的攀爬,难度不算大。

但再往上就是黑雾。

黑雾里他看不清墙面,该怎么继续?

没想。

没脑子的旅行者从来不想那么远,哪怕从现在这个高度摔下去怕是不太好活了,他也还是一点儿没犹豫地往上一跃。

但旅行者跟九翼那种真没脑子相比,还是有本质区别的,宁谷在往上跃出的同时,还低声喊了一句:"我来了!"

狞猫敢就这么让他跟上来,肯定不能让他就这么摔下去。

说不定在上面等着拉他呢。

不过宁谷一下跃进黑雾里后,看到下一步的操作时,还是有些冒冷汗。

一根发出很微弱光芒的绳子,从不知道什么地方垂下来,悬在他上方两三米高的位置。

宁谷这一跳只要稍微差那么一点劲,就有可能够不着!

要换个胳膊短点个子矮点的人,到这一步就结束了。

狞猫把连川交代要带进主城的人摔死了。

宁谷抓住了绳子末端,用脚蹬在墙面上,往上飞快地攀了上去,只要没摔下去,后面这一段比之前的要轻松多了。

绳子并不是从墙的顶端垂下的,而是从距离顶部还有几米的一个方形开口里放出来的,这个口子,但凡他再胖个十斤,就有可能钻不进去。

他拽着绳子正收腹提臀准备往里扎的时候,里面伸出了一只手,一把抓住了他的衣领,把他往开口里拉了进去。

宁谷没想到这上头还会有别人,在被拉进开口的瞬间,他已经伸手把小皮兜里的闪光弹摸了出来,握在手心。

开口那边是个平台,距离开口得有三米,宁谷被拽过去直接扔在了平台上。

起身的时候先看到了狞猫的爪子,他心里一松。

"就他？"一个男人的声音问。

狞猫低吼了一声。

宁谷抬起头，主城的夜光足以让他看清这个人的脸。

一个五六十岁的老头儿。

劲儿还挺大，能单手把自己抡进来。

"宁谷？"老头儿问。

"嗯。"宁谷应了一声，站了起来，把手里的闪光弹放回了皮兜里。

"还挺谨慎。"老头儿有些不屑。

"习惯性谨慎，要知道这边就一个你这样的，"宁谷说，"也不拿出来了。"

老头儿上下打量了他几眼，笑了起来。

这笑声让宁谷觉得略微有那么一点耳熟，或者说……这老头儿整个人看着都让他有种"不是敌人"的感觉，但他又说不清这感觉是怎么来的。

"既然老大让你住下，那就先立一下规矩。"老头儿走到他面前，竖起食指，"一，不能乱动屋里的东西。"

宁谷看着他，没出声。

住下？

"二，"老头儿竖起两根手指，"想出门先问过我……"

说话的时候一阵风刮过来，老头儿脖子上的围巾被吹了起来，糊到了脸上，他扯开围巾，继续说："第三……"

宁谷突然有些吃惊。

"在没在听？"老头儿发现他表情不对，瞪着他。

宁谷没说话，手指夹着老头儿的围巾拎了起来，重新挡到了他脸前。

"干什么！"老头儿一把拍开。

"疯叔？"宁谷问。

"所有人退开。"陈部长推开了自己办公室的门，"关闭所有通讯和监听。"

"陈部长……"有人在后面不放心地想要跟过来。

连川转过头，看着这个人。

"我不会有事的。"陈部长摆了摆手，"退开，有事可以找苏总领。"

四周的人没有再动，看着连川和陈部长走进了办公室。

苏总领是城务厅的最高长官，也是主城的最高长官，除了庆典日，平时很少能见到。

现在估计正坐在城务厅地下深处某个办公室的屏幕前,看着这里发生的事。

陈部长站住,偏了偏头:"这里现在是绝对安全的,我们说的话不会被记录。我承诺你的也算数,不会有记忆清查。"

连川松开了按在他咽喉上的手指。

"真没想到,有一天你会这样走进我的办公室。"陈部长揉了揉脖子,走到了办公桌后,慢慢坐下了,看着他,"喝点什么吗?"

"我要见管理员。"连川说。

"任何人都没有要求见管理员的权利,这个你是知道的。"陈部长说,"管理员要见谁,会通知系统,我们无法逆向操作。"

"那就向管理员汇报。"连川说。

"汇报?"陈部长看了他一眼,"汇报什么。"

"前驱实验体失控。"连川回答。

陈部长去拿杯子的手停在了空中,定了两秒才收回手,抬眼看着他:"你还知道什么?"

"还知道你想知道的。"连川说。

"这是交换条件吗?"陈部长问。

连川没有出声。

"川,"陈部长站了起来,慢慢走到连川身边,"这种时候你需要先配合,而不是上来就跟我谈条件。你是很强,主城没有比你更强的了,但你并不是不能被摧毁的……"

"我知道。"连川说。

"知道就好。"陈部长拍了拍他的肩膀,"所以……"

"我知道你不敢。"连川说。

陈部长的手还停在他肩上,转过脸看他的时候,脸色有些难看。

"另外,"连川说,"无论主城有多想摧毁我,我现在都还是不可替代的那个唯一。"

陈部长沉默了很长时间,慢慢走回了办公桌后面,手往桌面上一撑,盯着他："你为什么要见管理员？"

"我有事要问。"连川说，"关于我自己，跟我们之间的交易没有关系。"

交易。

连川不知道为什么自己会说出这个词。

可能是因为宁谷，一天跟人交易八百回。

"我怎么能相信你？"陈部长说，"你要越过主城系统见管理员，却不跟我说明原因，我怎么能确定你没有别的想法？"

"你确定不了。"连川说，"就像我也信不过你。"

"那这样的交易我要冒的险可比你大得多。"陈部长说。

"习惯就好。"连川说，"我没信过任何人，二十六年都在拿命冒险。"

"是不是有秘密实验，谁参与了，宁谷的能力，"陈部长看着他，"失途谷里发生的事，这些是你见过管理员之后我要知道的。"

"成交。"连川说。

33

"我叫范吕。"老头儿推开了一扇门,"叫我范叔就可以。"

"嗯。"宁谷跟在他和老大后头走了进去,"范叔。"

"你说的疯叔,"范吕问,"是谁?"

"鬼城的一个旅行者。"宁谷说,"你俩眼睛长得很像。"

"哦。"范吕想了想,"别的地方不像?"

"不怎么像。"宁谷很谨慎,他信得过老大,但信不过这个老头儿,"所以我要遮一下你的脸。"

范吕没有追问,只是点了点头:"不会有两个很像的人。"

主城有人口控制,没有父母能有两个孩子。就算从主城离开去了鬼城的旅行者,也因为资源问题,孩子都很少有,更不要说有两个了。唯一一对兄弟里的弟弟钉子,还是捡来的。

但范吕和疯叔长得的确很像,虽然疯叔的脸上全是胡子和乱七八糟的头发,可是宁谷跟他待在一起的时间很多,多少还是能看得出来,就像熟悉的人看到一个剪影也能认出来。

只是他没有多说,谁知道这个范吕什么来历。

范吕的屋子,就在金属墙的这一边,一片废弃了的旧楼的地下。

这屋子的上面应该曾经是一个巨大繁华的交易厅,从入口到向下的楼梯这段路仿佛穿过一个迷宫,好在宁谷有了失途谷的经验,这个算简单的,记住左右拐了几次就行。

"你在这里是安全的。"范吕拿了一个盘子过来放到桌上,盘子里放着水和一盒配给,"城卫没有驻点,巡逻队一天只经过外面一次。"

"嗯。"宁谷在桌子旁边坐下。

"你睡里面那个小屋,有张床。"范吕指了指一个小门,"我和老大在外面。"

"老大住这里？"宁谷愣了愣。

转头看过去的时候，宁谷看到角落里有一个三层的吊床，看上去又大又软，老大已经跳到了最上面的那一层，闭上了眼睛。

"不常在这里，"范吕说，"有任务的时候就在连川家。"

"连川怎么样？"宁谷听到这个名字的时候马上追了一句，既然跟老大这么熟，那么连川的情况他肯定知道。

"进了城务厅就没再出来，"范吕倒了杯水，慢慢喝了一口，"惊动了整个主城，半个城的武力现在都还在城务厅外面守着。"

"他受伤了吗？"宁谷问，"他是被抓进去的还是自己进去的？"

"让他受伤可不容易。"范吕笑了起来，"抓着城务厅第二长官进去的。"

"多久能出来？"宁谷问。

"这可说不好了，"范吕说，"也许出不来了……"

"什么？"宁谷腾地一下站了起来，"出不来了？"

"冲击主城最高行政机关，"范吕倒是没被他的举动吓着，很平静地抬眼看了看他，"是立即摧毁的重罪，就算城务厅念在他为主城做的那些事，想给他个轻判，那也得是个重置……"

老大在吊床上动了动，从鼻子里喷出一股气。

"也是，重置不可能。"范吕想了想，"主城谁不知道鬣狗连川，那就只能终身监禁，跟摧毁也没区别，反正没人能再见到他了，所以说不定是驱逐。"

"驱逐？"宁谷盯着他，"驱逐到哪里？"

"失途谷是不可能，诗人在呢，正常来说就是……"范吕说，"鬼城。"

"驱逐到鬼城的话还挺好。"宁谷坐回椅子上。

范吕笑了起来，笑得很大声。

"笑屁？"宁谷很不爽地看着他。

"一个鬣狗，杀了无数旅行者的鬣狗，被驱逐到鬼城，没有装备，没有后援，没有生存资源，会是什么下场？"范吕笑着说，"你觉得挺好？"

"有我呢。"宁谷说，"我可以罩他。"

"傻孩子。"范吕说，"你根本不可能见得着他，你以为团长是吃素的？

能让鬼城跟主城这么多年相安无事的人，他可不是个慈善家。"

宁谷拿起配给的手在空中顿了顿。

"你是团长带大的吧？"范吕很有兴趣地凑近他，"你……"

宁谷把配给狠狠砸回了盒子里，起身把范吕往旁边一推，走进了里屋，甩上了门。

"我说错什么了？"范吕看向老大。

老大打了个呵欠，用爪子盖在了自己眼睛上，没理他。

"宁谷啊，"范吕走到里屋的门外，"连川的身份卡你可以用了，我已经帮你改过了，不过你要出门得跟我说，万一被人发现，我是不会让你再回到这里的。"

门猛地打开了，宁谷站在门里："那我告诉你，我现在就要出门，有没有人发现我都不会再回这里。"

"学会忍耐，"范吕一边说一边帮他把门又关好了，"能屈能伸能活。"

里屋应该是范吕平时住的地方，收拾得还挺整齐，比宁谷在鬼城的小屋利索多了，床上还有很厚很软的垫子。

宁谷四处检查了一下，虽然不知道在检查什么，但确定没有什么异常。

他躺到了床上。

说实话，从离开鬼城那天开始，他还没有在这么舒服的东西上睡过觉，一路折腾到现在，他已经挺疲惫的了。

但却睡不着。

他摸过小皮兜，把里面的东西一样一样拿出来细细看了一遍。

收拾东西的时候，钉子就在他对面坐着，跟他说着话。

那次他只是想来主城看看，钉子却怕他回不去了……钉子现在怎么样了？鬼城有没有发生什么？团长……

算了。

他有些烦躁地坐了起来，拿起自己脱下的靴子，在靴筒内侧摸了摸，拿出了那颗"密钥"。

这东西已经被福禄鄙视过，不值钱，有好几百颗。

不过他不是太相信，这么不值钱的东西为什么能让一帮蝙蝠追到主城也要抓到他。

肯定没有几百颗。

就算不是一颗，也最多就是几十颗。

宁谷把珠子举到眼前，用一只眼睛盯着，仔细看了看。

依旧看不出什么特别的来，只能看到上面有很多细小的孔。

床边的小桌上放着一个灯，比鬼城的冷光瓶照明要亮不少，宁谷捏着珠子凑到了这个灯旁边，光亮有些晃眼。

他眯缝着眼睛慢慢转动着珠子。

看得眼睛都要瞎了，终于发现，这些小孔并不都一样大，有的大一些，有的小一些，非常微小的差别，看上去有些杂乱。但仔细看就会发现，它们之间是有规律的，几个大些的孔和几个小些的孔间隔排列着。

看得眼睛都发酸、眼泪都快滴下来了，宁谷才算是确定了。

每八个大小不同的小孔是一组，排列的顺序相同，按这个排列布满了整个珠子。

这肯定有什么意义。

宁谷记下了排列顺序，把珠子放回了靴子的小内兜里。

"我不能保证你见到管理员之后的事。"陈部长看着连川，"前驱实验体失控是很严重的事，系统会先于管理员做出反应，你必须要确保自己的安全。"

"知道。"连川说。

陈部长向后退了一步，传输舱的门关上了。

连川开始向地下不知道多深的地方行进，一如之前，四周是安静的黑色。

陈部长按他要求的，向管理员汇报了前驱实验体失控。这个消息会经过系统传达给管理员，管理员见到这个失控的前驱体之前，系统需要保证管理员的安全，解除前驱实验体有可能带来的所有威胁。

眼前的门打开之后，见到管理员之前，连川不知道会发生什么。

主城没有过这样的先例，系统在保证管理员安全的前提下会做出怎样的处置，没有人知道。

传输舱停了下来。

连川看着门的下方，避开了会出现的强光。

余光里门向两边打开，只开了半人宽的时候，他已经发现了门外布满强光的走廊顶部监控的位置，有一个红色的光点。

光束从红色光点的位置射出之前，连川已经侧身到了门边，贴着光束下方冲进了走廊。

这时他没有再去判断那个红点的第二次光束从哪个方向过来，而是直接跳起来蹬了一下墙，腾空的时候对着红点的位置狠狠一脚。

金属撞击发出巨大的回声。

连川能判断出那个位置被自己踢出了一个凹坑。

红光消失。

但系统的处置不可能只有这一处，连川没有时间再等，落地的同时他冲到走廊尽头，对着管理员会客室的门又踢了一脚。

门悄无声息地打开了。

对着门的半圆形桌子上，放着三个他熟悉的武器，清理队最常用的摧毁武器。

在武器启动之前，他已经拿起了中间的那个，转身对着走廊的方向开了一枪。门外一个还没有冲进门的实验体化成了黑色的碎片。

桌上的另两个武器熄灭了。

会客室的门也关上了。

"放下武器。"小红的声音传来。

连川把枪扔回了桌上，走到桌子对面站下了。

"没有失控呀。"小红说。

"谎报了。"小蓝小绿说，"为什么谎报？"

"因为我要见管理员。"连川回答。

"你的行为违规了。"小红说。

"前提是我要活着，"连川说，"我要清除所有威胁。"

管理员沉默了一会儿，小蓝小绿开口："是的。"

"是的。"小红也开了口。

"我是谁？"连川问。

"非规划前驱实验体。"小红回答。

"母体来源？"连川又问。

"前代主城保留数据。"小红回答。

"非实验室环境强行契合参宿四，"连川看着空着的三个座椅，"有理论上的可行性吗？"

"超出回答范围。"小绿小蓝的声音出现。

雷豫从睡眠舱出来的时候，春三坐在客厅里看着窗外。

听到他的脚步声，春三转过头，看着他笑了笑："假期结束了。"

"我一会儿回内防部。"雷豫穿上外套，"情况怎么样？"

"跟我直接去城务厅吧。"春三说，"川挟持陈飞，去见了管理员。"

"什么？"雷豫吃惊地停下了动作。

"管理员会见时间是一小时，"春三说，"出来之后城务厅会公布他的处理决定。"

"管理员见他了？"雷豫问，"理由？"

"前驱实验体失控。"春三按了按额角，"他知道了。"

"……走吧。"雷豫说。

城务厅外的城卫还在，人数是庆典日都不曾有过的规模。

从门口到办公室，路上看到的所有人都一脸凝重。

接待室里站着不少人，内防部除了最高长官申毅在开会，其他几个部长都在。

雷豫走进接待室的时候，所有人都向他看了过来。

清理队的王牌，雷队长最器重的队员，现在正通过挟持部长，跟管理员密谈。每个人的眼神里都充满了复杂的情绪。

主城这么多年努力维持着的平静，努力让所有人都忽视却又不可避免的衰败，似乎随着连川的行为，一下都被翻开了。

带着焦灼和不安，呈现在每一个人面前。

哪怕所有人都心知肚明，带来第一条裂痕的人，依旧是众矢之的。

雷豫没有出声，走到角落里，站在了萧林旁边。

"睡醒了？"萧林问。

"还可以。"雷豫搓了搓脸，"还在开会吗？有决定了没？"

"没有。"萧林扫了他一眼，"看样子是不会摧毁连川。"

"毕竟还有用。"雷豫说。

"清理队怕是要被牵连。"萧林说。

雷豫已经知道了清理队的行动，早在龙彪问他连川任务的时候，他就知道，清理队肯定会惹怒主城。

但他没有阻止，也没有提醒。

现在听到萧林带着幸灾乐祸语气的这句话，他居然有那么一点点骄傲。

"走，我带你出去透透气。"范吕推开门走了进来。

宁谷躺在床上没动："我不想透气。"

"现在这个时间人少，"范吕说，"我带你去娱乐店放松一下，清理队的人经常去的那一家。"

宁谷一下坐了起来。

"你得伪装一下。"范吕说，"店虽然在C区，但是你身份毕竟特殊。"

"怎么伪装？"宁谷问。

"看我的。"范吕说。

老大在外屋吊床上卧着，看到宁谷的时候整个猫都僵了一下。

"怎么样？"范吕指着宁谷，"还认得出来吗？"

宁谷脸上被范吕用不知道什么东西糊出了好几条伤疤，还涂着脏兮兮的颜色，头上压了一顶破烂的帽子，帽檐都碎了。

看上去跟混迹D区的流浪汉没有什么区别。

老大偏开了头。

范吕带着宁谷出了门，老大跟在身后，但走出上方的废弃交易厅之后，老大就没了踪影。

"老大呢？"宁谷问。

"谁知道。"范吕也戴着跟他差不多难看的帽子，出来之后又扯了扯，遮住

- 259 -

了大半张脸,"我带你走的路你记着点,有些地方会触发主城系统,得绕开。"

"嗯。"宁谷应了一声。

"以前C区触发点很多,现在为了节约能源,不少触发点都取消了。"范吕说,"只要不到B区,基本还比较好活。"

"你怎么知道的?"宁谷问,"你是干什么的?"

"我吗?"范吕想了想,"清理队某前任队长。"

"就混成这样?"宁谷上下打量他。

"混成哪样了?"范吕说,"自由自在。"

宁谷没说话,他不是很相信范吕的话,但又觉得他说的都是实话。

走了一段之后,他们开始看到主城的居民。

匆匆忙忙走过,警惕地扫他们一眼,又低着头快速地走开。

一个红色的球从街角滚了出来,滚过宁谷脚边的时候,他一脚踩住了。

"是我的。"有个稚嫩的声音传来。

拐角的墙边有个矮小的身影,露出半个脑袋,是个小孩子,看不清是男孩还是女孩。

宁谷准备把球踢过去的时候,这个孩子被人从身后一把抱了起来,消失在拐角。

自己看上去这么吓人吗?

宁谷摸了摸脸。

是挺吓人的。

他轻轻踢了一脚,把球踢到了拐角,一只成年人的手伸出来捡起了球。

等宁谷和范吕走过拐角的时候,那边已经没有人了。

"肯定是个非法出生。"范吕说,"被发现了就是回收。"

"回收孩子?"宁谷转过头,有些吃惊。

"你跟连川混了那么长时间,"范吕也看着他,"不知道吗?"

宁谷没说话。

"这是清理队的任务之一。"范吕说,"不然你以为什么叫清理队,为什么是鬣狗。只清理旅行者吗?清理一切,主城觉得没必要、不能存在的一切。"

前面有人迎面走过来，范吕没再说下去。

那人经过他俩身边的时候，手从兜里拿了出来。

宁谷立刻感觉到不对，但在他正想抬手一拳抢个先机的时候，范吕抓住了他的胳膊。

那人跟范吕擦身而过，细细的一声"叮"从他脚边传来。

宁谷看到了地上有一根小指粗细的金属管。

范吕捡起了管子，老大不知道从哪个屋顶上突然跳了下来。

宁谷猛地反应过来，范吕和老大并不是专门带他出来透气的，是出来拿消息的。

范吕打开了管子，从里面抽出了一张纸。

宁谷在他捡起金属管的时候就已经凑到了过去，发现里面是一张纸，并且是一张写了字的纸时，再想走开已经来不及了。

范吕看完纸条，放到了老大面前的地上，又皱着眉看向宁谷："跟我判断的差不多，但是连川到底在想什么？"

宁谷有些尴尬地跟他对视着。

范吕跟他对瞪了一会儿之后开口："不识字？"

"嗯。"宁谷应了一声。

范吕叹了口气："城务厅宣布连川被驱逐出主城，但现在还在关押，估计是要等车来送去鬼城，但秘密消息是连川要求剥离关押。"

"什么是剥离关押？"宁谷问。

"所有感官剥离。"范吕低声说，"就是昏迷，什么也不知道，也不做梦……为什么？"

宁谷没说话。

连川为什么要这样。

他可能知道。

34

宵禁之后来娱乐店的人会变少，冒着风险离开安全区向主城外围的没落区域去的人，更愿意在酒馆里一醉方休。

比起在娱乐店头脑清醒地放松，在酒馆的眩晕里遗忘才是刚需。

宵禁的鸣笛声在主城上空响过之后，光光就会把娱乐店的大门关好，留下一道老客才知道怎么打开的小侧门，然后做一杯饮料，坐在警报器旁边休息一会儿。

不过她的店开业到现在，并没有在宵禁之后被骚扰过，毕竟清理队的人经常穿着制服过来。

小侧门上方挂着的两根细铁条轻轻撞了一下，发出"叮"的一声，带着细微的尾音。

"晚上好。"光光往门边看了一眼。

进来的是老范和狞猫，身后还有一个比老范高了大半头的人，感觉是个年轻人，但满脸的伤疤让人看不出长相来。

老范是熟客，狞猫倒是不太常来，但主城没有人不知道狞猫，哪怕是从来没有见过。

"带了个新跟班。"老范往身后指了指，"小铁球。"

"晚上好小铁球。"光光跟小铁球打了个招呼，"我叫光光。"

宁谷在听到这个名字的时候，瞬间体会到了小喇叭听说自己叫小喇叭时的心情。

"叫我……铁球就可以。"宁谷说。

尤其是体会到了还需要被迫平静地接受这个名字时的心情。

"范叔要捏一捏吗？"光光问，"两个人都捏捏的话要排队，今天晚上只有我一个人在店里。"

"铁球你捏吗?"范吕问宁谷。

"捏……什么?"宁谷没太明白。

"捏捏头,捏捏肩膀胳膊,放松一下,挺舒服的。"范吕说。

"不不不不不……"宁谷感觉受不了,一连串地说,"不捏不捏。"

"那给你弄点喝的。"光光说,"想喝什么口味?有苹果,橘子,葡萄……"

"都是什么?"宁谷问。

"水果呀。"光光回答。

"我直接吃水果行吗?"宁谷又问。

"你,小铁球,"光光胳膊肘撑在吧台上,冲他勾了勾手指,"你是不是旅行者?"

"嗯?"宁谷一惊。

"居然想吃水果!"光光笑了起来,"只有刚从鬼城来的人,才会觉得主城有水果可以吃!"

"给他一杯橘子的。"范吕说。

宁谷拿了一杯橘子水,坐到了角落里,他不知道这个光光跟范吕和清理队什么关系,都猜到他是旅行者了,也完全没有一丝紧张。

"今天巡逻队居然没有来,一天一次都做不到了。"光光在范吕胳膊上一下下捏着,"是不是都还在城务厅呢?连川不是已经被抓起来了吗?"

"大概吧。"范吕说,"你的李梁哥哥没有跟你说吗?"

"清理队全体接受调查呢。"光光说,"任务好像也不做了,我以为你知道呢!"

"我才不想知道。"范吕说,"这些破事知道得越少越好。"

"很多人议论,说连川被关押啊,要被流放啊,都是假的,"光光说,"说给老百姓听的。反正关没关,流放没流放,我们也看不到。其实连川已经被摧毁了。"

宁谷正在喝橘子水,听到这句,一口气提上来,橘子水差点儿呛进鼻子里。

他用力捏了一下杯子,金属杯子被他捏出了一个凹坑。

"摧毁他对主城有什么好处?"范吕说。

"谁知道呢，也许非规计划成功了呢，只是轮不上老百姓。"光光说，"不过我看C区D区那些人倒是都挺盼着他被摧毁的。"

"他们最残忍。"范吕闭着眼睛说，"看得见谁就恨谁，只看得见鬣狗就希望鬣狗死，看不见下命令的人，就恨不着。"

"也挺可怜的。"光光想了想，"主城一旦有一天塌到眼前了，第一个被放弃的就是我们。"

"你不是他们，你可是绿地出身。"范吕笑着说。

"我不稀罕。"光光说，"如果我真的活着到了那一天，我就留在店里，哪儿也不去，或者我就去鬼城。"

"谁带你去？"范吕往门口看了一眼。

"你带我去啊！"光光又看了看宁谷，"这个铁球，哪儿来的？"

"他听到没事。"范吕说。

"谁听到也没事！"光光脸一扬，"谁管我们小老百姓，早晚都是完蛋。"

"我可不带你去鬼城。"范吕说，"我是要死在主城的。"

"忠诚。"光光撇了撇嘴。

范吕和光光继续有一搭没一搭地聊着，宁谷对他们聊天的内容感觉隐约知道是怎么回事，但又完全不清楚是怎么回事。

他突然有些疑问，对于团长对他这么多年来用得最多的管教方式：不要问，不回答，别瞎想……

这一刻他发现，自己就像生活在一个团长为他建造出来的真空世界里。

他可以招猫逗狗惹是生非横行无阻，但永远不会有人回答他的问题，永远不会有人直面他的疑问。

他喝了一口橘子水。

他现在脑子里乱得很：在回到鬼城之前找不到答案的这些疑问，对团长一边想要质疑、一边又拼命想要维护的心情。

……还有那个什么剥离关押。

昏迷，什么也不知道，不做梦……

连川被诗人挂在迷雾岭入口的时候，就是这个状态。

他醒过来之后，什么都不知道，什么也不记得，整场经历是一片空白。

所以他要求的剥离关押，就是要再次进入这样的状态。

为什么？

宁谷感觉自己能猜个差不多，但却不能百分百肯定。

主城费尽心思守着失途谷所有出口也要把连川抓回去的原因，普通老百姓不清楚。而连川就是参宿四的契合者，除了最上头那几个大官，说不定也没几个人知道。

毕竟从鬼城的传闻来看，参宿四是闭口不能提的，连川才是每次旅行者进入主城后的噩梦。

所以范吕之前对连川这一系列操作造成的后果做出的判断，就是这是主城要给广大人民群众看到的结果。

主城人民最痛恨的鬣狗，挟持人质要挟长官，冲击城务厅，最后被捉拿，驱逐到鬼城，这是大快人心的处置决定。

但在表面之下，宁谷看着手里的橘子水想着，连川能冒这么大的险，肯定不会让这样直白的结局出现。

表面之下，他有别的计划。

而这个剥离关押，就是计划的一部分。

按驱逐来考虑，车来之前的这段时间里，连川是没有机会也没有理由脱离主城监控的。如果车很长时间才来，这段空档就是相当大的变数，什么都有可能发生。

让自己成为一个空白的人，是最妥当的。

宁谷的手指在杯子上敲了敲，九翼的弟弟？就这智商，九翼的爸爸也赶不上啊。

而这样的要求，还有一层可能只有宁谷才知道的原因。

他在连川处于这样的状态时，进入过连川的意识，或者记忆。

连川知道范吕和老大一定会打听到他这个要求，那么宁谷自然也会知道。

连川应该是希望他能够再次利用这个状态。

宁谷忍不住喝了一大口橘子水。

能想透这一层，这智商，九翼的爷爷都赶不上！

小喇叭这计划虽然冒险，但也是无可奈何里的最优选择，小铁球……铁什么铁球！鬼城恶霸宁大谷会帮你完成计划的，放心吧。

虽然宁大谷都不知道上次是怎么做到的。

钉子靠坐在墙边，风从他的袖口和裤腿不断往里灌，很冷。

宁谷走了以后，除了去找疯叔打听情况，他还是第一次在休息时间溜出庇护所。

锤子已经睡熟了，他出来的时候没有任何人发现。

庇护所已经在身后很远，现在他面前是一条只能凭冷光瓶和记忆去走的路，通往垃圾场。

从垃圾场穿过之后，继续往前，去舌湾。

已经太久了，不知道车什么时候来，也不知道宁谷什么时候回来，还……能不能回来。

与其就那么郁闷地死等着，不如做点什么。

万一宁谷真的……出了什么事，他至少要知道是为什么。

舌湾里面，肯定有什么东西。

舌湾的那些黑雾里，一定藏着什么秘密，是团长他们不愿意让别的旅行者知道的秘密。

宁谷知道了，或者他们怀疑宁谷知道了。

虽然不知道宁谷这次跑掉跟这个有没有关系，钉子还是决定冒险进去看看，反正宁谷不在，没人带着他惹是生非，他也没什么事可做了。

钉子摸了摸腿上挂着的皮兜，拿出了一个已经点亮了的冷光瓶，挂在了自己脖子上，又摸出了一把刀，用布条缠在了手上，再摸出了一颗闪光弹。

闪光弹是他去宁谷的小屋里找的。宁谷藏这些小东西的地方他知道，不过好多有用的东西都被宁谷带去了主城，他只找到了两颗闪光弹，一颗抓在手里，一颗挂到了腿上，方便要用的时候马上能拿到。

做好准备之后，他起身，头也不回地快步向前走进了垃圾场。

李向从金属坟场出来，往庇护所方向走去的时候，感觉有些疲惫。

他平时的睡眠时间也不算多，但最近事多，他已经连续几天没有睡过觉。

也睡不着。

今天实验场那边监测到异常，他去盯了一整天，却一无所获。

那个跑掉的实验体能够影响原住民，就算已经自毁，在自毁之前到底影响了多少原住民，现在没有人能判断。

而来自主城的那个实验体，是在原住民基础上结合旅行者得到的。这个实验体到底有怎样的能力，哪怕是一个并不成功的实验体，现在对他们来说也很重要。

如果原住民能用于实验体制造，鬼城安全范围之外没有边际的黑雾里，不计其数的那些原住民，将让他们拥有无尽的原料。

虽然只是一个虚无的传说，可一旦出口真的出现，在争夺生存权利的战斗中，哪怕主城的秘密实验成功，鬼城也能拥有跟主城对抗的实力。

唯一的变数是宁谷。

他们小心地保护了二十二年的宁谷，现在在主城的地盘上，音信全无。

车也没有来的迹象，李向无法判断出等他们去主城的时候，会发生什么事。

他轻轻叹了口气。

人是林凡放走的。林凡还跟宁谷说过什么，没有人知道。

也不会有人知道。

虽然三个人都清楚，却谁都没有办法指责对方什么，他们是一直并肩作战的同伴，是在主城最后一役时毫不犹豫地把后背交给对方的同伴，到现在依旧是会为对方安危而战的同伴。

走到回庇护所的必经之路上时，李向停下了脚步。

他敏感地留意到了空气中残留着的信息，迅速从口袋里拿出了一支小小的玻璃瓶，弯腰把瓶口贴着地面轻轻一抖。

瓶子里撒出来的粉末被风卷过地面，留下了清晰的两个鞋印。

鞋印的中段是分开的。

跟宁谷的鞋底一样，中间有金属护板。

是钉子。

李向顿时感觉后背瞬间出了一层细汗，他拿出通话器，接通了林凡和团长的频道。

"去看看钉子在不在家。"他说,"一号所路口有他出去的鞋印,我去舌湾。"

"不用看了。"林凡声音马上传了出来,"肯定不在。"

"直接去舌湾。"团长说。

"要快。"李向转身向舌湾的方向跑过去,"这两天原住民活动频繁。"

看!舌头舔到我脚了!

你觉得舌头后面有什么?

我想去看看。

怕个屁,能知道是什么,死就死了呗。

钉子蹲在他每次和宁谷过来都会上来的这个最高的架子上,他能想起来宁谷在这里说的每一句话。

我也想看看。

钉子跳下地面,往四周看了看,又仔细听了听风里的声音,确定暂时是安全的,往前迎着不断卷过来的黑雾走过去。

走了几步就开始有些害怕。

为了不给自己回头的机会,他一咬牙,大步跑了起来。

冲进最浓最黑的那片黑雾的时候,他听到身后有细细的声音,像是被卡住了喉咙的人发出的喘息。

"谁!"钉子回过头。

"大!"光光一拍桌子。

"小。"范吕说。

光光把面前的纸牌翻开,范吕也翻开了自己面前的牌。

"哎,我又输了?"光光托着下巴,看了一眼狞猫,"老大,咱俩玩牌吧,老范太贼了。"

老大趴在沙发上闭上了眼睛。

光光完全不介意,又转头看着宁谷:"小铁球,会玩牌吗?"

宁谷没什么心情玩,但为了不让人起疑,他还是回了一句:"不会,怎么玩？"

"就是猜牌的大小嘛，很简单的。"光光说，"单数算小，双数算大，双数多就是牌大，单数多就是牌小……"

主城人民玩得也太傻了，什么大啊小、小啊大的……

宁谷本来就有些心不在焉，听得也迷迷糊糊的，这一串大大小小，让他想起了昨天自己记了半天的那个"密钥"的顺序。

提到这个，他发现自己好像又记不清了。

宁谷顾不上光光还在说话，赶紧在心里开始回顾，手指在口袋里一下下点着，帮助回忆。

小大小小大……什么来着……小小大……

"铁球？"光光歪了歪头。

范吕转头看过去，发现宁谷目光涣散。

他赶紧站起来准备过去的时候，老大已经跳到了宁谷面前，紧跟着宁谷就从椅子上一头栽到了老大身上，躺倒在了地上。

35

"是巧合吗？"技术员好半天才抬起头来看着春三。

春三站在屏幕墙前，看着主城各区的监控画面。

已经夜深了，安全区宵禁中，C区D区除了酒巷地区，大多居民都进入了梦乡。

五秒钟之前发生的瞬闪，可能没有多少人会注意到。

"想得太多了。"春三说，"连川剥离开始是一小时前，结束也是在十分钟前。"

"要汇报吗？"技术员问。

"我来汇报。"春三说。

驱逐连川在主城居民看来是合理并且值得期待的。多年来对于主城不可逆转地被黑铁荒原一点点吞噬，普通人的恐慌在主城严苛的管理规则下无法畅快表达，对鬣狗的仇恨和"被破坏了平静生活"的愤怒都是强烈的。

而顺应民意对外公布了驱逐之后，连川的处置必然另有安排。

但在春三看来本来应该非常顺利的"另有安排"，却进行得并不顺利，会开了很长时间，几方的意见肯定并不统一。

最后的决定依旧是驱逐，但这个驱逐背后的意义，对于几方来说可能都不一样。

在这种分歧几乎已经摆在了明面的情况下，春三的这个汇报，无论是汇报给哪一方，都是一种冒险。

主城的瞬闪，技术上一直找不到原因，只能归结为主城定律，但跟连川应该没有关系，连川各种极限都经历过，从未有过跟瞬闪能"巧合"的情况。

春三一直没有从瞬闪里找出规律，不少人认为其实没有必要再去找到规律，瞬闪就是伴随坍塌进程开始的现象，像机器报废前迸出的火星。

但汇报时她不希望有任何一方把自己的利益夹杂到任何无解的主城定律当中，尤其是利用已经处于剥离状态的连川。

如果一定要说规律，最近的几次瞬闪倒是能跟宁谷联系上：列车到达，宁谷跟旅行者进入主城，宁谷跟连川对峙时……只是还不清楚这一次能不能跟宁谷"巧合"上。

她需要单独向管理员汇报。

春三走进保密联系室，检查完设备之后，输入了自己的密码，她是唯一有权限向管理员汇报的技术人员，但也仅限于汇报，汇报后她也只会收到管理员的消息送达确认，不会有别的反馈和交流。

但今天有些不太一样。

春三把消息加密汇报之后，系统没有任何反应，屏幕上也只有她发送完毕的提示，没有收到任何确认。

等了两分钟之后，她关掉了屏幕。

虽然没有人见过管理员，但他们就像是与系统共生的存在，任何时间联系，都会在线。

这是从未有过的情况。

让她有些茫然。

并不害怕，也并不慌乱，更不绝望，唯一的感受就是茫然。

有一瞬间宁谷以为自己回到了鬼城，四周一片黑暗，不时刮过的风，吹透了他身上的衣服，很冷，有种小时候打了人被团长扒光了捆在庇护所门口展览的错觉。

他原地转了一圈，发现黑暗中有一个亮着的地方。

方形的，看上去像个走廊或者什么通道的横剖面，没有门，也没有别的任何能看清的东西。

这是连川的回忆吗？

宁谷站着没动，他还没有碰到过这样的情况，谨慎地想要再思考一下。

他第一反应是那个"密钥"，但小孔的大小顺序他并没有回忆完，就感觉四周一下黑了，所有的东西都消失了。

所以不一定是那个什么大小大小的原因。那就是连川？

连川开始剥离了？主动把他拉了进去？

如果能这么做，当时在失途谷为什么不行？

站了一会儿之后，宁谷确定没有什么异常，触发的原因暂时先放在了一边。如果这是连川相关的回忆，他需要尽快弄清都有些什么。

没上来就先粉身碎骨疼一通就已经很幸运了。

宁谷慢慢往那个亮着的方块走了过去。

走近了才看清，这的确是个走廊，看不到光源，哑光的银色金属，宁谷还没见过这么漂亮的平整的建筑，有些好奇地伸出手，轻轻在入口的墙面上摸了一下。

很失望。

不知道是不是因为连川的记忆里没有触碰过所以没有留下触觉，宁谷只有摸到了东西的感觉，钝木之下没有任何触感。

走进走廊之后，宁谷又回头看了一眼，发现入口已经消失了。

身后也是一条长长的走廊。

他现在站在了一条不知道通向哪里的走廊的中间位置。

他迅速回过头，伸出手撑住了右边的墙，这走廊两头都是一样的，如果不小心转了个身，他还真怕自己会记不清哪边是哪边了。

既然进来的时候是面朝前，他就应该先往这边走。

不再回头，宁谷摸着墙，慢慢往前走了过去。

走了几步之后，有脚步声从后面传来，宁谷转过头，看到了几个全身穿着制服的人，脸上都戴着护镜，看不清样子。

但走在几个人中间的，宁谷一眼就能认出来。

是连川。

连川没有穿制服，只穿了一套浅蓝色的睡衣，看上去像是要被押送到什么地方去。

"连川！"宁谷低声叫了连川一声，"喂。"

连川表情冷漠地从他身边走过，没有任何反应。

"连狗！"宁谷只能赶紧跟上，"是我，宁谷。"

连川依旧没有反应。

宁谷估计这么喊是没有办法交流了，只能先跟着，又仔细看了看连川和四周的人。

押送连川的这几个人身上的制服是宁谷没有见过的。主城什么治安队城卫清理队的制服什么样，旅行者都很清楚，没来过主城的旅行者很多也都知道，毕竟一眼扫到就该逃命了，谁都得记清楚。

他盯着制服扫了一遍，没有看到任何标志，于是视线又放回了连川身上。

连川看着跟他之前见到的样子差不多，头发更短一些，脸色有些苍白，这段回忆应该就是这几年，不是少年阶段。

宁谷松了口气，连川似乎是小时候和少年时期遭罪比较多，后来大概因为去清理队干活，没时间受虐待了。

走廊很长，宁谷一直跟着往前走，路过了好几个锁着的门，看不出是什么地方，不过门上都有数字，他都记了下来。

四个数字，能记住多长时间，记得准不准，那就不好说了。

走廊快走到尽头的时候，一直目视前方的连川突然向右边转过了头。

宁谷就在他右边，赶紧抬手晃了晃，想着是不是能交流了，但马上就发现连川的视线跟他并不交汇，而是落到了他身后的墙上。

他回过头，发现本来什么都没有的墙上，出现了一字排开挂着的四幅画！

宁谷猛地停住了，震惊地看着眼前的墙。

虽然宁谷从来没有见过真正的画，但他想象过。

这一看就是画！非常逼真的画。

但让他震惊的，不仅仅是他在连川的记忆里看到了画。

而是这画……画的是人。

半身。

大小跟真人差不多。

衣服不一样，发型也不一样，甚至表情也各异，但四幅画上的人，依旧看得出来，都是同一个人。

他自己。

宁谷站在原地无法动弹。
他在连川的一段记忆里,看到了四幅画着自己的画。

几秒钟之后他才回过神,强迫自己从震惊的情绪里脱离出来,仔细地盯着这几幅画,这画一定有什么蹊跷。
画的大小都一样,用银色的框挂在墙上。
画框上没有标记,也没有文字和数字。
他又凑到面前看了看。
画的背景都是黑色,除了人像,也没有任何标记。
宁谷瞪着眼睛看得眼泪都快出来了,终于发现,在每幅画的黑色背景里,人的左边都有一个黑色的门,门上有深灰色标记。
如果不是这么盯着看,根本发现不了。
都是一个圆圈,里面有不同的线条,从左到右,一条波浪纹,三条波浪纹,四角星和一条竖着的直线。

"这些是……"宁谷回过头,想跟连川说话的时候,发现连川和那几个穿制服的人都不见了。
他赶紧往前追了过去,走廊的尽头是一扇滑门,关着的,他不知道连川是不是进了这道门。
抓着门拉了几下,也没有任何作用。
他又把耳朵贴到了门上,也听不到声音。
"啊……"宁谷有些郁闷,手撑着门,低头对着门踢了两脚。
这到底是什么意思?

"就位。"耳边传来一个男人的声音。
"扫描检查通过,指标正常。"一个女人的声音。
宁谷猛地抬起头。
眼前的门消失了,走廊也消失了。
他回到了漆黑的寒风中。

声音不知道从哪里传来，四周已经没有了任何光亮。

"参宿四准备契合。"男人的声音说。

参宿四。

宁谷听到这个名字的时候，恐惧和不安裹在寒风里瞬间袭来。

范吕喝了一口酒，把酒瓶往狞猫面前递了递："尝一口吗？"

狞猫转开了头。

"这么正经干什么，酒是多好的东西，世间一切美好……"范吕晃了晃酒瓶，"都在这里头。"

狞猫起身，一爪子拍掉了酒瓶，酒瓶砸在地上，碎了，酒流了满地。

"哎。"范吕叹了口气，闭上眼睛用力吸了一口气，"我知道这种时候不应该喝酒，我也答应了你们，这小子在这里的时候我要保持清醒，但是太难了不是么？"

狞猫趴回沙发上，看着床上躺着的宁谷。

不吃不喝没醒也没动过已经两天了的宁谷。

活倒还是活着的，但是屁股可能已经被压扁了。它和范吕都不是什么细心体贴的人，两天也没有谁过去给宁谷翻动一下。

这会儿想起来了。它站了起来。还是去翻个面吧。

"以后这种事别再找我了。"范吕仰着头靠在椅子上，"是好是坏是活着是死，我都不关心。我只想喝点酒，醒了喝，喝了睡，世界在不在我都不想管……"

狞猫没听他念叨，走到了床边，用后腿站了起来，爪子放到宁谷胳膊上，往里推了推。

看着算是稍微有点瘦的宁谷，它居然推不动。

仿佛实心黑铁。

它鼻子轻轻喷了一点气，又用力推了一下。

"放开我！"宁谷突然吼了一声。

没等狞猫和范吕反应过来，他身体向上一弓，猛地弹了起来，直接从床上跳到了地上。

狞猫被他这动静惊得从后颈到尾巴的毛全都竖了起来，原地起跳，跃到了床上。
　　范吕本来仰着头，宁谷跳起来落到他身边的时候，他猛地一收脖子，"咔"的一声。
　　"啊！"他捂着脖子，咳嗽了半天，"你怎么醒了？梦到什么了？"

　　宁谷一脸惊恐地愣在屋子中间，过了好一会儿，脸上才慢慢恢复了血色，表情也缓和下来。
　　"我睡了多久？"他看着范吕。
　　"两天。"范吕也看着他，"没吃没喝没动。"
　　宁谷这才开始感觉到全身都是酸痛的，他咬牙活动了一下胳膊和腿。
　　"你怎么了？"范吕说，"突然晕倒，一晕就是两天，又突然醒了。"
　　宁谷没有说话，沉默了很长时间才开口："我只跟连川说。"
　　"那你等吧。"范吕一挥手，"你跟他鬼城见，慢慢说。"
　　"我饿了。"宁谷说。

　　"我这里没吃的了。"范吕站了起来，"你喝点水，缓一缓，我带你出去吃东西。"
　　"我不出去。"宁谷说。
　　"嗯？"范吕愣了愣。
　　"车来之前，我不离开这里。"宁谷说，"我要保证自己的安全。"
　　"你意思是我出去给你买吃的回来？"范吕说，"老大在我这里都没这么大面子。"
　　"没事。"宁谷坐回了床边，"我先不吃了。"
　　狞猫跳下床，走到门边，推开门出去了，没多大会儿就叼了两盒配给回来，放到了桌上。
　　"谢谢老大。"宁谷坐到桌边，打开配给，两口就把一盒都塞进了嘴里。
　　"你没事吧？身上有没有什么不舒服？"范吕看着他，"怎么感觉你这么不对劲呢？"
　　"没事。"宁谷又打开了一盒配给。
　　"脑袋有没有什么不舒服？"范吕又问，"你晕过去的时候老大垫了你一下，但是你头砸在地上了。"

宁谷摸了摸自己的脑门，冷不丁摸到了一个大鼓包。

完了！

他跳了起来，英俊的鬼城门面的脑门儿上居然有一个这么大的包！

范吕倒是很能理解他，马上递了个小镜子到他面前。

宁谷抓过来对着自己照了照。

脸上的伪装已经被清理掉了，他看到了自己的脸，还有头上一个红肿着的包。

但是他没有再看一眼，猛地把镜子扣到了桌上。

"一组就位。"龙彪跨在A01上，"运送箱已经装妥。"

"二组就位。"

"三组就位。"

……

清理队八个小组，都已经就位。

唯有六组没有汇报。

连川的六组。

代理组长是李梁，但他保持了静默。

"全员待命。"雷豫的声音从通话器里传出，"任务，护送07353运输箱到目标地点，任务开始后发送具体坐标。"

"收到。"龙彪回答。

他身后是一辆运输车，车体很低调，看上去跟主城系统运输物资的车没有什么区别，任何人都不会留意的那种。

但车厢里放着的，是剥离状态下被密封在作训部特制运输箱里的连川。

鬼城过来的车，已经到了主城外，大批的旅行者正在蝙蝠的引导下，从各个"出站口"涌进主城。

旅行者的核心成员全数出动。

他们没有隐藏行踪，没有先大批地躲进失途谷，而是无所顾忌地呼啸着，冲到了D区的街道上，接着开始冲击通往C区的通道。

所过之处烟尘四起,一片狼藉。

以前这样的情况如果发生,清理队会是阻止旅行者的最强主力。
但今天,清理队全员都守在通往城外列车的沿途道路上。
装着连川的密封箱,将在列车开向鬼城的时候,被送上去。

36

九翼蹲在竖洞的中央，一根横向深深插在洞壁上的金属棍子上。

另一根同向悬在他上方的金属棍子，正在轻轻地震动着，发出细微的嗡鸣。

"旅行者——"竖洞下方的深处传来了寿喜的喊声，"全进主城了——"中气十足，震得上面的金属棍子一通嗡嗡响。

九翼不得不抬起手臂，伸出指刺，在棍子上轻轻点了一下，让这个声音停止。

指刺离开之后，金属棍子安静了几秒，又开始轻轻震动着发出细微嗡鸣。

这震动和声音来自地面，来自主城的方向，只有大规模的奔跑和释放能力，才会有这样的动静。

车来了，旅行者涌进了主城。

但这一次，绝大多数旅行者的首选目的地，都不是失途谷，而是多年来剑拔弩张你死我活的主城。

是为了找到宁谷。

他们知道宁谷已经不太可能还在失途谷。

九翼对于自己能想明白这一点非常不愉快，这表示旅行者根本就没觉得蝙蝠能把宁谷困在失途谷。

而自己居然还认同了。

"我们也去吧——"寿喜又在下面喊了一声。

上方的金属棍子被震得发出了有些尖锐的鸣音。

九翼从空中一跃而下，落在了寿喜身边，对着他的耳朵吼了一声："闭——嘴——"

"不去吗？"福禄问，"现在主城忙不过来了吧，我们正好可以去逛逛。"

说完还仰起头深深吸了一口气，闭着眼："我好久没有闻到新鲜的空气了。"

"谁要去，先把自己藏的那些好东西分给兄弟们，省得死了别人找不到。"九翼蹲到了自己的金属墩子上，"又不是开战了，找个宁谷而已，你以为主城没空对付你们几个小蝙蝠？"

"那我们要不要帮宁谷？"寿喜问。

"如果连川都帮不了他，"九翼捏了捏下巴，"我又怎么帮得了，何苦得罪主城和诗人，我们等着捡便宜就可以了。"

"捡便宜！"寿喜欢呼。

"捡便宜！"一帮蝙蝠跟着喊。

九翼抬头往上看了看。

"我要出去。"宁谷收拾好了自己的小皮兜，站在门口。

"再等一下。"范吕说，"现在旅行者刚进主城，正是火力最猛的时候，出去太危险。"

"所以我才要出去。"宁谷指着门外，"外面是我的同伴！我得出去帮忙！"

"你是去送死，是出去拖累他们。"范吕看着他，"你现在要做的就是等着这一波过去，主城的注意力被旅行者吸引过去之后，我和老大会找一条隐蔽的路送你出城上车。"

"你这是让我把他们当盾。"宁谷的声音猛地沉了下去。

"你要先自保。"范吕说，"跟连川一起也待了几天，一点儿都没学到吗？"

"没学到。"宁谷说，"让他跟我学学吧。"

范吕笑了起来，笑了一会儿才拍了拍手："我问你，你出去了，找到旅行者之前，碰到了城卫和治安队的人怎么办？"

"打啊！"宁谷说。

范吕没说话，看着他。

"跑啊。"宁谷又说。

"算你能跑掉。"范吕说，"找到旅行者之后呢，他们掩护你上车，主城的武器一代一代更新，更新基准就是旅行者的能力，你觉得他们一边对抗一边保护你，能有几成胜算？"

宁谷没说话。

"想明白了吗？"范吕问。

"你觉得团长他们冲进主城的时候，"宁谷说，"想过自保吗？"

范吕偏了偏头。

"想过后果吗？"宁谷看着他，"旅行者从来不想后果，想打就打了，想跑就跑了。想干什么就干什么，是我们跟主城那些人的区别，哪天想死了也就去死了，有什么大不了的。"

范吕沉默了一会儿，没再开口，只是从门边让开了，对他做了请的手势。

"谢谢你这几天照顾我。"宁谷扯了扯衣服，打开了门走了出去，"虽然我没听你的，但我知道你是希望我活着。"

"都会死的。"范吕说，"去吧。"

宁谷没回头，只是冲着后面挥了挥手，然后迈开大步往前跑了出去。

也并不是什么都没想，因为想了，才会做出最符合旅行者的决定。

宁谷跑进通向地面的楼梯。

车不知道什么时候会走，人不知道在哪里，团长他们没有时间慢慢找，选择了最直接的方法，冲进主城。这么大的动静，人在哪里都能被惊动了。

而他要做的也是最简单的，马上出去，跟团长汇合。

宁谷跃上栏杆。

什么会不会碰上主城的人，什么能不能打得过、能不能跑得掉，什么拖后腿了怎么办，都是不需要考虑的事。

落地，他看了看四周。

碰上了再说。

"没有看到鬣狗。"李向从一栋破房子的二楼平台跃出，手在空中一挥，几束红光在街道中间五米之外炸出一片火星，城卫的攻击被他挡掉了。

身后跟着跳下几个旅行者，能力同时激发。

地面瞬间被震碎，碎片扬向空中，接着在团长往前冲去的时候碎片全部金属化，跟着他冲出的方向以极快的速度射向前方的治安队。

治安队打开防御网，但还是有人被击中，飞出去了十几米才倒地。

旅行者趁着这个空当大批从房上跃下，在整条街道上铺开向前冲去。

两边房子的窗户顿时被各种同时激发的能力震碎了，不够结实的墙也倒了两堵，街道上一时间烟尘四起。

"鬣狗肯定有别的任务。"团长说，"说不定跟宁谷有关。"

"林凡那边有没有什么发现？"李向问。

"通讯被切断之前说没有发现。"团长说，"他还是按计划去老仓库跟我们汇合。"

大批旅行者往前冲的时候，两边的楼后突然闪出了橙色的光。

"巡逻队！"有人喊。

李向迅速撑开防御，但巡逻队的火力很分散，他没能挡住全部攻击，几个旅行者倒在了地上。

"上去！"团长一挥胳膊。

巨大的震动从脚下漫延开去，几个巡逻队队员占据的平台被直接震塌，从楼上摔了下来。

旅行者尖啸着，迎着巡逻队的火力向楼上攀去。

"他们不怕死。"刘栋抱着胳膊，站在屏幕前。

"这是没有脑子。"萧林皱着眉，按下通话器，"不要让他们往老仓库去，林凡的人会在那边跟他们汇合！"

"只要一汇合，那一片马上就会失守。"刘栋说，"这几个人对老仓库比我们还熟。"

"不用你说。"萧林看了他一眼，又转头看他的部下，"城卫在干什么！为什么这么分散！指控官呢！"

"城卫是陈部长亲自指挥。"部下回答。

萧林咬了咬牙，额角的筋跳了跳："清理队呢，就一个连川的棺材，用得着全队的人去送葬？"

"可以联系一下雷队长，"刘栋说，"不过别抱太大希望。连川的车是他带着人抢下来的，大概怕我们送过去会中途使坏。现在让他的人去扛旅行者，恐怕他不干。"

"这事结束以后我会向上面汇报。"萧林说，"我认为雷豫不再适合做清理队队长，太过感情用事！"

宁谷对自己躲人的本事还是有自信的，范吕说的没错，他见了任何一个主城武装都打不了，跑都跑不掉。

所以就躲着走。

以他在鬼城的经验……宁谷听到拐角那边有动静，贴墙站好之后把从范吕那里拿的那面小镜子慢慢从墙角伸出去看了看。

两个穿着制服的人正背对着这边往前走，武器闪着红光。

是城卫。

宁谷迅速收回小镜子。

他没有等城卫走远再出来，而是选择了另一条路，反正路都不认识，也没有预定的路线，只是顺着往远处的烟尘火光去。

不过他本来以为出来后最先碰上的会是清理队，毕竟每一次旅行者进主城，死咬他们的只有鬣狗，鬣狗的装备和武器都是最强的。

这就有点奇怪。

鬣狗呢？

宁谷慢慢蹭到了另一边的拐角，没听到什么声音，正想转出去的时候，对面的楼顶上传来了一声低沉而短促的喉音。

他看过去的时候，在楼厅天台护栏顶上看到了老大耳朵上的两束小黑毛。

接着老大探出了头，脑袋轻轻摆了一下。

宁谷看明白了它是让自己进楼里去，出于对自己实力的正确判断，他没有犹豫，迅速穿过了街道，从窗口跳进了对面的楼里。

接着就听到了外面有声音，几个巡逻队的人开着车从他准备走的那个拐角冲了出来。

但楼里的情形也吓了宁谷一跳。

这是个还在使用中的楼，跳进来的这个地方放着好几排货架，十几个主城居民正蹲在货架中间，一脸惊恐地看着他。

"嘘。"宁谷竖起食指。

大家都没有动，有几个在他目光扫过去的时候低下了头。

手无寸铁的主城居民，面对旅行者时，显得格外无助。

宁谷本来想再恐吓几句，犹豫了一秒还是没开口。有些不忍心。

看清四周的环境之后，他跑过去跳上了楼梯。

还没有跑到楼梯的一半，身后就有东西砸了过来，还听到了有人向窗外大喊："巡逻队！这里有个旅行者——"

宁谷皱了皱眉，飞快地冲到楼上，老大的身影从他面前一闪而过，往后跑去，他赶紧跟上。

老大对路很熟悉，带着他从楼的后方跳了出去，又进入另一个楼，再从侧门出去，跑进了一条小街。

不得不说，老大不愧是连川的搭档，跑起来跟一道影子似的，速度惊人，宁谷要不是成天在鬼城追人打架和被人打逃跑，真的未必能跟上，很多时候都只能看到老大在拐角一闪。

跑过几条街之后，从一个仓库的前门冲到街上时，宁谷听到了清晰的爆炸声。

前方几百米的地方，街道两边的楼已经塌掉近一半，地面上也布满了深深的裂痕和各种坑洞。

四处卷起的烟尘快要把主城的日光都遮掉了。

"你不要过去了，我自己过去。"宁谷回过头，"你……"

老大已经不见了。

看来也没打算送他过去。

宁谷咬咬牙，深吸了一口气，看清了前方的路之后，冲了出去。

他要在第一时间找到团长，让他们撤退。主城的武装相当强，不知道为什么，今天鬣狗没有出现。如果再加上鬣狗，怕是今天过来的旅行者没几个能回得了鬼城了。

距离前面一团混战的地方还有两条街，宁谷看到了城卫，他迅速躲进了旁边的房子里。

这房子已经塌了半边，里面没有人。宁谷打算从这一排房子的上方过去，相比街道，上面要安全一些。

跑到了楼顶，宁谷小心地探出头看了看。

还没来得及动，余光里就看到了蓝色的光微微一闪。

一个红点落在了他肩膀上。

完了。

居然碰到了鬣狗？

宁谷慢慢转过头，楼顶角落里，一个鬣狗正在瞄准镜后看着他。

这场景很熟悉。

可惜对方不是连川。

宁谷不知道这种时候自己应该怎么办，他不是连川，不可能快得过武器，一旦被锁定……

鬣狗的枪往下压了一点角度，一道蓝色闪过。

宁谷的肩膀和右臂顿时感觉到了剧烈的疼痛。

就像当初连川打在他腿上的那一枪，疼痛瞬间窜过他半边身体，他甚至能感觉到蔓延的路径，从肩到手臂，穿过心脏。

喘不上气来，胸口像是被套进了铁箍里，完全无法吸气。

完了。

宁谷感觉眼前开始有些发灰。

完了。

宁谷没有倒下，就像上次让连川吃惊的那样，他挣扎着爬上了平台，盯着还瞄准着他的鬣狗。

来吧。

谁怕谁呢？

不打到我不能动，你也别想抓住我。

宁谷咬了咬牙，站了起来，死死盯着对方的瞄准镜。

一阵风突然卷过，四周的碎屑都被扬了起来。

主城很少会有风，这风跟鬼城和黑铁荒原的风都不一样。

没有刺骨的寒意，也没有那么强的力度。

只像是什么东西飞速掠过，在空气里带起了一片旋涡。

鬣狗像是定格了，没有开枪，也没有动作。

宁谷看到他的枪口慢慢开始往下沉。

没有犹豫，也没有多一秒的思考，宁谷转身猛冲了两步，从平台边缘跃出，落在了旁边楼的平台上。

肩膀上的疼痛还没有消退，但现在逃命是首位，现在哪怕是肩膀碎了，他也还是得跑。

几秒钟之后，他已经到了第三栋楼的平台上，前面的房子已经完全塌了，他必须回到地面上。

他知道自己还没有跑出鬣狗武器的射程范围，不知道为什么身后的鬣狗一直没有再开第二枪。

但他顾不上细想，前方已经能看到有晃动的人影，是旅行者。

宁谷冲到平台边缘，往下一跳。

腿上钻心的疼痛再次袭来，落地的时候他重重地摔倒在一片废墟上。

宁谷挣扎着要起来的时候，胳膊被人抓住了，接着就从地上被拎了起来。

"你怎么在这里！"

熟悉的声音，熟悉的语气。

是团长。

"我……"宁谷咬牙在腿上用力搓了两下，还没来得及转头看一眼团长，就看到了正前方屋子里有一片橙色光芒闪过。

起码四五个巡逻队队员！

团长背对着屋子，没有察觉。

而能撑起防御的李向似乎没在旁边。

宁谷情急之下狠狠把团长往自己身后一撞，下意识地抬起了手，想要挡住攻击。

像是有什么巨大的东西从前方掠过，搅动了空气，旋转着带起了一阵风……

橙色的光芒并没有击发。

宁谷不知道发生了什么，但他立刻知道这是唯一的机会，于是回手抓住了团长的衣领，猛地往旁边一拽。

团长像是睡着了，被他拉着跑出去了一大段路，都没有说话。

几秒钟之后……

三秒，一，二，三……宁谷在心里数着。

三秒钟之后，几束橙色的光打在了他们之前站立的地方，爆裂声震耳欲聋，一片黑烟里迸出大片火星。

"这边！"团长拉着宁谷冲进了旁边的小巷，把他拎到了角落一个铁罐子后头，然后靠着墙拿起通话器，"找到了，李向过来掩护，林凡带所有人从老仓库东边走，穿过装卸区出去，那边只有两个城卫的小队了。"

团长说完转头看着宁谷，眼神有些奇怪。

"团长……"宁谷缓过劲来，看着他，心里说不出来是什么滋味，担心，害怕，欣喜，还有隐隐约约的不安。

"跟好我。"团长说，"我们带你回去。"

李向很快在路口跟他俩汇合，身后还有十几个旅行者，宁谷看到了满脸是灰的琪姐姐。

所有人来不及多问，主城火力被打乱了的包围圈再次成型之前，他们要冲出老仓库范围。

宁谷沉默地跟在队伍中间，埋头往前冲。

琪姐姐不知道什么时候跑到了他身边，喘着气低声问了一句："还好？"

"还好。"宁谷点点头。

这一次冲击主城，旅行者伤亡不少，宁谷不知道谁来了，又有谁回不去了，只知道汇聚在一起越来越多的旅行者里，很多都受了伤，不少是被同伴拖着走的。

还有些拖到半路实在无法继续前进，被扔在了路边。

李向扔过来一件外套，不知道是谁的，宁谷接住了，套在了自己身上，再把外套的帽子扣到了自己头上。

不管怎么说，主城那边现在肯定已经知道了，宁谷就在旅行者当中。

他必须把自己隐藏好。

团长判断出来的突破口是准确的，因为没有了鬣狗这支主力队伍，包围圈被破坏之后，旅行者只要没有停顿，城卫和治安队就无法再次包抄他们。只能围追，不能堵截。

不过冲出主城的时候，他们不能再从原路退回，只能从主路走。

最后一段通道是桥，城卫的驻守点，除了硬冲没有别的方法能通过。

旅行者们发出了阵阵尖啸，冲向桥头。

瞬间几束红光射来。

旅行者里有防御能力的全部分散在队伍里，从各个角度抵挡进攻。

宁谷一直被团长护在他和李向中间，到了桥头的时候，团长把他推向了琪姐姐，在他耳边低声说了一句："不要用能力。"

宁谷愣了愣。

"琪！保护好他。"团长说。

"放心！"琪姐姐喊了一声。

什么能力？

宁谷在一阵混乱中跟着冲上桥头，往前猛跑。

是那个三秒吗？

"前面！"琪姐姐喊，"老鬼轰了顶上那个——"

"好——"叫老鬼的旅行者也喊着。

三秒钟里，发生了什么？

"轰"的一声，一段桥柱倒了下来。

是怎么发生的？

狂风突然从前方刮过来的时候，旅行者们发出了欢呼。

这是属于黑雾地带的狂风，带着能穿透身体的寒意的狂风。

他们活着离开了主城的范围。

"哦吼——"琪姐姐尖叫着喊了一声。

喊完之后一边喘一边咳嗽。

宁谷拍了拍她后背，抬起头看到了在黑雾中若隐若现的列车。

"小心埋伏。"林凡的声音响起。

大家立刻围成一圈，慢慢向列车靠近。

宁谷看不到四周有人，但有种强烈的感觉，有人在暗中看着他们。

"这是什么？"最先到达列车旁边的旅行者喊了一声。

本来还沉浸在紧张当中的旅行者们，瞬间从紧张变成了好奇，队伍顿时乱成一团，都往列车旁边挤了过去。

还有不少直接跳上了车顶。

宁谷也顾不上别的了，扒拉开人堆，几下就挤到了车厢前。

正中的车厢里，静静地放着一个黑色的长方形的箱子。

箱子上有闪烁着的蓝色光点。

旅行者们渐渐安静下来之后，能听到箱子发出的低微的声音。

滴，滴。

37

旅行者们纷纷想要挤进这节车厢,看看这个黑色的箱子里到底装着什么。

也有人担心是主城给他们设下的圈套,想要强行把箱子先推下车。

"要不就先拿下车!"有人喊,"打开看看是什么!"

没等团长下令,一帮人就涌了上去。

箱子是金属材质的,重,并且光滑。大家挤成一团没地方下手搬,于是把箱子推到了车厢门边。

宁谷已经感觉到了,这个箱子里,恐怕装的……

他伸手顶住了箱子,想拦着不让箱子摔到地上:"先别急……"

话还没说完,身后突然爆起火花,一排蓝色的光束,整齐地打在了距离他们两米远的地面上。

"鬣狗!"有人喊了起来。

"上车!"团长说。

箱子又被推回了车厢正中,旅行者在这种情况下不会跟鬣狗对抗,全都窜上了车,靠在车厢门的两边向外看着。

"没看到人。"

"鬣狗居然出主城了?"

"城卫都不会追到这里来,鬣狗怎么来了?"

"这东西是鬣狗放到车上的吧!"

没错。

宁谷站在黑色的箱子旁边。

箱子是鬣狗送过来的,并且要求他们必须带走。

连川被驱逐到鬼城。

看来消息是真的。

但宁谷也真的没有想到，会是这样的方式。

他以为就算要驱逐，也应该是把人押送过来，用枪指着。

装备肯定下掉了。

制服估计也不会有，因为他知道连川的制服也是有杀伤力的。

搞不好还是光着来的。

接下去，如果连川不肯上车，他还可以去劝一下，小喇叭，上车吧先活命……

怎么也没想到。

连川居然是带着包装盒上的车。

真的是连川吗？

宁谷蹲在车厢门边，盯着那几个边闪边滴滴的蓝色光点。

外面的鬣狗始终没有现身，把箱子逼回车厢之后，外面就一片寂静，除了风和黑雾，什么异常都没有。

几个旅行者跳下车，爬上车顶，上上下下来回跑了好几趟，也没再被攻击。

"挤不下的去别的车厢。"李向说，"不要都堆在这里。"

"万一是鬣狗送来的什么杀伤武器，说不定车开出去了就启动，"林凡的声音在角落里响起，"到时人全在这里，直接一锅端了。"

旅行者们觉得有道理，纷纷跳了出去，没一会儿车厢里就只剩下十几个人。

气氛一下就变了。

宁谷垂着眼皮，余光里继续盯着蓝色光点。

但他能感觉到自己的呼吸都变轻了。

车厢里剩下的人，不少都是平时自己熟悉的、干了什么坏事都会绕着走的"长辈"们。

不过大概是因为还有些普通旅行者在，又有不少人受伤了，团长他们并没有马上就问他在主城的细节。

车开动的时候，四周再次响起了震耳欲聋的欢呼和尖啸声，很多旅行者冲到车厢门边，把自己身上带着的小破烂往外扔。

坏了的腰带扣，鞋上的金属钉，破了的手套、帽子……

他们冲进了主城，顶着主城的火力一直冲到了C区，救出了同伴，再扛着火力撤退，成功返程。

　　这是件值得欢呼的事，为活着回来的旅行者，为留在主城死去了或者还没有死去但最终都会死去的旅行者。

　　宁谷抬头看了一眼四周的人。

　　这些护着他离开主城的人满脸的疲惫，脸上身上的黑色伤口都清晰可见，但没有人注意到他。

　　救个同伴而已，平时未必会救，但如果要救，就拼死去救，至于这个同伴是谁，发生了什么事，都不会有人在意，痛快了就行。

　　宁谷甚至不需要对这些人表达任何谢意。

　　离开鬼城之后，他才感觉到，自己跟这些疯狂的、一切都无所谓的人在一起，是多么舒服的事。

　　但接下去他需要面对的，就不是一个无所谓就能解决的了。

　　箱子里很大概率是连川。

　　旅行者闻风丧胆却又恨之入骨的主城第一鬣狗，手无寸铁地躺在这个箱子里。

　　一旦打开，会是什么样的场面，宁谷不敢想。

　　另外几个车厢里喧闹的旅行者慢慢安静了，毕竟大家这一趟都有些疲惫。

　　李向站在黑色的箱子旁边，仔细地检查了一遍箱子。

　　这个箱子跟以往主城送过来的实验品用的箱子有一些相似，都是黑色的密封箱，但这个体积更大，重量也要大得多，明显内部有更复杂的装置。

　　如果是实验品，只能说这个实验品非同小可。

　　但主城和团长之间的货，从来没有这么公开地进行过运输，当着所有旅行者的面。

　　李向转身走到团长身边，看了他一眼。

　　"我没有收到任何消息。"团长说。

　　"有什么猜测吗？"李向低声问，"这不太可能只是个……实验体。"

　　"今天鬣狗很反常。"团长往林凡那边看了一眼，"你那边也没碰到吧？"

　　林凡慢慢走了过来，手遮着嘴，面对着车厢壁："没有，我觉得这不是实验体。"

"嗯。"团长应了一声。

"主城以前有过驱逐先例。"林凡还是遮着嘴,声音若有若无,"虽然不是这种形式……我觉得宁谷知道。"

主城的确曾经有过几次驱逐：绿地的非法出生,不被主城法律允许,但背景特殊不能直接回收,选择了驱逐到鬼城,至少能活着。

被驱逐的人现在还在鬼城的庇护所沉默地生活。

但箱子里的这个,明显不同。

每次列车从主城返回,留守的旅行者都会欢呼迎接。黑暗中的生活里,列车带来的哪怕是死亡,也是新鲜事。

而这一次,从主城带回来的黑色箱子,这个有着鲜明主城风格的、一看就很高科技的箱子,更是让三个庇护所都沸腾了。

"打开——"

"快打开！"

宁谷跟在团长身后,林凡和李向都没有盯着他、防止他一回鬼城就逃跑。

宁谷知道他们已经猜到了这个箱子跟自己有关,也猜到了有这个箱子在他就不会跑。

他的确是不会跑。

他说过连川要是被驱逐到了鬼城,他会罩着连川。

虽然连川并不知道。

但旅行者说话算数。

箱子被放在了钟楼前的空地中间,不可能再秘密运走打开,旅行者们都已经知道了它的存在。

整个鬼城的旅行者都已经汇聚起来,全部挤在了钟楼附近的地面上、钟楼上、附近的房子上,还踩塌了好几个房子。

宁谷盯着四周的人,一张脸一张脸地盯过去,虽然冷光瓶的亮度比不上主城,但找钉子的脸,他不需要太亮的光,一个剪影他就能认出来。

没有看到钉子。

下车的时候他就感觉到不对劲,这一趟团长是带着人去找他,钉子不可能不去接他，更不可能到现在了都没有冲过来哭着跟他拥抱。

　　他甚至也没有见到锤子。

　　宁谷的情绪一点一点沉了下去。

　　只是现在他还不敢开口问，团长已经走到了箱子旁边。

　　"注意防御。"团长看了李向一眼。

　　李向点了点头。

　　闪烁着的蓝光下方，有三个按钮，跟表面齐平，不仔细看都看不出来，也没有任何标志。

　　这三个按钮团长算是熟悉，实验体的箱子上也有这样的按钮。

　　分别是解除控制、唤醒和开箱。

　　如果是实验体，每次打开箱子，都是先开箱，确认之后再解除和唤醒。

　　盯着三个按钮看了一会儿，四周旅行者的啸声和喊声越来越大，他低声说了一句："注意安全。"

　　李向和林凡靠近了一些。

　　团长按下了第三个按钮。

　　箱子发出的滴滴声停止了，接着蓝色的光停止了闪烁。

　　四周的叫喊声也随着箱子的变化而慢慢平静下去，变得静悄悄。

　　耳边只有风声。

　　箱子侧面出现了一条缝隙，悄无声息地一点点向上打开。

　　宁谷连呼吸都快顾不上了，死死盯着渐渐变宽的缝隙。

　　缝隙开到一掌宽的时候，速度突然加快，几乎是没有停留地整个打开了。

　　一秒钟之后，四周爆发出疯了一样的欢呼。

　　箱子里躺着一个人，穿着简单的蓝色睡衣。

　　而打开的箱盖内侧，整齐地固定着一套制服。

　　隐隐闪着暗蓝色的光芒。

　　"是鬣狗！"人群里有人吼了一声。

　　没等这鬣狗两个字喊完，人群已经开始骚动，有人扑了过来。

团长和林凡同时一扬手,强大的气浪从他们身边向四周推了出去,涌上来的人被整齐地扫出了十几米。

"都待在原地!"团长沉着声音吼了一声。

"杀了鬣狗!"有人喊。

"杀!"

"废了他!让他当真正的狗!"

……

是连川。

宁谷盯着箱子。

连川闭着眼睛,脸色苍白,不知道是什么情况。

还在剥离状态吗?

不是说剥离关押吗,怎么送到鬼城来了还没有脱离状态?

宁谷突然觉得后背有些发凉。

如果连川是清醒的,到了鬼城,就算没有装备,估计也不会轻易被控制。但现在以这样的状态"驱逐",明显是要把他交到旅行者手上。

甚至怕没人知道这是谁,还放上了清理队的制服。

这制服,每一个旅行者都认识,每一个旅行者都痛恨。

"0603!"有人喊了起来,"我看到了!0603!"

虽然距离很远,还是有人用能力看到了制服上的数字。

宁谷很佩服,他到现在才知道,连川的制服上有他的编号。

"是连川——"

"杀了他!为旅行者报仇!"

宁谷咬了咬牙,主城真狠,这样的驱逐,跟杀了有什么区别?

如果是这样的目的,宣布驱逐之后秘密杀掉不就行了?

听着耳边旅行者们愤怒的高呼,宁谷握紧了拳头,这一切是为什么,只有连川知道。

连川不能有事。

他还有很多问题没有答案。

他说过要罩着连川。

鬼城恶霸言出必果。

"先关押起来。"团长开了口，"没有我的命令，任何人不能接近。"
林凡往四周扫了一眼："这些人怎么办？"
旅行者对于鬣狗的痛恨直白而清晰，无论是当年被赶出主城，还是之后每一次进入主城时的狙杀，都是鬣狗在实施。
"等我们弄清是怎么回事之后，"团长提高了声音，"再跟大家商议怎么处置。"
"杀！"旅行者整齐地喊道。

宁谷冲到箱子旁边一脚踢上箱盖的时候，四周的喊声还在此起彼伏。
"宁谷！"李向被他这个举动惊了一下，过来就想拉开他。
"别碰我！"宁谷吼了一声。
所有人都愣住了，四周瞬间安静下来，震惊地看着他。
宁谷一只脚踩到了箱子上，慢慢举起了左手，看着团长："这人我的。"

那个三秒钟，宁谷并不知道怎样激发，又会有怎样的效果，但他知道团长不让他使用能力。
并且团长也并不清楚他这个鬼能力还处于叛逆期，并不是想用就能用得出来的。
这是他从小到大第一次威胁团长。
当着所有人的面。

团长大概是想不到他会这样，脸上绷得非常难看，瞪着他，气得说不出话。
"看来我们宁谷是……能力激发了？"一边的林凡抱着胳膊开了口，看上去比团长平静得多，"你想怎么样？"
"把他交给我。"宁谷说。
"不可能。"团长回答得斩钉截铁。
"这么多同伴在场，"李向出声，"你要想谈条件，总得提一个可行的。"
宁谷觉得有道理。
"关押可以，"他说，"但是要在我知道的地方，我要随时能见到他。"

"你……"团长脸色铁青,但是话没说完,就被李向打断了。

"可以。"李向说。

"关在哪里?"宁谷问。

"你可以跟着去,"李向回答,"但是我们问你的事,你都要老实回答。"

"你们不能骗我,"宁谷说,"不能限制我的活动范围。"

"好。"李向点头。

"成交。"宁谷说。

装着连川的黑色箱子,大家一致同意先存放在鬼城医疗所。

医疗所并不只是简单的医疗所,最初的作用是关押能力失控的旅行者,有着强大的控制和防御系统。

团长带着人把箱子运往医疗所的时候,宁谷跟在他身后,目不斜视地盯着前方的路面。

在当着所有旅行者的面威胁过团长之后,他突然没有勇气再面对四周的目光。

那些怀疑的,震惊的,鄙夷的,愤怒的目光。

箱子被放在了医疗所的禁闭室里,运送箱子的几个旅行者离开之后,屋里只剩下了四个人。

"你是不是知道这件事?"团长沉默了很长时间之后,看着宁谷开了口。

"嗯。"宁谷应了一声,"主城宣布了要驱逐连川。"

"为什么?"李向问。

"他在失途谷放走了我。"宁谷说。

"为什么?"李向继续问。

"他说我能帮他。"宁谷小心地在脑子里搜索着可以说出来又不会"骗人"的答案。

"怎么帮?"林凡问了一句。

"还不清楚。"宁谷说,"所以你们不能杀他。"

"谁说要杀他了?"李向说。

宁谷看了他一眼,没有说话。

好像是没说。

"你的能力是怎么回事?"林凡又问。

"我还……"宁谷犹豫了一下,"不是太清楚。"

"群体控制。"团长说,"但他还控制不了范围。"

林凡和李向都有些吃惊地看向宁谷。

"鬼城没有这样的能力。"李向说。

林凡捏了捏下巴:"也不是没……"

"这个稍后再讨论。"团长打断了他的话,"当务之急是连川。"

李向走到箱子旁边,在箱子上轻轻敲了两下,转头看着宁谷:"如果唤醒连川,你能让他配合我们吗?"

"我不确定。"宁谷回答。

"先唤醒再解除控制。"团长说,"加上我们的控制装置。"

李向把一张铁制的床,确切地说是一个铁制的床一样的架子,从旁边拖了出来。这东西外形虽然看上去有些粗糙,但通过满布的线管和闪着光像是主城武器枪口一样的几个黑筒,还是能看出来,连川一旦被捆上去,轻易不可能逃脱。

团长打开了箱盖,在唤醒之前,他要再检查一次箱子。他取走了连川的制服。

宁谷有些紧张地站在旁边,死死盯着箱子。

这一瞬间他有些沮丧。

从小严父一样守护着他长大的团长,他竟然已经不能再完全地信任。

察觉到这个变化的时候,宁谷整个人都被裹进了茫然里。

但这情绪下一秒就他被扔到了脑后。

箱盖还没有完全打开,他已经能看到连川的脸。

连川的眼睛是睁开的。

团长反应过来要把箱盖合上的时候,连川已经从箱子里跃了出来。

宁谷甚至连动都没来得及动一下,就感觉自己脖子上一凉。

"别动。"连川站在了他身后,手指扣在了他咽喉上。

团长转过头,沉下声音:"放开他。"

"就算没有装备，"连川收紧了手指，"也不会有人比我快。"

"你要能杀他，"林凡说，"在主城就不会放过他。"

"那你试试。"连川说。

38

连川的手指冰凉，跟外面常年被寒风刮过的地面一样。

宁谷不是第一次被连川掐着脖子了，之前连川的手指是温热的。

从这一点他就能判断出来，连川现在的状态并不好，那个黑箱子里的控制装置应该并没有失效，连川能醒过来，估计是因为他强大的精神力。

厉害。

宁谷非常佩服。

如果连川把手从他脖子上拿开，他就更佩服了。

不过医疗所里现在这种剑拔弩张的气氛，让宁谷感觉自己一时半会儿无法摆脱眼下的状况。

而且连川的果断是怎样被训练……或者说是逼出来的，宁谷算是体会过小小一部分，如果团长他们动手，连川怕是真的会对他下狠手。

于是他出于自身安全的考虑，从嗓子眼儿里挤出几个字："别试，他干得出来。"

短暂的沉默之后，李向开了口："那来谈一下条件吧。"

"制服给我。"连川说。

对面的三个人对这个要求明显犹豫了，都没有动。

连川的手指猛地一收。

宁谷顿时别说出声，连气都喘不上来了，赶紧冲团长拼命招了几下手，但也没来得及告诉他们连川的制服上有防御装置。

李向走到箱子旁边，拿起了旁边的床架子上连着线的一根黑色棍子，先在制服上碰了碰。

"关着的。"连川说。

宁谷松了口气。

李向放下手里的棍子。

制服是被固定在箱盖内侧的,有好几个锁扣,他抠了几下没打开。

宁谷有些着急。自己对连川的判断是准确的,就这种情况下,连川戏都不带演的,扣在他咽喉上的手指,力度比镣铐都精准,一丁点松动都没有。按李向拆制服这个速度,连川拿到制服的时候,他可能已经憋死了。

他不得不抬起手,抠着连川手指往外拽。

连川终于稍稍松了松手指,他赶紧倒了两口气。

李向把制服扔到了连川脚边。

"帮我穿上。"连川说。

"谁?"团长忍不住问了一句,这个要求听起来实在有些奇特。

"宁谷。"连川说。

"你是不是有病?"宁谷刚能透气,立马开口。

"没有。"连川如实回答。

"你自己不能穿吗?"宁谷问。

"在失途谷能,"连川说,"在这里不能。"

宁谷明白他的意思,面对旅行者,他不能分心,特别眼前这三个,实打实的强能力,稍有一点偏差,就有可能失掉先机。

为了尽快摆脱僵持的局面,宁谷慢慢蹲下,拿起了连川的制服。

连川的手始终扣着他脖子没离开。

他看着连川的裤子:"你这身睡衣不脱了,制服穿不上去,我现在要扯你裤子。"

连川没出声。

宁谷抓着连川的裤子扯了一下。

还好。

就像在失途谷的时候一样,连川的睡衣里还有衣服。

不过就算连川里头还有一套贴身的衣服,这个场景也相当诡异,要是被人看到了传出去，立刻就会成为鬼城十大未解之谜第一谜。

宁谷以尽量迅速的动作把制服裤子抖了抖，伸到连川脚边，又迅速地把裤子套到了他腿上，再麻利地往上一提。

动作有些过于麻利，这一提，提得可能有些狠。

连川本来已经松开一些的手指瞬间收紧了，看了他一眼。

宁谷跟他面对面沉默对视了两秒，又把裤子往下稍微扯了扯。

连川拍开了他的手，在裤腰上摸了一下，腰带自动收紧了。

比起裤子，衣服就容易多了。

只套上了一只袖子，连川就松开了扣住他咽喉的手，自己穿上了衣服。

制服自下而上一条横向的蓝光扫过之后，连川抬眼看着团长："我有你们想要的信息。"

"关于哪些？"林凡问。

"参宿四。"连川说。

林凡没了声音，跟团长和李向迅速交换了一下眼神。

"你是想说你是参宿四。"李向说。

"我不光是参宿四，"连川说，"我还是非规前驱实验体。"

李向沉默了。

过了一会儿，他看了宁谷一眼："宁谷你先出去。"

"不。"宁谷说。

"我们现在伤不了他。"林凡说。

"我不是为这个。"宁谷说。

"先出去！"团长开了口，"有什么我跟你单独再谈！"

这个熟悉的严肃语气，让宁谷下意识地就转了身，走了两步又回头看了连川一眼。

连川永远没有表情的脸上依旧没有什么表情，眼神里也看不出什么。

行吧。

宁谷打开门，走了出去。

医疗所在地下，不深，一条斜向的小隧道走几十米就回到了地面。

刚从隧道里探出头，宁谷就想转身回头。

外面站着几十个旅行者，宁谷全都认识，都是各个庇护所平时说得上话的长辈，有几个年纪都很大了。

宁谷原地定了几秒钟，走出了隧道。

风刮得急，他把护镜从头顶拉了下来，罩在了眼睛上，慢慢向人群走过去。

这些人不会骂他，普通的旅行者才会在这种情况下围着他骂，动手也正常，这些人看着他的时候，更多的大概是不解和痛心。

宁谷沉默地从沉默的人群中穿过，往自己小屋的方向走过去。

走到一半的时候，他又改了主意，换了个方向，顺着小路走向钉子和锤子的小屋。

小屋在一号所北缘，再过去就是二号所。

离着还有一段路，宁谷就能看到小屋里是黑的，没有冷光瓶的光亮。

他的脚步顿了顿，到底出了什么事？

虽然知道小屋里应该没人，他停了一会儿还是继续走到了小屋旁边。就算没有人，他也要看一看，小屋里总会有些痕迹。

"钉子？"他站在外面小声喊了一声。

没有人回应。

"锤子？"他又喊。

身后传来了脚步声，他回过头，这脚步声是锤子。

但他还没看清锤子的脸，脚下已经突然一空，摔倒在地上。

与此同时锤子一弯腰，手按在了地上。

"你这样的身份，主城怎么可能把你放到鬼城？"团长看着连川。

连川坐在椅子上："我最后的利用价值就是被放到鬼城。"

"卧底么？"李向笑了笑。

"是。"连川回答。

"一眨眼就倒戈了的卧底。"李向看着他，"主城做事不会这么不妥当吧？"

"不这样的话，"连川也看着他，"我在鬼城寸步难行。"

李向没说话，盯着他看了一会儿之后，又转头看了看团长和林凡。

连川的话听不出真假，他的表情和眼神从头到尾就没有变化，任何细微的破绽都没有找到。

现在他们突然陷入了困境。

"我们怎么能相信你。"团长说,"你在主城二十多年,是清理队最强的一员,想必也很受器重……"

"你们不信我,现在也已经杀不了我了。"连川说。

"你想要什么?"林凡问。

"宁谷。"连川回答。

团长脸色瞬间沉了下去:"不可能。"

"你说了不算。"连川说。

"你想让宁谷帮你什么?"林凡接着问。

"这个不是你们需要关心的。"连川站了起来,走到团长面前,"让他帮我,等他发现你们跟主城的那些事的时候,只有我能拦得住他。"

锤子一脚狠狠地踢在了宁谷后背上。

没等宁谷倒过气,肚子上紧跟着又挨了一脚。

他咬牙挺着,动不了也说不出话。锤子愤怒的时候,能力比平时要强得多。

他希望锤子能骂他,骂几句,他至少能听出来到底发生了什么事。

但锤子始终沉默,只是狠狠地一脚接一脚地往他身上连踢带踹。

钉子出事了。

宁谷闭上眼睛。而且是出大事了。

他有些焦急,希望锤子打他打他再狠一些,快点把堵在胸口最上头的那口气出了,好让他有开口问的机会。

但锤子展现出了平时绝对看不出来的惊人体力和耐力,一脚接一脚踢得花样百出,除了脑袋和裤裆,就没有落空的部位。

锤子突然停止动作的时候,宁谷都没睁开眼睛,只想着他终于踢累了要休息了。

"放开我!"锤子压着声音低吼。

宁谷睁开眼睛。

首先看到的就是清理队带着蓝光的制服。

锤子的能力已经收了,他赶紧从地上跳了起来,拉住了连川的胳膊:"你放开他！"

"放开他，"连川看了他一眼，"他马上就会打你。"

"不会。"宁谷说得很肯定，锤子已经出了一通气，这会儿该骂他了，"放开。"

连川松开了抓着锤子胳膊的手。

宁谷看着锤子："锤……"

锤子一拳砸在了他鼻子上。

突如其来，猝不及防，宁谷倒地的时候看了连川一眼。

不愧是狗，这一下连川明明能帮他拦住。

"我要早知道你跟鬣狗勾结！"锤子扑到他身上，抡起拳头就砸，"我当初在主城就不会带着你！我就应该让蝙蝠弄死你！"

"钉子呢？"宁谷护着头。

"应该我问你！"锤子吼，"钉子呢！我弟呢！"

宁谷找准机会一把抓住了锤子的手腕，弓腿一顶，把锤子掀翻在了地上，膝盖压在了他胸口上："钉子出什么事了？"

"问你啊！"锤子的声音里突然带上了憋不住的哭腔，"他不见了！钉子不见了！"

"怎么会不见了！"宁谷吼。

"他去了舌湾，他肯定去了舌湾！"锤子哭出了声，声音一点点低了下去，"你走了以后他就一直想去舌湾……因为你总去……你到底干了什么……"

小屋的门被锤子一把甩上之后，宁谷还在外面站了很长时间。

钉子去了舌湾。

钉子不见了。

他刚离开鬼城没几天，钉子就失踪了。

宁谷猛地转过身，往团长小屋的方向冲了几步，又停下了。

再转身，往出庇护所的方向又冲了几步。

他不知道现在自己应该冲去质问团长，还是应该冲到舌湾去找钉子。

"你住哪里？"一直站在旁边看着的连川问了一句。

"干吗！"宁谷转过头。

"我要休息。"连川说。

"你要去我那儿休息？"宁谷瞪着他。

"是。"连川说。

"你是怕别的旅行者弄不死我吗！"宁谷心情本来就不好，这会儿更是怒火中烧。

"我不去你那儿，他们也想弄死你。"连川说。

宁谷继续瞪着他。

"我需要休息。"连川又重复了一遍。

宁谷终于从连川的语气里听出了那么一丁点的不对劲。

连川在失途谷不吃不喝还各种打斗，也没见他休息过，最后还能冲进主城。现在在箱子里躺了一路，刚醒过来就说要休息。

再想到他冰凉的手，宁谷觉得连川可能是真的状态不对了。

他强行压住了自己心里的情绪。

费了这么大的劲，把自己从鬼城恶霸折腾成了鬼城公敌，如果连川出了什么意外，自己真是亏得有点太大了。

"来。"宁谷咬牙，"从没人的地方绕回去。"

出于对团长的敬畏，不会有人守在宁谷的小屋里找他麻烦，只要避开能碰到人的路回去就行。

宁谷在前面走着，连川跟在他身后。

这让他忍不住想起刚被连川扔进失途谷的时候。

突然就有种说不上来的滋味。

当初要是没有执意去主城，没有违抗团长的命令……

现在是不是什么都不会发生？

钉子不会失踪。

团长不会带人去主城找他，死伤惨重。

他也不会一回来，就成为公敌。

看到自己的小屋时，宁谷心里的憋屈和难受，稍微有了一丝缓和。

"到了。"他低声说,走过去打开了小屋的门,从门边的盒子里摸出了一个冷光瓶,却发现能力过期了,冷光瓶已经不亮了。

他把冷光瓶扔回盒子里:"没光了,黑着吧。"

连川在手臂上按了一下,一束光从肩上射出,照亮了小屋。

宁谷看了他一眼:"你在床上休息吧。"

连川看了一圈,最后视线落在了堆满他换来的各种小物件的那个垫子上:"这个是床吗?"

"不然呢?"宁谷说,"你看这个像厕所吗!"

"我醒之前不要走。"连川往垫子那边走去,"我信不过团长。"

没等宁谷回答,他突然朝前倒了下去。

脸冲下砸到了垫子上。

宁谷第一反应是冲过去想拉连川,但又及时地刹住了。

他先抄起一根棍子,往连川制服上戳了两下,没有什么异常,才赶紧扔了棍子,过去拽住了连川的胳膊。

连川离垫子还有一段距离,好在摔下去的时候脑袋正好够着了垫子,要不就这么用脸砸一下地……

"连狗?"宁谷把他翻了个身,在他脸上拍了拍。

连川没有反应。

宁谷叹了口气,扯着他的胳膊,把他往垫子那边拖了拖,又搬着他的腿往上一掀。

连川斜着趴在了垫子上。

宁谷站在原地看了一会儿,确定自己没有再次被拉进连川的意识里,才又过去把他翻成正面朝上,以免憋死。

我醒之前不要走,我信不过团长。

等你醒没问题。

宁谷坐到了墙边,往后一靠。

信不过团长?

他闭上眼睛,仰头在墙上轻轻磕了两下,谁又信得过谁呢?

39

团长推门进屋的时候，连川还在垫子上晕着没有醒。

宁谷靠着墙也睡得很香。

团长在他腿上踢了踢，他才猛地一下跳了起来，看清是团长之后，捂着肚子弯了弯腰，用力太突然，感觉腹肌都快被扯断了。

"去李向那儿聊聊。"团长说。

"要不……晚点吧。"宁谷说得不是太有底气。

长这么大他都挺怕团长的，最近先是违抗团长的禁令，害得旅行者死伤不少，还干出了当着全体同伴驳团长面子的事儿，现在又拒绝……他下意识地就有些发慌。

总觉得团长下一秒就会揍他。

"要等他睡醒吗？"团长看了一眼连川。

"嗯。"宁谷应了一声，想了一个很体面的理由，"他不能有事儿，他……目前对我来说还有用。"

"在门口总可以了吧？"团长说，"我站在这里，谁还敢动他？"

宁谷没敢再多说，跟着他走到了小屋门外。

今天庇护所比平时要热闹，能听到周围旅行者们兴奋的说话声，笑声，叫骂声，争斗声。

不过估计是团长他们下了命令，小屋四周没有人，只有一个个点亮的小灯笼寂寞地排在小路两边。

"他跟你说什么了吗？"团长问。

"谁，连川吗？"宁谷说，"他进屋就睡了。"

没敢说连川好像是晕过去了。

团长转过了身,看着他:"你在主城,都碰到什么人了?"

"我一直在失途谷。"宁谷说,"好几天以后才躲到主城的,连川的……朋友,给我安排了个住的地方,一直到你们去了。"

"行,这个之后我们再细说。"团长一直看着他的眼睛,"你的能力,是怎么回事?是不是跟连川有什么关系?"

"我不知道。"宁谷叹了口气,"什么时候激发的我都不清楚。"

能感觉得出来,团长有很多事想要问,但问了几句之后就停下了。

"长大了。"团长说,"有秘密了,学会说话只说一半了。"

宁谷低下头没敢出声,心里有些不是滋味。

"没关系,刚回来。"团长说,"先休息吧,时间还多。"

宁谷依旧没敢出声,等到团长转身要走的时候,他才实在忍不住问了一句:"钉子不见了?"

"是的。"团长背对着他回答。

"怎么会不见的?"宁谷又问。

"他去了舌湾。"团长回过头看着他,"他进了舌湾。"

宁谷感觉自己呼吸都顿了一下。

"我们赶到的时候他已经不见了。"团长说。

宁谷有些回不过神来。

锤子只说钉子去了舌湾,但没说是进去了。

怎么会进去?

钉子不是个胆子大的人,也不是个好奇心重的人,他俩去了那么多次舌湾,钉子从来没想过要进去……

为什么?

他下意识想问,为什么。

但没有开口。

一旦说到舌湾,就会有绕不开的那些内容,舌湾里有什么,地库里那些是什么,为什么他知道,该怎么跟团长解释这些,又该怎么向团长要个说法。

"今天你不要出门了。"团长说,"明天我过来找你。"

"哦。"宁谷应了一声。

"带你去舌湾看看。"团长说完就直接往前走了，没有给他留出说话的时间。

宁谷没有回屋，站在门口看着团长的背影，直到完全看不见了，他才慢慢转过身，回了小屋。

连川没有动过。

宁谷出门的时候特地看了一眼，连川的手放在垫子边上，小拇指在垫子外面。

现在还是原样。

他倒不是担心连川偷听他和团长的对话，他是有点儿担心连川还能不能醒过来了，不会是挣扎着从剥离状态出来，谈完交易又回到剥离状态去了吧？

"连狗。"宁谷试着叫了他一声。

连川没有动。

宁谷走过去，在他脸上拍了两下，不算轻，已经能拍出"啪啪"的响声了，但连川还是没反应。

好机会。

宁谷看了看自己的手，慢慢抬高，握成拳。

自从认识连川，自己不是被掐脖子就是被拎起来扔，苦于武力值相差太远，他只能忍着。

现在，眼前有一个绝好的反击机会……

乘人之危？

旅行者才不管这些，有机会就得抓住，狠狠一拳……

连川睁开了眼睛。

宁谷的手僵在了空中，过了几秒才在头上抓了抓："你什么时候醒的？"

"外面有人。"连川说。

"什……"宁谷愣了愣。

"宁谷！"外面突然传来了一个低低的声音，"你在吗？"

宁谷听出来这是三号庇护所的狼皮，跟他不是特别熟，但跟钉子的关系还可以。

"出来一下。"狼皮小声说,"我有事跟你说。"

宁谷转过头。

"不止他一个人。"连川坐了起来,声音很低。

"我看到钉子进了舌湾。"狼皮说,"他说……"

听到钉子两个字的时候,宁谷顾不上别的,几步冲到了屋外:"他说什么?"

狼皮站在距离他小屋十多米的地方,冷光从侧面照亮了他半张脸。

"钉子说什么了?"宁谷往他那边走了两步,开口的时候看到了狼皮脸上冷漠的表情,还有眼神里的愤怒。

宁谷没有再等他回答,转身就往回冲。

不止他一个人。

连川果然厉害。

宁谷往回冲的时候,黑暗里已经跃出了十几个黑影,看不清都是谁。

反正都是旅行者。

来找麻烦的旅行者。

一股气浪在他冲到第二步的时候推了过来,猛地一下把他推出去了好几米。

小屋顶上的黑雾里闪过几丛暗绿色的光,接着一声巨响传来。

"停下!"宁谷吼,跳起来想往回冲,但气浪再次把他掀翻在地,有人扑上来把他按在了地上。

小屋在第二声巨响时轰然倒塌。

"放开我!"宁谷用力挣扎,"你们疯了吗!"

这不是旅行者之间的普通斗殴,平时哪怕是几个庇护所之间的群殴,也不会用这种毁灭性的杀伤能力。

这是来杀连川的。

"着急了吗?"有人把他的头按在了地面上,冰冷坚硬的黑铁瞬间像是扎进了皮肤,整个人都觉得发冷,"想要去救你的鬣狗朋友吗?旅行者!"

"你是个旅行者!"另一个声音凑到他耳边吼,"你是不是不记得了?旅行者永不向主城妥协!杀就杀!死就死!"

有东西砸在了他身上,坚硬的,还很重,可能是块黑铁。

宁谷咬着牙没说话,这时不会有人听他说什么,无论说了什么都是屁。

小屋四周有二三十个人，宁谷努力把自己被按在地上的脑袋往上蹭了蹭，看过去的时候，小屋已经变成了一堆碎渣。

他住了很多很多年的小屋，里面还有很多他换来的宝贝……

没看到连川。

以连川的反应和速度，应该是能出来的，但他今天明显状态不对，身上有伤，或者是剥离状态带来的副作用。

宁谷有些不确定。

连川不能出事，他还有太多疑问需要从连川那里找到答案，甚至是钉子，可能连川都能推测出发生了什么事。

而且无论连川是为什么来的鬼城，目的是什么，他说过他会罩着连川。

更重要的是，连川付出了巨大的代价，才保了他从失途谷安全离开，保了他在主城的安全。

"连川！"宁谷喊了一声，声音有些嘶哑。

一片嘈杂中没有人听到他的声音，旅行者一向以尽兴为前提，无论是平时的打斗还是现在这样的"复仇"，所有人都在喊，在尖啸。

手举起，释放能力，四周闪过火光，扬起碎屑，寒风都被他们撕成了碎片。

他的声音在狂风和爆裂声里，微弱得仿佛耳语。

一道蓝光从风里卷着的黑色碎片中划过。

宁谷猛地松了口气。

但没到一秒钟他又吼了一声："跑！别伤到他们——"

连川是能跑掉的，只要他跑掉了，这些旅行者不会把自己怎么样，大不了暴打一顿，毕竟自己是团长亲手带大的非鬼城接班人，鬼城门面，鬼城恶霸，鬼城……

他是生在鬼城、长在鬼城的旅行者。

蓝光再次从黑雾里闪出，划出了一道弧线，所经之处的三个旅行者发出了惊呼，接着倒地。

"攻击！"有人喊，"攻击！"

瞬间有七八种能力同时发动。

宁谷能感觉到强大能力之下地面发出的震动。

但第二道弧线是从攻击圈外划入的，连川在能力攻击发动之前已经逃脱，并且再次冲了回来。

半圆之内，旅行者又倒下了几个。

"你走啊！"宁谷有些无奈。

连川没有下杀手，旅行者都只是倒地，接着又还是能挣扎着爬起来。

除了最强的几个的能力需要精力恢复，别的旅行者很快又能开始下一轮攻击。

连川冲到面前的时候，宁谷突然觉得，连川的主城脑瓜子，可能并不能理解旅行者不会杀旅行者。

身上猛地一松，按着他的几个人都倒在了地上。

接着宁谷就感觉自己衣领一紧。

……又来！

他被连川拎着后领子跃到了旁边一个小屋的顶上，接着直接又被抡着到了下一个屋顶。

没两分钟，追击的旅行者就已经被甩在了身后。

"往……"宁谷想说话，但是脖子又被勒着说不出话来。

等这个事儿过去以后必须跟连川做个交易！不能每次都勒脖子！

他扬起手，往连川屁股上甩了一巴掌。

连川终于在二号庇护所一个仓库的顶上把他放下了。

"往那边跑。"宁谷给他指了个方向，"你往这边，再跑一会儿就到庇护所中心了，那里全是旅行者。"

连川伸手的时候，他指着连川："不要勒我脖子！"

连川的手在空中转了个方向，一把拎住了他的裤腰。

"我真是服……呃！"宁谷被勒得话都说不利索了。

连川的速度很快，但明显比不上在主城和失途谷的时候。

刚在小屋放倒旅行者的时候还感觉不到，现在拎着人走的时候，宁谷就能感觉得出来了。

"前……呃面，"宁谷说，"有个……呃半边的……呃，小屋。"

疯叔的小屋。

连川把他放到地上的时候，宁谷迅速翻了个身躺平，长长舒出一口气，然后喊了一声："疯叔！"

"没有人。"连川说。

"可能出去了。"宁谷坐了起来，"老疯子总到处转，十几天见不着人也正常。"

"疯子？"连川问。

"嗯，都说他是疯子。"宁谷起身，推开了疯叔小屋的门，门边的冷光瓶是亮着的，说明疯叔离开没两天，"进来吧，这里安全的。"

连川走进了屋里。

宁谷又翻出两个冷光瓶，放到了桌上，低头检查了一下自己身上。

没有什么严重的伤，脸大概花了，衣服破了，身上估计会有肿的地方……他转头看了看连川，有些吃惊。

"你脸受伤了。"他说。

连川脸上一道黑色的伤口很深，从右眉上方越过眼睛一直到右耳旁边。

"嗯。"连川应了一声。

"严重吗？"宁谷问，"身上还有没有别的伤？"

"没有了。"连川站在屋子中间。

宁谷过去把疯叔屋里最好的家具———一张很大的躺椅拖了出来，清理开上面堆着的东西："你在这里休息吧。"

连川犹豫了一下没动。

"这里没有床，疯叔平时就睡这个。"宁谷说，"还嫌弃我那个垫子吗？"

连川坐到了躺椅上，往后靠了下去。

"你是不是还没恢复？"宁谷看着他，"你居然会受伤，那几个都不是最强的旅行者。"

"你那个屋子，"连川说，"全毁了。"

宁谷顿了顿，轻轻叹了口气，低头坐到了旁边的小桌子上："没事。"

"有很多小东西。"连川说，"是你收藏的吗？"

"嗯。"宁谷看了他一眼，"你怎么看到的，进屋你不就晕了吗？"

"我一眼能看到很多东西。"连川说。

提到那些小东西，宁谷又有些难受。

也许并不仅仅是因为小屋毁了，东西都没了。

还因为那些是他的同伴，刚冒死从主城把他救回来的同伴。

"你刚直接跑了就行。"宁谷说，"他们不会把我怎么样，顶多打一顿，撑到团长来，他们也就散了。"

"团长的屋子离你那里不远吧。"连川说。

宁谷感觉自己呼吸停了一秒。

是的，不远。

在小屋塌掉的时候，团长就应该过来了。

但是团长一直没有过来。

"他不会过来。"连川说。

"你闭嘴！"宁谷猛地抬起头瞪着他，"平时不是个哑巴么，这会儿话这么多？"

"他想看看，"连川转过头看着他，"我是不是真的需要你帮忙。"

宁谷没说话。

"有水吗？"连川问，"我想喝水。"

"应该有。"宁谷愣了愣，起身走到一边找了找，看到了疯叔平时用的那个壶，里面还有半壶不知道什么时候的水，他把壶递给连川，"这个水可能……你凑合……"

连川接过壶，一点犹豫都没有，仰头对着壶嘴就开始喝。

宁谷站在旁边看着他一口气把半壶水都喝光了，才开口问了一句："你到底怎么了，你如果快死了就告诉我，我还有很多事得在你临死之前问清楚。"

连川把壶放到地上，看了他一眼，抬手拉开了制服领口的一截锁扣，然后低下了头。

宁谷往前凑了凑，往连川露出来的后颈上扫了两眼。

颈椎之间，有一个银色的小点。

"这是什么？"他又凑近了一些，有些吃惊地发现，这像是一枚被打进骨头中间的金属针，但要比针粗得多。

"限制器。"连川抬起头，把衣领扣好。

"限制……什么？"宁谷问。

"身体机能。"连川回答。

"主城弄的吗？"宁谷看着他，"交换条件？"

"嗯。"连川应了一声。

宁谷这时才知道，连川为什么全身冰凉，为什么速度慢了，为什么总需要休息……

"团长他们应该有办法把这东西取出来。"宁谷低声说，"可以……"

"不能让他们知道。"连川打断了他的话。

"那你这怎么办？"宁谷说，"就算你厉害，你能扛，时间长了，团长他们总能看出来。"

"你帮我。"连川说。

"我帮你？"宁谷皱着眉，"我怎么帮？"

"你刚到主城那天，"连川声音放低了，"梦到了参宿四。"

"嗯。"宁谷点头，"锤子说那个就是参宿四，你也说那个是，那应该就是。"

"你能看到参宿四，也能看到我。"连川说。

"所以呢？"宁谷猛地一阵紧张，他已经感觉到了连川想说什么。

"唤醒参宿四。"连川说。

第五章

Melting City

唤醒参宿四

40

　　疯叔屋子里乱七八糟的东西不少。每次宁谷过来，疯叔要是不在，宁谷都能在他屋里找到吃的喝的。
　　但今天除了半壶不知道放了多久的水，什么都没找着。
　　这不太符合疯叔的风格。
　　疯叔不跟庇护所的人来往，每隔一段时间会找地王那样的货商交换些食物，屋里永远都有存货。
　　宁谷坐回椅子上，皱着眉。
　　疯叔去哪儿了？
　　这种时候突然不见了，似乎还带走了物资，实在有些奇怪。

　　连川在躺椅上闭着眼睛，不知道是睡着了还是装睡着了。
　　宁谷不打算再去试探，反正真睡着了也能秒醒，他捞不着什么便宜。
　　他自己也挺累的，也闭上眼睛，没多一会儿就睡着了。
　　再睁开眼的时候不知道过了多长时间，连川还是之前的姿势靠在躺椅里，闭着眼睛。
　　宁谷凑过去想看看他是不是醒着。
　　"有人。"连川闭着眼睛说了一句。
　　宁谷跳起来抄起了一根棍子。
　　"是在酒馆碰到的那个琪姐姐。"连川还是闭着眼睛。
　　"一个人？"宁谷问。
　　"嗯。"连川应了一声。
　　"我去看看。"宁谷低声说，"她应该没事。"
　　"嗯。"连川又应了一声。

宁谷突然打开门走出来的时候，琪姐姐吓了一跳。

"哎哟！"她往后蹦了一步，"你真在这儿啊？"

"你怎么来了？"宁谷问。

"庇护所这一夜乱成一团了。"琪姐姐压低声音，"我想着你大概也就能来这里……那个鬣狗在里面？"

宁谷一点儿犹豫都没有："没在，不知道跑哪儿去了。"

琪姐姐愣了愣，突然笑了起来："我骗人的时候你还在垃圾场跟钉子打滚呢。"

宁谷"啧"了一声，没承认也没否认。

"给。"琪姐姐递过来一个皮兜，"吃的，还有两罐水。"

"团长他们……知道了吗？"宁谷接过皮兜。

"他又不是聋子。"琪姐姐抱着胳膊，上上下下打量了他一遍，"没受伤吧？"

"没有。"宁谷摇摇头。

"那就行。"琪姐姐往庇护所方向看了一眼，"我得走了，让人知道我过来找你，以后没法混了。"

宁谷有些感动，也有些过意不去："你不用来的。"

"听姐一句，"琪姐姐看着他，声音放得很轻，"不要随便相信任何人。"

宁谷没有说话。

"任何人。"琪姐姐转身，几步就消失在了黑雾里。

宁谷回到小屋，从皮兜里拿出了食物："吃吗？跟配给差不多，就是没什么味道。"

连川接过食物看了看，拿了一块……一坨放进嘴里。

这个口感，很像是主城前几代的食品加工工艺，也许是当年从主城带过来的技术。

"你睡了一夜，还挺能睡……团长今天要带我去舌湾，过一会儿可能要过来找我了。"宁谷坐到椅子上，屈起一条腿踩着椅子，"钉子在那边失踪的，团长说他进了舌湾。"

"舌湾是什么地方？"连川问。

"离庇护所最近的鬼城边界。"宁谷说。

"别的边界呢？"连川又问。

"不知道，很远。"宁谷想了想，"没有人去过。主要是原住民太多了，越往远走越多。"

"我清理过跟K29很像的实验体。"连川说。

"K29？原住民吗？"宁谷垂下眼睛，"你是说那是团长送过去的吗？"

"不确定，K29是编号，意味着主城有样本，是以前留下的还是团长送的，并不一定。"连川说。

宁谷并没有因为这个回答而得到安慰，毕竟被送过去的还有旅行者，那才是宁谷无法接受的。

"你觉得钉子是不是出事了？"沉默了一会儿，宁谷抬起头问了一句。

"是。"连川回答。

"死了吗？"宁谷问。

连川刚要开口，他又迅速地摆了摆手："不用回答。"

连川没再说下去，低头把食物都吃光了，也没给他留，甚至都没问问他要不要吃一点。

宁谷没趁机讽刺他，连川吃好喝好恢复快些，对大家都有好处。

连川到了鬼城之后除了打了一架，别的时间都在睡，他一堆问题都没机会问。

把所有的食物吃光，把皮兜里的两罐水也喝光了之后，连川靠回了躺椅里，但是没有闭上眼睛继续睡觉。

宁谷等了一会儿，张嘴的时候，连川开了口："问吧。"

"……哦。"宁谷顿了顿，"你剥离关押是为了让我看到什么吗？"

"看到我不记得了的东西。"连川说。

"我在失途谷看到秘密实验的时候，你就是这个状态吧？"宁谷问。

"嗯。"连川看着他，"所以齐航肯定在作训部待过很长时间，这是作训部训练的方式之一，也是契合参宿四用过的方式。"

"我看到一个金属走廊。"宁谷说，"几个穿白色制服的人，带着你，你就穿着蓝色的睡衣。"

连川抬眼看他:"是去进行契合训练吧。"

"不知道,最后我是听到参宿四唤醒准备什么的。"宁谷说,"这些都不是重点……重点是,我看到画了。"

"画?"连川偏了偏头,"什么画?契合训练是在作训部,画只在长官办公室里有。"

宁谷回想起当时的场景,还觉得后背一阵发凉,他吸了一口气,才指着自己:"我。"

连川看着他没出声。

"画上是我,四个我,一样的……不,不一样,"宁谷拧着眉,"四个不一样的我,脸一样,别的不一样。"

"走廊里?"连川问。

"是,一开始没有,你突然转头,"宁谷说,"我跟着也一转头,就看到墙上挂着的了,四个我,四个!你真不知道那种感觉,太可怕了!"

连川靠在躺椅里,看着小屋的房顶似乎是在思考,很长时间都没有动。

"哎!"宁谷伸手到他面前晃了一下,"说完再睡。"

"四张……有什么不同吗?"连川慢慢坐直,"你能……"

"不能。"宁谷说。

虽然难度有些大,但宁谷还是在疯叔的屋里翻出了一支笔,蹲在了墙边。

这笔也不是真的笔,是一根坚硬的黑色小棍,可以在墙上蹭出黑色的道子,就像旁边墙上的那个"画"。

那是疯叔画的狞猫。

他看了看,其实画得大致意思是对的,虽然就是一个圆表示身体,四根竖条表示腿,代表脑袋的小圆上有两个尖,应该是耳朵,上面还有三根短的线,这是狞猫耳朵尖上的小黑毛。

疯叔是见过狞猫的。

宁谷一直觉得他说的很多都不是疯话。

只是可惜,他现在不知道去了哪里。

"画吧。"连川站在他身后,举着冷光瓶。

"不要催！"宁谷一把抓起笔，用笔尖对着墙。

还好连川没让他把四个宁谷画出来，只让他画出背景里那四个一样的门上不一样的四个标记。

"拿笔别跟拿刀一样。"连川说，"用手指……"

"要不您来？"宁谷转头看着他。

"你继续。"连川说。

宁谷转回头，一笔尖戳在了墙上，先哆里哆嗦地画了一个圆圈。

因为画得实在不太圆，他不得不解释了一下："这是一个圆。"

"恍然大悟。"连川说。

宁谷再次回过头看着他："你什么意思？"

"画。"连川说。

宁谷又一笔尖戳在墙上，在圆圈里画了一条横向的波浪线，继续配合了解说："这是个线不是直的，是扭的。"

连川沉默了一秒："下一个，不要画圈了，直接画里面的。"

"行。"宁谷点了点头，笔尖戳到墙上，画了三条同样的波浪线，"这是第二个……"

准备画第三个，有点难，宁谷正想着那个四角星要怎么画的时候，连川蹲到了他旁边，从他手里抽走了笔。

宁谷转头看着他。

连川在墙上画下了一个四角星。

宁谷愣住了。

"是这个吗？"连川问话的时候，笔又落在了墙上，画了一条竖直的线，"还有这个，是吗？"

"……是。"宁谷吃惊地盯着连川，"你想起来了？这是什么？"

"不用想起来。"连川看着墙上的四个图形，"这是主城的城标。"

"城标？"宁谷又吃一惊，"我怎么没在主城见过？"

"城标只在去见管理员的时候才能见到。"连川说，"画里的那个黑色的门，里面是去见管理员的运输车。"

"什么意思？"宁谷因为震惊而停止了思考。

连川转过头，看着他："那四张画，是四代不同的主城，同样的那扇门，上面的标志不一样。"

"什么意思？"宁谷继续放空。

"四代主城。"连川说，"四个宁谷。"

宁谷半张着嘴，没了声音。

"团长来了。"连川把笔一扔，站了起来。

宁谷跟着也站了起来，正想出门去，连川抬起腿，一脚蹬在了墙上，鞋底在墙上滑过，一片细碎的小火星闪过之后，墙上画着的四个标志消失了。

连川看了他一眼："除了你和我，不能有第三个人知道。"

"嗯。"宁谷应了一声，吸了一口气慢慢吐出来，让自己平静下来，然后转身往门边走，"你就在这里不要出去，疯叔如果回来，应该会知道你是谁……估计他不会回来。"

连川没有说话，坐回了躺椅上，闭上了眼睛。

团长和李向站在屋外，手里拿着冷光瓶。

宁谷沉默地走到两人面前。

"你的屋子我会叫人重新弄一个。"李向说。

"没关系。"宁谷说，"我先住疯叔这里吧，离庇护所远，不容易惹麻烦。"

李向叹了口气。

"是去舌湾吗？"宁谷看向团长。

"是的。"团长转身，快步往前走了出去。

风很大，宁谷把护镜戴上，拿出兜里的帽子戴上，帽檐一直往下拉到了眼睛上方。

跟在团长身后走了一阵之后，他又把帽檐推到了脑门儿上。

不知道为什么，这明明是他熟悉得不能再熟悉的地方，现在却让他有强烈的不安，总觉得黑雾里隐藏着什么东西。

"吃东西了吗？"李向问。

"没有。"宁谷闷着声音，"不饿。"

"这一趟不太可能找到钉子。"李向说，"只是带你去看看他失踪的地方，我们在那里找到了他的护镜。"

宁谷猛地转过头。

李向拿出一个护镜递给他。

宁谷接过来的时候手都有些发抖，这是他从失途谷换回来的那个带红边的护镜。

他把自己的护镜摘下来，换上这个护镜的时候，手抖得差点拿不稳护镜。

脚下是熟悉的路，宁谷自己走过无数次，跟钉子一起也走过无数次，却还是第一次跟团长和李向从这里走过。

心里说不清是什么滋味。

李向把护镜交给他之后，三个人都没有再说话，闷头一路往前。

宁谷感觉自己整个人都有些发飘。

明明是他长大的地方，明明是他从小到大转悠过千百遍的地方，现在往哪里看过去，都是陌生的。

什么都变了。

风变得猛烈起来的时候，黑雾也开始浓得一团团聚集扭动着。

舌湾到了。

团长转头看了他一眼："跟好我们，不要自己走。"

"嗯。"宁谷点头。

团长和李向一前一后护着他，迎着不断卷起的黑色舌头走过去。

四周的黑雾越来越浓，最后几乎有些看不清人影。

宁谷知道，再往前走一百米，右边会有一个向下的斜坡，有一扇几乎看不出来的铁门。

那是地库。

地库里关着曾经的旅行者。

他们早就不是旅行者了。疯叔说。

疯叔并没有问他是不是去过地库，又是怎么进去的，似乎对他看到的东西完全不吃惊。

团长并没有往地库的方向走，在经过了那个斜坡之后停了下来。

"就是这里，"李向在身后低声说，"捡到护镜的地方。"

宁谷往四周看了看。

什么也看不清，被狂风不断卷起舞动着的黑雾遮掉了一切。

宁谷咬紧牙，控制着自己想要大声呼喊钉子的冲动。

黑雾越浓的地方，越是原住民的乐土。他们身上的温度已经会吸引这些黑暗里的幻影，声音更会带来危险。

"你是不是问过我，"团长声音很低，"鬼城的边界在哪里，黑雾外面是什么。"

"嗯。"宁谷低低地应了一声。

"不止你一个人想要知道。"团长说，"很多旅行者，都想知道，我们活在什么样的世界里？有一天这世界毁灭，我们还有没有地方可以去？这世界到底有没有出口……"

宁谷沉默着。

"你想看看吗？"团长问。

"什么？"宁谷吃惊地看着团长的后脑勺。

"边界是什么，黑雾外面是什么。"团长说，"那些好奇的先驱者们走过的路。"

没等宁谷回答，团长已经往前走进了更浓的黑雾里。

"跟上。"李向低声说，"注意四周。"

宁谷快步往前，跟上了团长。

他还从来没有到过这么深的位置。风还是很急，黑雾也还是很急，但能闻到的气息却开始有些陌生。

脚下的地面也渐渐崎岖，像是走在了黑铁荒原上。

往前走了一阵之后，宁谷的腿撞在了什么坚硬的东西上。

他放低冷光瓶，看到了一根黑色的棍子，深深地插在地面上，他伸手抓住棍子晃了晃，发现这棍子像是跟地面一体的，根本无法动摇分毫。

"到了。"团长说。

宁谷赶紧往前看过去。

"只有几秒钟。"团长说，"你要看清。记住，之后我们会惊动原住民，必须马上逃离。"

"哦。"宁谷不明白团长说的是什么意思，但是还是盯紧了前方。

"李向。"团长慢慢扬起了手。

"嗯。"李向应了一声。

团长的手猛地往下一压。

宁谷感觉到了脚下的震动，这震动带起的气浪瞬间从团长脚边炸开，所有的黑雾都在这一秒被掀开，卷成了黑色的浪，迅速向四周退去。

李向紧接着释放了防御，黑雾像是被一层看不见的罩子挡在了他们四周一个半圆的范围之外。

冷光瓶照亮了四周。

黑雾遮挡之下的世界猛地呈现在了宁谷眼前。

地面上插着长长短短的黑色金属棍子，像是金属坟场的废墟。

而这些棍子之间，堆满了……人。

几乎填满了所有空隙。

失去了生命的旅行者。

"这些是……"宁谷声音沙哑，"什么？"

"无论走出去多远，远到再也看不到他们，"李向说，"最终他们的身体都会出现在这里。"

"没有人知道那边是什么。"团长看着宁谷，"离开的人，最终都会回到这里，变成一具永远不会腐坏也永远不会再动的躯壳，没有死，却永远也不会再醒过来。"

41

　　李向的防御时间结束,四周的黑雾在狂风里瞬间卷了回来。

　　眼前的一切在几秒钟之内就恢复了最初的样子,没有地上的棍子,没有堆满了的人。

　　只有黑色的狂风。

　　宁谷往前冲了几步,扑到地上,摸到了之前离他们最近的那个身体。

　　冰冷的,但并不僵硬。

　　他想要看清这个人的脸,但浓浓的雾绕在呼吸之间,他什么也看不清。

　　"钉子在这里吗?"宁谷回过头,压着声音问,"你们有没有找过,有没有看看他在不在这里?"

　　"太多了,根本不可能一个个看清。"李向低声说,"要走了,宁谷。"

　　风声有了变化。

　　单调的呼啸里裹进了别的声音。

　　像是呼吸困难的人在奋力喘息,喉咙里拉扯着发出几丝声响。

　　"走。"团长抓住宁谷的胳膊,把他拽了起来。

　　"那最边缘的这些人,"宁谷踉跄了两步,"有没有检查过?"

　　"钉子在这里失踪了。"团长凑到他眼前,沉着声音,"你觉得他是能在原住民手下活着,还是能从那边回来?不要去纠结已经没有意义的事!懂了吗?"

　　风里的喘息声猛地大了起来。

　　"懂了。"宁谷咬着牙。

　　团长扬手一压,气浪向四周推出:"走!"

　　宁谷转身,跟着团长和李向往回狂奔。

钉子如果没去边界，在舌湾里不可能活下来，肯定会死在原住民手里。

钉子如果去了边界，也不可能活下来，只会成为填在那些金属棍之间的躯体里的一员。

这就是钉子踏进舌湾之后的两条路。

没有第三条。

宁谷用力奔跑着，团长在李向的防御间隙里不断释放攻击，四周不断传来低低的嘶吼，消失，又再次卷土重来。

如果有第三条路呢。

钉子发现了地库。

团长他们赶到了。

黑雾里突然伸出了一只灰白的胳膊，细而长，破溃的皮肤似乎直接覆在骨骼上，冷光瓶下能看到皮肤上密布的细鳞。

宁谷猛地一跃，在空中对着胳膊狠狠一脚蹬了过去。

胳膊缩回了黑雾里。

团长的攻击接上。

"不要直接碰到他们。"李向喊了一声。

"没碰到。"宁谷回答。

要小心，安全地活着，只有这样才能知道钉子身上到底发生了什么，只有这样才能得到所有未知问题的答案。

他不再寄希望于有一天会有谁给他一个解释。

舌湾还是老样子，卷起的黑雾依旧仿佛一条舌头，不断地从舌湾深处探出，像是怪兽在不断地寻找着猎物。

李向拉过宁谷，冷光瓶几乎贴到他身上、脸上、脖子上、手上、腰上、脚踝上……所有有可能裸露出来接触到原住民的位置，李向都检查了一遍，最后又确定了一遍他的衣服没有破损，这才停了下来。

"这几天都不要离开庇护所太远。"团长看着宁谷，"原住民已经被惊扰了。金属坟场和垃圾场肯定会出现更多原住民，不安全。"

"嗯。"宁谷应了一声。

"你如果想住在老疯子那里，就住着。"团长说，"但是你要看住连川，不能在鬼城随意活动,这是交易条件之一。"

"我怎么看得住他?"宁谷说,"他要想走,我眼睛眨一下他就不见了。"

"有解决方案。"团长迈开步子往回走,"今天会有审判。"

"审判?"宁谷愣了愣,"连川吗?审判什么?"

"除了你和我们几个,"李向推了他一把,让他跟上团长,"所有旅行者都希望杀了他,死在鬣狗手下的旅行者不计其数,谁都希望能为那些同伴报仇。"

宁谷没了声音,沉默地跟在团长身后快步走着。

"如果要保他不死,"李向说,"就只能审判,拿出让所有人都接受的理由,给出让大家都觉不会在鬼城被鬣狗威胁的办法。"

"什么办法?"宁谷问。

李向和团长都没有回答。

回到疯叔的小屋时,连川已经没在躺椅上,而是站在角落里,手里拿着一个小铁罐子,正放在鼻子前闻着。

"饿成这样了?"宁谷有些无语,"我去给你找点吃的吧。"

"不用。"连川的手指在小铁罐上轻轻敲了一下,"这是疯叔的东西吗?"

"是。"宁谷走过去,"你从哪儿翻出来的?"

"没有翻。"连川说,"就掉在这里。"

宁谷过了两秒才反应过来:"翻了也没事,我感觉疯叔不会回来了……再说你在失途谷也偷过配给了,还是四盒……"

连川转头看着他。

"这个罐子怎么了?"宁谷迅速转移了话题。

他其实进屋的时候就想把舌湾里看到的事告诉连川,但咬牙先忍下了。

舌湾那一幕,给他带来的冲击实在太大,这种状态下他根本无法思考,他需要先冷静下来想清楚。

能不能告诉连川?

团长并没有交代不让他把舌湾的事告诉连川,团长也肯定知道,以他的性格,多半是会说的,毕竟没有人肯再帮他找到钉子的下落,而连川是唯一的希望。

但为什么没有交代?

连川把小铁罐递到了他面前："闻闻。"

"臭了吗？"宁谷马上屏住了呼吸。

连川没说话。

宁谷试着闻了闻，没闻到什么奇怪的味道，确切说根本就没闻到任何味道，于是他低头把脸扣到了罐子上，吸了一口气。

很淡。

是以前疯叔屋子里经常有的味道，也是在失途谷闻到过的味道，锤子告诉他，这是茶叶的味道。

"茶叶吗？"他问。

"嗯。"连川又把罐子拿到自己鼻子下闻了闻，"他有茶叶？"

"有吧，他有时候拿来会煮点不让我喝也不让我看的水。"宁谷说，"应该就是茶叶，跟在失途谷闻到的那种一样。"

"茶叶只是传说。"连川说。

"传说？"宁谷没明白，"很难搞到是吧？锤子说有茶叶味道的水。"

"是根本没有。"连川说。

宁谷愣住了。

无论是主城还是鬼城，都有很多传说，关于各种动物植物还有一些完全不在认知之内的东西。

这些传说差不多都是各代主城流传下来的。一代一代，旧主城坍塌殆尽，新主城重生，却又会留下无数的蛛丝马迹，变成一个个传说。所以人人都觉得，出口是真实存在的。

"那茶叶这东西，是哪代主城的呢？"宁谷拿着罐子用力闻着，有些后悔当初没有强行从疯叔手里抢一点，"一条扭线，还是三条扭线？还是四角星……"

"不知道。"连川说，"没有人知道主城有多少代。"

宁谷拿着罐子愣了很长时间："那现在的主城，是哪个城标？"

"无穷符号。"连川说。

"什么是无穷符号？"宁谷又问。

连川刚要开口，他又摆了摆手："算了我怕我听不懂你解释，总之就是一个表示无穷的符号，对吧？"

"嗯。"连川应了一声。

"主城野心很大啊，还想要无穷尽……"宁谷不屑地说，想了想又问，"以前那些城标呢，又代表什么？"

"不知道。"连川说。

"为什么会有四个我？"宁谷靠到墙边。

"是五个。"连川说。

"……对。"宁谷皱着眉，"那我算不算是传说，每代主城都会有一个长得跟我一样的人……那会不会别的人也是这样？还有五个你，五个疯叔……"

"这个不是重点。"连川打断他。

"重点是什么？"宁谷问。

"只有你在画像里。"连川说，"四个宁谷，都在管理员传输车入口被画了下来。"

"都是要去见管理员吗……所以管理员到底什么样？"宁谷盯着连川，"你这意思，应该是见过吧？"

"不知道。"连川回答。

"你知道什么？"宁谷有些无奈，"你好歹也是主城第一鬣狗，是参宿四，是什么前驱体，就这待遇？什么都不知道？"

"我只是个武器。"连川说，"不过我可以猜。"

"那你猜一个。"宁谷叹气。

"那四幅画，除了你，没有人见过。"连川说。

"嗯？"宁谷愣了愣，但很快就反应过来了，"你被驱逐到鬼城是有阴谋的对吧？但是阴谋里没有把我弄回去这一条，如果他们知道我是第五个……"

"还是有脑子的啊。"连川说。

"没你的脑子多。"宁谷看了连川一眼，"一会儿你要接受审判，用你的好脑子想想怎么办吧，要让旅行者放过鬣狗，还要让他们认为鬣狗活在鬼城是安全的……你肯定会遭罪。"

"嗯。"连川很平静。

"你习惯了是吧？"宁谷笑了笑。

"嗯。"连川依旧平静地又补了一句，"你找个没有人的地方待着。"

"为什么？"宁谷问出口的时候就反应过来了，"知道了，但是……会不会有点儿太不够意思了？好像我多怕事。而且万一他们太过头了，我还能拦一下。"

"先自保，不用对我够意思。"连川说。

宁谷的记忆里，鬼城没有过这么重大的审判。旅行者很自由，不服管，团长虽然威信很高，但也只是在严重的事件发生时才会插手。

以前的审判都只能叫作"大家一起商量个结果"，比如宁谷十五岁的时候，一个旅行者用能力误杀了一个普通旅行者，大家聚在一起，决定要怎么处置他。

审判鬣狗，鬼城从未有过先例。

连川被带走之后，宁谷在疯叔的小屋里坐着。

坐了一会儿又站了起来，转了两圈又走到了门外。

疯叔的小屋离庇护所很远，加上逆风，庇护所的动静在这里完全听不到，但可以看到钟楼的方向已经亮了起来，这是很多冷光瓶聚集在一起，还有人体打火机加成的结果。

三个庇护所的旅行者估计已经都挤在了钟楼附近。

宁谷回了小屋，坐了一会儿还是有些不踏实。虽然他知道连川在主城那么多年经历的那些痛苦，根本不是鬼城能达到的级别。

但现在连川是他能接近一切未知的最直接的希望，就算要自保，不让任何人发现他可以感受到连川的感受，他也还是有些不放心。

他太了解旅行者对主城、对鬣狗的恨。

万一达不成统一，哪怕是团长他们三个人一起，也不可能控制住那么多强能力的旅行者。

宁谷穿着疯叔留在小屋的黑色斗篷。虽然不要说是在人群的最外圈，哪怕是猫在屋顶上，也很难看清钟楼那边的具体情况，宁谷还是猫下了。

就算看不清，也能听得见个大概。

冷光瓶照亮的范围之外依旧是一片黑暗，所有人的注意力都在钟楼，他可以在有情况之前逃离。

"安静！"团长举了举手。

因为看到了连川而群情激愤的旅行者们，用了很长时间都无法安静。别说这种场面，就是在主城碰到鬣狗需要安静保命的时候，他们也未必能做到每一个人都闭嘴。

只能默认声音小了就是安静。

团长在叫喊声停止、嗡嗡声继续之后，开口说了第二句话："今天在场的同伴，要面对的是一个很难的选择，需要你们为了鬼城，选择忍耐。"

"旅行者从不忍耐！"有人喊。

"我们在鬼城生活这么多年，"团长说，"本身就是忍耐。"

那人没了声音。

"这个人，大家都知道了，是连川。"团长看着被捆住手脚站在钟楼前的连川，"他被主城驱逐……"

"为什么不杀！"又一个声音响起，"今天站在这里，就是因为你们打算留下他！不用跟大家绕圈子，直说吧！"

"那就直说。"团长挺直了背，提高声音，"这个人，是我们杀回主城、夺回故土的资本。"

宁谷无法完全听清团长的话，但能看得出局面暂时能稳住。

他稍微松了口气，想换个姿势。腿蹲得有些发麻了。

手刚撑到屋顶打算坐下的时候，他看到自己手边有一双脚。

震惊之下他先是往旁边猛地错开了一步，然后才抬头扫了一眼。他发现这双脚的主人是林凡。

"别跑。"林凡站在原地没动，"让人看到了，拿你撒气。"

宁谷犹豫了一下，没有跑，只是看着林凡："你怎么在这里？"

"我负责巡逻。"林凡说，"以防有人制造麻烦。"

"哦。"宁谷应了一声。

"这里看不清。"林凡说。

"我也不想看了。"宁谷站了起来，"我回疯叔那里去。"

林凡拿出了个东西，递给他："这个能看清。"

宁谷接过来，是个望远镜。

这东西挺稀罕的，团长也有一个，小时候他拿来玩过。

以为能看很远，看到垃圾场，看到金属坟场，看到舌湾，看到远处他去不了的地方……

结果发现，是自己太无知了。

无论哪个方向，看到的都只有黑色的雾，和雾里星星点点指引道路的冷光。

现在用的话，钟楼那里聚集的冷光瓶，倒是能让他看清状况。

不过宁谷并没有拿起来看，只是把望远镜又放回了林凡手上。

林凡要巡逻本身就有点奇怪，他一直深居简出，平时处理日常事务的都是团长和李向，他连门都不太出，巡逻更是不可能。

就算是今天这样的场合，他巡逻是合理的，突然就无声无息地出现在自己身边，也太奇怪。

"我回去了。"宁谷转身。

"不用担心。"林凡说，"我不会跟着你，也不会去老疯子那里监视你。"

宁谷回过头。

"群体控制不是从未有过。"林凡说，"但如果还有这之外的能力，不能轻易让人知道。"

宁谷压着内心的震惊，没有说话。

这种时候他就很羡慕无论面对什么都能毫无表情的连川。

"我也不会知道。"林凡转身，悄无声息地跳下了屋顶。

42

连川站在钟楼前，目视前方。

耳边各种嘈杂的叫骂声慢慢变得遥远，只剩了风声。

鬼城这种情况，对于他来说，实在算不上什么，哪怕是眼前这种跟疼痛没有关系的、语言上的侮辱和谩骂，也一样。

习惯了，在主城只要穿着制服被人看到，就能体会到。

唯一的区别不过是现在旅行者们的目标更清晰明确些而已，他们恨的，骂的，都是连川，而自己无法再躲在"鬣狗"这个称号后面，从"之一"变成了"唯一"。

旅行者更情绪化一些，团长明显很懂如果要让他们接受"连川活在鬼城"的现实，首先要让他们发泄够这一点。

要骂就骂，偶尔有突然发动的能力攻击过来，李向也不会阻拦。

连川被第六次攻击打中后背，感觉有些喘不上气的时候，团长才举了举手。

"他比你们想象的要更强。"团长说，"鬼城需要这样的投诚者，一个主城亲手培养的、以毁灭旅行者为目标的强大武器。"

"万一这是主城的骗局呢！"有人喊。

"的确，我们没有办法判断。"团长说。

四周的旅行者听到这句话，顿时一阵喧哗，有人喊，有人骂，连川身上又挨了几下。

"但是我们需要判断吗？"团长提高了声音，在一片混乱中，他的声音洪亮而清晰，"当初被主城追杀、逃往鬼城的时候，我们无法判断那是不是主城把我们赶尽杀绝的阴谋，我们还是来了。第一个主城非法出生人口被驱逐到鬼城时，我们无法判断那是不是主城派来的看似无害的卧底，我们还是留下了他……"

四周的声音被团长的话慢慢压了下去，骚动开始缓下来。

"我们每一次踏上列车冲进主城的时候，同样无法判断带路的蝙蝠有没有被收买，我们还是去了。"团长停了停，继续说着，"我带着你们去主城救回宁谷的时候，也依旧无法判断那里是不是陷阱，无法判断谁会永远也回不到鬼城，甚至无法判断宁谷是否还活着！但是又怎么样呢？我们还是没有犹豫地冲进去了，杀到了C区老仓库！"

人群里爆发出了欢呼声，所有人齐声高呼尖啸。

团长这番话让连川突然有些感慨，无论他是为了鼓动迷惑，还是真情实感，从说出的角度来看，都是事实。

比起蝙蝠的无利不往，旅行者更多的时候活得自在，不计后果，无论得失。

"连川是主城驱逐过来的，我们无法判断他是真的愿意帮我们，还是因为主城的阴谋。"团长看了连川一眼，"但我们需要一个来自主城的武器，我们需要一份来自主城的信息！为什么！"

"夺回主城——"旅行者们齐声高喊。

"当然，"团长等着声浪慢慢平息一些之后，收了收声音，"我们也不会完全没有防备。作为合作的前提，我们会首先保障鬼城、保障旅行者的安全。"

"怎么保障？"有人问。

连川也想知道。他微微偏了偏头。

李向从后面慢慢走到空地中间，把手里拎着的一个小箱子放到了地上。

"这是我们最初来到鬼城时，控制原住民用以研究的工具，不少初代旅行者见过，后来庇护所安全了，就没有再用，但一直在改良。"李向说着打开了箱子。随着箱盖打开，一阵黑雾溢出，李向拿出了一个黑色的带着锁扣的圆圈。

圆圈上像是裹着燃烧的黑色火焰，焰尖在狂风里不断翻滚缠绕。

这个黑色火焰连川感觉有些眼熟，他很快在回忆中找到了答案。

是林凡的能力。

旅行者已经能够把个人的能力单独加载到设备上了，这让连川有些意外。他从未看到过旅行者使用工具和武器，一直以来，他们都只靠能力和拳头。

"这个东西，"李向拿着这个缠绕着黑色火焰的黑圈走到了连川面前，看着他，"能在任何时候发动，让他瞬间失去行动能力。"

旅行者们发出了欢呼。

"不要反抗。"李向放低了声音，"虽然没有提前告诉你，但这是条件，我们必须保全自己。"

连川没有出声。

宁谷坐在疯叔小屋的顶上，看着遥远的庇护所的中心，冷光瓶聚集的钟楼。

不知道发生了什么，不知道审判进行到了哪一步，完全听不到那边的一丝动静。

本来他非常害怕再次体会到连川的痛苦，但到现在什么也没有发生，他却又有些着急。按时间来看，应该差不多结束了，如果连川被上了刑，也应该已经过去了，他没有感知到。

但为了保险起见，他还是坐在了屋顶，万一感知延迟了，有人过来的时候他正在屋里疼得要死要活的……

想到这里，他又往庇护所方向看了一眼。林凡说是不会跟着他，也"不会知道"，但就凭他这些话，就很值得提防，谁知道林凡会不会躲在什么地方看着他。

……虽然坐在屋顶也躲不掉。

林凡到底是什么意思？

宁谷非常后悔这二十二年他从来没去过林凡的小屋，也对这个人没有什么深刻的印象。除了知道他几乎不笑，也很少出门，作为团长的副手却似乎什么都不管，团长也从未有过要换个副手的打算……别的一无所知。

听到有人说话的声音时，宁谷猛地从坐着改成了蹲在屋顶上，看向声音传来的方向。

很快他就看到了黑雾里移动着的几个冷光瓶，接着就看到了七八个人抬着一块板子过来了。

板子上有个人，应该是连川，但制服被脱掉了，蓝光在旁边一个跟着走的人手上闪着。

以连川的性格，在清醒的状态下，怕是不可能接受让人用板子抬着走……

宁谷立刻从小屋顶上跳了下去，拦在了路当中："怎么了？"

走在最面前的是李向，冲宁谷抬了抬下巴，示意他让开："他没事。"

"晕了？"宁谷问。

"钉子要是这样了，你都未必有这么紧张吧？"抬着板子的一个人说了一句，声音里带着明显的不爽。

这人是二号庇护所的刺儿头，宁谷跟他打过很多次，见了面不呛几句都怕有人以为他们和好了。

虽然刺儿头说话难听，但这是宁谷回到鬼城之后除了挨骂，第一次跟同伴"交流"，他竟然有些感慨。

"你要躺这上头我肯定亲自过去抬你。"宁谷说。

连川没有晕，板子抬过宁谷身边的时候，宁谷看到他的眼睛是睁着的，不知道看着哪里，有些放空。

……被打傻了？

理论上不太可能，团长还希望能得到一些主城的信息。

李向让人把连川抬进了疯叔的小屋，放在了地上。

宁谷站在门口看着。

这时他才注意到，连川的制服的确是被脱掉了，换上了旅行者的普通外套，而他的脖子上，套着一圈黑色的金属。

黑圈紧贴着他的皮肤，靠近黑圈的地方，皮肤下隐隐能看到青黑色的脉络，从脖子向上延伸着。

"他现在不能动。"李向出来的时候低声交代宁谷，"过一会儿就好了，那个东西平时对他不会有影响。"

"那是什么？"宁谷问。

"让他能在鬼城自由活动的前提条件。"李向没有正面回答，带着人离开了。

宁谷没有动，站在原地看着他们全都消失在黑雾中，冷光瓶的光也看不到了，才转身进了屋，飞快地把门关上了。然后蹲到了连川身边："连狗？能说话吗？"

连川看了他一眼，没有出声，但眼神不再是放空的状态。

宁谷稍微放心了一些。

"李向说你一会儿就能动了。"他小声说，"他们已经走……"

话还没说完，连川突然坐了起来。

脑袋差点儿跟他撞在一起，宁谷往后躲的时候一屁股坐到了地上。

"我没事。"连川说。

"你能动？"宁谷震惊地看着他。

"嗯。"连川摸了摸脖子上的黑圈，皱了皱眉。

"那这东西没屁用了？"宁谷问，"他们以为这东西能让你动不了？"

"有用。"连川说，"一开始是动不了。"

"哦。"宁谷一时之间竟然不知道是应该为鬼城的装置不能完全控制连川而庆幸，还是应该为鬼城的装置能对连川起作用而感到骄傲。

"这是林凡的能力。"连川弹了一下黑圈，黑圈发出一声并不清脆的响声，"林凡是什么人？"

"团长的副手，老旅行者了。"宁谷说。

"别的呢？"连川问。

"……不知道。"宁谷说。

"你好歹也是团长一手带大、鬼城拼死也要抢回来的重要人物，"连川说，"怎么什么都不知道。"

宁谷看着他。

这人看来是没什么大事，居然还能阴阳怪气报复人了。

连川又躺回了板子上。

宁谷愣了愣："不起来啊？"

"那个躺椅睡着不舒服。"连川说。

"哦。"宁谷想了想，盘腿坐在他旁边，"为什么突然问林凡？"

"为什么用林凡的能力？"连川看着屋顶，"他更强的能力是攻击，不是控制。如果只是不能动，这种能力在旅行者里不少见吧？"

"嗯。"宁谷说，"琪姐姐的更强。"

"可能是秘密研究，所以只能用高层几个人的能力。"连川说，"也有可能是只有林凡的能力可以加载到装置上。"

"林凡……"宁谷想了想，放低声音，"他好像知道我的能力不只是控制。"

"你还能控制吗？"连川问。

"这话说的，我为什么不能控制！"宁谷很不服气，"我第一次碰见你的时候，是怎么跑掉的？那个算不上控制吗！"

"算。"连川说。

"你被驱逐那天，旅行者冲到C区了。"宁谷说，"我不知道怎么回事，救了团长一次……"

宁谷对那两次能力激发的描述有些吃力，毕竟他自己都没有弄清到底是怎么发生的，又到底发生了什么。

但连川还是能听出个大概，他沉默了一会儿，看着宁谷："他们动了还是没动？"

"动……了吧？"宁谷皱着眉。

"我一直以为你能搅乱时间。"连川说，"看来不止，主城想拿到你这份材料也正常，比参宿四要强。"

"自卑了吧？"宁谷说。

连川没说话，又慢慢坐了起来。

宁谷又看到了连川脖子上的黑圈，还有皮肤之下漫延的青黑色脉络："这个戴着，有什么感觉吗？"

"没有，不过……"连川摸了摸脖子，"没想到鬼城能把能力加载到非生命体上。"

"我都不知道他们在弄这些……这么说起来，我的确是什么都不知道。"宁谷说着突然有些丧气，"是不是很厉害？"

"很厉害，而且更简单。"连川说，"就凭这一点，旅行者想跟主城抗衡，不是不可能。"

"更简单？"宁谷没明白。

"只需要足够多的材料，和足够多的……"连川弹了弹黑圈，"无所谓材料的好坏，甚至不需要材料有自主意识，单纯的复制就可以。"

宁谷突然觉得自己汗毛慢慢立了起来："一支只有能力没有脑子的军队吗？"

黑雾是从D区卷过来的。

一开始只是一阵黑色的风。

街上的行人茫然地看着从上空卷过的黑风。

接着是翻涌着漫过街道的黑色浓雾。

回过神来的人们开始惊叫着四散逃窜。

光光关闭了店门，连留给老客的侧门也一起关上了。这种混乱的场面，跟平时看惯了的骚乱不同。

她上了二楼，站在了窗口。

现在是正午，主城日光最明亮的时间，但从窗口看出去，外面已经是一片昏暗。

光光甚至无法看清对面那栋楼的窗户。

转头看向主城核心区，那边还是和平时一样，上空满是柔和的光芒。

而另一边，D区已经漆黑一片，C区的光芒也在一点点被黑雾卷走。

就像是一场漫长的、自外而内的瞬闪。

她闭上眼睛，张开双臂，深深地吸了一口气。

这一天，终于还是要来了吗？

春三抱着胳膊，站在巨大的屏幕墙前，密密麻麻的监视器传回的画面，有近一半已经变成了黑色。

身后的技术人员在最初手足无措的混乱之后，已经恢复了秩序，开始查找黑雾的源头。

陈飞的电话打到了春三身边的桌子上，她接了起来。

"通话器有干扰。"陈飞说。

"是的，不过部分已经恢复。"春三说，"影响范围不大，我这边优先恢复内防各部门的通讯。"

"源头查到了吗？"陈飞问。

"还没有。"春三说，"黑铁荒原上过来的，四周都有，面积太大了，需要一些时间。"

"失途谷有什么动静吗？"陈飞又问。

"没有监测到异常。"春三回答。

陈飞那边沉默了，似乎是在思考。

"需要想法联系蝙蝠吗？"春三问。

"不，继续监测，无论多微小的异常都马上汇报。"陈飞马上说，"全力保障内防通讯，我们要防止失途谷偷袭。"

"明白。"春三说。

陈飞放下电话，看着桌子对面的苏总领："目前还没有进展，通讯正在恢复中。"

"管理员有消息过来吗？"苏总领问。

"没有。"陈飞回答。

"准备一下，"苏总领轻轻叹了口气，"半小时后如果没有进展，我要去见管理员。"

43

管理员失联了。

虽然春三之前就已经注意到管理员收到汇报没有回复这件事，但得知苏总领三次联系管理员要求见面都没得到回复的时候，她还是有些意外。

管理员似乎已经放弃了主城。

也许并不应该意外。

所有人都在回避，但所有人也都知道这一天会来。

这从D区在十几年前开始出现坍塌起，就已经是不能回避得掉的事了，尤其是他们这些主城居民眼中的"主城管理者"们。

只是……真的就这么开始了吗？

昨天中午席卷而来遮掉了大半个主城的黑雾，现在已经消散，一切似乎已经恢复了平静，昨天街道上惊慌逃窜的人，又回到了街上。

但痕迹还在，日光之下的空中，像是在黑雾消散时被撕裂，留下了丝丝缕缕的灰黑色的烟尘，抬头就能看到。

雷豫跨坐在A01上。自从连川加入清理队之后，他基本就没再亲自带队执行过任务。连川和龙彪虽然相互不对付，但所有的任务只要有他俩其中一个在，就不会出错。

不过今天，他却坐在了车上，随时待命。

主城几大管理机构，都有人员逃离的情况。

普通居民逃离的更多，但那些人治安队和城卫都可以直接处置。主城官员逃离，就需要清理队，毕竟不知道谁的脑子里会藏着主城的一部分秘密。

作为因姑息手下抗命被警告过两次，又因为带队打劫作训部押送连川的运输车而被留职察看，随时有可能被革职的队长，雷豫今天得亲自执行任务。

当然，他并不后悔。

主城的确层级森严，每一点逾越都有可能成为消失的理由，但眼下这样的主城，随时会因为黑雾吞噬而坍塌的弹丸之地，层级在这里已经慢慢变得没有意义。

　　主城还要守着这一点的唯一原因，恐怕只是为了能在那一天到来时，方便筛选谁能活下来而已。

　　身后有熟悉的脚步声走了过来，雷豫回过头，看到了一身制服的春三。

　　"你怎么还出外勤了？"他问。

　　"我要亲自检查边界，看有没有什么痕迹。"春三说，"路过就进来看看。"

　　"谁护送？"雷豫问。

　　"巡逻队。"春三回答。

　　"任务途中跑来看老公，"雷豫笑笑，"萧长官要生气了。"

　　"谁知道还能看几次，管不了他生不生气了。"春三也笑笑，"最近能回家就多回家吧。"

　　"好。"雷豫点点头。

　　"看到老大让它也过来。"春三说，"它的身体要检查了，我会找时间亲自检查。"

　　"这段时间都没见到，川走了以后……"雷豫声音有些沉，"就没看到它了。"

　　"D区B3桥墩下发现目标。"通话器里传来了路千的声音，"等待处置方案。"

　　"扫描，先确定身份，二组在B2，过去两个协助。"雷豫发动了车子，看了春三一眼。

　　"注意安全。"春三冲他挥了挥手。

　　一早黑雾还没有完全散尽的时候，光光就发现有人打破窗户翻进了店里，躲在一楼。

　　这里是C区通往D区的主要街道之一，想要离开主城的人，通常会从这里经过。

　　她没有报警，也没有下楼，只是把通向二楼的门加了锁。

　　尽管主城已经慢慢恢复了平时的样子，还是有人在逃离。

　　虽然谁也不知道能逃到哪里去。

除了A区最核心的那些高层级居民，谁也不敢保证如果真的有一线生机，机会能轮得到自己。

一小时之后，巡逻队撞开了店门。

光光下楼的时候，店里除了那扇坏掉了的窗户，已经没有任何痕迹。

闯入者已经消失了。

几个巡逻队员站在店门外，检查了她的身份卡之后，一个队员有些诧异地看了她一眼："最近还是回A区安居地吧，外圈不安全。"

"谢谢。"光光说。

"你会做梦吗？"宁谷躺在屋顶，枕着胳膊，看了一眼旁边坐着的连川。

"很少。"连川说。

"主城的人做梦吗？"宁谷又问。

"不清楚，应该都会做梦吧。"连川说。

"疯叔说做梦的时候，看到的都是自己想过的东西，见过的东西。"宁谷看着黑色的上空，感觉自己鼻孔逆着风都快被吹大了一圈了，"所以我总是只梦到鬼城，梦到黑色，还有钉子啊，团长啊……有团长的多半就是噩梦了，每次都梦到他要把我挂到钟楼上去。"

连川没说话。

"我梦到钉子了。"宁谷吸了一下鼻子，"我……"

连川转头看了他一眼。

"我没哭。"宁谷摆摆手，"风老吹到我鼻子里，我吸一下，把鼻孔收一收。"

连川还是没出声，大概是不知道说什么，只是把头转了回去。

"如果周围有人。"宁谷坐了起来，"你能发现吗？"

"能。"连川回答。

"这么大风也能发现吗？"宁谷问。

"能。"连川说。

"隔着多远能发现？"宁谷继续问。

"你要去哪儿？"连川没有回答，反问了一句。

这人的确是敏锐得很。

宁谷凑近他，低声说："舌湾。"

连川看着他。

"不过舌湾里全是原住民。"宁谷说，"我要先去地王那儿抢点装备，你帮我放哨，不要让别人发现。"

"不用我帮你抢吗。"连川说。

"你对我打架的技能不太了解。"宁谷说，"地王是个没有能力的旅行者，还老……"

"抢老年人？"连川打断他的话。

"怎么了，老年人也抢我啊，还打我呢。"宁谷说，"鬼城的老年人跟你们主城的老年人可不一样。"

"主城没有几个老年人了。"连川说。

"对，我听说，过了六十岁就……"宁谷手指对着自己脑袋做了个开枪的手势，"不要浪费年轻人的资源。"

"抢地王。"连川帮他把话题带了回去。

"抢地王这个老奸商我自己动手就够了，你帮我放风。"宁谷说。

"你一走他就可以告诉别人。"连川说。

"那就灭口。"宁谷说。

"嗯。"连川应了一声。

"哎！"宁谷猛地转头盯着他，"我开玩笑的啊。"

"我也是。"连川说。

"你板着脸开什么玩笑啊！"宁谷说，"说得跟真的没区别。"

"你也没笑。"连川说。

宁谷冲他龇出牙，笑了笑："主要是你是个鬣狗，干的就是杀人灭口的活儿。别人这么说，笑不笑都是玩笑，你说出来就不一样了。"

连川没说话。

"走。"宁谷跳下了屋顶，在路边随手捡了根小铁棍。

地王这两天就没怎么睡好，自打宁谷和鬣狗一起回来，他就觉得自己肯定会有麻烦。

鬣狗是来卧底的，就算是叛变了，也总归是要找点什么信息回去蒙蒙主城，像他这种资深货商，踏遍鬼城能踏之地的资深老地图和信息库，绝对是第一目标。

再加上他趁火打劫,弄了宁谷一根羽毛。

想到这根羽毛……地王马上翻身坐了起来,蹲到墙角,小心地抠起了一块松动的地面,露出了一个挺大的洞。

羽毛就藏在这里头。

他把装着羽毛的玻璃瓶小心地拿了出来,再把地面恢复原状,然后把瓶子放到了床下的一个洞里。这个洞是空的。

万一宁谷带着鬣狗来抢羽毛,也不会发现他别的好货。

做好了万全准备,地王松了口气,往床上一坐。

刚想躺下的时候,门突然被人一脚踹开了。

地王惊得差点儿闪了腰,看到进来的是宁谷,身后果然跟着鬣狗的时候,他"哐"的一下躺倒了床上:"我就知——"

宁谷一把揪住了他衣领:"你再喊?"

"你是不是来抢东西!"地王瞪着他。

"交换,不过要过段时间我才能给你拿东西来。"宁谷扬了扬拳头,"你保持安静我就不揍你。"

"你要什么?"地王问,"我帮你找!"

"什么都行,能防身的就行。"宁谷盯着他看了一会儿,慢慢松开了手。

地王从床上坐了起来,整了整衣服,蹲到了床边:"东西是有,不过也没有太多了……"

"少废话。"宁谷说。

"你要干什么?"地王从床下拖出一个箱子,"你要是惹了什么麻烦,团长知道跟我有关系,我可就完了。"

"你只要不卖了我,我嘴比你紧。"宁谷说。

"这我倒信。"地王叹了口气,打开了箱子。

连川站在门边,看着地王的屋子。

很多上了锁的铁箱,还有些大概是价值不高的小东西放在桌上椅子上,堆得一屋子满满当当。

鬼城的交易形式跟失途谷很相似,区别大概就是失途谷的货源更丰富些,交易手段多一种，可以用主城的货币。

不过无论是鬼城还是失途谷，这种交易的形式，比起主城来说，都更有意思些，更热闹，更像是在生活。

地王从铁箱里给宁谷拿了几件不知道是什么的"防身装备"，一边教宁谷怎么用，一边叹气。

屋外是安全的，四周很静，除了风，没有别的声音。

对于宁谷要去舌湾，连川并不吃惊。鬼城要有什么秘密，一定在舌湾。

宁谷对这几件装备还不够满意，又弯腰在箱子里翻出了几样："你开价，只要合理，想要什么我给你找过来就行。"

地王也没开价，只是说让宁谷拿了要交换的东西过来面谈。

宁谷离开的时候，地王居然送到了门口。

"干吗？"宁谷警惕地转过头看着他。

"你要去哪儿？"地王问。

"关你屁事。"宁谷还是很警惕，毕竟地王以老奸巨猾闻名鬼城。

"你那根羽毛，"地王说，"你要的话，我可以还给你，不用交易。"

宁谷看着他，好一会儿才说："不用了，钉子答应了我，说再给我找一根。"

没等地王再开口，他转身大步走进了风里。

"没人吧？"准备离开鬼城安全地带往垃圾场去的时候，宁谷停下了脚步。

"没有。"连川回答。

"你回疯叔那里等着，"宁谷交代，"我回来之前应该不会有人去，如果有人去了，你不出声就行，反正你总拉个脸。"

"嗯。"连川应了一声。

"走了。"宁谷转身。

连川站在原地看着他。

他走了几步又回过头："不对啊。"

连川没出声。

"你不劝劝我？"宁谷说，"刚要不是我没接话，老奸商都想劝我了。"

"去吧。"连川说。

宁谷愣了愣。

连川转身，往疯叔小屋的方向走了。

宁谷拉了拉衣服，看着连川消失在黑暗中之后，转身往垃圾场那边小跑了几步。
劝是劝不住的。
跟着团长和李向从舌湾出来的时候，他就已经打定了主意，要再去一次。
他要去找钉子，无论是死是活，还是别的什么，他要弄清楚。
钉子为了他进的舌湾，哪怕现在只是一具躯壳，他也要想办法把钉子弄出来。
连川的那句出乎他意料的"去吧"，倒是给了他一些安慰。
毕竟那是舌湾，他并不确定自己真的能全身而退。
只是没去考虑退不了怎么办。

去舌湾的路还是很熟悉，冷光瓶的光亮调到最低，只照亮脚边一小块地方，他也能认出来该往哪里走。
但舌湾已经变了样子。
宁谷站在舌尖位置的时候，发现舌头不见了。
他愣了半天，爬上了最高处的架子，往那边看过去。
舌头不是不见了，而是被淹没在了黑雾里。
整个舌湾，最浓的那一片黑雾向前推进了几百米，狂风中翻卷的浓黑色，已经快把脚下的这个架子吞掉了。

宁谷看着眼前陌生的舌湾，不知道发生了什么事。
但他知道，这肯定刚发生没有多久，团长他们还不知道，否则一定会加强戒备，他今天应该没有机会到这边来。
宁谷跳下了架子，拿出了地王给他的一个能套在手上的手柄，这东西能在空气中爆出一个小小的中空地带，可以阻挡进攻。
如果现在不进舌湾，等团长他们发现异常，无论发生了什么，他都不会再有机会进去了。

黑雾跟往时没有什么不同，宁谷吸了一口气，风里也没有异常的气息，他把冷光瓶开到最亮，慢慢往前走着，低头看着脚下。

他需要判断出原来黑雾的边界，先去地库。

走了一段路之后，他看到了上有一小片东西被卡在了地面的缝隙里。

他慢慢蹲下，确定了四周没有异动之后，小心地捏起了这片东西。

是一张纸，从什么东西上撕下来的一角。

这不是什么有价值的东西，大风里时不时会刮来一些奇怪的东西，一张纸片实在是太普通了。

不过宁谷翻过来看到纸片另一面的时候，又小心地把它放到了自己靴子侧面的小夹层里。

另一面有字，是手写上去的，他想让连川看看写的是什么。

毕竟鬼城虽然不全是不识字的人，但会往纸上写东西的几乎没有，就算有人写了，撕下的碎片也不会逆着风在舌湾里出现。

收好纸片，宁谷起身继续寻找地库。

但走了一会儿之后，他就有些迷茫了。

他没有找到地库外面那条向下倾斜的小坡道。

有可能走过了，也有可能还没到，但他不敢随便再走动，四周虽然空无一物，但黑雾本身就是一个迷宫。

好在鬼城判断方向最简单的方式就是风向。

风是不会变的，永远只从一个方向吹过来，所以他知道自己身后就是退回去的路。

正当他想退出去重新确定位置再走一次的时候，前方的黑雾里传来了细小的响动。

宁谷立刻一甩右手，抓住了套在手腕上的手柄。

但很快他就听出来，这不像是原住民的声音，不是那种像是被掐住了脖子发出的喉音。

是金属链条拖在地上的声音。

宁谷身体向后微倾，做好了随时逃跑的准备，然后压低声音，用几乎听不见的音量叫了一声："钉子？"

金属链条的声音往他这边靠近了一些，然后又停下了。

"你是宁谷。"一个沙哑得仿佛嗓子被按在黑铁上摩擦了一万多次的声音从风里传了过来。

44

　　宁谷只觉得全身发寒，本来舌湾的风就比别的地方大，身上的几件衣服早被吹透了。

　　风里传来的这个伴随着铁链拖行的陈旧声音，顿时让他感觉骨头都冻得有些咯吱咯吱响。

　　这不是钉子，钉子不会这样说话。

　　也不是原住民，原住民根本就不会说话。

　　而除了这些，就只有别的旅行者。

　　但一个可能被铁链拴着的旅行者，宁谷从来没见过，也没有听说过，起码这个人没有在他的活动范围里出现过。

　　如果这人只在舌湾活动……是怎么在原住民堆里活下来的？

　　宁谷还没有判断出这个声音的主人到底对自己有没有危险，一个灰白色的影子突然从左前方的黑雾里冲了过来。

　　原住民。

　　宁谷立刻向后跃起，右手一扬，手柄对着那个影子按了一下。

　　没有任何声息，仿佛是有什么东西撑开了空气，形成了一个中空地带。原住民被撞开了。

　　但并没有逃走。

　　宁谷落地的同时再次起跳，这次是向前，他要抢在原住民站稳之前出手。

　　李向说不能直接接触到原住民，所以他没有用拳头，而是飞起一脚踹了过去。

　　但是踹空了。

　　宁谷落回地面时，因为一脚蹬空，还抻得大腿有点儿疼。

但他顾不上腿。

原住民是被什么东西以极快的速度拉回了黑雾里,连一丝声音都没有发出,就消失了。

"你是谁!"宁谷压低声音。

铁链拖行的声音再次响起,慢慢靠近了他,但在距离他还有两三米的距离时,铁链"哗啦"响了一声,停下了。

宁谷立刻听了出来,这人肯定是被拴在了什么东西上,活动范围是被限制死的。刚才这几步,他已经走到了活动范围的边缘。

"你是谁?"宁谷再次发问。

"还有一个,"沙哑的声音从风里传来,"是谁?"

还有一个?

宁谷瞬间觉得自己汗毛都竖了起来,有人跟着自己?

谁?

不会是团长和李向他们,如果是他们,就刚才那种状况,他们早就出手了……

身后传来了脚步声。

宁谷猛地转头,举起了冷光瓶。

被照亮的黑雾在风里飞舞,接着有人走了出来。

宁谷看到腿的时候就已经认出了是谁,他震惊地压着嗓子:"小喇叭?你怎么在这里?"

连川突然对宁谷有些刮目相看,在这种危险处境和突发状态中,宁谷居然能一边震惊地发出疑问,一边反应迅速地没有叫出他的真名。

虽然小喇叭这个名字他每次听到,心情都一言难尽。

"你跟踪我?"宁谷盯着他。

"我散步。"连川说。

"你放屁吧你散步!"宁谷皱着眉,"你居然跟踪我……"

连川听到了黑雾里的声音,没等原住民靠近到能被看到身影,他已经往右侧冲了过去。

手里拿着的小铁棍是宁谷扔在路上的,他用小铁棍准确地穿透了还没看清的那个灰白色影子。

宁谷说舌湾是原住民的聚集地，看来的确是这样。四周的狂风黑雾里，他能听到的，不算倒地的这个，至少还有五个在他们附近游荡着。

"他不是旅行者。"铁链又响了两声。
"他是被主城驱逐过来的，背叛者。"宁谷说。
"不是。"那声音说。
"我说是就是。"宁谷说。
"你，"那声音说话似乎有些吃力，沙哑地喘着，"过来一些。"
"你过来。"宁谷站着没动。
那边没有说话，只是突然笑了起来。
沙哑的，陈旧的，仿佛覆盖着存在了几百年的铁屑的笑声。

"你听。"那声音说。
风里传来了铁链拉拽的声音。
"这可是团长，"那声音喘息了几下，"送给我的，你不过来……看看吗？"
宁谷拧紧了眉。
团长把这个人拴在这里的？
虽然他不愿意多想，但这一瞬间，脑子里闪过的却是团长带去主城的那个箱子，地库里的那些旅行者，连川脖子上装载了林凡能力的黑圈……
还有自己的那句总结。
一支只有能力没有脑子的军队。

宁谷不想过去，他不愿意接近这个人。
但却还是往那边迈了一步。
关于团长的疑问，关于鬼城的疑问，关于钉子的下落……
他回头看了连川一眼。
对于危险的判断，连川比他要敏锐得多。
连川没有阻止他。
于是他转过头慢慢地往前走了过去。
"就那里。"连川在他身后说了一句。
宁谷停下了，按他刚才听到的声音判断，这个位置跟铁链的最大范围应该还有一定距离。

但没等他这个念头转完,一个巨大的黑影慢慢出现在了他面前,一直走到了离他只有一米距离的时候,才听到"当"的一声——铁链到头了。

宁谷心脏一阵狂跳,之前这人让他听到的铁链到头了的声音是假的!

这个活动范围比他判断出来的要大了一圈。

杂种!太阴险了!

宁谷举起了冷光瓶,想要看清这个黑影,相比灰白色的原住民,这个通体黑色的影子在黑雾中几乎只能看到一个轮廓。

就算举起了冷光瓶,也还是看不太清。

这时身后突然有光亮起,宁谷回头的时候,一个冷光瓶从他身边飞了过去,落在了黑影脚边。

黑影怒吼了一声,抬腿就是一脚,冷光瓶碎在了地上。

但就这一瞬,宁谷已经看清了黑影的样子。

是个人。

而且非常高大,团长两米多的个头,这黑影要比他再高再壮上一圈。

身上破烂的衣物只有单薄的两层,能从破口处看到他的皮肤,隐约有着跟原住民一样的一层细鳞。

脸不太能看清,跟疯叔那种长期不收拾自己的人一样,这人头发已经到了腰部。虽然头发用布条胡乱扎了起来,但满脸的胡子,就算扎起来也露不出脸。

何况也没扎。

这是宁谷从来没有见过的人。

"旅行者的跟主城的合作,"黑影缓缓开口,声音依旧,"已经到了这种……程度了吗?"

宁谷没说话。

"清理队也能在鬼城自由行动了。"黑影说。

"你是谁?"宁谷盯着他。

"我是谁?"黑影吱吱咯咯地笑了起来,"一个普通的旅行者而已,曾经。"

"那你现在是什么?"宁谷又问。

"活尸！"黑影吼了一声，猛地往前一冲。

宁谷只觉得自己领口一紧，舌头都差点被勒出来。

再回过神来的时候，他已经被连川拉着衣领往后拽出了两米。

而前方的黑影虽然还在原地，但随着他这一冲，他身边一左一右同时出现了两个灰白色的身影。

宁谷正想按下手柄的时候，连川在他身后说了一句："他能控制原住民。"

他停了手。

发现那两个灰白色的影子果然没有再往前，几秒钟之后，慢慢退回了黑雾中，看不见了。

"我保护它们而已。"黑影说。

"它们才是黑雾里的主人，"宁谷说，"你保护它们？"

"团长带来的东西，"黑影的声音突然沉了下去，"已经污染了黑雾，像病毒一样漫延……"

"什么东西？"宁谷立刻追问。

"实验体！"黑影提高了声音，"实验体！带到实验场来的，都是实验体！在这里杀！在这里死！在这里毁灭……"

黑影的声音在后面半句开始劈叉，在风里碎得几乎听不清。

实验场。

这三个字还是撞进了宁谷的耳朵里，带起一阵嗡鸣。

团长把舌湾当成了实验场。

"你去过主城了吗？"黑影问出这句的时候，身体跟着往前倾了倾，很好奇的样子。

宁谷没有说话。

"看来是去过了。"黑影说，"是不是有很多疑问？"

"没有。"宁谷回答得很干脆。

"那你……"黑影又笑了，仿佛心情很好，就是笑得有些吃力，仿佛下一秒嗓子就要笑碎了，"来这里干什么？"

"找我朋友。"宁谷说。

"朋友？"黑影顿了顿，"钉子吗？"

"你见过他？"宁谷猛地提高了声音。

"没有。"黑影说，"但我知道他来过，他是你的好朋友，你们经常过来。"

"他去哪儿了？"宁谷追问，声音都有些不稳。

"你过来，"黑影说，"我告诉你。"

宁谷站着没动。

黑影没再说话，开始慢慢往后退。

"钉子去哪儿了！"宁谷吼了一声。

黑影依旧没出声，身影已经慢慢地隐在了黑雾里。

"你就站在那里。"宁谷沉下了声音。

黑影停下了。

宁谷咬了咬牙，慢慢地往前走了过去。

连川没拦他，应该是能确定在他有危险的时候，自己可以救下他。

虽然有些冒险，但他和连川，都希望能在对方身上找到答案，他选择相信连川一定会在他有危险的时候出手救他。

黑影就在前面了，宁谷一步一步继续往前，走到了借着手里冷光瓶的光能看清这个人的眼睛时，才停了下来。

这个人的眼睛是红色的。

宁谷挺喜欢红色，鲜艳明亮。但红色的眼睛，就没有这种美好的感觉了。

除了有些吓人，还透着说不清的凄凉。

走到这里的时候，宁谷看清了在这人身后拖着一条铁链，铁链的那一头，是一块巨大的黑铁。

而黑铁四周一圈，还蹲着四五个原住民。

听到他脚步声时，原住民都转过了头，发出了他在狂风里听到过的那种仿佛被掐住了喉咙的嘶鸣。

宁谷第一次看清原住民大概的轮廓。

他们真的没有眼睛。

黑影的手抬了起来，慢慢举到了宁谷面前。

宁谷看过去，黑影的手上戴着手套，慢慢把握成拳的手转过来，张开了手指。

手心里是一根动物的爪子。

是钉子永远都贴身放着的那个。

猴爪子。

宁谷压着心里的情绪，慢慢抬手，拿起了那个猴爪子，但手一直在抖。

"哪儿来的。"他咬着牙问。

"小朋友们捡给我的。"黑影说，"是你好朋友的吧？"

"他人呢。"宁谷从牙缝里挤出三个字。

"不知道。"黑影说。

宁谷还想再追问的时候，黑影突然退了一步，张开了胳膊。

连川同一时间已经到了宁谷身后。

宁谷这次的反应奇快，他迅速地用手拉住了自己的衣领，防止自己的舌头再被连川勒出来。

但连川却一把扯住了他的裤腰。

"到时间了。"黑影张着胳膊慢慢往后退，"你们走吧。"

他这句话说完，四周的黑暗里开始出现细碎的声音，成片的，从四处聚集而来。

接着宁谷就看到了几个灰白色影子窜出，扑向了黑影。

连川没有再停留，扯着宁谷的裤腰猛地往回冲了出去。

风在耳边呼啸，不时闪过的灰白色影子似乎都没有注意到他们，没有出现任何攻击，所有的原住民都向着黑影的方向扑去。

回到疯叔小屋的时候，宁谷的手心已经被猴爪子尖顶出了一个深深的破口。

"那人死了吗？"他问。

"不知道。"连川回答。

他盯着手里的猴爪子："为什么不直接去地库？"

"来不及了。"连川说。

"顺路的事。"宁谷说。

"你进得去吗？"连川问，"地库没有门吗？"

宁谷没有说话。

地库当然有门，而且是很厚的黑铁，关上的时候跟旁边严丝合缝，摸都摸不出门的位置来。

他唯一进去的那次，应该是有人进去了没有关门。

或者，他突然想起了林凡把他从钟楼放走的情形……是有人故意没有关门。

"我要找团长。"宁谷说。

连川没出声，只是看着他。

"团长……有太多的事瞒着我。"宁谷皱着眉。

"那个人，"连川开口，"是旅行者吗？"

"这里除了旅行者和三个主城非法出生，没有别的人了，"宁谷说，"这个人不仅是旅行者，还是个认识我的旅行者。"

"找团长不如找林凡。"连川说。

宁谷转头看着他："林凡？我觉得他有问题，这人根本看不透。"

"团长和林凡，你觉得谁会回答你的问题。"连川问。

宁谷愣了愣。

"回答，"连川说，"不要想。"

"林凡。"宁谷脱口而出。

不知道为什么，虽然他对林凡有着比团长更多的质疑，但从小到大的经历让他很清楚，团长几乎不会正面回答他的任何问题。

宁谷坐在椅子上，手里捏着猴爪子，脑子仿佛被九翼掏空了。

"团长在舌湾用原住民做实验体的靶子，"宁谷说，"对吗？"

"也许既是靶子，也是材料。"连川说。

"主城有什么好？"宁谷说，"为什么要花这么大的代价去抢回来？"

他从小生活在鬼城，看到的一切，感受到的一切，都是鬼城，这是他长大的地方，是他生活了二十多年的地方。

他知道年长的旅行者们对主城的执着，并不是他能理解的。

主城曾经是他们的家，哪怕那份记忆已经遥远，那个地方如今已是全然陌生。

"为什么。"连川突然没头没脑地问了一句。

"嗯？"宁谷看着他。

"主城开始坍塌不是一天两天了，"连川说，"为什么一定要抢回一个注定毁灭的主城？"

宁谷没出声，他从来没有从这个角度想过。

"团长比你们更清楚，"连川看着他，"你们能够打败主城的时候，主城也许已经是黑铁荒原。"

"那为什么……"宁谷似乎明白了连川的意思。

团长并不是真的要抢回主城。

45

  宁谷在要不要把舌湾向里逼近了几百米告诉团长这个问题上犹豫了很久，最后选择了沉默。

  如果是以前，这样的大事，他绝对会冒着被挂上钟楼的风险，也要第一时间通知团长。

  但现在，除了不知去向的钉子和跟他有明确利益牵扯的连川，他已经不知道还能相信谁。

  他不能让人知道他去了舌湾，尤其是在知道了舌湾里还有一个破锣嗓子之后。

  旅行者有巡逻的队伍，舌湾的事不需要他汇报，团长也很快就会知道。

  这是宁谷唯一能拿来自我安慰的理由。

  不过就算是这么郁闷和纠结，宁谷依旧是往疯叔小屋的地上一躺就睡着了。

  再醒过来是因为连川踢了他一脚，睁开眼的时候他听到了远远的钟声。

  "这是什么声音。"连川问。

  "护卫队集合。"宁谷坐了起来，跑到门外，"上次集合还是原住民突然大量在金属坟场出现的时候。"

  "现在呢？"连川问。

  "因为舌湾吧。"宁谷看了他一眼。

  "舌湾里还有什么。"连川也看着他。

  宁谷没有马上回答。

  "不要瞒我。"连川说，"你知道的我都要知道，否则下次就让你死。"

  宁谷皱了皱眉，过了一会儿才说："你这话也太堵人了，想说的听了这句都闭嘴了。"

连川还是看着他。

"我告诉你不是因为怕死，我不在乎死不死的，"宁谷说，"我们旅行者……"

"你在乎。"连川说。

"你是我吗？自信没问题，不要瞎自信。"宁谷"啧"了一声，"我虽然……"

"不要隐瞒。"连川没接他的话，又重复了一遍。

宁谷本来还想发散几句，被瞬间顶了回去，憋得思路差点儿都没有了。

他想，连川再说一个字他就举起右手，管他能力能不能崩出来，总之架势先摆上。

但是连川居然闭嘴了。

"舌湾算是鬼城最近的边界，但是那边有什么，没有人知道。"宁谷说，"舌湾的雾是最浓的，风一刮，有一块地方的雾卷起来很像舌头，所以就叫舌湾。"

"嗯。"连川应了一声。

"昨天我去的时候，舌头没有了。舌湾最浓的雾往前压过来了，舌头差不多几百米，整个都没有了。"宁谷皱着眉，"团长和李向带我去的时候，还没有这样，就一天时间，舌湾就把舌头给吞了。"

"他们带你去哪儿了。"连川问。

"边界。"宁谷看着他，"那里堆满了旅行者……的身体。"

"完整的吗？"连川似乎并不吃惊。

当然，他吃惊也没人能看出来，除了第一次听说自己叫小喇叭的时候。

"团长说他们没有死，但永远也不会再醒过来……"宁谷说到一半停了下来，过了一会儿才有些不敢相信地说出了自己的猜测，"那些不会是……材料吧？"

连川没说话。

团长带着人出发去舌湾的时候，远远经过了疯叔的小屋。

宁谷没有出去，以往这种事他一定会跟着，哪怕没有能力，他也想出点儿

- 361 -

力,哪怕是凑个热闹也行。

但今天他连门都没有出,甚至没有贴到门缝上往那边看上一眼。

连川告诉他人都已经走远之后,他穿上外套,戴上护镜,把猴爪子贴着肚皮放好,打开门走了出去。

"你就在这里……"话没说完就被连川打断了。

"嗯。"连川在往躺椅上一靠,闭上了眼睛。

我回来的时候给你带点儿吃的喝的。

宁谷张了张嘴,想再说一句。

"嗯。"连川又应了一句。

宁谷甩上了门。

团长和李向都离开庇护所了,现在去找林凡,是个合适的机会。

而且大批旅行都跟着去了舌湾,宁谷一路穿过庇护所的时候可以避免很多冲突,虽然连川留下时大家已经达成了共识,只要他不惹事,就不会有人找他麻烦。

但相比之下,跟连川有私交的宁谷作为一个"叛徒",反倒更让人不能接受。

宁谷尽量挑了人少的路线,往林凡的小屋走过去。

这条路会从他自己的小屋旁边经过。

他隔着一段距离往那边看了一眼,小屋还是老样子,塌掉的废墟并没有收拾。旅行者不太会收拾这些。小屋会被风刮倒,会被打架时的能力砸倒,甚至会在人多聚集的时候被踩倒,完全不需要收拾,找地方再盖一个就行。

不过他的小屋,看上去不仅是没有收拾废墟,连里面的小东西都没有被人翻找过的痕迹。

这就不是旅行者的风格了。

这是旅行者们对宁谷表示不满的方式。

你的东西我们都不愿意去捡。

宁谷叹了口气,打算一会儿问林凡要个兜,回来的时候去翻一下,把自己的宝贝小玩意儿们都捡一捡。

林凡的小屋有一半在地下,从远处看过去很不明显。

小屋的门关着，没有光透出来。

宁谷走近了，才看到门里突然亮了。

"是我，宁谷。"他说了一句。

小屋的门打开了，宁谷进门，下了一小段楼梯，看到林凡坐在一张桌子旁边，桌上堆满了纸和书。

这是他第一次走进林凡的小屋。全鬼城怕也没几个旅行者进来过。要不肯定都会吃惊地到处跟人说，从来没有见过这么多纸，更没见过那么多书。

林凡的小屋里几乎没有落脚的地方，到处都堆着书。

"你很喜欢看书啊？"宁谷问。

"不然还有什么乐趣。"林凡说。

"到处玩啊，鬼城这么大，转一圈一天时间就没有了。"宁谷随手拿起了旁边地上的一本书，翻了翻，全都是字，除了页码，他基本没有认识的，不过……在舌湾里捡到的那一角纸，手感倒是有些相似，都有些泛黄，捏着的时候觉得发脆。

"团长对你的教育真是成功。"林凡说。

宁谷放下书，看着他："你什么意思。"

"你觉得为什么你不认识字？"林凡问，"是因为不想学，还是根本没有人教？"

宁谷倒是从来没想过这个问题，鬼城根本就没有带字的东西，旅行者里认字的也没有几个……

但明明林凡这里有这么多的字。

只是没有人知道。

"团长不让我学认字，"宁谷说，"是吗？"

"他想保护你。"林凡说。

"不认识字就能保护我了？"宁谷觉得这个理由有些太屠弱了。

"你来找我，有什么事？"林凡没有回答他的问题。

"舌湾里那个人是谁？"宁谷单刀直入，"你们在舌湾里干了什么？连川脖子上那个黑圈，为什么是你的能力？"

林凡一动不动地坐着，听完他的话之后也没有任何反应。

过了好一会儿才像是突然一惊，抬眼看着他："你进舌湾了？"

"你装什么！"宁谷简直有些无语。

"我就知道你总有一天会发现。"林凡慢慢地说，"链子拴不住他，今天在这里，明天在那里，总有小朋友会帮他推着黑铁桩子走。"

小朋友。

那个黑影也用过这个词。

"你凭什么觉得我会告诉你？"林凡说，"从小到大，你都没有跟我说过话。"

"我发现你跟团长不是一条心。"宁谷说，"他不让我去主城，你放走我；他不想告诉我的东西，你几次都想说。"

林凡看了他一眼："团长和李向，跟我是生死之交。"

"我说的也是事实。"宁谷说。

"老鬼是鬼城唯一的混血。"林凡说。

"混血？"宁谷有些没听懂。

"他是身体里融合了原住民的旅行者。"林凡看着他，"鬼城，庇护所，是最初的旅行者从原住民手里抢下来的，无数次的战斗，无数死去的同伴，他是唯一个因为感染而不会被攻击的旅行者，拥有原住民在黑暗中生存的所有能力。"

鬼城的历史，对于所有在鬼城出生的旅行者来说，都只是一段模糊残缺的口述，没有人知道当年苦战的细节。

"他为什么会知道我？"宁谷问。

"怎么会不知道？"林凡脸上的表情突然有些说不清的悲伤，"他也是从主城一路战斗过来的生死之交，团长当然会跟他聊起鬼城的事。"

"生死之交，"宁谷感觉自己手有些抖，"原来你们就是这么对待生死之交，把他拴在舌湾，拿他做你们实验体的活靶子！生死之交？还真是生死之交。"

"比起主城，"林凡说，"团长做的也并没有多过分。"

"团长做的？"宁谷瞪着他，"没你吗！跟我也不敢说实话，要把责任都推给你的生死之交？"

林凡歪了歪头，看着他。

"看你爷爷干吗！"宁谷继续瞪着他。

"我一开始就反对。"林凡说，"一开始我就没有参与。"

宁谷愣住了。

"你没猜错，我跟团长和李向，不是一条心。"林凡说，"他们要做的，是我不愿意看到的，但他们也没有错。"

"你在放什么屁？"宁谷听不懂。

"有些人认为出口一定会出现，不惜一切代价，找到出口就能逃离，团长觉得自己能带着同伴离开。"林凡站了起来，慢慢走到他面前，"有些人认为一切都只是一个不可逆转的循环，一旦循环开始，就不会停下，无论有没有出口，总有人或者被扔下，或者选择留下，留在这里的，也要活下去。"

宁谷听着这些话的时候，感觉自己应该带上连川在外面偷听。

他的脑子已经开始停转。

"宁谷，有些事你要去问团长，他说的，我说的，你都要听到。"林凡说，"坍塌可能已经开始了……但选择怎样的路的人，是你自己，没有任何人能安排你，你也不该听从任何安排。"

回疯叔小屋的时候，宁谷取消了顺路去自己的小屋捡东西的计划，他没有什么心情了，只是从林凡那里拿了些食物和水。

连川还在躺椅上靠着，不过没有睡觉。

"吃吗？"宁谷把兜扔到桌上。

"还不饿。"连川回答。

宁谷没再多说，拿了吃的先把自己塞饱了，又灌了一瓶水，然后抹了抹嘴，站在桌子旁边不动了。

"舌湾里那个人，是谁？"连川帮他开了个头。

宁谷好不容易因为吃饱了有些上扬的情绪，又被瞬间拉回了林凡的那些话里。

不过连川在听他说起这些的时候，依旧是波澜不惊的老样子，而且关注的重点明显跟他不一样。

"林凡那里有很多书？"连川问。

"是的，"宁谷点点头，"很多，都堆在屋子里。"

"什么书？"连川问。

"……旧的书。"宁谷艰难回答。

连川转过头看着他。

"我哪知道是什么书！我又不认识字！"宁谷有些恼火，"我就知道纸都黄了发脆了，我拿起来一本，放回去的时候手摸到的地方都裂开了，没敢让他发现……反正新的纸应该是很白的嘛，就像我们在失途谷换的那个本子，不就很白吗？"

"嗯。"连川应了一声。

"为什么问这个？"宁谷问。

"鬼城哪来的书？"连川说，"没有记录说旅行者从主城带走过书，当初那样的驱离战，也不可能带着书走，而且这么旧的书，主城也很少见。"

"书是在鬼城找到的。"宁谷说。

"鬼城这样的地方，为什么会有这么多的旧书？"连川起身，拿起一瓶水，喝了一口。

"一本新书，要多久才能变成这样的旧书？"宁谷拧着眉。

"很久。"连川说。

宁谷瞪着他，好半天也没等到下一句："原来你也会答废话啊？"

"林凡为什么觉得坍塌之后留下的人，也能活下去？"连川说。

宁谷突然觉得自己呼吸有些困难："因为他在这里……找到了上一代主城的书？"

"疯叔，还有根本不存在的茶叶。"连川说，"一代代坍塌，总会有东西留下来，东西能留下来，人也不是没可能活下来。"

"我突然想起来一个事，"宁谷指着连川，"就在主城，你……"

"不要指我。"连川说。

宁谷顿了顿，用手指在他胸口上飞快地又戳了两下："范吕是什么人？"

"某任清理队队长，"连川说，"跟老大是朋友。"

"他有什么奇怪的地方吗？"宁谷问。

"每天都是醉的,所以整个人都很奇怪。"连川回答。

"疯叔跟他长得非常像。"宁谷说,"虽然疯叔满脸胡子,但挡上脸,他俩眼睛一模一样,不可能有这么像的人,对吗?"

"嗯。"连川说,"除非……"

"除非是也跟我一样,还有四个。"宁谷指着自己,"你看我就不介意被指着。"

"林凡跟疯叔有来往吗?"连川问。

"他俩都是独来独往的,但谁知道呢?"宁谷说。

"如果林凡找到了以前的书,"连川又喝了一口水,"又发现疯叔……"

宁谷后背都惊起一片汗毛,他这时才反应过来连川是在顺着自己的推测往下走,赶紧提醒他:"你觉得我说的有可能?我是随便提的。"

"所以他会反对团长付出那么大的代价去跟主城抢出口。"连川放下了瓶子,"他认为还有别的活下去的机会。"

46

"舌头真的没了！"有人喊了一声。

跟在团长和李向身后的旅行者们听到这一句时一阵喧哗，所有的人几乎同时拧亮了冷光瓶，一起举了起来。

平时巡逻只能隐约看到边缘的舌湾，一下变得清晰了很多。

而已经逼到了眼前的黑色浓雾，让大家都惊呆了。

他们现在站的位置，是舌尖，与庇护所之间有着安全距离，一般只会有零星的原住民，大多数原住民都很少接近浓雾边缘。

曾经的安全距离，已经随着舌湾标志的消失，不复存在了。

"顺着雾沿检查。"团长说。

"注意警戒。"李向转头看着身后的旅行者们，"队伍不要聚得太近，保证相互能照应得到就行。"

队伍开始沿着同一个方向排查异常，团长看了李向一眼："你去照应他们，我去检查一下地库。"

"一起去，"李向说，"队伍那边有强防御跟着了。"

"我这边不会有问题，现在浓雾推过来这么多，老鬼肯定已经发现了。"团长说，"他应该会让他的小朋友把他推到这边来的，有他在的话……"

"还是要确保安全，"李向坚持，"老鬼的想法比林凡还要坚定，鬼城没有变化还好，一旦开始，就很难确保人心不变了。"

"我以为只有我多疑。"团长没有再拒绝，往浓雾里走去，"你从什么时候也变得这么多疑了？"

"从原住民大批被主城送来的那个实验体感染开始……"李向说，"我们的确是没有盟友。"

"怪我。"团长说。

"没有谁能判定对错,"李向说,"没有谁能判定怎么样更好,没有如果,也没有假设,头都不能回,到了终点才会知道答案,不是么。"

这是团长决定开始跟主城合作时说过的话。

虽然现在跟主城的关系明显已经开始断裂,但这句话在李向看来,依然适用。

风中听不见什么异常,黑雾给人的感觉跟平时也没有什么明显的不同。

只是地库的相对位置又向里挪动了几百米,需要在最浓的雾里待的时间要比平时长不少。

走了一小段之后,团长停了下来。

"感觉到了吗?"他问。

"震动吗?感觉到了。"李向也停下了。

这种隐隐的震动。

"还有。"团长说。

李向没有说话,在原地停了一会儿,慢慢蹲下了,把手按在了地面上。

"有温度。"李向皱起了眉头。

鬼城是寒冷的,虽然旅行者们都已经适应,但寒风里冰冷的地面依旧是所有人对寒冷最直观的感受。为了能随时坐到地上,不少旅行者会在屁股的位置多加一层厚实的料子。

但现在,地面的温度变了。

不再是冰冷的,虽然算不上暖和,但至少是比寒风的温度要高了。

"在外面的时候没有这种感觉。"团长说。

"是的。"李向站了起来,跟在他身后继续往里走,"舌湾肯定发生了什么重大变化,我们是不是要先找到老鬼?"

"嗯。"团长点点头,"看看在地库附近能不能把他叫出来,不行的话……"

"不行的话带了人再来。"李向说。

团长回头看了他一眼:"你是在害怕吗?"

"出口还没有出现,毁灭却可能已经开始了,"李向说,"这时一切都要

- 369 -

小心谨慎。"

"也许林凡说的是对的,"团长笑了笑,继续往地库的方向走去,"根本没有出口。"

"回不了头了,"李向说,"也没有想过回头。"

地库的大门出现在他们眼前,从这个距离来看,浓雾推进的确不是错觉,从地理位置上就能再次确定。

两人围着地库大门检查了一下,门没有异常,四周也没有发现异常。

除了温度。

这里地面的温度也同样有变化,不再是冰冷的黑铁。

但很快他们就发现了第二件异常的事:四周过于没有异常了。

风,黑雾,寒冷。

空无一物。

没有听到一声原住民的声响。

没有他们从喉咙里发出的嘶鸣,没有他们四处游走时用于跟同伴交流的呓语……

四周没有一个原住民。

这是最大的异常。

团长举起冷光瓶,手指放到嘴边,吹出了一声嘹亮的口哨。

哨音清亮,哪怕是在这样的狂风里,也能传出很远。

哨音消失之后,他们耳边依旧是单调的风声。

团长又吹出了第二声。

李向慢慢地转头,注意着四周的动静。

团长的第三声哨音响起时,舌湾深处的风里传来了铁链拖过地面的声音。

这熟悉的声音,让两个人都松了口气。

无论怎样,无论团长对老鬼做了什么,老鬼活着都依旧会让他们舒出一口气。

但两秒之后,他们同时发现了这铁链的声音跟平时不太一样。

没有了相伴左右的原住民的声音。

没有了那些小朋友帮着推动黑铁桩、跟着老鬼移动的声音。

"他弄断了链子。"团长跟李向几乎是同时靠在了一起。

李向一扬手撑起了防御。

铁链是特制的，林凡的作品，当初是用来控制原住民的，没有人想得到有一天会用在老鬼身上，也没有人想得到有一天老鬼会弄断了铁链。

生死之交。

除了生死，他们也更了解对方。拥有了原住民所有能力的老鬼，一旦没有了束缚，他们加起来都有可能不是对手。

一个高大的黑影慢慢从浓雾中走了出来，冷光瓶的光打在他身上，在身后的浓雾上映出一个更为巨大的影子。

"找我？"老鬼站定，沙哑的声音在风里破碎地飘了过来。

"发生了什么事？"团长说，"地面温度不对。"

"就是这些，"老鬼喘了两下，"没有了。"

"你的小朋友们呢？"李向问，"都避难去了吗？"

老鬼笑了起来："怎么会，小朋友们在等你们。"

这句话一说出口，团长和李向确定老鬼出现不仅仅是因为哨音。

团长胳膊扬起往下一压，从脚下卷起的气浪往四周卷起，黑雾被掀开，老鬼随着这一阵强大的气浪被推出去了十几米。

李向的防御随之激发，顶在了老鬼面前。

"这是你最后的机会。"老鬼缓缓蹲下，手在地面上摸了摸，"这话听着熟悉吗？团长。"

"这个时候起冲突对大家都没有好处。"团长说。

"什么时候起冲突，都没有好处。"老鬼吃力地用沙哑的声音慢慢说着，"但冲突永远都在……"

"什么机会？"李向问。

"封掉地库。"老鬼说，"最后的机会了。"

"地库里的东西，还没有开始启用。"团长说。

"我见过宁谷了。"老鬼喘了口气，"他长大了。"

李向猛地拧紧了眉。

"我想抓他，但是……"老鬼笑了笑，慢慢站起来，低头看着地面，"有个鬣狗跟着他……如果没有那个鬣狗，我肯定就抓到他了……你们把他保护得太好，太天真，太仗义……"

"你永远都不可能抓到他。"团长说，"我不会让你碰他。"

"真的吗？"老鬼猛地抬起头，盯着团长，"他一会儿自己就会过来。"

团长没有说话，只是狠狠地再次一压手臂。

这一次，从脚下卷起的不再是气浪，而是被气浪击碎的黑铁地面，无数锐利的碎片扬起，向老鬼飞了出去。

李向在防御的同时，也释放了攻击，碎片在空中猛地加速，划破风，带着尖锐的啸声，打在了老鬼的身上。

老鬼却迎着碎片慢慢抬腿，迈出了一步。

击中他身体的碎片大多都瞬间化成了碎末，扬起黑烟消散在风中。而他的第二步，直接冲破了李向的防御。

脚下的震动突然再次传来，跟以前感受到的不同，要强烈得多。

"时间刚刚好啊！"老鬼沙哑的声音响起，"来吧，我的生死之交。"

巨大的爆炸声传来的时候，宁谷正趴在门边的地上睡觉。

倒并没有睡得太实，听到这声音的同时他就猛地一下睁开了眼睛。

但是屋里毕竟还有个不需要反应时间的连川，没等他起身，连川一脚踩在他背上，打开门冲了出去。

睡觉还是得挑个合适的地方，不能睡在门边……

宁谷迅速跳了起来，跟着也冲到了门外："是什……"

话没有说完就没有了声音。

远处舌湾的方向，黑雾像是被什么东西一刀避开，裂口处从下至上不断闪出成片的电光。

"那边是舌湾。"宁谷开口的时候声音都颤了，"团长和李向，还有巡逻队的人，还在舌湾。"

"我制服呢？"连川问。

"锁在箱子里了。"宁谷马上反应过来，转身跑进了屋里，连川的制服被团长用一个箱子装了交给他保管，只有他的指纹能打开。

但凡连川穿上了制服,他们就都能知道,就是宁谷打开的箱子。

宁谷拿出制服递扔给连川:"你是要趁火打劫,还是要帮他们?"

连川飞快地换上了制服,制服上的蓝光闪过之后,他看了宁谷一眼:"现在才问?"

"对啊。"宁谷说,"你是要告诉我,我对你判断错了吗?"

"没。"连川按了一下裤腿侧面的按钮,制服腿侧弹开了一个小盖子,他从里面拿出了一个带着蓝光的小东西。

四个圈连在一起,每个圈上都带着锐利的尖角,他把这东西套到了自己左手上。

"你还有这东西?"宁谷有些吃惊,"真碰上什么事,这东西能有用吗?"

"要不你去问问团长,送我过来的那个箱子里还有没有别的武器。"连川握了一下左手,四个蓝色的光点落在了旁边的墙上。

接着他的手往下一压,蓝色光点往下。

墙上瞬间被划出了四道裂缝。

"行了!"宁谷赶紧喊了一声,伸手到他眼前晃了几下,"漏风了!下次展示武器不要在屋里行吗!"

"你不要过去。"连川松开手,往门外走去。

"什么?"宁谷愣了。

"那个老鬼,"连川回过头看着他,"不能信。你有没有想过为什么团长李向还有林凡,都对你这么在意?"

我鬼城门面啊。

"……不知道。"宁谷皱着眉,"可能是我父母……但是没有人跟我提过父母……"

"如果你对他们来说很重要,"连川说,"对于老鬼来说,也就同样重要,不要送人头。"

连川走出门外,宁谷跟着跑了出来。

他停下,转头看着宁谷:"我不会伤害团长他们。"

"我知道你不会。"宁谷也看着他,"但是我不能缩在这里。"

庇护所那边传来了喧哗的声音，能看到屋顶上出现了跳跃奔跑着的旅行者们。

舌湾出事了，他们的领袖和他们的大批同伴就在舌湾，所有人不需要谁下令，全都冲出了庇护所，往舌湾方向奔去。

"无论团长和李向他们做了什么，无论他们内部有什么分歧，"宁谷说，"他们都是把我养大的长辈，我所有的一切都是他们给我的。"

连川看着他没有说话。

"除非你把我捆屋里，打断我腿我都会爬过去。"宁谷说。

连川的胳膊动了动。

"你敢！"宁谷马上退后了一步，瞪着他。

"走吧。"连川转身，"旅行者宁谷。"

这一次连川没有抓着他飞，四周有不少旅行者都在跑，宁谷也不想引起误会。

而且他还想看看清到底发生了什么事——不光是舌湾。

"地裂开了！小心躲开！"跑到金属坟场的时候，有人在前方大吼了一声。

宁谷衣领一紧。

几秒钟之后他看到了已经被电光照亮了一大片的金属坟场。

一条几米宽的裂缝，从金属坟场中央穿过，不断闪动着的电光裹在黑雾里直冲上空，像是要把黑雾撕裂，在近百米高的地方才隐入黑雾里。

有旅行者小心地接近裂缝，一道电光闪过，击中了他的身体，他连声音都没来得及发出，就在狂风里化成了一片碎屑，消失了。

"不要接近这些光！"林凡的声音从后面传来，宁谷第一次听到他用这么高昂的声音喊话，"所有人按训练编队分组，到舌湾先集结再行动，等我命令。"

"收到——"旅行者们发出吼声，再次往前奔去的时候，开始在途中慢慢找寻自己分组的队员。

"宁谷回去。"林凡走了过来。

"不。"宁谷回答得很干脆。

"我们未必能保得住你的安全。"林凡说。

"我自己能。"宁谷说。

林凡看了他一眼："从现在开始，你的每一个决定，都没有头可以回了。"

"我不回头。"宁谷说。

连川伸手的时候，宁谷抓住了自己的衣领和裤腰："麻烦拉胳膊。"

连川在他胳膊上抓了一下，明显感觉不太好用力。在他没反应过来的时候，连川抓住了他的手腕。

这感觉……

更像飞了。

连川没有走地面，金属坟场里有无数不知道来处的破烂机器和架子，高高低低，仿佛一个个巨大的墓碑。

连川拉着他在这些"墓碑"上向前飞跃着。

耳边是呼啸的风声，眼前是从未这么明亮过的鬼城一角，低头能看到不断闪动着电光的裂缝。

鬼城突然变得陌生起来。

连川一直顺着裂缝向前。

裂缝有些地方很窄，只有一掌；有些地方却有几米宽，从舌湾一直延伸过来，像是要把鬼城一撕两半。

他们在所有增援的旅行者之前到达了舌湾。

舌湾已经变了样，完全没有了记忆中的样子。

裂缝在这里变成了几条，从舌湾深处探出，黑雾依旧在，但大片黑雾之下，不断闪动着的电光像是随时都要冲破重围。

"去地库。"宁谷说，"地库里全是旅行者，出了事，团长他们肯定第一时间要去地库。"

"附近没有原住民了，"连川说，"肯定有什么大变化。"

"你有把握吗？"宁谷说。

"没有。"连川说，"但我可以赌。"

"赌？"宁谷问。

"失途谷我已经赌过一次。"连川说着冲进了舌湾，"你最好，让我逢赌必赢。"

47

冲进舌湾的浓雾之后，连川的速度慢了下来。他松开了宁谷的手腕。
"没有原住民是吗？"宁谷问。
"没有。"连川往前走。
"有没有听到别的旅行者的动静？"宁谷又问，"还有团长他们。"
"没有。"连川抬手往右边指了指，刚过来的时候听到那边有声音，"有一部分旅行者应该是顺着雾往前走了。"
"那是他们巡逻的路线。"宁谷稍微松了一小口气，这说明至少有人活着。他们能活着，比他们更强大的团长和李向，应该也没事。
但让他有些不安的，是原住民的集体消失。
"原住民常年生活在这里，"连川说，"舌湾被吞的时候，他们就已经知道发生什么事了。"
"能躲到哪里去？"宁谷想了想，"难道他们能去边界之外？"
"不管躲哪里，现在碰不上他们是好事。"连川说。

宁谷看了看脚下的地面，又弯腰摸了摸："地面不冰了。"
"地库在哪个方向？"连川问。
"来。"宁谷站起来整了整护镜，往前走过去，"跟我来。"
连川跟了上来。
四周的空气里隐隐能闻到焦煳的气息，非常淡，必须鼻子迎着风才能辨别得出来，仿佛是不断闪过的电光把黑雾烧着了。
根据宁谷的判断，结合上次他走过头了的距离，地库应该就在右前方几百米的位置了。
他放慢了脚步，虽然非常急切地想要知道团长和李向的情况，但地库这种特殊地标往往是所有危险的目标，需要小心。

- 376 -

而且地面上还出现了很多小裂缝,像是从大裂缝附近延伸出来的裂隙,虽然没有电光,但深不见底。宁谷把冷光瓶放到裂隙里,只能看到无限向下的黑色。

往前没走多远,前方远处的黑雾里突然闪过一片光。

宁谷愣了愣,停下了脚步。

接着电光再次闪过,从左到右,像是连川在失途谷外蹚过地面的那一脚。

"那个裂缝……"宁谷低声说,"可能穿过了地库。"

"我没有听到异常。"连川走到了他前面,"慢慢过去,不要靠近那些光。"

"嗯。"宁谷应了一声,"没有团长和李向的动静吗?下面有很多旅行者,也没有动静吗?"

"没有。"连川回答。

宁谷心里沉了沉,如果那个裂缝正好从地库穿过,里面无论有什么,可能都已经化成了灰。

电光附近都被照亮了,别说是舌湾,就是整个鬼城,也从来没有过这么大面积的光。宁谷看着前方几十米处仿佛一道墙的电光,愣住了。

地库到了。

但是地库的门已经消失。

地面上一道深深的裂隙从地库上方划过,大门已经塌了下去,整个地库像是被人一刀切成了两半。

这个角度看不到裂隙里的情况,只知道这个裂隙跟那些小的裂隙一样,没有电光闪出。

宁谷慢慢走近,裂隙很长,但并不算宽,也就不到一米,他走近了也依旧看不清,下面一片死寂。

他带了三个冷光瓶,正想把手上那个扔进地库看看,左边突然传来了一连串爆裂的声音。

空气都跟着脚下的地面震动起来,风也瞬间乱了方向,疯狂地呼啸着卷过。

宁谷转头的时候看到了一束电光,从舌湾深处向这边飞速闪了过来,接着无数细小的裂隙从脚下的地面上爬过,像一张网快速张开。

这是一条新的电光裂痕。

身后的地面上已经满是网状的裂隙,不知道哪个位置就会突然裂开,爆出电光。

"下去。"连川说了一句,向前一冲,跳进了地库。

宁谷没有时间犹豫,也跟着一冲,跳了下去。

还在空中的时候,就听到后面的空气里一阵爆响,应该是电光已经闪到。

宁谷很想回头看一眼,但没敢,他感觉到,就在这一瞬间,他背后的衣服已经化成了灰。

如果回头,怕是作为鬼城门面的这张脸就没了。

地库很深,本来应该从门口顺着楼梯往下走很长一段,现在直接跳下来,落地的过程相当漫长。

最后脚下踩到一块碎了的黑铁时,宁谷知道到底了。他迅速往旁边倒了下去,滚了一圈才稳住。

冷光瓶在电光闪过的时候就灭掉了,这会儿四周一片漆黑,他什么也看不到。

"连狗?"他压低声音。

"在。"连川在他身后应了一声,"受伤了没?"

"没有,不过……"宁谷反手摸了摸自己后背,果然,"我衣服烧了。"

身后亮起了蓝光,是连川制服上的照明功能。

"你这背……"连川大概是看到了他的后背。

宁谷立刻转过身:"背怎么了,完美。"

"黑了。"连川说,"没伤到吗?"

"什么?"宁谷压着声音,又快速地转回了身,"你帮我看看!"

连川犹豫了一下,伸手在他背上蹭了两下,蹭下来一片黑灰,露出了白净的皮肤。

"怎么样?"宁谷问。

"……很白。"连川说。

"我问你有没有伤！"宁谷压着声音小声吼。

"有没有伤你自己感觉不到疼吗？"连川想到这人被捕捉枪打中腿两次都没倒地还能逃跑……说不定痛觉神经不发达，于是又伸手擦了几下，确定了他背上没有伤，"我看没有。"

"那就行。"宁谷犹豫了一下，把衣服脱掉了，后背这么全露着，衣服穿在身上都别扭。

脱完之后他才反应过来："你有没有发现，好暖和啊。"

"没有发现。"连川看着他，"我制服恒温。"

"恒温很了不起吗？"宁谷说。

"是。"连川回答。

宁谷看了他一眼，一时想不到什么可以反驳的，于是转身走开了。

"我以前来的时候没有这么暖和。"他借着连川制服的照明，往四周看了看。这是地库入口的那个小厅，没什么东西，之前来的时候就是空着的，现在看上去变化也不大，只是塌了一小半，一地大大小小的碎渣。

"往哪边走？"连川问。

"那边有个小门。"宁谷指了指，发现那个通往地库深处的小门已经碎了一半，斜着靠在墙上，"不会已经都……没了吧？"

"去看看。"连川往那边走过去。

小门后面是一条通道，不长，没走多远就看到了又一个小门。

这个门没有被震塌，还是关着的。

宁谷过去推了推门，纹丝不动。

他回头看了一眼连川："能打开吗？"

"你以前偷偷进来的时候是怎么打开的？"连川握了握左手，套在手指上的指虎亮发出了暗蓝色的光芒。

"开着的。"宁谷让到一边，"现在想想，大概是林凡。"

连川没再说话，手一挥，门上出现了四条深深的裂缝，里面隐隐透出了光。

宁谷正想凑过去看看的时候，连川说了一句："里面空的。"

然后一脚踢在了门上。

门顿时像是被炸开似的，溅起一片碎屑之后露出了一个大洞。

宁谷顾不上别的，立刻探头钻了进去。

上次他来的时候，这个门里全是一个个巨大的铁笼，很多铁笼里都有旅行者，有些里是一个，有些里是好几个。

所有的旅行者都很沉默，看到他的时候也没有什么反应，连声音都没有发出过。

宁谷钻过去之后才发现，连川说的是真的。

里面是空的。

铁笼子都还在，但门全都打开了，笼子里的旅行者已经全都不见了。

宁谷走到一个笼子前，检查了一下笼门上的锁："是有人用钥匙打开的。"

"被转移了。"连川看着四周，"这种时候还能转移这么多人，至少说明来转移的人是安全的。"

"去哪儿了呢？"宁谷有些着急，他本来想着如果钉子没有去边界，那就一定在这里。

这个满是笼子的房间非常大，连川粗略估算了一下，所有笼子都用上，几百人是能关得下的。

他抬手在笼子上摸了摸。

这笼子的材质应该是跟拴老鬼的链子一样，但上面还是能摸到一条条的凹槽，不知道是划痕还是抓痕。

"关在这里的都是旅行者吗？"他问。

"嗯，其实……"宁谷转头看着他，"疯叔说他们早就不是旅行者了。"

连川没说话。

早就不是旅行者了。

团长比想象中的要狠得多，虽然这些人未必就是成功的实验体，但就算是材料，主城也未必有这么多。

连川在房间里走了一圈之后停下了，又往后倒退着走了几步。

宁谷一直看着他，看到他这个动作的时候马上反应过来："下面有空间？"

"是。"连川低头看了看。

"有人吗？"宁谷又问。

"感觉不出来。"连川说，"要下去吗？"

"下。"宁谷说。

打开向下的通道比打开之前那道小门要费劲，因为地太厚。

指虎划过几次，连川又蹬了好几脚，撞击出一片四溅的火花之后，才把地面蹬出一个正好能进一个人的洞口。

宁谷伸了腿就要下去，连川一把把他的腿拽了回来："有人。"

"活人吗？"宁谷顿时放轻了声音。

"理论上是。"连川趴到了洞口，往下探进了半个身体。

宁谷死死盯着他。虽然有任何情况，以连川的反应和速度，把脑袋收回来应该没问题，他还是有些紧张。

过了几秒钟，连川从洞口退了回来，看着他："我先下去。"

"下面有什么？"宁谷问。

"全是……旅行者。"连川说，"但是……"

他这句话没有说完，人已经跳了下去。

宁谷跟着跳下去的时候，下面的空间已经被照亮了。

眼前看到的场景，让宁谷从这种可以说是轻松的高度跳下来时，也跟跄了几步，差点儿摔倒。

人。

旅行者。

全部都是。

满满一个地下洞穴里，全部都是旅行者。

数不清有多少，一眼过去看到的全是人，仿佛三个庇护所群殴的时候挤在一起混战的人……

但四周没有一丝声音。

静得仿佛无人之境。

所有的旅行者都站着，低着头。

宁谷愣在原地，看着眼前的诡异的场景，好半天都回不过神来。

一直到连川伸手拉了他一把，他才猛地往后退了一步，靠在墙上，用力吸了几口气。

"这就是……"他哑着嗓子,"团长的军队吗……"

"不全是旅行者。"连川说。

宁谷闭上眼睛,让自己缓了缓,再睁开眼睛,开始盯着眼前的每一张脸看过去。

有熟悉的面孔,去主城之后没有再回来的人。

也有完全没有见过的人。

还有……

不是旅行者。

穿着旅行者的衣服,但脸色明显发灰,走近了会发现这些人的眼睛也是灰色的。

"是原住民融合失败的实验体吧。"连川说。

"钉子,"宁谷声音有些不稳,"找找钉子……我要看看钉子在不在……"

连川跟在宁谷身后,慢慢从这些人中间穿过。

所有的人都像是断掉了电源的机器,一动不动,但全都有呼吸。

都是活着的。

只是不知道在什么样的情况下,他们才会被激活。

他往四周看了看。

这是一个很普通的巨大洞穴,比起上面的房间要粗糙得多,应该是临时启用的,也看不到任何激活装置。

这些人的脖子上,也没有他推测可以用来控制的金属黑圈。

大概能判断,这些都是还没有成功的实验体。

半成品。

宁谷的视线从一张张面无表情的脸上掠过。

虽然大多数时候,他身边就有一张面无表情的脸,但这些脸跟连川的完全不同,没有一丝的生机,看着让人不寒而栗。

走到中间的位置时,一张脸让他猛地停下了脚步。

不是钉子。

但比起之前偶尔看到的几个仅仅是有些面熟的脸,这张脸带给他的是强烈的熟悉感。

停下也就一秒钟，他就反应过来。

这是没有了胡子的疯叔。

而身后的连川也同时停了下来。

这是一张跟范吕几乎一模一样的脸。

宁谷没敢出声，只是呼吸有些不稳，他慢慢转过头，跟连川对视了一眼。

虽然跟范吕几乎一模一样，但宁谷还是从他唇边一道小疤确定这是疯叔，疯叔的这个疤，在有胡子的时候也能看到。

连川的视线突然又落回了疯叔脸上。

宁谷立刻跟着转回头。

他猛地跟疯叔的目光对上了。

疯叔是清醒的！

宁谷震惊地张了张嘴，刚要说话，疯叔的嘴先动了，但没有出声。

走。

疯叔用口型说。

马上走。

洞穴里突然传来了"咔"的一声，像是什么东西被踩裂了。

"快。"疯叔出了声，声音很低。

连川伸手想要拉着宁谷走的时候，四周一动不动的人群里，突然跃起了十几个灰白色的影子。

是原住民。

限制器让连川的速度和判断力都打了折扣，这一瞬间，面对速度远超普通旅行者的原住民，他已经来不及再拉着宁谷离开。

他伸出的手立刻改了方向，一把按在了宁谷肩上，以他为支撑，猛地跃向了空中。

宁谷只觉得肩膀沉了一下，连川已经在空中转了半圈，手里蓝光闪过，几个原住民被踢飞，还有几个被指虎的光划过身体，落地的时候摔成了两半。

没等松口气，地面的人群里，突然也出现了原住民。

宁谷跳起来狠狠地对着最近的两个原住民踢了过去，正中脑袋。

连川挡掉了第一波攻击落地的时候，又有十几个原住民从人群里跃了出来。

身边还有宁谷没能踢开的几个。

宁谷知道连川不可能再挡掉这一轮了。

他们从疯叔小屋一路过来的时候，连川的手都还是暖的，而刚刚连川撑着他肩膀的手已经冰凉。

连川的手扬起，几束蓝光撕裂了旁边的原住民，同时一把拉着宁谷的手，把他甩出了包围圈。

宁谷猛地从地上跳起来的时候，看到了几个原住民同时落下，扬起的胳膊狠狠砸在了连川头上。

连川一条腿跪了下去，手撑了一下地。接着顺势往旁边一滚，躲开了接下去的几拳。

宁谷没有犹豫，跳起来冲回了人群里。

他说了不回头，也说了自己能保障自己的安全。

说了就要做到。

冲回连川身边的时候，最近的几个原住民已经被连川扫飞。

宁谷看到了他脖子上一条深深的黑色伤口。

正想拉起连川的时候，上方突然落下了碎屑。

宁谷抬起头，看到了三个洞口出现在了洞穴顶部，而一堆原住民正从洞口鱼贯而入，跃向空中。

这一瞬间的绝望带来的是无法言表的愤怒。

他不知道眼前发生了什么，也无法理解本是黑暗中宁静港湾的鬼城为什么会变成这样。

只觉得愤怒。

源于迷茫的愤怒。

源于心里那种无法面对却又不得不面对事实的愤怒。

宁谷站了起来，盯着向他们扑过来的一群原住民，慢慢举起了左手，声音几乎被怒火烧哑。

"都去死。"

48

  不知道是不是因为旅行者生性张扬,加上大多数人都有能力傍身,所以胜败不计,生死无论,首先要从气势上占据上风……
  连川赌的就是宁谷能在危急时刻……确切说是死到临头的时候能够激发能力。
  现在宁谷气势是足够了,就是不知道接下来会发生什么。
  而他赌的另一点,是宁谷这飘忽的群体技能一旦激发,自己能抗得过去。
  看宁谷果断坚定的样子,怕是根本没考虑过自己人也会被波及的问题。
  虽然眼下的情况也已经没有别的选择。

  原住民在宁谷沙哑的声音里直冲而来,已经超出了现在的连川能阻止的速度,而且并没有因为宁谷的气势而有任何停顿。
  毕竟都没有眼睛,看不到气势如虹的宁谷。
  而宁谷的能力,似乎并没有激发。

  连川没有什么失望的感觉,他习惯性地没有期待,也就不需要面对任何希望落空。他唯一的念头就是要活着,直到最后,不去想会不会死,只考虑怎么能活。
  他的手很快地向腰间摸过去,那里有他在限制器干扰下能做的最后挣扎,一个能透支所有身体能量的强刺激源,可以让他再暴起一次,也许可以带着宁谷从那个洞口出去,撑到林凡带领的旅行者赶到。
  如果不带宁谷,就没有"也许"两个字,哪怕还有限制器,他自己也肯定能出去。
  但他没有考虑第二种可能,没有选择能确保自己活着的那一条路。
  他不知道为什么。

也不需要知道为什么。既然选了，就不能犹豫。

选错不一定会死，犹豫才会送命。

既然选了两个人一起活……

连川在原住民就要冲到宁谷身边时，狠狠一握左手，指虎四道蓝光划过，最近的两个原住民从空中跌落。

而蓝光的后半段轨迹，从宁谷的后背和腰上划过。

四道深深的黑色伤口瞬间出现。

宁谷仿佛没有任何感觉，没有动，也没有出声。

但连川知道，有什么事情，已经发生了。

四周的声音突然消失了。

原住民的低语消失了，上方传来的电光爆裂的声音消失了，地库塌掉的位置不时掉落碎块的声音也消失了……

甚至是呼吸声也消失了。

连川看到了一丝波纹。

从宁谷举起的左手指尖漾出一个淡淡的圈，透明的，如同水波一样向四周轻轻推开。

接着是第二个透明的圈。

第三个。

一切都只发生在一瞬之间，从第一个透明的圈出现开始，直到出现到第四个淡淡金色的圈，被连川扫中的原住民只不过是刚刚落地。

金色的圈陡然增大，向四周的黑暗里，无声扩出了一片闪着光的细细金色。

一片金色磷光之下，一动不动的旅行者突然整齐倒地。

空中的原住民也像是突然失去了动力，全都摔到了地上。

连川没有再等待，一跃而起，一把兜住了宁谷的腰冲到墙边，借着力向上跳起的时候，用胳膊肘狠狠砸在了他们下来时打碎的那个洞的边缘上。

已经有了破损的洞顶顿时又碎了几大片，连川搂着宁谷的腰跃到了上层。

脚下踩到地上的碎渣，"咔嚓"一声响。

声音回来了。

呼啸的风声，风里电光的爆裂声，远处旅行者喧嚣的喊声，不断裂开的地面下传来的低沉的轰鸣声……

连川靠到旁边的墙上，松开了宁谷。

宁谷"嗵"的一声扑到了地上。

不知道是不是透支了。连川用脚挑着他胳膊把他翻了个面，脸冲上。

宁谷的眼睛是睁着的。

那就行。

连川慢慢坐到了地上，不知道他们还有多少时间，够不够他赶紧恢复体力。

宁谷说不清自己是什么感觉，就像是被扣在铁桶里突然爆发，掀掉了铁桶之后猛的那一下。

用尽全力，畅快淋漓。

但很累。

他躺在地上缓了好一会儿才慢慢坐了起来，先看了一眼连川，除了面无表情，什么也没看出来。

再往四周看了一眼，他猛地从地上弹了起来。

"这是怎么了？"宁谷震惊地看着四周的一圈闪烁的电光墙。

"出不去了。"连川说。

地库上面这一层，不知道什么时候，已经完全塌成了一个巨大的坑，整个地面都已经消失。

而电光裂缝从两边穿过，把塌陷了上层的地库围在了中间。

唯一看上去能出去的地方，是两条裂缝中间留下的一条狭长的通道，通向舌湾深处。

无论是他们要出去，还是外面林凡带着人要进来，都只能通过那个裂口，而且需要绕进舌湾，还不知道要绕进去多远。

如果两条电光裂缝的起点，是边界之外……

宁谷突然有些发寒。

"从那里出去。"连川站了起来，"趁下面的人都倒了，先离开地库。"

- 387 -

宁谷这才回过神,猛地想起了下面的旅行者,还有疯叔,还有没找到的钉子。

"他们都死了吗?"宁谷声音都颤了。

"没有,"连川看了他一眼,"像是失去意识了。"

"还能醒吗?"宁谷问。

"应该能,所以要快。"连川顺着地库上层的大坑边缘往前走了几步,坑的上面是不断闪动跳跃着的电光,时不时会有几条向下探进坑里,"看着点那些光。"

"嗯。"宁谷跟在他身后,"我背上很疼,不知道怎么了。"

"我划了几刀。"连川说。

"你划我几刀干吗啊?"宁谷震惊地问。

"你举着手不动了。"连川说,"不砍醒你,原住民就要踩到我了。"

宁谷猛地想起了之前的情景。

仿佛睡着了一样的旅行者们。

突然睁开眼睛的疯叔。

扑向他们的原住民。

而跟着这些场景再次袭来的,是那种无望的愤怒。

"你有没有留意到自己……"连川回过头,话没说完,突然一把抓住了他的左手。

宁谷猛地发现,自己左手指尖,有一个像是在空气里凝结而成的半透明金色圆环,被连川这一抓,又在空气中被搅散了。

"这是什么?"宁谷看着他。

"你的能力之一。"连川也盯着他,"你最好能控制得住。"

"怎么看着有点眼熟?"宁谷又低头看着自己的指尖。

指尖已经恢复了平时的样子,指甲缝里还有些黑灰,实在有损门面形象……

"齐航。"连川提示了他一个名字。

宁谷猛地抬起头。

失途谷里那个在空中由无数细小的金色光斑组成的脸,在他眼前晃动着。

"怎么会?"他想不明白。

"主城一直怀疑你跟齐航有关系。你能用他的自毁装置,"连川说,"但是你的生物信息里没有找到跟齐航的关联。"

"但这个东西，"宁谷举起自己的手指，晃了晃，"还是有关联？"

"这就要问团长了。"连川说，"能让团长他们三个人拼全力两次跟主城对抗救走的人，必然有他们才知道的秘密。"

"团长……"宁谷皱了皱眉，之前的经历让他开始有些动摇，"还活着吗？"

穿透肩胛骨的铁链彻底卸掉了团长和李向的能力。

他们用来控制原住民的材料，用在自己身上，也如此成功。

"地库真是建得好。"老鬼站在他们身后，铁链带给他的压制和影响，正在慢慢恢复，虽然被破坏了的声带依旧让他的声音沙哑破碎，但间断和喘息已经明显减少，"要不是地库几层够坚实，电光打不透，他们也不至于只剩了这一条自投罗网的路……"

团长向前看了一眼，两侧的巨大裂缝里冲出的电光之间，是一条十几米宽的通道，前方是地库，身后是无人生还的黑暗边界。

鬼城正在陷落。

唯一还能带来生机的宁谷，正在这条通道的某个位置，以无可回转的方式，一步步走向他们。

走向尽头。

"你们看到刚才的光了吗？"老鬼声音里突然带上了感慨，"金色的光，一点点，我只看到了一点点……旅行者里唯一能用肉眼看到的能力……太美了……"

"老鬼，留着他，对你有用。"团长说，"就算所有人都留下来，只要有战斗，就需要他。"

老鬼慢慢地从身后走了上来，走到他们面前，转过身："不要战斗，只要生存。"

"有主城在，就没有无须战斗的生存。"团长说。

"一旦坍塌全面开始，"李向说，"无论是走还是留，都会是恶战。"

"就在这里！"老鬼哑着嗓子提高声音，挥了一下手，"原住民是谁？他们是怎么活下来的？你们不清楚吗？"

"留下宁谷。"李向说，"他的能力对你有用。"

"我对此存疑。"老鬼说，"从把齐航的碎片藏进他身体里的那天开始，你们就已经想好了要把他培养成跟你们一样的人，为了一个虚无的目标，放弃故土，牺牲同伴……"

"老鬼，"李向打断了他的话，"他什么都不知道，他活过的二十二年里，只是一个普通的旅行者。他甚至没有像别的同伴一样肆无忌惮的疯过，连一点点的好奇都被压制。"

"我不敢再冒险了！"老鬼吼了一声，"我不敢再相信你们了！一丝一毫都不敢！"

李向轻轻叹了一口气。

"我不会杀了他。"老鬼说，"我只是要在他能力稳定之前，拿走碎片……你说他只是个普通的旅行者对吗？那我就还你们一个真正普通的旅行者。"

"那我们就真的，"团长看着他，"真的永远也不会有交集了。"

"早就是陌路了，不是吗？"老鬼转过身，看着前方一片交织着的电光，"来，让我们看看这个普通的旅行者，面对所有的真相时，会怎样选择。"

"有人。"连川停下了。

宁谷跟着也停下了脚步，往前看过去，只看到了闪动着几乎已经把通道上方都遮掉了的电光。

"在哪儿？前面吗？"他问。

"嗯。"连川应了一声。

"是团长和李向吗？"宁谷有些急切地追问。

"还有一个。"连川说，"像是老鬼。"

"他们抓到了老鬼？"宁谷声音立刻扬了扬。

"怕是反过来的。"连川慢慢蹲下，低头调整着自己的状态，"宁谷。"

"嗯。"宁谷看着他。

"老鬼如果能同时制服团长和李向，还能控制他们，"连川说，"我现在的状态肯定是对付不了的。"

"有我呢。"宁谷说。

"逢赌必赢吗？"连川问。

"刚才没让你赢吗？"宁谷有些得意，但很快又补充了一句，"不行的话你可以再甩我四刀。"

连川笑了笑。

宁谷愣住了，过了两秒才猛地蹲了下去，手撑着地，偏着头往连川脸上看着："我是不是听到你笑了？"

"很奇怪吗？"连川说。

"我一直以为你没有笑这个功能呢！"宁谷盯着他的脸，"你再笑一个？我刚没看到。"

"原住民的攻击速度很快，对声音判断精准，有融合能力。"连川没有接他的话，脸上不仅没有笑容，还又恢复了面无表情，"老鬼会有这些特点，但他作为旅行者的能力是未知。"

"嗯。"宁谷点点头，"你还有话这么多的时候。"

"我以前不跟傻子搭档，"连川说，"不需要解释这么多。"

宁谷盯了他一会儿："还有什么要交代的吗？"

"从这里，到他们所在的位置，是四百米，"连川说，"老鬼如果要攻击，可能只有二百米的距离让你回忆之前能力是怎么激发的。"

"明白了。"宁谷沉下了声音。

连川的这句话一下把他拉进了有些不安的现实里。

他需要在无法完全明白自己能力到底有什么、到底怎么激发的情况下，迎接有可能到来的苦战。

"你要无所顾忌，"连川站了起来，开始慢慢往前走，"忽略代价，活着。"

两个身影刚在电光中出现的时候，老鬼就扬起了手。

"回头——"团长爆发出一声怒吼，"宁谷——回头——"

随着他的吼声，地面上的黑铁碎屑被老鬼卷起，扬到高空，裹上了电光，以极高的速度冲向了宁谷和连川。

连川跃起，手猛地挥起，一片蓝光在空中织出了一张网。

黑铁碎屑被挡在了蓝光之外，飞溅出一阵黑雾般的碎末。

宁谷举起了左手。

二百米，他从来不知道二百米是这么短的距离。

短到脑内一片空白。

连一个画面都无法描绘。

一个念头都无法闪现。

但他没有别的选择，他已经看到了被铁链贯穿了身体的团长和李向，听到了团长声嘶力竭地吼声。

老鬼再次扬起手。
第二波裹着电光的黑铁碎屑扑向他们。
几乎遮天蔽日。
连川再次跃起，但蓝光明显已经无法完全挡掉这一轮攻击。
宁谷看着碎屑从蓝光的间隙中带着尖啸穿过。
"去死。"他咬着牙。
碎屑到了眼前，擦着他的脸飞过，带起让人心悸的疼痛。
连川身影闪到了他面前。
碎屑消失了。

连川被黑铁碎屑穿透的身体重重撞到宁谷时，像是撞开了宁谷疼痛的开关。

连川？
连狗！
走吧，旅行者宁谷。
我不回头。
我可以赌。
逢赌必赢。
你要无所顾忌，忽略代价……活着。

参宿四，唤醒。

49

连川挡掉的黑铁碎屑尽数打进了他的身体。

他左腿慢慢跪到了地上。

清理队的制服只是减缓了碎屑的速度,没能阻挡住。

而站在连川身后的宁谷,依旧举着手一动不动,低着头没有往这边看过一眼。

"老鬼!"李向拉动着铁链,"可以了,他们没有办法反抗了。"

"那个鬣狗,是谁?"老鬼沙哑的声音里带着疑惑,"他还没有倒?"

"他已经受伤了。"李向说,"宁谷的能力也没有激发。"

"有一点点……"老鬼缓缓扬起手臂,"奇怪。"

"老鬼!"团长开口,"我们可以商量。"

"他们都还没有倒下……"老鬼不知道是在跟谁说话,像是跟自己,又像是跟团长和李向。

"宁谷!跑啊——"李向嘶吼着,用尽力气想要喊醒似乎已经陷入另一个世界的宁谷。

"宁谷!"老鬼的手臂猛地扬到了头顶,这一次没有飞起的黑铁碎屑,而是电光。

老鬼直接利用了两边闪动着的电光。

无数像是被截成了小段的电光从两侧电光裂缝中被剥离,密密麻麻地飞向了通道那一头的两个人。

团长肩上的铁链因为他的拖拽,一环环地从伤口里滑过,却无法挣脱。

他眼睁睁地看着连片的电光向前飞去。

对面的两个人,即将在他的眼前化为灰烬,意识消散在黑雾里,身体消失在狂风中，不再有任何痕迹。

对不起。

对不起，孩子。

电光压到面前的时候，一直没有动的连川抬起了头。

"收到。"

他的声音不高，却依旧在风里听得清清楚楚。

说出这两个字的同时他跃到了空中，迎着电光冲了过去。

像是包裹着一层无法渗透的空气，因为速度惊人，电光还没有碰到他的身体，就已经被气流带向了身后，再被卷进乱流里，炸出一片金光后消失。

"那是……"老鬼声音里全是吃惊，回手防御的时候，连川已经到了眼前，瞳孔里细细的银色裂纹清晰可见，"参宿四……"

这一瞬间团长的呼吸都有些停顿。

连川的确是参宿四，这一点他没有怀疑。

但参宿四在鬼城被唤醒，却是他怎么也没有想到的。

连川是主城最强的武器毋庸置疑，而参宿四能在非实验室环境被唤醒，证明了连川能成为最强武器的原因，是他强大到无法控制却又完美自控的精神力。

而让团长更无法想象的……

是能在非实验室环境里，唤醒参宿四的那个人。

老鬼没有任何反应时间。

面对参宿四，反应时间只能来自于提前判断。

参宿四没有武器。

但连川扬手挥向老鬼时，一根闪着寒光的银色的锥刺突然像是从手臂的另一侧穿透，猛地从皮肤下穿出，在老鬼防备之前刺入了他的肩胛骨。

老鬼晃了一下，脚猛地往地上一跺。

像是有什么无形的东西从地面之下冲破束缚，四周地面上出现了一片小洞。

连川一脚蹬在老鬼胸口，借力向上方跃出了无形的包围圈。

地洞里钻出的，是无形的触手，只在包裹住了老鬼身体时才会显出一团细细的水沫，挡掉进攻的同时能迅速修复一部分伤口。

　　老鬼的能力在旅行者里算是顶尖，甚至比主城很多实验体都要强。
　　团长看着连川从空中急速落下，膝盖顶着老鬼的防护水沫，穿透膝盖而出的锥刺一路向下，划开老鬼的防护……
　　心像是被死死揪了一把。
　　老鬼跟他们早已陌路，但依旧是记忆里能交出后背的战友，是曾在绝望和恐惧里一起挣扎依靠过的同伴。
　　而他们的敌人，所有旅行者心中的噩梦，现在却是唯一能从老鬼手里救下宁谷的人。
　　这样的一场战斗，团长不知道应该期待一个什么样的结果。

　　参宿四的进攻没有留下任何空隙和破绽，划开防护的同时，肘部穿透而出的锥刺已经扎穿了老鬼的另一侧肩胛骨。
　　而在第二波无形的触手钻出地面时，参宿四又已经跃向空中。
　　"跑吧。"李向说，"跑吧老鬼……"
　　参宿四没有杀掉老鬼的打算，如果要杀，第一刺就可以直入心脏了，他现在只是在一步步瓦解老鬼的攻击能力。
　　老鬼喘着粗气，发出了一声低语。
　　一连串喉音过后，四周的狂风里出现了回应。
　　老鬼在召唤原住民，他的小朋友们。

　　在连川第二次划破老鬼的防护时，无数原住民从电光另一边冲了进来，灰白色的皮肤上布满黑色的伤痕。
　　所有的原住民都扑向了老鬼。
　　连川扫开一片原住民向后跃出，落在了地面上。
　　一个原住民扑到了老鬼身上，接着是第二个，第三个……
　　很快老鬼就被原住民团团包裹住，变成了一个巨大的灰白色的圆球。
　　这个圆球压过旁边最窄的缝隙，在一片电光的爆裂声里，滚进了黑雾中。

　　"你看到了吗？宁谷？"

四周都是黑色的。

没有风，没有光。

也没有人。

宁谷独自站在黑暗里，唯一能体会到的感受，只有疼痛。

他的手指因为疼痛而不断地微微颤抖着。

这是老鬼的声音。

"你终于还是选择了跟团长一样的路，只是你比他们计划里的更完美……"

"我不知道团长选择的是什么样的路，我只是选择了活下去的那一条。"

"用这样的方式活下去，是必然……去问团长，你身体里有什么……你知道真相的时候就会明白，你走哪一条路，早有安排……"

"我走我自己要走的路。"

老鬼发出了笑声。

在无尽的黑暗里沉闷而遥远。

宁谷指尖漾起了一圈透明的波纹。

接着又是一圈。

金色的光芒紧跟着辐射而出，瞬间铺满了四周。

穿过团长和李向肩头的铁链，在这一瞬间发出了细细的几声叮响，碎成了几片，掉在了地上。

"宁谷！"李向捂着肩往前冲了几步。

连川站了起来，拦在了他们中间。

对视了两秒之后，连川让到了一边，李向冲到了宁谷面前。

宁谷举着的左手这时才慢慢放了下来。

"有没有受伤？"李向问。

"我身体里，"宁谷看着他，脸上的表情有些茫然，视线也有些飘，"有什么？"

"先回庇护所。"团长走了过来。

宁谷盯着团长，又移开视线，快步走到了连川面前，盯着他身上的伤口，大大小小好几个黑色的伤口，在破了口的制服下清晰可见。

"没事，"连川说，"我要休息。"
"好。"宁谷说。

被老鬼和原住民压开了一条破口的电光裂缝四周，还能闻到淡淡的焦煳味，那是狂风都还没能吹散的、原住民的皮肤在电光中化为灰烬的气味。

原住民在某些方面，的确比所有人都更适合这个恶劣的生存空间，旅行者一碰就消失的电光，他们却能冲破。

穿过这个缺口，往回没有绕多远，就看到了黑雾中一片星星点点的冷光瓶。

是林凡带来的旅行者们。

"团长！"
"是团长和李向！"
队伍一下乱了起来，所有人都向前涌过来。
团长举了举手臂："保持警戒，所有人回庇护所，不要掉队！"
旅行者们爆发出一阵欢呼作为回应，队伍又迅速集结，向来时的方向涌去。
林凡和团长之间没有任何交流，只是对视了一眼，便各自往回走。

宁谷觉得自己整个脑袋都很沉，像是被扣在了铁桶里，声音听不真切，看东西也带着虚晃。

不想说话，也不想思考。
转头看了一眼连川的时候，这种状态才因为不安慢慢消失。
"你是不是……"他看着连川。
那种致命伤，就算是连川，就算是被唤醒的参宿四，也不太可能轻易扛下来。
连川脸颊嘴唇都有些失色，这是哪怕因为限制器的存在会直接睡死的时候，都没有出现过的。
"我背你。"宁谷说。
连川看了他一眼。

这种时候就不要讲面子了。
宁谷打算在连川拒绝的时候教育一下他，在鬼城，能向旅行者学的东西有很多，比如不要脸。

但连川什么也没说，直接停下了。

也不知道这是要背还是不要。宁谷犹豫了一下，还是走过去，弯了弯腰摆了个马步。

连川倒在了他后背上。

非常重！

宁谷怎么也没想到这人能有这么重。

虽然不想说话，但他还是没忍住问了一句："你怎么这么沉？"

连川没有回答，胳膊从他肩上垂下，似乎已经晕了过去。

宁谷只得咬牙背起了他。

这一路有点漫长，为了不引来原住民，所有的人都保持着沉默，安静地从舌湾深处的浓雾里穿行而出。

宁谷看着遍地的裂痕和不断窜出的电光，心里说不出的难受。

而看到那道从舌湾一直劈到金属坟场的裂缝时，更是有种深深的不安。

也许所有人都曾经或多或少因为不知道何时会到来的这一天担忧过，旅行者的疯狂肆意，也许就是建立在这种"不知道哪天就会消失"的不安之上。

唯有自己。

二十多年活在迷雾里。

好奇的一切都没有答案。

而所有的事被揭开时，又是这样猝不及防毫无退路。

宁谷没有回庇护所，背着连川直接去了疯叔的小屋。

李向想跟上去说点什么，被团长拦住了。

"他会来找我。"团长说。

李向没有出声。

"你们先去医疗所处理一下伤。"林凡走了过来，"这个伤没法自愈。"

"你过来的时候碰到老鬼了吗？"团长看着他。

"没有。"林凡说，"我以为他死了。"

"本来是会死，"团长说，"但是参宿四放过了他。"

"参宿四？"林凡吃惊地看着他，又迅速转头看向宁谷离开的方向，"怎么可能？连川精神力再强……"

"是宁谷唤醒了参宿四。"团长说完径直往前走了。

治疗所很安静，因为没有碰到原住民，所以也没有人受伤。

团长坐到椅子上："你有没有跟宁谷说过什么？"

"比如？"林凡没有直接否认。

"比如他身体里有什么。"李向说。

"没有。"林凡拿出了药剂，"这个应该你来说。"

"他知道了。"团长说。

林凡的手在空中停顿了一会儿，把药剂倒在了团长肩膀上："他跟老鬼见过面，不是么。"

"那时老鬼没有机会告诉他。"团长说，"如果说了，他不会到刚才那样的情况下才突然问起。"

"刚才他跟老鬼有交流吗？"林凡又问。

"没有。"团长说。

连川没有晕过去，只是看上去非常疲惫，靠在躺椅上。

"我有话问你。"宁谷看着他，"你现在能说话吗？"

"问。"连川说。

"我刚刚是不是唤醒参宿四了？"宁谷想要确认。

"是。"连川看了他一眼，"我以为你知道。"

"我什么都没看到。"宁谷蹲到他旁边，"我全程都在黑暗里，但好像不是你的记忆或者意识。"

"怎么判断出来的？"连川偏过了头。

"老鬼跟我说话了。"宁谷说，"他没说话对吗？"

"嗯。"连川闭了一下眼睛，"你的能力，有些出乎我预料。"

"我不想要这样的能力。"宁谷坐到了地上，靠着后面的桌腿，"很痛苦。"

"老鬼跟你说什么了？"连川问。

"他让我问团长，我身体里有什么。"宁谷看着他，"我身体里有什么？"

连川没有说话。

"你现在能照顾自己吗?"宁谷站了起来,"我要去找团长。"

"我没事。"连川说。

"我回来的时候给你拿点药,"宁谷在疯叔的箱子里翻了翻,找出了几件衣服穿上,"还有吃的。"

"嗯。"连川应了一声。

宁谷没有再停留,甩上门走出了疯叔的小屋。

团长和李向伤得不轻,能把他俩限制住的那条铁链带来的伤,不是在小屋里养养或者用旅行者的能力就能恢复的。

宁谷直接去了医疗所。

推开门看到屋里的三个人时,他突然有一种想哭的感觉。

"关门。"林凡说。

宁谷关上了门,走到了屋子中间。

团长和李向都脱掉了上衣,肩上的黑色贯穿伤触目惊心,蓝紫色的药剂像是产生了什么反应,在伤口上不断地冒着细小的泡沫。

"我身体里有什么?"宁谷问。

"齐航的碎片。"团长说。

这句话说出来,屋里没有了别的声音,林凡和李向都没有再开口。

一个深埋了多年的秘密,哪怕他们都知道,在如此直白地被说出来的时候,带来的未知的不安,依旧是新鲜的。

"在哪儿?"宁谷声音全哑了,带着颤抖。

"你后脑是不是有个小伤口。"团长轻声说。

"……是。"宁谷慢慢抬起手,手指落在了自己后脑勺上,抖得厉害,"你告诉我的,这是我小时候磕伤的……你说是我摔到地上磕伤的……"

"我们没有更好的地方,能够存放这个碎片。"团长站了起来,走到宁谷面前,"我……"

"别靠近我。"宁谷看着他。

"我们并不想伤害你。"李向说话稍微有些吃力,"宁谷,当时的确是没有别的办法。"

"为什么是我？"宁谷问，"为什么选择我？"

团长和李向都沉默了。

"我是谁？"宁谷问，"我父母是谁？他们在哪儿？你们是保护了我二十二年，还是保护了齐航的碎片二十二年？"

"我是谁？"宁谷看着屋里的三个人，"谁能告诉我？"

番 外

Melting City

最合适的搭档

"新的一天欢迎你。"

连川从睡眠舱里出来的时候,停顿了一秒。

今天是他加入清理队半年以来第一个休息日,虽然从感觉上并没有什么太明显的区别,毕竟只正式执行过三次任务,还是最普通的非法出生。

接着他就感觉到自己房间门外有人。

"谁。"他问。

这个字还没落地,他已经到了门边,打开门的时候,外面的人还没来得及闪开。

虽然已经看清了是谁,但连川的手指还是按在了对方的咽喉上。

"我。"王归靠着墙,看着他叹了口气。

连川松了手,转身回了屋里:"还没到时间吧?"

跟队员和搭档在休息日出去休闲,是清理队再正常不过的社交,他虽然并没有跟王归一块儿休闲的意愿,但也没有什么理由拒绝。

"又不是执行任务,"王归摸了摸脖子,跟了进来,往沙发上一坐,"有必要把时间卡得那么准吗?"

"也不用宽松到提前一小时。"连川走到桌边,看了一眼今天的配给,颜色太鲜艳了,看上去让人没有食欲。

"你就当我还没到,"王归说,"过半小时再假装看到我。"

连川笑了笑,没说话。

"今天的配给吃不下吧?"王归说,"走吧,带你去吃点好东西。"

吃点好东西。

连川对主城很熟悉,尤其是B区以外的范围,各种任务目标逃窜躲藏的角落。

但哪里有好吃的东西，他并不了解。

他觉得主城最好吃的东西就是春三做的。不过他加入清理队的时候，清理队进行了重大人员调整，一直在进行搭档小组特训，他和雷豫差不多有两个月没有尝过春三的手艺了。

相比在作训部接受训练的那些日子，现在这样的生活足以弥补这一点了。

"肯定不是春三能做出来的。"王归又补充了一句。

"就去吃个东西，用激将法是不是太隆重了。"连川说。

王归看着他，没有说话。

连川也没再说别的，去洗漱了。

连川从浴室出来的时候，王归才又问了一句："知道为什么雷豫让我跟你搭档吗？"

"因为他们都不愿意跟你搭档。"连川说。

王归愣了愣，笑了起来，过了一会儿才站起来往门口走了过去："这倒也不是没道理。"

没等连川开口，他回过头又笑了笑："只有我还把你当个小孩儿看。"

连川没出声，进了卧室，关上了门。

这个问题他是想过的，说出来的答案也并不是为了气王归，这是他听到搭档是王归时的第一反应。

王归是从巡逻队被扔到清理队的，理由是过于散漫。

虽然他的名字听着莫名有些悲壮，性格却并没跟着名字走，有些漫不经心。

散漫不至于，过于散漫更是绝无可能。

萧林没那么仁慈，真要是这样，回收重置包治百病，并不需要浪费一道手续。

王归跟萧林年纪差不多，据说如果不是王归因为"过于散漫"多次拒绝，萧林现在的位置本应该是他的。

所以无非是太强的人要留着，但又不能留在身边，扔到主城最见不得光的队伍里干些没人愿意干的脏活儿，是最好的方式。

顺便还能再踩清理队一脚，巡逻队淘汰的人，去了清理队。

不知道是不是这个原因，王归跟清理队的人始终保持着隐约的距离感，集体任务配合得完美而疏离。

不过也许是因为雷豫的关系，他对连川的态度还算不错。

只是一直坚持让连川叫他老大，并且不提供任何理由这一点有些迷惑，当然，他也不介意连川从未这么叫过。

连川走出房门的时候，王归正叼着烟趴在走廊护栏边往外看着。

"宿舍禁烟。"连川提醒了一句。

"没点。"王归回过头，冲他晃了晃嘴上的烟。

连川一眼就看出来这支烟是失途谷特产，蝙蝠身上经常能看到，主城没有这种黑嘴的烟，王归的级别也弄不到烟。

公然在清理队宿舍里叼着从蝙蝠手里弄来的烟，连川有些无语。

"这是证物，"王归转身往楼下走，"我叼一会儿就放回去了。"

"看得出你是真把我当小孩儿。"连川说。

"十几岁不是小孩儿是什么？"王归说。

接着走出清理队的院门没到一百米，王归就把"证物"点着了，愉快地吐出了一口烟。

王归带着连川去了C区，从一片破败的小楼旁走过，准备转进背街小巷的时候，连川突然停下了。

"怎么了？"王归转头看着他。

"有东西。"连川感觉到了视线。

"今天休息，"王归说，"任务有别人。"

连川又停了几秒，才跟着他继续往前走，但那种被人暗中盯着的感觉依然存在，甚至更强烈了。

与此同时，王归往左边的旧楼顶上看了一眼。

没错。

就是那个方向。

王归不是实验体。整个清理队，除了连川，所有人都是普通人，在主城最好的装备加持之下，可能强大到普通人无法想象，但依旧是普通人。

王归却以一个普通人的状态判断出了他感知到的东西在什么方向。

这种超常的敏锐，也许就是萧林不愿意把王归留在巡逻队的原因。

"就是那边。"连川说。

王归没说话，继续往前走。

"是蝙蝠，"连川说，已经听到了蝙蝠身上金属改装件碰撞出的细响，但仅仅是蝙蝠，不会让他有这么强烈的不安，"应该不止蝙蝠。"

"可能是蝙蝠在带人偷渡，别的队员会处理。"王归看了他一眼："去吃东西。"

蝙蝠从主城各个不为人知的秘密缺口把合规的不合规的人往外带，一直以来都是主城人人皆知的秘密，只是找不到的缺口永远比找到的要多，所以生意一直挺红火。

"不是普通的人，"连川得出了结论，"不是人。"

"能被蝙蝠带着的，就算不是人，"王归叹了口气，"也不是什么重要的东西。"

连川没再说话，但也没跟着王归，转身走向旧楼的方向。

他并没有多么忠于职守，清理队处理各种任务的能力也完全不需要两个休息中的队员出手相助。

他只是不安。

他从小到大的训练，让所有能感知的不安都成了威胁。

只要感觉到了，就必须掌握主动。

王归也没再说话，沉默地转身跟了上来。

"你在这儿等我。"连川说。

"我就看看。"王归说得很干脆。

连川没再多说。

旧楼后面是一片已经塌损的矮楼，有些还有人住，有些已经空置，裂开的屋顶和墙壁碎块落了一地。

这样的环境，任何一个角落都能藏下危险。

王归看了看四周，习惯性地往左臂上摸了一把，那是外骨髓固定武器的位置。

连川没有这样的习惯性动作，倒不是对基本业务没有形成条件反射，而是因为他从有记忆那天开始，面对任何危险时都手无寸铁。清理队这几个月的习惯，远不可能压过这样的记忆。

左前方一栋楼的二楼，又传出了一声低低的金属的声音。
"等治安队，"王归低声开了口，"这动静不对。"
这声音比之前的要响一些，王归肯定是听出来了，这不是正常蝙蝠改装的金属部件发出的声响。
也不是普通的金属撞击，更像是什么金属的东西被挤压时发出的。

连川盯着二楼的窗口。
一个人影从窗口闪过。
是个蝙蝠。
已经死了，身体被什么力量从中部折叠起来悬在空中，并且开始慢慢卷曲，仿佛有人正在把一套衣服慢慢卷起来。
蝙蝠腰部的金属甲被扭曲挤压着发出了细微的声响。

"突变，"王归说，"看不到主体，找地方隐蔽，这个距离估计已经发现我们了。"
"我能看到。"连川说。
蝙蝠身体上有细细的如同胶质的半透明物体，正在一点点地收紧。
王归看了他一眼，慢慢往旁边的一堵墙后靠了过去。
连川没有跟着他，选择了相反方向。
这不是他感觉到的东西，这种类型的突变体，对于他来说，击杀没有难度，他感觉到的东西还在暗处。
隐蔽没有意义，如果那边二楼的突变体都已经发现了他们，这东西不可能不如一个普通突变体。
在随时有可能被偷袭的情况下，让自己无须分心处理的状态是最佳选择。

但下一秒连川就清晰地感觉到了危险。
往王归的方向看过去时，他看到了王归正上方的屋檐上，蹲着一个人，苍白的皮肤裸露着，手臂和小腿的皮肤上有着成片的锋利突起。

这是个实验体。

不安的感觉顿时充满了他整个身体。

四通八达的街道，柔和的日光，去"吃点好东西"，所有这一切带来的短暂的松弛荡然无存，一瞬间他像是回到了逼仄压抑永远充满了痛苦的实验舱里。

王归发现上方有异常，是因为连川突然异常。

这是他第一次看到连川在非任务时进入战斗状态，也是第一次知道，连川可以在没有借助任何装备的情况下，达到超过装备的惊人速度。

无论上方的异常是什么，以连川这个速度，都可以把他拉离危险。

无论上方的异常是什么，恐怕也不会比眼前的连川带给他的震惊更强烈。

但连川并没有过来拉他，而是跃向了空中。

当他抬起头的时候，一个白色的人影已经以势不可挡的劲头迎头砸下。

但没有砸中他。

连川这时把他拉开了。

一个已经死了的实验体，静静地躺在王归之前站立的位置上。

连川单膝跪在地上，左手撑着地面，保持着进攻的姿势，在确定四周没有危险之后，才慢慢站了起来。

如同在实验舱内的被隔绝了的感觉慢慢消失之后，他往王归脸上扫了一眼："就是这个。"

"知道了。"王归说。

连川往之前那个突变体出现的二楼窗口看了看，被卷起来的蝙蝠已经消失，突变体估计是受了惊，也不知去向了。

"那个留给他们处理吧，"王归说，"不用太敬业。"

"嗯。"连川应了一声。

"不问问我有没有受伤？"王归看着他。

"你明显没有受伤。"连川说。

"我以为你会先拉开我，以你刚才的速度，完全能做到，"王归叹了口气，"但是你没有，作为你的搭档，我的心灵受到了严重伤害。"

"在他攻击你之前杀掉他，我也完全能做到。"连川说。

"没有必要，"王归说，"我们没有接到任务指示，非工作时间也没有击杀的权限……自找麻烦啊年轻人。"

"有必要。"连川回答得很简单。

王归看了他一眼。

连川没有再说话，转头看向另一边，路的尽头，蓝色的光芒闪过，是清理队的人。

"五分钟之前，我想起了一件很开心的事。"王归说，"我以为我已经不记得了，没想到还能想起来。"

连川没出声，看着他。

"但是我以后可能不会再记起来了。"王归又说。

连川看了一眼死掉的实验体。

"这大概是失途谷没处理好的实验体，"王归说，"我们不应该见到，更不应该击杀。"

我们这一段记忆会被抹去。

这件开心的事并不会被抹去，但这是他以为已经不记得却又意外重新记起的事，以后未必还能有再意外记起的机会了。

"是什么事？"连川问。

"是一个梦。"王归看了一眼路那边，已经能看清A01的轮廓，"你见过动物保存库里的猫吗？"

"小时候见过。"连川回答。

"我梦到我变成它了。"王归说。

连川没说话，等着他说下去。

"说完了。"王归说。

"我帮你记着。"连川说。

"不用。"王归说，"忘掉的太多了，不差这一个。"

通话器里传来雷豫的声音时，连川从沙发上猛地坐起。

一瞬间竟然有些恍惚，没能分清自己在什么地方。

"我马上到。"雷豫说，"陈部长已经在等着我们了。"

"我现在下楼。"连川起身拿起通话器。

下楼的时候日光已经消失，这一觉睡的时间有些长，在梦到王归之前，窗外的日光还很明亮。

雷豫的车在他面前停下，他拉开车门坐了上去。

"你还有大概二十分钟时间考虑，"雷豫说，"我们都不知道管理员为什么要见你，你也未必有机会说什么……"

"我考虑过了，"连川说，"没有比老大更合适的搭档。"

雷豫没再说什么，只是拍了拍他的肩膀。

图书在版编目（CIP）数据

熔城 / 巫哲著. —北京：九州出版社, 2021.3
ISBN 978-7-5108-9341-4

Ⅰ. ①熔… Ⅱ. ①巫… Ⅲ. ①长篇小说－中国－当代 Ⅳ. ①I247.5

中国版本图书馆CIP数据核字（2020）第265008号

熔城

作　　者	巫哲 著
出版发行	九州出版社
地　　址	北京市西城区阜外大街甲35号(100037)
发行电话	（010）68992190/3/5/6
网　　址	www.jiuzhoupress.com
电子信箱	jiuzhou@jiuzhoupress.com
印　　刷	三河市中晟雅豪印务有限公司
开　　本	700毫米×970毫米　16开
印　　张	26.5
字　　数	300千字
版　　次	2021年6月第1版
印　　次	2021年6月第1次印刷
书　　号	ISBN 978-7-5108-9341-4
定　　价	49.80元

★ 版权所有　侵权必究 ★